TÜRKISCHE BIBLIOTHEK

v. Jutta
3. Feb. 2013

TÜRKISCHE BIBLIOTHEK

Herausgegeben von Erika Glassen und Jens Peter Laut

Eine Initiative der Robert Bosch Stiftung

www.tuerkische-bibliothek.de

Ayşe Kulin

Der schmale Pfad

Aus dem Türkischen von
Angelika Gillitz-Acar und Angelika Hoch
Nachwort von Jens Peter Laut

Unionsverlag

Die Originalausgabe erschien 2005 unter dem Titel
Bir Gün bei Everest Yayınları, Istanbul.

Im Internet
Mehr Informationen zu
Ayşe Kulin und diesem Buch
www.tuerkische-bibliothek.de

2. Auflage 2010

Rieterstrasse 18, CH-8027 Zürich
Telefon 0041-44-283 20 00, Fax 0041-44-283 00 01
mail@unionsverlag.ch

Reihengestaltung: Doris Grüniger, Zürich
Umschlaggestaltung: Peter Löffelholz, Zürich
Umschlagmotiv: Nezaket Ekici, Performance *Umgestülpt*
Umschlagfoto: Briz Albrecht
Druck und Bindung: Freiburger Graphische Betriebe
ISBN 978-3-293-10018-3

Der Herrscher sehnt sich nach dem Scheich,
der Scheich nach dem Herrscher
So waren sie getrennt und doch eins.

Nevra Tuna – Zeliha Bora

Trotz der warmen Luft aus dem Gebläse der Autoheizung ist mir, als krieche die trockene Kälte von draußen in mich hinein, als dringe sie mir tief ins Mark. Meine Hände und Füße fühlen sich an wie Eiszapfen, ich sitze kerzengerade und steif da, starre ins Leere, ohne das Geringste wahrzunehmen. Wortlos legen wir unseren Weg zurück, beide aufs Äußerste angespannt. Er bricht das Schweigen: »Wir sind gleich da! Es wäre gut, wenn du dich allmählich fertig machen würdest!«

Ich lege mir das große schwarze Kopftuch um und schiebe es bis zu den Augenbrauen herunter, dann ziehe ich es an den Enden zu und befestige es mit einer Sicherheitsnadel, sodass es knapp unter der Nase sitzt. Hasan Bey muss lachen: »Zieh dein Kopftuch doch weiter nach oben, sonst kannst du ja nichts sehen!« Unbeholfen zupfe ich daran herum, irgendwann sagt er dann: »Ja, so ist es gut! Steht dir sogar! Es hebt die Schönheit deiner Augen hervor.« »Ich kann mir überhaupt niemanden vorstellen, dem so ein Kopftuch stehen könnte.« »Ach, ich schon. Frauen mit schönen Augen und einer hässlichen Nase steht es ganz ausgezeichnet.« »Herzlichen Dank!« »Du weißt genauso gut wie ich, dass deine Nase nicht hässlich ist. Jetzt also bitte kein ›fishing for compliments‹ so früh am Morgen!«

Insgeheim bin ich zwar stinksauer, sage aber nichts mehr, weil ich es für unangebracht halte, mich mit einem Mann herumzustreiten, der mein Vater sein könnte und sich bemüht, mir zu helfen. Der Nebel, der in den frühen Morgenstunden besonders dicht war, löst sich allmählich auf. Mit dem Zipfel meines Kopftuches wische ich die beschlagene Scheibe auf meiner Seite ab. Wir fahren noch immer. »Mir gehts nicht gut, ich kriege keine Luft!« »Wieso, du hast dir doch nicht die Nase zugebunden?« »Ja, ja, trotzdem ersticke ich fast. Sicher seelisch bedingt. Könnten Sie bitte das Fenster ein bisschen aufmachen, damit frische Luft hereinkommt!« Er drückt einen Knopf und lässt die Scheibe halb herunter. Nun frösteln wir beide in der trockenen Kälte dieses winterlichen Morgens. »Sollen wir das Ganze noch einmal durchspielen?«, fragt Hasan Bey. »Ich stelle meine Fragen zügig und schweife nicht ab. Was ich mir nicht notieren kann, merke ich mir und schreibe es sofort in mein Heft, sobald ich wieder draußen bin. Sollten wir Hunger bekommen, essen wir die Kekse, die ich in meiner Tasche habe. Das Interview muss vor fünf beendet sein. Wenn irgendetwas schiefgeht, gebe ich niemandem irgendeine Erklärung und rufe Sie sofort auf dem Handy an.«

»Bedauerlicherweise wird das nicht möglich sein. Handys sind nicht erlaubt.« »Nicht doch! Und wenn etwas passiert?« »Es passiert schon nichts. Aber wenn doch, dann wendest du dich an Dilaver Bey!« »Und wer ist das?« »Ein alter Freund von mir. Von drinnen. Ich gebe dich in seine Obhut.« »Kann man ihm vertrauen?« »Hundertprozentig!« »Dann ist ja gut!« »Aber Kindchen, das Wichtigste hast du vergessen!« »Gewiss nicht. Niemand, aber auch absolut niemand darf von diesem Treffen wissen, außer Ihnen, mir und diesem – wie war doch gleich sein Name – Dilaver Bey?« »Richtig, sehr gut!« »Hasan Bey, ich werde nie vergessen, was Sie da für mich tun! Vielen, vielen Dank!« »Bete dafür, dass wir keinen Ärger bekommen!« »Es wird schon gut gehen ... Es weiß ja keiner davon ... außer uns.« »Die Wände haben Ohren!«, mahnt Hasan Bey besorgt. »Wenn das herauskommt, geht es dem Gefängnisdirektor an den Kragen.« »Keiner erfährt etwas davon«, entgegne ich und bemühe mich, dass meine Stimme nichts von meiner inneren Unruhe verrät. »Glauben Sie mir, diese Sache heute geht über die Bühne, ohne dass auch nur eine Menschenseele etwas davon mitbekommt.« »Hoffentlich!« »Was ist mit dem Diktiergerät?« »Hol es aus deiner Tasche und gib es mir. Man sollte es nicht bei dir finden. Ich werde mir schon was einfallen lassen.« »Es ist nicht in meiner Tasche. Ich habe es in eine Tüte gesteckt, sie liegt hinten auf der Rückbank. Es wäre gut, wenn ich es dabeihätte, ich kann ja nicht alles im Gedächtnis behalten, und wenn ich mitschreibe, kostet mich das zu viel Zeit.« »Du solltest dankbar sein, dass wir überhaupt so weit gekommen sind!« »Aber das bin ich doch auch! Ich bin Ihnen sogar sehr dankbar. Wenn Sie nicht gewesen wären …« Ich kann sie selbst schon nicht mehr hören, diese ewig gleichen Dankesworte, die ich wahrscheinlich schon zum hundertsten Mal wiederholt habe, und verstumme mitten im Satz.

An der nächsten Kreuzung biegt Hasan Bey rechts ab. Wir fahren noch eine ganze Weile weiter und schweigen wieder. Jeder von uns ist in seine eigenen Gedanken versunken. Später einmal biegen wir links ab, dann fahren wir noch ein kurzes Stückchen weiter, und plötzlich taucht die stacheldrahtbewehrte Betonmauer des Gefängnisses vor uns auf. Mir wird beklommen zumute, ich greife nach meiner Tasche auf der Rückbank, stelle sie auf meinen Schoß und durchwühle sie. Ich kann sie nicht ausstehen, diese Taschen mit ihren Abgründen. Alles, was man darin sucht, verkriecht sich in einer Ecke und ist verschwunden, vor allem dann, wenn man es eilig hat. Ich krame und krame, ertaste mein Asthmaspray und hole es heraus. Ganz fest umklammere ich die Spraydose in meiner Hand. »Nanu! Was hast du denn?«, fragt Hasan Bey. »Wahrscheinlich die Aufregung. Mir ist, als würde ich keine Luft bekommen.« »Ich wusste ja gar nicht, dass du Asthmatikerin bist. Eine Allergie? Reagierst du empfindlich auf Pollen?« »Nein, nein, es ist keine Pollenallergie. Vielleicht tut mir die Luftfeuchtigkeit nicht gut.« »Aber hier im Auto ist es doch gar nicht feucht. Du bist nervös. Sollen wir das Ganze abbrechen?« »Auf keinen Fall!« Der Wagen wird langsamer und kommt vor dem eisernen Tor zum Stehen. Hasan Bey steigt aus, geht zum Tor und betritt sogleich das Wachhäuschen daneben. Ich drücke auf die Spraydose und atme den Strahl ein-, zweimal hastig ein. Hasan Bey kommt zurück und fordert mich auf: »Steig aus und warte hier auf mich! Ich parke das Auto und bin gleich wieder da.«

Ich steige aus dem Auto und warte auf dem Gehsteig. Starr wie eine Statue stehe ich da, gehüllt in ein Kopftuch, das mir vom Scheitel bis zur Taille reicht, und eingeengt in diesen knöchellangen, grauen Mantel. Was für ein schreckliches Gefühl das ist! Als wäre man in einer Festung eingesperrt. Wie kann sich ein Mensch freiwillig hinter solch einer Bastion aus Stoff einkerkern lassen? Warum lassen meine Religionsgenossinnen sich das so geduldig gefallen? Ganz langsam mache ich einen Schritt ... dann noch einen und noch einen. Anscheinend kann man sich darin doch vorwärtsbewegen. Nun gehe ich ganz schnell ... zwanzig Schritte an der Mauer entlang und zwanzig zurück, immer wieder hin und her, in diesem Aufzug, an den ich mich einfach nicht gewöhnen kann. Der stocksteife Wachtposten beobachtet mich verwundert. Aus dem Tor tritt ein Mann in dunkelblauem Anzug, den Hasan Bey vom Parkplatz aus per Handy über unsere Ankunft informiert haben muss, und begrüßt uns. Ich bin immer noch nicht ganz dahintergekommen, warum alle Beamten, die einen blauen Anzug tragen, sich gleichen wie ein Ei dem anderen. Genau wie all die religiösen Eiferer mit ihren typischen Bärten, ihren runden Gesichtern und ihren listigen

Äuglein einander so ähnlich sehen oder die Fußballer mit ihren muskulösen Säbelbeinen und ihren markanten, angespannten Gesichtern oder auch die Abgeordneten mit ihren bürstenartigen Schnauzern. Dieses schmächtige, blassgesichtige Männlein wirkt, als habe es genug von seinem trübsinnigen Dasein als Mitglied der Kaste der Geringverdiener. Mit gleichbleibend unglücklicher Miene spricht der Beamte mit dem Wachmann, der in seinem Häuschen neben dem Eisentor sitzt, und hält ihm einen Zettel hin. Der Wachmann streckt seine Hand durch das kleine Fenster, nimmt unsere Ausweise und gibt uns Identitätskarten zum Anstecken. Der andere Wachmann im Freien öffnet lustlos das Tor. Wir gelangen in einen weitläufigen Innenhof. Ein Areal, wie leer gefegt, ohne einen einzigen Baum, ohne Menschen. Etwas ratlos blicke ich in der Gegend umher. Hasan Bey zieht mich am Ärmel: »Komm, Mädchen!« Während wir uns weiter vom Wachtposten am Tor entfernen, beugt sich Hasan Bey zu dem Mann hinüber und flüstert ihm etwas ins Ohr. Der Beamte in der blauen Uniform nickt immer wieder, schweigt aber. Im Eilschritt passieren wir die Tür des Gebäudes vor uns. Hier befindet sich ein Kontrollpunkt wie an Flughäfen. »Legen Sie Ihre Hand auf das Lesegerät!«, befiehlt ein Beamter. Als er meinen staunenden Blick sieht, ergreift der Mann im blauen Anzug meine Hand und legt sie auf den Scanner. Nach mir lässt auch Hasan Bey seine Hand einlesen. Ich scherze: »Wenn dieses Gerät nun schon mal unsere Hände gelesen hat, dann soll es uns doch auch gleich die Zukunft voraussagen!« Keiner lacht. Hasan Bey tut sogar so, als habe er mich nicht gehört. Hier hat man also stets ernst und traurig zu sein. Ich lege meine Tasche aufs Laufband und möchte den Kontrollpunkt passieren, da werde ich sogleich ermahnt: »Schuhe ausziehen!« Hasan Bey und ich folgen dem Befehl. In Strümpfen gehen wir durch den Kontrollpunkt. Ein Beamter nimmt die Schuhe, untersucht sie innen und unter der Sohle, dann gibt er sie uns zurück. Sowie ich meine Tasche wieder an mich nehme, fragt ein anderer Beamter, der vor dem Durchleuchtungsgerät sitzt, nach meinem Handy. Ich hole es heraus und reiche es ihm. »Das bleibt hier! Wenn Sie wieder gehen, bekommen Sie es zurück!« Eine ziemlich dicke Frau in Uniform, die auf der anderen Seite des Kontrollpunkts wartet, führt mich in eine Kabine. Ich ziehe Kopftuch und Mantel aus und lege beides auf einen Stuhl in der Ecke. Ihre kurzen, dicken Finger gleiten über meinen ganzen Körper. Nachdem sie mir ihre Hand auch zwischen die Beine geschoben hat, sagt sie: »Sie können sich anziehen!« »Die hat mich gar nicht erkannt«, denke ich, während ich das Kopftuch wieder anlege. Dann muss ich innerlich darüber lachen, dass ich mich selbst für so wichtig halte. Warum sollte sie mich denn kennen? Selbst wenn sie die Zeitung lesen würde, für die ich schreibe – das klitzekleine Foto über meiner Kolumne wurde vor fast zehn Jahren aufgenommen. Die jüngsten Fotos von mir haben mir nämlich nicht gefallen, und deshalb gab ich der Zeitung eines, das schon ein paar Jahre alt war. Im Zeitungsdruck kommen zudem meine Haare so dunkel heraus, dass man mich für brünett halten könnte. Aber auch wenn ich so aussehen würde wie auf dem Bild – wie viele Menschen in diesem Land lesen denn schon eine linksgerichtete Zeitung mit dem abschreckenden Namen *Synthese,* in der neunmalkluge Autoren ihre Kolumnen schreiben? Wie unglaublich naiv, zu befürchten, es könnten mich Leute außerhalb der Zeitung und meines überschaubaren Bekanntenkreises erkennen! Warum nur habe ich Hasan Beys Rat befolgt und mich in diese bizarren Gewänder gehüllt, für den Fall, dass jemand auftaucht, der mich erkennen könnte? Warum?

Weil er alles von mir hätte verlangen können, wenn er nur dieses Treffen arrangiert. Deshalb! Ich hätte jede Art von Kleidung angezogen, ich hätte jeden Preis bezahlt, nur damit er mich hier einschleust und ich mein Interview machen kann. Ich will die Erste sein, die mit dieser politischen Gefangenen spricht, wozu noch niemand vorher Gelegenheit hatte. Ich will ihr entlocken, wie sie fühlt und was sie denkt, will alles über ihren Werdegang erfahren, den Schleier heben, der verbirgt, wie sie privat lebt, will jeden einzelnen Kilometer des Schicksalsweges, der sie bis hierher geführt hat, mit ihr gemeinsam abschreiten. Danach werde ich mich an meinen Computer setzen und den bedeutendsten Artikel meines Lebens schreiben, gespickt mit Liebe, Hoffnung und sogar Sehnsucht. Nur ich allein werde das tun können, aus Gründen, die tief in mir verborgen liegen. Das traue ich mir ohne Weiteres zu, und nebenbei hege ich die kleine Hoffnung, dass ich vielleicht, wer weiß, nach dieser Reportage endlich türkeiweit als Journalistin bekannt werde.

Durch die nächste Tür gelangen wir auf einen Korridor. Der Mann in Blau geht voraus und schließt eine Tür an der rechten Seite auf. Der Raum dahinter sieht aus wie ein Wartezimmer. Wir treten ein und setzen uns einander gegenüber auf Plastikstühle. »Keine Sorge, es wird alles glatt gehen!«, beruhigt mich Hasan Bey und versucht, die leichte Unruhe in seiner Stimme zu überspielen. »Dilaver Bey wird während des Treffens nicht anwesend sein. Du kannst deine Reportage ganz alleine durchziehen. Dagegen spricht doch nichts, oder?« »Natürlich nicht!« Ich kann kaum das Lächeln verbergen, das sich auf meinem Gesicht ausbreiten möchte. Es wäre mir nicht im Traum eingefallen, dass bei diesem Treffen möglicherweise noch eine dritte Person anwesend sein könnte. Du großer Gott, da hatte ich ja noch mal ungeahntes Glück! Was hätte ich bloß gemacht, wenn dieser Dritte, oder auch Hasan Bey, darauf beharrt hätte, während der gesamten Besuchszeit anwesend zu sein, obwohl sie doch gar nicht in diese Welt hineinpassen, die sich nur zwei Menschen gemeinsam erschaffen können? Meine Hoffnung auf diese Zauberwelt wäre sicherlich zerbrochen. »Hasan Bey, machen Sie sich keine Gedanken! So ist es viel besser.« Als ich merke, wie erstaunt er über meine Freude ist, füge ich noch hinzu: »Das ist doch viel intimer, so von Frau zu Frau.« Diesmal tritt einer mit einem grauen Anzug ein. Er und Hasan Bey schütteln sich die Hände und erkundigen sich gegenseitig nach ihrem Befinden. Nach dem Austausch der üblichen Höflichkeitsfloskeln erhebt sich Hasan Bey und legt seine Hand auf meine Schulter. »Ich muss jetzt gehen. Ich übergebe dich Dilaver Bey.« Dieser Mann mit dem feinen, langen, kummervollen Gesicht, der in seinem grauen Anzug wirkt wie eine traurige Regenwolke, nimmt das ihm anvertraute Gut wortlos mit einem Nicken in seine Obhut. Hasan Bey muntert mich noch auf: »Also dann, viel Erfolg, mein Mädchen! Ach, und noch etwas, diese Sache mit dem Diktiergerät habe ich geregelt, sie werden es dir bringen. Um fünf Uhr werde ich wieder am Tor sein, um dich abzuholen. Wenn du früher fertig bist, dann ruf mich einfach an!« Als er mit Dilaver Bey den Raum verlässt, zwinkert Hasan Bey mir noch zu, als wolle er sagen: »Wird schon klappen!« Ich aber bleibe mutterseelenallein in dieser Gefängniszelle zurück. Der kalte Schweiß läuft mir über den Rücken. Glücklicherweise bin ich nicht lange allein, denn kurze Zeit später erscheint Dilaver Bey wieder in der Tür und fordert mich auf: »Bitte folgen Sie mir!« In aller Eile hetze ich in meinen langen Kleidern, die sich mir um die Beine wickeln, hinter diesem Fremden durch den steingepflasterten Korridor des Gefängnisses und höre nichts weiter als meinen Herzschlag und meine Schritte. Und ich habe Angst. Jetzt bin ich doch beunruhigt wegen dieses Treffens, in das ich mich Hals über Kopf gestürzt habe, ohne zu bedenken, was mir alles zustoßen könnte, und ohne auf diejenigen gehört zu haben, die mir davon abrieten. Meine Knie zittern leicht, und ich schwitze unter meinem dicken Mantel. Wir, der Mann in Grau vorneweg und ich dahinter, haben uns auf eine ewig währende Reise durch einen langen, farblosen, steinernen Gang begeben, der kein Ende zu nehmen scheint; so gehen wir dahin, einer hinter dem anderen ... weiter, weiter und immer weiter ... Mir ist, als hörte ich Hümeyra, wie sie Aşık Veysels Verse singt: »Ich bin auf einem schmalen Pfad ... weiß nicht, wie es um mich steht!« Über ausgetretene steinerne Treppenstufen steigen wir ein Stockwerk höher. Dann gehen wir durch einen weiteren, von Lampen erhellten Korridor. Plötzlich bleibt Dilaver Bey stehen und steckt einen Messingschlüssel, den er aus seiner Tasche geholt hat, in das Schloss einer der Türen auf der linken Seite.

Als er den Schlüssel herumdreht, springt die Tür auf. Er lässt mich eintreten und bittet mich zu warten. Ich möchte so vieles fragen, aber Hasan Bey hat mir eingeschärft, so wenig wie möglich, am besten gar nichts zu sagen, also halte ich mich zurück. »Hier wird Sie niemand stören«, sagt Dilaver Bey. Er legt mein Diktiergerät, das er aus seiner Tasche gezogen hat, auf den Tisch und weist mich an: »Stecken Sie das vorläufig noch ein. Später, wenn Sie es brauchen, können Sie es benutzen!« »In Ordnung«, entgegne ich und werfe das Gerät hastig in meine Tasche. Dilaver Bey geht hinaus und macht die Tür hinter sich zu. Ich hoffe, dass er mich nicht eingeschlossen hat. Erst möchte ich aufstehen und es überprüfen, lasse es dann aber doch sein, damit mich nicht der Schlag trifft, wenn er doch abgesperrt haben sollte.

Der kleine Raum ist so gut wie leer. In der Mitte steht ein hölzerner Tisch mit vier Stühlen. Die von der Decke baumelnde nackte Glühbirne wirft einen fahlen Lichtschein auf den Tisch.

Ich ziehe das Tuch vom Kopf, richte mir das Haar und ziehe auch den langen Mantel aus, bleibe in Rollkragenpulli und Rock. Ach, was für ein gutes Gefühl, endlich wieder man selbst zu sein! Meine Angst lässt allmählich nach. Ich lege das schwarze Kopftuch zusammen, stecke es in die Tasche und ziehe mein Heft und die Stifte heraus. Außerdem lege ich noch die Zigaretten auf den Tisch, die ich in den Tiefen der Tasche in einer Plastiktüte verstaut hatte. An jeder Tischseite steht ein Stuhl, und ich setze mich auf den, von dem aus ich die Tür im Blick habe. Ich warte.

Die Warterei zieht sich hin. Jede Sekunde kommt mir wie eine Stunde vor. Die Zeit vergeht einfach nicht. Hier drinnen ist nicht der geringste Laut zu hören. Eine unerträgliche Stille. Jenseits der dicken Gefängnismauern fließt das Leben weiter – in diesem kleinen Raum gibt es nur einen Tisch, vier Stühle und die stehen gebliebene, erstarrte Zeit, sonst nichts. Man hört keinen Wind, keinen Regen, keinen Straßenlärm. Außer meinem Atem keine Spur von Leben. In dieser Gefängniszelle wäre es nicht einmal möglich, den Flügelschlag eines Vogels zu hören, der sich auf einem Fenstersims niederlässt, denn hier gibt es überhaupt kein Fenster. Auf dem Korridor geht entweder niemand, oder man kann auch die Schritte von hier drinnen nicht wahrnehmen. Ich versteige mich in das Gefühl, dass man mich mit unendlicher, heimtückischer Stille bestraft, da ich auf nicht ganz legale Art und Weise hier hereingekommen bin, und denke: »So also fühlt man sich in Gefangenschaft.«

Gefangenschaft – an einem Ort festzusitzen, wo das Leben stockt, die Zeit erstarrt und die Farben verblasst sind. Wie bedeutsam für mein Leben doch der nervtötende Lärm ist, der mich sonst immer in den Wahnsinn treibt! Ich wünschte, ein Kind würde kreischen, irgendeiner würde mit Türen schlagen, das Radio würde rauschen, die Straßenhändler ihre ohrenbetäubenden Rufe durch die Gegend schreien oder ungeduldige Autofahrer gestresst auf ihre Hupen drücken. Wenn nur irgendwo eine Waschmaschine brummen, eine Wasserleitung quietschen oder ein undichter Hahn tropfen würde! Könnte denn jetzt nicht meine Putzfrau hier auftauchen und mir von den Rückenschmerzen ihrer Schwiegermutter oder ihren absurden Träumen erzählen, die mich eigentlich nicht im Geringsten interessieren? Anscheinend bleibt die Zeit stehen, sobald die alltägliche Klangkulisse ausbleibt, an die ich mich gewöhnt habe, ohne sie bewusst wahrzunehmen, und ohne die sich der Raum rasend schnell auf zwei Dimensionen reduziert. Wie betäubt warte ich in diesem beklemmenden Raum, erstarrt in der still stehenden Zeit.

Draußen sind Schritte zu hören. Ich spitze meine Ohren wie ein Hund und lausche. Jemand macht die Tür auf, steckt den Kopf herein und sieht zu mir herüber, dann zieht er die Tür wortlos wieder zu und geht davon. Also war die Tür nicht abgeschlossen! Mir ist etwas wohler. Die Schritte entfernen sich. Wieder umfängt diese absolute, undurchdringliche Stille den Raum. Kein Laut, keine Farbe, nichts rührt sich. Ich bleibe in meinen beigefarbenen Kleidern reglos auf dem Stuhl sitzen, so als wäre ich nicht lebendig, sondern auf eine Fotografie gebannt. Plötzlich dröhnt mir mein Magenknurren wie Donnergrollen in den Ohren. Ah, ein Lebenszeichen! Erfreut lege ich die Hand auf meine Brust und verfolge aufmerksam meinen Herzschlag. Ob ich wohl auch fühlen könnte, wie das Blut durch meine Adern strömt, wenn ich nur ganz genau darauf achte? Bisher war mir gar nicht bewusst, welch schwere, unerträgliche Last es für den Menschen sein kann, mit sich selbst allein zu sein. Mein Gott, bin ich, indem ich freiwillig hier hereingestapft bin, jetzt selbst zur Gefangenen geworden? Hat man, trotz aller Vorsicht und

Diskretion, doch herausgefunden, dass ich hier in diesem Zimmer eine politische Gefangene treffe, und mich nun auch inhaftiert zwischen diesen Steinmauern? Nimmt denn dieses Warten nie ein Ende?

Ich starre auf die Tür und überlege, ob sie sich vielleicht nur von außen, aber nicht von innen öffnen lässt. Wieder erfasst mich Panik. Ich springe von meinem Platz hinüber und hantiere am Türknauf. Die Tür springt auf. Ich glotze in den langen, vollkommen leeren Korridor und kehre wieder an den Tisch zurück. Eingesperrt bin ich also nicht! Obwohl ich erleichtert bin, kommt es mir immer noch so vor, als würde mir eine unsichtbare Hand die Kehle zudrücken. Ich habe Angst, schließe meine Augen, atme tief durch und bete still: »Lieber Gott, bitte steh mir bei!«, denn ich weiß, dass dies meine letzte Chance ist. Wenn ich dieses Interview nicht zustande bringe, verliere ich möglicherweise meinen Job. Es ist die letzte Chance, mir meine Kolumne auf der Seite fünf meiner Zeitung nicht von diesen langhaarigen und langbeinigen jungen Frauen entreißen zu lassen, die von ihren Laufstegen abtreten und von Bildschirmen hüpfen und wie ein Sturm in die Zeitungslandschaft einbrechen. Auch ich war einmal so eine langbeinige, langhaarige Blondine, aber bedauerlicherweise waren diese Magazin- und Zeitungsspalten damals ausschließlich den renommierten Autoren vorbehalten, die sie bereits Jahre zuvor unter sich aufgeteilt hatten. Allesamt Männer, die eine spitze Feder hatten und nie die Zeitung wechselten. Um sich in einer dieser Kolumnen einnisten zu können, musste man ein Mann sein, und man musste warten, bis der Inhaber einer Kolumne starb. Zu der Zeit, als die Kolumnisten diese Privilegien verloren, bröckelte bei mir allmählich der Lack ab. Und siehe da, das ungerechte Schicksal wollte es, dass gerade, als es mir gelungen war, mir als Autorin einen Namen zu machen, die Zeitungsspalten plötzlich den raffinierten und hübschen Dingern offenstanden. Deshalb muss ich den Stier bei den Hörnern packen, um meinen Platz halten zu können. Und eben deswegen bin ich hier, um den Stier bei den Hörnern zu packen. Einzig und allein aus diesem Grund habe ich mich seit Monaten schier zerrissen vor Eifer, um dieses Treffen zu arrangieren. Ich habe alles Mögliche in Kauf genommen, habe alle Fäden gezogen und Hasan Beys Vertrauen gewonnen, der ein Schwager des Gefängnisdirektors und selbst auch pensionierter Polizeibeamter ist. Ich bin mir darüber im Klaren, dass es ganz unabdingbar ist, etwas Besonderes zu leisten, um meine Position halten zu können. Denn meine Arbeit zu verlieren, würde ich nicht verkraften. Ist das alles? Geht es wirklich nur darum, ein interessantes und schwieriges Interview zu führen? Nein, da gibt es ja noch einen anderen Grund, warum ich hier bin, einen Grund, der rein gar nichts mit materiellen oder beruflichen Dingen zu tun hat.

Aber wenn sie nicht kommt, wenn sie das Ganze sausen lässt? Ein eisiger Schauer läuft mir über den Rücken. Nein, nein, sie wird schon kommen. Mit Sicherheit, und diese Begegnung wird ein Wendepunkt für mich sein. Wie ein Stern werde ich strahlen. Alle Welt wird über diese Reportage sprechen. Im kommenden Jahr wird man mir wahrscheinlich den Journalistenpreis verleihen. Vielleicht eröffnet mir diese Artikelserie ja auch ein neues Jobangebot. Irgendwie, irgendwo und irgendwann muss sich doch mein düsteres Schicksal einmal zum Besseren wenden. Wenn ich nach Hause komme, möchte ich nicht wieder im Spiegel in mein unglückliches, müdes Gesicht sehen und sagen müssen: »Wieder nichts, auch das hast du nicht geschafft, Nevra!« Denn ich habe meine Erfolglosigkeit endgültig satt, habe genug davon, eine Versagerin zu sein. Ich bin eine Idiotin, die mutwillig ihre Ehe zerstört hat, die aufgrund eigener Fehler erst ihren Mann, dann ihren Traumjob und schließlich auch noch ihr Kind verloren hat. Eine Versagerin, die nichts zu Ende bringen kann, eine total Bekloppte, die es nicht schafft, einen Mann, ja nicht einmal einen Geliebten zu haben. Wenn ich die Sache heute vermassle, wenn ich aus diesem Interview, für das ich tausend Saltos geschlagen und wer weiß wie viele Strippen gezogen habe, wieder nichts mache, wenn ich dann gezwungen sein werde, meinen Computer abzubauen, meine wenigen persönlichen Habseligkeiten zusammenzupacken und auszuziehen aus meinem Büro im siebten Stock des lang gestreckten Gebäudes an der Istanbuler TEM-Autobahn, das zu den ohne Baugenehmigung hochgezogenen Apartmenthäusern hinausgeht, also mit Aussicht auf die »türkische Realität« – werde ich dann nicht zu guter Letzt die einzige Verbindung kappen, die mich im letzten Jahr am Leben gehalten hat? Was bleibt mir dann noch, woran ich mich festhalten könnte? Was? Mein Gott, hilf, dass dieses ostanatolische Dorfmädchen, das heute von den einen als Terroristin geschmäht, von anderen als Heilige verehrt wird, weil es, durch die politischen Umstände in eine bedeutende Rolle gedrängt, zum Star der letzten Jahre geworden ist, zu mir kommt und mit mir spricht. Mit mir spricht und mein Schicksal verändert.

Warum kommt sie denn nicht? Warum verspätet sie sich so? Hat sie das Recht, meine Zeit so zu vergeuden, da doch jede Sekunde so wertvoll ist wie Gold, ja sogar wie ein Brillant? Kurz zuvor habe ich mich noch beklagt, dass die Zeit nicht vergeht, und als wolle sie mich nun verhöhnen, rast sie mir plötzlich davon. Mit aller Macht möchte ich sie nun gerne aufhalten. Ich befürchte, dass die Zeit nicht ausreichen wird für all die Fragen, die ich seit Tagen vorbereitet habe, und die Antworten darauf. Dann reicht sie eben nicht, ich gebe jedenfalls mein Bestes. Ich werde so viel Zeit herausschlagen wie möglich, denn mir ist klar, dass ich nicht noch einmal hier hereinkommen werde. Wenn sie nur endlich käme! Sie soll jetzt kommen! Aber sie kommt einfach nicht. Großer Gott, hat sie womöglich einen Rückzieher gemacht? Warum taucht sie denn nicht auf?

Als ich, um meine Aufregung zu unterdrücken, mit schnellen Schritten um den Tisch herumgehe und versuche, in Gedanken meine Fragen zu sortieren, keimt eine weitere Befürchtung in mir auf: Was, wenn sie zwar kommt, aber ich das Gespräch nicht so steuern kann, wie ich möchte? Oder wenn sie auf meine Fragen nicht antwortet oder abweisend reagiert? Oder noch schlimmer: Sie ist abweisend, ich lasse meine Rollläden herunter und ziehe mich zurück, so wie immer, wenn ich sauer bin. Oder es kommt der Moment, in dem ich es so satthabe, mich zu beherrschen oder nachzugeben, dass ich mich, ohne es zu wollen, dazu verleiten lasse, zu sagen: »Ganz wie du willst, Zeliha Bora, bis hierher und nicht weiter, mir reichts!« Denn bei mir ist alles möglich, das ist alles schon mal vorgekommen. Und wie oft schon … Wenn mir das Blut in den Kopf steigt, kann ich nicht mehr dafür garantieren, was ich von mir gebe.

»Huch!« Vom Öffnen der Tür überrascht, fahre ich hoch. In der Tür erscheint Zeliha Bora mit tiefschwarzen Augen, einem dunkelbraunen, leicht ins Rötliche spielenden Pagenkopf, in erschöpfter, aber würdevoller Haltung. Hinter ihr steht Dilaver Bey. Erst mache ich eine unwillkürliche Bewegung, die Gefangene zu umarmen, habe mich aber gleich wieder im Griff. »Haben wir Sie erschreckt?«, fragt Dilaver Bey.

Als wäre ich hier die Gastgeberin, strecke ich die Hand aus und sage zu Zeliha Bora: »Herzlich willkommen!« Wie bescheuert von mir!

»ICH heiße SIE herzlich willkommen!« Zeliha Boras Stimme klingt heiser, als wäre sie erkältet. Ich habe eine höhere Stimme erwartet. Jetzt liegt ihre Hand in meiner. Sie hält meine Hand fest umschlungen, genau wie ich die ihre. Das ist gut. Ich mag die Leute nicht, die einem nur mit den Fingerspitzen lasch die Hand geben. Wir stehen einander gegenüber und mustern uns gegenseitig. Sie scheint wesentlich ruhiger zu sein als ich. Obwohl ich ganz flache Schuhe angezogen habe, bin ich einen Kopf größer als sie. Erstaunlich!

»Vielen Dank, dass Sie bereit sind, mit mir zu sprechen.« »Die Zeit ist reif dafür, mich mit jemandem zu unterhalten.« Während sie sich setzt, bietet sie mir mit einer Geste auch einen Platz an. Ich setze mich ihr gegenüber. Bevor Dilaver Bey den Raum verlässt, sagt er noch: »Ich bin in der Nähe, für den Fall, dass Sie irgendetwas brauchen.« »Danke!« Der Mann geht hinaus. Wir sehen uns an, zwei annähernd gleichaltrige Frauen, Zeliha Bora und Nevra Tuna, die einander an einem Tisch gegenübersitzen.

»Ich lese gerne Ihre Artikel«, meint sie lächelnd. »Danke sehr.« Zeliha Bora hat einen leicht ostanatolischen Akzent und einen kaum wahrnehmbaren geringschätzigen Zug um den Mund. Weil wir beide nicht wissen, was wir sagen sollen, schweigen wir erst einmal. »Über die Haftbedingungen haben Sie sich nicht zu beschweren, oder?«, frage ich dann, nur damit etwas gesagt ist. Kaum sind die Worte über die Lippen, bereue ich es auch schon. Was für eine blödsinnige Frage! Was könnte ich schon tun, wenn sie sich tatsächlich beschweren würde. »Nein«, antwortet sie. Ich spreche weiter: »Bis gestern Abend war noch nicht eindeutig klar, ob diese Unterredung wirklich stattfinden kann. Erst spätnachts hat Hasan Bey dann angerufen, sonst wäre ich nicht mit leeren Händen zu Ihnen gekommen. Wenn Sie irgendetwas brauchen, werde ich mich bemühen, es Ihnen zu bringen!« »Danke, aber ich brauche nichts. Ich will hier nur so schnell wie möglich raus.« »Das wird auch geschehen. Schon bald, sehr bald.« »Hoffentlich ...« »Sie wissen doch, dass dafür mit großer Anstrengung gekämpft wird.

Es werden Unterschriften gesammelt und Briefe geschrieben.« »Das habe ich gehört.« »Damit kann man bestimmt etwas erreichen.« »Wir wollen es hoffen.« »Zeliha Hanım, da unsere Zeit sehr begrenzt ist ... Sie wissen doch, dass unser Treffen von einer sehr einflussreichen Persönlichkeit arrangiert wurde ... Wir werden uns wahrscheinlich kein zweites Mal treffen ...« »Ich weiß.« »Wollen Sie gleich anfangen zu erzählen? Vielleicht beginnend mit Ihrer Kindheit, Ihrem Dorf, Ihrem Stamm ...« »Wenn wir so weit zurückgehen, dann werden wir wahrscheinlich nicht mehr zu dem Grund kommen, warum ich hier drin bin.« »In diesem Artikel soll auch Ihr Werdegang zur Sprache kommen, es soll kein Text sein, der nur voller politischer Botschaften steckt.« »Meine politischen Ansichten sind es aber, die mich zu dem machen, was ich bin.« »Aber zweifelsohne spielt auch Ihre Lebensgeschichte eine Rolle dabei, wie Sie zu dieser politischen Identität gekommen sind.« «Da unsere Zeit so kurz bemessen ist, halte ich es für reine Zeitverschwendung, Ihnen von meiner Kindheit zu erzählen. Diese Informationen können Sie sich auch ohne Weiteres von anderen beschaffen.« »Ich würde sie aber gern von Ihnen selbst hören. Zum Beispiel was für ein Gefühl es ist, ein Kind zu sein, das mit drei verschiedenen Müttern aufwuchs, oder welchen Einfluss die Stammestraditionen auf Sie hatten. Das kann mir doch kein anderer vermitteln.« »Sie haben Ihre Hausaufgaben gut gemacht. Wenn Sie das alles herausgefunden haben, wissen Sie doch sowieso über meine Kindheit Bescheid.« »Ja, ich weiß, dass Sie als Mädchen eines Stammes in einer kinderreichen Großfamilie ohne Vater, aber mit drei Müttern groß geworden sind.« »Na also, wenn Sie das auch schon wissen, dann können wir das Kapitel Kindheit doch überspringen.«

Ich spüre, dass ich gegen ihren Widerstand nichts ausrichten kann. Dabei sind es gerade ihre Kindheitserinnerungen, die ich aus ihrem Mund hören wollte. Vielleicht kann ich ihr später dazu noch etwas entlocken. »Also gut, überspringen wir die Kindheit, kommen wir zu Ihrer Jugend. Sie haben sehr jung geheiratet. Ich glaube, es war jemand, den Ihre Familie nicht akzeptiert hat. Später haben Sie sich von Ihrem ersten Mann getrennt und einen Mann geheiratet, der wesentlich älter ist als Sie. Warum haben Sie sich von Ihrem ersten Mann scheiden lassen? Wollte Ihre Familie die Scheidung?« »Nein. Ich hatte meinen Fehler eingesehen und kehrte nach Hause zurück.« »Oder hat Sie etwa Ihr Stamm dazu gezwungen?« »Ich habe doch gerade gesagt, dass mich niemand dazu gezwungen hat. Ich bin freiwillig zurückgegangen. Ich habe mich nicht mit ihm verstanden.« »Wer hat Ihren jetzigen Ehemann für Sie ausgesucht?« »Die Familie hielt ihn für den Richtigen.« »Um Sie zu bestrafen? Wegen Ihrer ersten Ehe?« »Das ist eine schwere Beleidigung für meinen Mann. Ich war immer stolz darauf, seine Frau zu sein.« »Aber zwischen Ihnen beiden besteht ein gewaltiger Altersunterschied.« »Na wenn schon. Er war gut zu mir und hat mich glücklich gemacht.« »Aber es war keine Liebesheirat ...« »In der Liebesheirat habe ich nicht das finden können, was ich suchte. Bei arrangierten Ehen entwickelt sich die Liebe mit der Zeit und wird viel stabiler.« »Zeliha Hanım, ich bin hierhergekommen, um Sie in allen Ihren Facetten kennenzulernen und zu beschreiben. Das ist auch nicht ganz ungefährlich für mich ...« Als ich bemerke, wie sie mich ansieht, höre ich mitten im Satz auf zu sprechen. Meine Güte, ich kann doch einer Frau, die seit Jahren im Gefängnis sitzt, nicht vorhalten, dass ich mich für ein Interview von ein paar Stunden irgendwelchen Gefahren aussetze. Ich räuspere mich und sage: »Ich möchte, dass wir ohne Hintergedanken, ganz frei von der Leber weg miteinander sprechen. Lassen Sie uns einmal die Gründe, die uns hier zusammengeführt haben, genauer unter die Lupe nehmen. Lassen Sie uns das, was offiziell nicht gelöst werden kann, unter uns zwei Frauen lösen. Und diese Lösung wollen wir in unserem Artikel aufscheinen lassen ...« »So, wir sollen also die Welt retten?« »Die Welt nicht, aber vielleicht uns, das Land, unser Volk.« »Sie glaubens wohl wirklich!« »Ich glaube fest daran, dass sich jedes Problem durch unsere Kommunikation und gegenseitige Annäherung lösen lässt.« »Wenn sich doch nur jedes Problem allein durch gegenseitige Annäherung lösen ließe!« »Ich bin nur eine gewöhnliche Journalistin, aber es gibt Millionen von Menschen in diesem Land, die genauso denken wie ich. Menschen, die keinen Krieg und keinen Streit wollen, die gegen das Töten und die Unterdrückung sind und die dafür sind, dass, wer will, seine Muttersprache frei sprechen und in Radio und Fernsehen hören kann. Zu diesen Menschen zähle ich auch, und ich werde für sie zum Sprachrohr.« »Und wohin gehen diese Millionen von Menschen, wenn Wahlen sind? Warum werden wir immer nur von denjenigen regiert, die nicht für eine Lösung sind? Warum bringt die Nation immer diejenigen an die Macht, die für Krieg und Streit sind?« »Zeliha Hanım, ihr habt doch eine große Chance bekommen, eure Probleme im Parlament ohne Krieg und ohne Streit zu lösen. Es war euer Fehler, sie nicht zu nutzen ...Was ich damit sagen will, ist, dass es auf beiden Seiten Leute gibt, die Fehler machen.« »Sie stimmen mir also darin zu, dass wir in zwei Lager geteilt sind, oder nicht?« »Ich glaube an den Einheitsstaat. Sprache und Religion in diesem Einheitsstaat können differieren, so wie es ja auch in Amerika ist. Aber ich kann nicht akzeptieren, dass sich die Menschen in diesem Land gegenseitig als Feinde betrachten, und nie und nimmer, dass sie sich bekriegen.« »Aber sie stehen sich weiterhin feindlich gegenüber, und Krieg gibt es auch, nicht wahr? In Häusern finden Razzien statt, ganze

Dörfer werden entvölkert, Menschen werden erniedrigt und gefoltert oder finden einen gewaltsamen Tod, und manche werden in ihren Hotelzimmern abgefackelt. Für all das gibt es Beweise.« »Stimmt, Zeliha Hanım, ich gebe Ihnen recht, und ich schäme mich dafür, habe selbst Gewissensbisse. Aber genau wie Sie kann auch ich davon berichten, dass Dörfer überfallen und Männer an die Wand gestellt werden, Häuser mit Alten und Kindern darin in Brand gesteckt werden, Straßen vermint und unschuldige junge Männer beschossen werden, die nur ihren Wehrdienst ableisten. Baumaschinen, die in diese Region kommen, um Straßen und Gebäude zu errichten, werden in die Luft gesprengt und Lehrer umgebracht. Und Menschen, die sich an solchen fürchterlichen Aktionen nicht beteiligen, werden von ihren eigenen Leuten gefoltert. Ist es nicht so? Auch ich kann das alles mit Dokumenten und Fotos beweisen. Um es auf den Punkt zu bringen: Keiner hat eine weiße Weste. Deshalb sollten wir, wenn Sie damit einverstanden sind, gar nicht erst mit all diesen Schuldzuweisungen beginnen. Lassen Sie uns lieber nach vorne schauen, was meinen Sie?« »Wenn man für die Unabhängigkeit kämpft, gehören doch kriegerische Auseinandersetzungen, Gewalt und Tod dazu.« »Aber wenn sich ein Staat dagegen wehrt, dann ist das alles nicht normal, oder wie?« »Das schon. Aber Menschen ihre eigene Scheiße fressen zu lassen, so etwas ist nicht hinnehmbar, auch nicht, wenn es sich um den schrecklichsten Feind handeln würde. Eine Gesellschaft, die mit so etwas einverstanden ist, hat kein Fünkchen Ehre und Gewissen mehr.« »Lasten Sie die individuellen Praktiken einiger Perverser doch nicht der gesamten Gesellschaft an, Zeliha Hanım. Jeder vernünftige Mensch und sämtliche Institutionen haben das, was Sie da vorbringen, entschieden abgelehnt. Wenn man von gesellschaftlicher Moral spricht, darf man nicht mit zweierlei Maß messen. Gibt es denn Ihrer Meinung nach noch ein Gewissen in einer Gesellschaft, in der sich unter den zig anwesenden Händlern kein einziger Augenzeuge findet, wenn ein Polizist vor den Augen seines eigenen Kindes mitten auf dem Marktplatz umgebracht wird? Ich weiß nicht, ob Sie sich erinnern – am Fuße des Berges Cudi wurden Kinder getötet. Meine Zeitung ließ mich die Bildunterschriften für das Foto von ihren Leichen verfassen. Wissen Sie, wie alt diese Kinder waren? Eines der Mädchen war acht, das andere neun und der kleine Junge drei Jahre alt. Beim Überfall auf das Dorf B. beispielsweise reihte man die Männer vor der Mauer der Moschee auf und mähte sie vor den Augen ihrer Kinder, Frauen und Mütter nieder. Nannten Sie so etwas nicht gerade eben noch ›Unabhängigkeitskampf‹?« Zeliha Bora bekommt einen feindseligen Gesichtsausdruck, und ihre schwarzen Augen blitzen auf. »Darf ich Sie etwas fragen?« »Nur zu!« »Wer hat Sie geschickt?« »Wie bitte?« »In wessen Auftrag sollen Sie mich treffen? Für wen werden Sie in Ihrer Kolumne bellen?« Nun ist passiert, wovor ich Angst hatte. Am Glühen meiner Ohren und am Zucken meines rechten Auges merke ich, wie mir das Blut in den Kopf steigt. Ab jetzt, das ist mir klar, kann ich für nichts mehr garantieren, was aus meinem Mund kommt. Der Dämon, der in mich fährt, wird eine Schimpfkanonade von sich geben, und bald darauf werde ich mich auf dem Gang wiederfinden und auf die Ausgangstür zuhasten – ohne Reportage!

»Hören Sie mal gut zu! Niemand hat mich geschickt. Ich mache auch für niemanden den Berichterstatter oder den Hund. Ich bin Journalistin, und ich möchte Ihre Lebensgeschichte zu Papier bringen. Ich habe gedacht, bei dieser Gelegenheit könnten wir uns zusammensetzen und mit weiblichem Einfühlungsvermögen nach einer Lösung für die Probleme zwischen Türken und Kurden suchen. Ich bin aus eigenem Antrieb hierhergekommen. Ich könnte nicht einmal behaupten, dass die Zeitung hinter mir steht. Das Einzige, was ich dafür bekomme, wenn ich diese Reportage mache und sie gedruckt werden sollte, ist ein bisschen Geld. Ich bin nicht so ein kämpferischer Mensch wie Sie, sondern lediglich eine Journalistin, die recherchiert. Und obwohl Sie so krampfhaft an der Unterscheidung von ›wir‹ und ›ihr‹ festhalten, habe ich aus persönlichen Gründen Zuneigung für ›euch‹, ja, ich respektiere sogar ›euren‹ Kampf. Was mich aber von ›euch‹ unterscheidet, ist, dass ich unabhängig bin. Deswegen kann ich die Vorgänge objektiv betrachten.« Meine innere Stimme mahnt: »Komm wieder runter, Nevra, verpatze die Sache nicht!« Aber wie immer dringt mein Verstand nicht bis zu meinem Mundwerk durch. Werde ich denn nie Vernunft annehmen, nie etwas dazulernen? Zeliha Hanım fällt mir ins Wort: »Also, weil Sie unseren Kampf achten und uns mögen, regen Sie sich jetzt so auf und klagen uns an?«

Ihr allmählich härter werdender ostanatolischer Akzent sagt mir, dass auch sie nun gereizt ist. Dieser Akzent, der ihr Unbehagen zeigt, wirkt auf mich entspannend, beruhigend, und ich antworte ihr: »Sie glauben also nicht, dass ich es gut meine? Schade! Wer hat euch so aufgehetzt, auf wen seid ihr hereingefallen, und warum musste es so weit kommen, wenn es doch möglich wäre, sich zu verständigen? Ach, wenn ihr doch einsehen würdet, dass wir keine anderen Freunde haben als uns selbst. Wenn wir keine Verständigung hinkriegen, verlieren wir beide Seiten.« »Machen wir uns doch nichts vor, Frau Journalistin. Etwas, wie ein ›wir‹ gibt es nicht. Wir wissen doch beide, wer wir sind und was wir wollen. Und wir wissen beide, was unser Auftrag ist.« Da unterbreche ich sie: »Ich habe Ihnen doch gesagt, dass ich keinen Auftrag habe im Gegensatz zu Ihnen. Sie können die Last auf Ihren Schultern nicht so einfach ablegen. Sie können gar nicht so frei sein wie ich, können nicht sagen, was Ihnen auf dem Herzen liegt. Ich habe ja ganz vergessen, dass Sie immer noch gezwungen sind, für jedes Wort Rechenschaft abzulegen, das Sie irgendjemandem gegenüber fallen lassen. Entschuldigen Sie bitte, ich sollte Sie nicht nötigen, immerhin haben Sie eine Mission.« »Ja, aber sicher.« »Dann erläutern Sie mir doch bitte diese Mission!« »Die Freiheit meines Volkes ...« »Halten Sie es für richtig, das Volk zu trennen, in die ›euren‹ und die ›unseren‹? Wer von uns, der gesunden Menschenverstand hat, will denn nicht die Freiheit für jeden, der innerhalb unserer Landesgrenzen lebt?« »Mich interessiert in erster Linie mein eigenes Volk.« »Ist dieses Volk etwa nicht auch mein Volk? Leben wir nicht auf ein und demselben Boden?« »Dass ich nicht lache!« »Wir mögen verschiedene Muttersprachen haben, aber wenn wir seit Jahrhunderten eng miteinander zusammenleben konnten, Zelha... äh ... Zeliha ... darf ich Sie Zeliha nennen?« »Das dürfen Sie, meine liebe Nevra Hanım, gerade weil Sie ›uns‹ doch so sehr lieben.«

Ich tue so, als hätte ich ihren Spott nicht verstanden, und sage: »Wollen Sie nicht auch das förmliche Hanım einfach beiseitelassen?« Als keine Antwort kommt, fahre ich fort: »Wenn wir doch untereinander heiraten konnten, Nachbarn sein konnten, engste Freunde werden konnten ...« »So? Waren wir das denn je?«, fragt sie spöttisch. »Etwa nicht?« »Nein.« »Im Befreiungskrieg haben wir doch Schulter an Schulter gekämpft.« »Ach, das erkennen Sie an!« »Aber natürlich. Wenn wir guten Willens sind, dann können wir im Laufe der Zeit alles nach und nach bewältigen. Wir sind ja ohnehin schon dabei.« »Tatsächlich, meine Liebe?« »Doch.« »Was zum Beispiel ist denn schon bewältigt?« »Das Sprachproblem steht vor der Lösung.« »Nachdem wir so viele Jahre für das Sprechen unserer Sprache drangsaliert worden sind.« »Erst letzte Woche war ich in Ostanatolien. Die Dörfer waren voll von Frauen und Kindern, die kein Türkisch sprachen. In manchen Dörfern fand sich kein Einziger, der Türkisch kann. Wie unterhalten die sich miteinander, was meinen Sie?« »Nevra Hanım, wollen Sie mich auf den Arm nehmen? Sie wissen sehr gut, was ich sagen will, Sie wissen sehr gut, dass ich von unseren Kulturrechten spreche. Aber ihr seid doch alle gleich. Ihr habt euch daran gewöhnt, wie Olivenöl immer oben zu schwimmen.« »Wir haben Fehler gemacht. Richtig. Aber jetzt versuchen wir unsere Fehler zu korrigieren.« »Nicht mal unsere Namen habt ihr in Ruhe gelassen. Über Jahre durften wir unseren Kindern nicht die Namen geben, die wir wollten. Der Name in meinem Personalausweis zum Beispiel ist nicht der Name, den mir meine Eltern gegeben haben, sondern der, den der Standesbeamte für passend hielt.«

Ein leichtes Herzstechen durchzuckt mich, ich mache einen kurzen Ausflug in meine Kindheit, ganz schnell, wie ein kurzer Schwindel nur. «Eine sehr unsinnige Vorgehensweise. Aber das ist alles Vergangenheit.« »Nur weil Europa Druck gemacht hat. Wenn ihr diesen Traum nicht hättet, in die EU einzutreten, dann wäre noch keines der Probleme gelöst worden.« »Aufs Ergebnis kommt es an. In diesem Land gibt es Menschen, Gruppierungen, Organisationen und Parteien, die sich im Namen der Demokratie gegen das, was bisher erreicht wurde, auflehnen. Dennoch können wir über solche Dinge jetzt frei sprechen. Sagt das nichts?« »Natürlich tut es das, aber nach so viel Zerstörung ...« »Habt ihr an dieser Zerstörung etwa keinen Anteil?« »Sind wir jetzt also wieder am Anfang?«, schreit sie mich wütend an. »Es liegt nicht in meiner Absicht zu streiten, aber es führt doch zu keiner Lösung, die Dinge nur einseitig zu betrachten. Ruft man denn in dem Land, in dem man lebt und dessen Teil man ist, pausenlos zur Revolte auf? Ist nicht der Staat zu seinem eigenen Schutz dazu gezwungen, Maßnahmen gegen irgendwelche Leute zu ergreifen, die auf diese gottlosen

›Giaurenstaaten‹ hören und ständig Verrat begehen? Oder liege ich da falsch?« »Sie sagen ›Giaurenstaaten‹, aber leider sind es die Einzigen, die uns beschützen und die für unsere Freiheit kämpfen.« »Da haben Sie recht, doch ich möchte Sie an etwas erinnern ... Vorher aber möchte ich mich für den Begriff ›Giauren‹ entschuldigen. Das ist ein Wort, das man aus Gewohnheit in den Mund nimmt, aber ich meine das nicht im religiösen Sinn. Lassen Sie mich statt ›Giaurenstaaten‹ lieber ›westliche Mächte‹ sagen. Diese Länder tun keinem Menschen Gutes nur wegen seiner schönen schwarzen Augen und Augenbrauen. Wenn die euch jetzt beschirmen und beschützen, dann nur aus Eigeninteresse. Was sie euch heute mit dem Löffel geben, versuchen sie morgen mit der Kelle zurückzuholen. Vertrauen Sie ihnen nicht allzu sehr, Zeliha Hanım.« »Wem soll ich denn dann vertrauen?« »Vertrauen Sie Ihren Landsleuten, die sich dafür einsetzen, die Demokratie zu festigen.« »Meine Landsleute haben mich hier eingelocht.« »Zu Fehlentscheidungen kommt es in jedem Land. Es genügt, wenn man seine Irrtümer revidieren kann.« »Soll ich also weiter hier sitzen und darauf warten, bis ihr gute Laune habt?« »Nicht darauf, dass irgendwer gute Laune hat, das hat natürlich keinen Sinn, aber man sollte abwarten, wie der Prozess weiter verläuft.« »Und Sie sind also angeblich nicht gekommen, um sich mit mir zu streiten oder mir zu drohen.« »Ich habe Ihnen doch nicht gedroht.« »Das haben Sie.« »Nein, habe ich nicht.« »Sie benehmen sich aber so, als wollten Sie mich einschüchtern. Was Sie mir eigentlich sagen wollen, ist doch Folgendes: Wenn ihr aufsässig seid und nicht macht, was wir wollen, dann führen wir eben wieder unsere Verbote ein.« »Wer bin ich schon, dass ich solch eine Drohung ausstoßen könnte? Darf ich Sie einmal fragen, wie Sie zu dieser Auffassung kommen?«, und dabei denke ich insgeheim, dass die Bevölkerung in diesem Land schon eine ganz schöne Portion Paranoia mitbekommen hat, ganz unabhängig von der ethnischen Zugehörigkeit. »Wenn ich wüsste, für wen Sie arbeiten, dann würde ich es Ihnen sagen.« »Seid ihr alle so misstrauisch?« »Ja, denn wir haben schon viel gelitten.« »In diesem Land hat jeder viel erlitten oder leidet noch. Mir ging es nur darum, das freundschaftliche Verhältnis zwischen uns zu festigen, nicht die Feindschaft.« »Bestand denn jemals Freundschaft zwischen uns?« Ich belasse es bei einem Lächeln. »Lächeln Sie nur! Das steht Ihnen zu, natürlich nicht mir. Ich bin ja das Opfer und der Sträfling. Sie dagegen sind ungerecht, stark und frei.« Ich ärgere mich, dass sie mein Lächeln missverstanden hat, werde sogar zornig darüber. »Dass Sie das Opfer sind, beweist nicht, dass Sie zu hundert Prozent im Recht sind, Zeliha Bora.«

Inzwischen sind wir beide laut geworden, beugen uns über den Tisch und plustern uns auf wie zwei kampfbereite Hähne. Unsere Augen sprühen Funken, und weil wir beide zur gleichen Zeit losschreien, versteht keine mehr, was die andere sagt. »Gehen Sie doch, ich bin niemandem Rechenschaft schuldig.« »Ich bin nicht hier, um Rechenschaft zu fordern, sondern um eine Reportage zu machen.« »Da mache ich nicht mit! Gehen Sie!« »Sie jagen mich also davon! Das haben wir mit euch nie getan. Wir wollten mit euch zusammenleben, Seite an Seite, Schulter an Schulter, sogar Hand in Hand. Aus euren Reihen kommen Abgeordnete, Minister und Präsidenten, Offiziere. Aus eurer Mitte stammen Professoren, Sänger, Liedermacher, Schriftsteller, Denker und unzählige Reiche, trotz aller Not und Armut, ja selbst Mafiabosse. Für uns wart ihr nicht einmal ein anderes Volk. Ihr wart ›wir‹. Wenn ihr auf diese Art und Weise alles erreichen könnt, Zeliha, warum habt ihr dann die Spaltung betrieben?« »Erstens, bekommen Sie das mal in Ihren Schädel, gehört dieses Land nicht nur euch, sondern auch uns. Deshalb sagen Sie mir ja nicht, ihr hättet uns nicht verjagt! Aus unserem eigenen Land könnte man uns wahrscheinlich auch schlecht verjagen. Das war Punkt eins. Das Zweite ist: ›Wir‹ wollten nie ›ihr‹ sein. Wir wollten ›wir‹ sein.« »Welchen Unterschied gab es denn zwischen euch und uns? War das die zahllosen jungen Menschenleben wert, die niedergerissenen, entvölkerten Dörfer, die ausradierten Familien?« »Wenn ich das Recht bekomme, in meiner Sprache zu reden und zu schreiben, dann hat es sich gelohnt!« »Das Recht hättet ihr auch ohne Terror bekommen können. Im Parlament, das ihr vom ersten Tag an für eure Zwecke missbraucht habt, hättet ihr es erstreiten können.« »Nevra Hanım, wir können uns nicht verstehen. Lassen Sie uns das Interview hier abbrechen.« »Wir können uns verstehen. Wir müssen uns verstehen. Wir, Sie und ich, müssen uns sogar gut verstehen wie zwei gute Freundinnen, wie Menschen, die sich sehr, sehr gerne mögen.« »Wie kommen Sie denn jetzt auf so etwas?« Zeliha Bora steht auf und stößt dabei ihren Stuhl zurück. Ich springe auch von meinem Platz auf, erreiche noch vor ihr die Tür, um sie am Hinausgehen zu hindern. Ich drehe mich mit dem Rücken zur Tür und breite meine Arme aus. Sie fordert: »Geben Sie bitte den Weg frei! Für mich ist dieses Gespräch beendet, Nevra Hanım.« »Zelha …« Ihre Hand liegt auf dem Türknauf, so verharrt sie einen Moment, und ich sage: »Geh nicht, Zelo, bitte geh nicht!« Ihr Gesicht wird schneeweiß, als hätte sie ein Gespenst gesehen. Sie lehnt sich gegen die Wand, um nicht zu fallen. »Hat dich denn mein Name an nichts erinnert? Wir waren Freundinnen, beste Freundinnen.« Schnell sammelt sie sich und sieht mich zornig an. »Das waren wir nie, und das werden wir auch nie werden. Gehen Sie weg und lassen Sie mich durch! Sonst werde ich losschreien!« Mit weit ausgebreiteten Armen versperre ich ihr den Weg. »Zelha, schau mir mal genau ins

Gesicht, in meine Augen! Als Kind hatte ich eine andere Haarfarbe. Dunkelblond. Ich hatte zwei lange Zöpfe. Meine Mutter hatte sie immer mit rot gepunkteten Haarschleifen zusammengebunden. Die habe ich dir geschenkt, als wir von Sarıcadam weggezogen sind.« Der Zorn in ihrem Gesicht wandelt sich in Erstaunen. Eine Weile sieht sie mir ganz tief in die Augen. »Ich habe dir auch meinen Hasen dagelassen, damit du mich nicht vergisst.« »Nevo!« »Ja, Nevo! Nevra Leventoğlu, die Tochter des Landrats.«

Sofort fallen wir uns in die Arme. Fest umschlungen, wie zu einem Körper geworden, wiegen wir uns vor der Tür hin und her. Meine Tränen tropfen auf ihre Schulter. Ihr Gesicht sehe ich nicht, aber am leichten Beben ihres zarten Körpers spüre ich, dass auch sie weint. Ich streichle ihr Haar. Arm in Arm weinen wir beide, sie schiebt mich ein Stückchen von sich weg, sieht mir mit Tränen in den Augen ins Gesicht, und diesmal fangen wir an zu lachen. Tränenüberströmt weinen und lachen wir, stehen da, umarmen uns.

Nevo und Zelo

Wir liegen uns in den Armen. Fest umschlungen, zu einem einzigen Körper geworden, stehen wir am Auto und wiegen uns hin und her. Meine Tränen benetzen das Haar meiner Freundin. Ihr Gesicht sehe ich nicht, aber am leichten Zittern ihres zarten Körpers spüre ich, dass auch sie weint.

Mein Vater drängt: »Los, Kinder! Kommt allmählich zum Ende mit eurer Abschiednehmerei! Wir müssen den Zug erwischen.«

»Papa, ach bitte, nehmen wir Zelha doch mit!«

»Meinst du denn, dass ihre Familie sie so einfach gehen lassen würde?«

»Ja, ganz bestimmt, Papa!«

Nun mischt sich meine Mutter ein: «Mein Mädchen, ich würde mich doch auch nicht von dir trennen, warum soll es dann Zelhas Mutter tun?«

»Sie hat doch nicht nur eine Mutter, sondern gleich mehrere.«

»Das macht es ja nicht einfacher. Wenn die eine sie gehen ließe, sagt die andere Nein. Nun mach schon, wir verpassen sonst noch den Zug!«

Als ich bei meiner Mutter kein Gehör finde, versuche ich es noch einmal mit einem letzten Fünkchen Hoffnung bei meinem Vater: «Wenn sie in ihrem Dorf bleibt, kann sie nicht zur Schule gehen ... Und sie werden sie verheiraten, wenn wir sie nicht mitnehmen.«

»Red keinen Unsinn, mein Lämmchen, sie ist doch erst zehn.«

»Aber Papa, weißt du denn nicht, dass die Mädchen auf Zelhas Gut immer so jung verheiratet werden?«

Mein Vater schiebt uns sanft auseinander. Er streicht Zelha übers Haar und sagt: «Bis sie heiratet, vergeht noch viel Zeit. Ihr werdet euch ganz oft Briefe schicken, und wenn du Kummer hast, dann schreibst du es uns, nicht wahr, Kleine? Du wirst immer wie eine Tochter für uns sein, wir werden dich niemals vergessen.«

Sämtliche Koffer und Bündel sind auf der Ladefläche des Lieferwagens verstaut. Der unausweichliche Moment rückt immer näher, und ich habe einen richtigen Kloß im Hals. Aber ich habe alles in meiner Macht Stehende getan, um diesen Abschied noch weiter hinauszuzögern. Unter dem Vorwand, noch mal Pipi zu müssen, war ich dreimal zurück ins Haus gelaufen, und Zelha lief mir hinterher. Im Haus haben wir uns wieder und wieder umarmt und einander Versprechen gegeben. Als Abschiedsgeschenk bekam meine Mutter in Tüten gefüllten Bergthymian, den Zelhas Mütter gesammelt hatten, selbst gehäkelte Spitze und gestrickte Babyschuhe. Gegen den Protest meines Vaters mussten unbedingt auch noch Mutter Kaders Fladenbrote als Reiseproviant im Kofferraum unseres Wagens verstaut werden. Kurz vor der Abfahrt wurden noch schnell Fotos unter allen verteilt, die der Polizeiwachtmeister letzten Sommer von uns gemacht hatte. Zelha hat ihre Zöpfe mit den rot gepunkteten Schleifen zusammengebunden, die ich am Abend zuvor von meinen Zöpfen gelöst und ihr gegeben hatte. Sie hat auch die Lackschuhe angezogen, von denen uns mein Vater zum letzten Bayram-Fest jeweils das gleiche Modell gekauft hatte.

Wir umarmen uns ein letztes Mal. »Ich werde dich nie vergessen«, verspreche ich. »Du bist meine allerbeste Freundin, meine Blutsschwester.«

»Und du die meine«, bekräftigt Zelha. »Du musst mir sehr oft schreiben, hörst du? Versprich es!«

»Versprochen!«

Vater packt mich am Ärmel und zieht mich weg. »Los, steig jetzt endlich ein!«

Zelha und ich trennen uns. Schniefend klettere ich in den Lieferwagen und setze mich neben meine Mutter. Abbas Efendi platziert noch den Hasenkäfig zwischen meinen Füßen. Gerade, als er die Tür zuschlagen will, rufe ich: »Halt! Wartet!«

»Was ist denn nun schon wieder?«, stöhnt der Fahrer und stellt den Motor, den er bereits angelassen hat, wieder ab. Ich steige aus, greife nach dem Hasenkäfig und hebe ihn heraus.

»Zelo, ich lasse dir Çinçin da.«

Meine hochschwangere Mutter, die sich freut, den Hasen endlich loszuwerden, ruft begeistert aus: »Ach, das ist eine sehr gute Idee! Warum ist uns das nicht schon früher eingefallen?«

Ich beschwöre Zelo: »Du musst mir jede Woche schreiben, was mein Hase alles macht, ja?«

»Meine Schrift ist aber nicht so schön wie deine.«

»Egal, schreib mir trotzdem!«

«Ich schreibe dir, Nevo, ich schreibe ganz bestimmt.«

Wir haben uns, wer weiß wie oft, immer wieder das Gleiche gesagt und die gleichen Versprechen gegeben. Dann umarmen wir uns ein letztes Mal. Unter dem Beifall der Menge, die sich zum Abschied versammelt hat, machen wir uns schließlich auf den Weg. Die Frauen schütten uns eimerweise Wasser hinterher, um ein glückliches Wiedersehen zu beschwören. Ich beuge mich aus dem Seitenfenster, winke und schreie so laut ich kann in Zelos Sprache: «Eze te tu car ji bir nekim! Ich werde dich nie vergessen, Zelo!«

Mit Tränen in den Augenwinkeln, Rotz an der Nase, dem Hasenstall in der Hand, den gepunkteten Haarschleifen an ihren Zöpfen, den eine halbe Nummer zu großen Lackschuhen an den Füßen, den Wollhosen an den dünnen Beinchen und ihrer grün-orange gestreiften Strickjacke steht Zelha da und wird mit zunehmender Entfernung immer kleiner und kleiner, doch ihre Seele kann sich nicht von mir lösen und fliegt unserem Auto nach. Ihr ist noch nicht bewusst, wie sehr ihre Wahrnehmung des Lebens von dieser Landratsfamilie beeinflusst worden war, zu der sie in den letzten fünf Jahren gehörte, und welche Sehnsüchte in ihrem Herzen zu keimen beginnen – wie zum Beispiel zur Schule zu gehen, jemanden zu heiraten, den sie selbst wählt, liebt und mit dem sie ohne Nebenfrau zusammenlebt. Ich aber fühle mit all meiner kindlichen Unschuld, ja weiß es sogar, dass ein Stück aus mir herausgerissen und in Sarıcadam geblieben ist. Auf sonderbare Weise ahne ich, dass ich nirgendwo sonst auf der Welt wieder so einen Flecken Erde finden werde, an dem Pflanzen, Menschen und Tiere so innig miteinander verbunden und die Menschen so einfach und in ihren Beziehungen so uneigennützig sind. Das ist es, was mir so wehtut.

Mein Vater schimpft: «Jetzt setz dich auf deinen Platz, lass deinen Kopf hier drinnen und mach das Fenster zu! Du wirst noch viel herumkommen und viele neue Freunde finden. Das kann ja heiter werden, wenn du dich jedes Mal so aufführst, wenn du Abschied nehmen musst.«

Ich gehe fort und lasse meine Kinderseele in Sarıcadam zurück. Ununterbrochen weine ich, bis wir den Bahnhof erreichen. Zelha, die sich, als wir noch da waren, die Tränen verkniffen hatte, soll, wie wir später erfuhren, ein fürchterliches Theater aufgeführt haben, nachdem sie unser Auto aus den Augen verloren hatte. Sie soll gar nicht mehr aufgehört und sich die Seele aus dem Leib geschrien haben, bis ihr feines Stimmchen ganz heiser war.

Lange Zeit sitzen wir schweigend Hand in Hand da. Wir denken wohl beide an jene Tage zurück, als wir auf den je nach Jahreszeit mal staubigen, mal matschigen Wiesen und Feldern hinter Ziegen, Lämmchen, Eichhörnchen und Schmetterlingen herjagten. Oder daran, wie wir im Schilf am Bachufer mit der Natur eins wurden und uns in grüne Grashalme verwandelten.

Ich bin es, die das Schweigen bricht: «Zelha, weißt du, jedes Mal, wenn mir die Decke auf den Kopf fällt und ich traurig bin, fliege ich in meiner Fantasie wie eine Sternschnuppe nach Sarıcadam, und schon geht es mir wieder besser. In meinen Träumen spielen wir immerzu Fangen am Bachufer. Dann schlafe ich am ruhigsten und tiefsten. Nur gut, dass sie meinen Vater damals fünf Jahre lang auf seinem Posten vergessen haben.«

»Wenn Menschen so weit weg sind, werden sie natürlich leicht vergessen.«

Vergeblich suche ich die Berührung mit Zelhas Kinderhänden, die vom Tannenzapfensammeln und Auf-die-Bäume-Klettern immer ganz rau waren. Die Hand, die ich jetzt in meiner halte, ist samtweich. Ich drehe ihre linke Hand um und werfe einen Blick auf den Zeigefinger. Sie sagt: »Man sieht nichts mehr. Ein paar Monate nachdem ihr fort wart, hat man nichts mehr davon gesehen.«

»Erinnerst du dich noch, wie sich meine Mutter aufgeregt hat und meinte, wir würden Wundstarrkrampf bekommen?«

»Sie hat sich ganz umsonst aufgeregt, uns ist ja nichts passiert.«

»Eine deiner Mütter hat uns Honig auf die Finger geschmiert.«

»Das war Mutter Cevahir, die kannte sich mit solchen Dingen aus.«

»Wir waren aber auch solche Schlaumeier! Stachen uns mit einem Nagel die Finger auf, um Blutsbrüderschaft zu schließen, obwohl wir doch auch eine Nadel hatten.«

»Wir wollten eben lieber einen Nagel nehmen, damit unsere Freundschaft besonders innig wird, hast du das vergessen? Damit wir uns nie trennen.«

»Das hatte alles seinen tieferen Sinn, Zelo, denn schau! Nach so vielen Jahren sind wir uns nun wieder begegnet.« Ich kann nicht anders, als meine Hand auszustrecken, um meiner Freundin aus Kindertagen das Haar zu streicheln.

Zelha fragt: »Hast du gewusst, als du herkamst, dass ich es bin?«

»Es wäre gelogen zu behaupten, dass ich es nicht gewusst hätte, aber ich war mir nicht ganz sicher. Fernsehbilder können täuschen. Du trägst nicht mehr den Namen deines Stammes. Deswegen war ich mir nicht hundertprozentig sicher. Wie oft habe ich mir lange und eingehend unsere Kinderfotos angesehen und versucht, mir vorzustellen, wie du als Erwachsene aussehen könntest. Aber es war wie verhext, auf sämtlichen Bildern von uns beiden hast du ein wahnsinnig breites Grinsen, und deine Augen sehen wie Striche aus. Auf den meisten Fotos fehlen dir zudem noch die Vorderzähne. Ich verglich die Zeitungsfotos, auf denen du zu sehen warst, mit den Bildern, die ich noch von dir hatte, doch ich war mir immer noch nicht sicher. Wie sollte ich auch? Es liegt fast ein ganzes Leben dazwischen. Du hast dich verändert, Zelha, dein Haar ist heller geworden, leicht rötlich. Sie waren doch einst pechschwarz. Wie ich dich um ihren Glanz beneidete! Du hast einen anderen Familiennamen, dein Akzent ist nicht mehr derselbe, deine Figur, deine Haltung hat sich geändert. Aber deine Augen …

Deine Augen sind noch genau dieselben. Gleich in dem Moment, als du hereinkamst, habe ich dich erkannt.«

»Warum hast du es nicht sofort gesagt?«

»Mir hat es die Sprache verschlagen. Am Ende hätte ich es dir sowieso gesagt ... und du ... du hast mich ja überhaupt nicht erkannt!«

»Stimmt, überhaupt nicht! Wie konnte ich dich nicht erkennen? Schande über mich!«

»Also habe ich mich mit den Jahren stärker verändert als du.«

»Du bist ganz schön mollig geworden. Früher warst du dünn wie ein Besenstiel.«

»Du warst doch diejenige, die so spindeldürr war, noch dazu warst du ein gutes Stück größer als ich.«

»Schau, du hast mich überholt! Dein Vater muss dich gut gefüttert haben. Aber sag, wie geht es deinen Eltern?«

»Mein Vater ist schon lange pensioniert, er lebt in Urla. Meine Mutter habe ich letztes Jahr verloren.«

»Was sagst du da? Wie das?« Zelhas Augen füllen sich mit Tränen.

»Die Seuche unserer Zeit – Krebs.«

»Was für eine junge, schöne Frau deine Mutter war. So viele Jahre sind vergangen, doch ich habe nie den Tag vergessen, an dem ich sie zum ersten Mal sah. Man hatte meine Mutter und mich in aller Frühe in einen Transporter gesetzt und in die Kreisstadt gebracht. Als wir an eurem Haus ankamen, machte deine Mutter die Türe auf. Sie trug einen rosafarbenen Morgenmantel. Ihre Haare waren so lang, dass sie ihr über die Schultern fielen. Ihre Augen waren smaragdgrün. Bis jetzt hatte ich in unserem Dorf nur Menschen dunklen Typs gesehen. Ich traute meinen Augen nicht. Am liebsten hätte ich gleich ihr Haar und ihre Haut berührt.«

Auch ich glaubte meinen Augen nicht zu trauen, als ich Zelha zum ersten Mal zu Gesicht bekam. Obwohl ich damals noch ein Kind war, erinnere ich mich noch heute genau daran, wie erstaunt ich darüber war, dass ein Augenpaar und Haare so schwarz und glänzend sein können. An ihren dünnen Beinchen hatte sie lange schwarze Strümpfe, über den Halbschuhen trug sie dunkelgraue Überschuhe aus Plastik, und sie hatte ein Kleid aus leuchtend rotem Samt an. Man sah, dass sie ihr schönstes Kleid ausgesucht und angezogen hatte, als sie mit ihrer Mutter Kader zu uns kam. Ihre Überschuhe zog sie vor der Haustüre aus, die schwarzen Halbschuhe streifte sie in der Diele ab, dann schlüpfte sie in handgestrickte Söckchen, die ihr ihre Mutter reichte. Auch mir hielt Mutter Kader ein Paar hin. Ich schielte verstohlen auf die Socken an den Füßen des Mädchens. Das Mädchen sagte irgendetwas zu ihr in einer Sprache, die ich nicht verstand, und seine Mutter fragte mich, ob ich nicht auch solche Socken haben wolle. Ich schüttelte den Kopf. Die Puschen, die sie mir hinhielt, waren nagelneu und außerdem noch in verschiedenen Blautönen gestrickt, und Blau war immerhin meine Lieblingsfarbe.

Meine Mutter ermunterte mich: »Schau mal, Nevra, die Kleine heißt Zelha. Sie ist gekommen, um mit dir zu spielen, damit du nicht alleine bist und dich nicht langweilst. Los, nimm sie doch mal an der Hand und geh mit ihr in dein Zimmer. Zeig ihr deine Spielsachen!«

Ich rührte mich nicht und versteckte mich hinter dem Rockzipfel meiner Mutter. Dieses Mädchen da sah nicht aus wie die Freundinnen, die ich vorher gehabt hatte.

»Nun mach schon, Kind.« Als das kleine Mädchen sah, dass ich mich nicht von der Stelle rührte, kam es zu mir, ergriff ganz behutsam meine Hand und sprach mich wieder in dieser merkwürdigen Sprache an: «Nave min Zelha.«

»Was hat sie gesagt?«, fragte ich meine Mutter.

»Sie hat ihren Namen genannt. Nun sag du deinen!«

»Nevra.«

Das Mädchen lächelte und ließ dabei seine strahlend weißen Zähne blitzen, dann gab es wieder irgendetwas von sich.

»Was hat sie jetzt gesagt?«, fragte ich wieder.

In ihrem holprigen Türkisch übersetzte Mutter Kader: »Komm, wir gehen in dein Zimmer, Schwester!«

»Warum spricht Zelha denn so komisch?«, wollte ich von meiner Mutter wissen, und sie erklärte: »Das ist ihre eigene Sprache. Beim Spielen wird jede von euch die Sprache der anderen lernen.«

Mutter Kader stimmte zu: »Ja genau, das ist doch großartig!«

Wie verzaubert führte ich Zelha auf mein Zimmer, und dort reihte ich alle meine Spielsachen vor ihr auf: die blonden und rothaarigen Puppen mit ihren bunten Kleidchen, eine Puppenwiege und einen Puppenwagen, einen kleinen Herd, Kochgeschirr und darüber hinaus noch ein Miniaturbügeleisen mit Bügelbrett. Sie nahm jedes Stück einzeln in die Hand und drehte es hin und her, dabei sagte sie ständig irgendetwas in ihrer Sprache. Besonders kritisch prüfte sie die modernen Anziehsachen meiner Puppen, die sich sehr von ihrer eigenen Kleidung unterschieden. Danach dachte sie sich ein Spiel aus, das sie mir mit Händen und Füßen wild gestikulierend erklärte. Wir beide sollten die Mütter, die Puppen die Kinder sein. Eine Weile waren wir uns wegen der Namen der Puppen uneinig, denn die, die ich ihnen gegeben hatte, gefielen ihr nicht. Doch schließlich verabredeten wir mit Gesten und Gebärden: Die Puppen durften weiterhin so heißen wie bisher, doch Zelha würde den Spielablauf bestimmen. Zum Beispiel richtete sie die Speisen, im Gegensatz zu mir, nicht auf dem kleinen Tischchen an, sondern auf einem Tuch, das auf dem Boden ausgebreitet wurde.

Mehrmals räumte ich die Blätter und Zweige, die ich zum Essen vorgesehen hatte, wieder vom Boden auf den Tisch, sie aber legte sie wieder auf den Boden zurück und sagte: »Na, na!«, was so viel wie »Nein« heißen musste. Unsere Zeichensprache reichte aber nicht aus, und wir liefen schnurstracks zu Mutter Kader, und Zelha fragte sie: »Kurdiya ›Man isst am Tisch‹ çi ye'?« Mutter Kader sagte es ihr und übersetzte auch mir ins Türkische, was Zelha gesagt hatte: »Das Essen wird auf einem Tuch auf dem Boden angerichtet, und dort wird dann gegessen.« Irgendwann, als sie meinem zum x-ten Mal angebrachten Einwand, man würde am Tisch essen, halb auf Kurdisch, halb auf Türkisch widersprochen hatte: ›Nein, nein, nein! Am Boden essen, na, li erdê‹, gab ich nach und räumte alle Speisen, die ich auf den Tisch gestellt hatte, wieder auf das Tuch am Boden. Sie lernte die neue Sprache viel schneller als ich. So, wie ich in den Bann des leuchtenden Glanzes der schwarzen Augen und Haare dieses kleinen Mädchens geraten war, das doch ganz anders war als ich, so war ich auch bereit, in diese Welt einzutauchen, die mir derartig fremd und gleichzeitig fesselnd erschien. Was immer sie mir auch nur mit einem Wink befahl, das tat ich gehorsam, ohne zu zögern. Ich legte die Puppen an meine Brust, als würde ich sie stillen, tat so, als träufelte ich ihnen mit dem Löffel Brei ein, wiegte sie in meinen Armen in den Schlaf, legte sie nebeneinander hin und deckte sie zu. Während ich Zelhas Anweisungen befolgte, saß sie auf meinem Bett und erzählte unaufhörlich irgendetwas in ihrer Sprache.

Schon als der erste Tag zu Ende ging, überließ sich meine Mutter ganz Mutter Kaders Führung, so wie es mir mit Zelha ging. Trippelnd begab sie sich ins Bett, aß, was Mutter Kader ihr vorsetzte, und stand bis abends nicht mehr auf. Es war, als läge im Verhalten und in den Stimmen von Mutter und Tochter ein

Zauber, der ihnen alle Menschen geneigt machte. Als mein Vater am Abend nach Hause kam, berichtete ich ihm aufgeregt: »Papa, die Tochter des Dienstmädchens, die heute zu uns kam, kann gar kein Türkisch, aber wir haben trotzdem ›Familie‹ miteinander gespielt. Das hat mir viel Spaß gemacht.« »Kader ist aber nicht unser Dienstmädchen. Sie ist gekommen, um deiner Mutter zu helfen, weil es ihr nicht so gut geht.« »Ist Mama denn krank, Papa?« »Nein, nicht krank, aber sie darf sich nicht anstrengen. Für eine gewisse Zeit wird Kader die Hausarbeit erledigen.« Dann sagte er zu meiner Mutter: »Nermin, sieh dich um Gottes willen ein wenig vor! Es wäre beschämend, wenn man in der Gegend glauben würde, Kader sei unsere Hausangestellte.« »Werden wir sie denn nicht bezahlen?«, fragte meine Mutter erstaunt. »Sosehr ich auch darauf bestanden habe, ich konnte Sadık Ağa nicht dazu bewegen, etwas anzunehmen. Dafür kaufen wir ein paar Sachen für das Kind, und der Mutter werden wir auch ein angemessenes Geschenk machen.« Damals war ich noch nicht alt genug, um unterscheiden zu können, ob jemand etwas gegen Bezahlung oder kostenlos und freiwillig machte. Später habe ich dann erfahren, dass meine Mutter nach sechsmonatiger Schwangerschaft eine Totgeburt hatte und die Ärzte ihr, weil sie so viel Blut verloren hatte, absolute Ruhe empfohlen hatten. Daraufhin hatte mein Vater den Ağa gebeten, ihm eine Haushaltshilfe zu empfehlen, die zuverlässig sei und die im Haus gut zupacken könne. Sadık Ağa hielt es für angemessen, dass der Frau des Landrates eine der Frauen aus seinem eigenen Haus zur Hand ging. Natürlich lehnte mein Vater dieses Angebot ab, aber der Ağa blieb hartnäckig. Auf seinem Gut wimmelte es nur so von quirligen Kindern und von Frauen, die den lieben langen Tag plapperten und schnatterten. Anstatt sich also mit den anderen Frauen auf der Pergola zu zanken, würde eine von ihnen schon sehr bald meiner Mutter helfen. Mutter Kader konnte ein paar Brocken Türkisch und kannte sich ein wenig mit Geburtshilfe aus. Zelha war die Dreingabe, die sich für mich als Glücksfall erweisen sollte. Das kleine Mädchen brachte zusammen mit der Frau aus dem Kurdenstamm, die meiner Mutter zur Hand gehen sollte, Farbe und Frohsinn in unser beschauliches, stilles Haus.

Im Herbst jenes Jahres war ich zusammen mit Zelha, die inzwischen mit dem Türkischen ganz gut zurande kam, eingeschult worden. Mein Vater hatte den Ağa überredet, Zelha auch in die Schule der Kreisstadt einzuschreiben statt in die Dorfschule, wo es für alle Altersstufen nur eine Klasse gab, und so gingen wir gemeinsam in die Schule. Unter der Woche schlief Zelha bei mir im Zimmer, an den Wochenenden ging sie mit ihrer Mutter zurück ins Dorf. Als es wieder wärmer wurde, durfte ich auch mit aufs Gut. Am Anfang nur für einen Tag, später auch über Nacht. Auf dem Dorf war ich so glücklich und hatte so viel Spaß, dass meine Eltern nichts dagegen haben konnten, mich dorthin gehen zu lassen. Wie die Internatsschüler fuhren Mutter Kader, Zelha und ich freitags nach der Schule ins Dorf und kamen am Sonntagabend wieder zu uns nach Hause zurück.

Zelha war nicht nur eine Freundin für mich, sondern wurde mir zur Wegweiserin, die mich in jede Einzelheit des Lebens auf diesem Landgut einführte, die mich Steppe, Hügel, Bach, Bäume, die Natur und ein Leben im Einklang mit der Natur lehrte, auch wie man auf dem Boden isst und schläft, dass es Nebenfrauen geben kann, dass Väter mehrere Frauen und Kinder mehrere Mütter haben können, dass jede dieser Mütter ihre eigenen Kinder und Stiefkinder hat und dass jedes Kind die verschiedenen Mütter auf unterschiedliche Weise lieben kann. Sie ließ mich wahre Freundschaft, pure Glückseligkeit und Trennungsschmerz erleben. Sie war mir eine Lehrerin geworden, die mir mal eine Lektion erteilte, mich dann wieder neidisch machte und die mich manches Mal auch dankbar sein ließ für meine Lage und meine Lebensumstände.

Wir umarmen uns noch einmal. Sie fragt mich: »Hattest du später nicht noch einen Bruder?«

»Orhan! Ich hatte dir von seiner Geburt geschrieben.«

»Wo lebt er heute?«

»Er ist in Amerika. Wenn du auf meine Briefe reagiert hättest, dann hätten wir uns nie aus den Augen verloren, und wir hätten immer gewusst, was die andere gerade umtreibt. Warum hast du nie auf meine Briefe geantwortet, Zelha?«

»Ich dir nicht geantwortet! Immer, wenn ich einen Brief von dir bekommen hatte, habe ich dir sofort zurückgeschrieben.«

»Du Lügnerin!«

»Eine Zeit lang konnte ich dir einfach nicht schreiben, Nevo, das war, nachdem dein Hase gestorben war. Ich brachte es tagelang einfach nicht fertig. Ich wusste nicht, wie ich es dir sagen sollte. Schließlich hatte ich es dir dann unter Tränen geschrieben.«

»Ich habe auch sehr geweint, als ich es erfuhr. Er war vom Dach gefallen, nicht wahr?«

»Sülü war mit dem Käfig aufs Dach geklettert, dort öffnete er dann den Käfig, und das Tier fiel herunter. Sülü war schon immer ein Schwachkopf, erinnerst du dich? Der brachte doch nie irgendetwas Vernünftiges zustande.« Zelha lächelt und setzt hinzu: »Er hat ganz schön Prügel von mir bezogen, weil er nicht auf den Hasen aufgepasst hat!«

»Eigenartig! Es ist, als wäre der Hase unser Kind gewesen, das uns miteinander verbunden hat. Als er nicht mehr da war, riss unsere Verbindung ab.«

»Nein, das stimmt doch gar nicht. Wir haben uns auch nach dieser Hasengeschichte noch geschrieben.«

»Nachdem wir nach Urla versetzt worden waren, kamen keine Briefe mehr von dir. Wie oft hatte ich dir geschrieben, dass du in den Sommerferien zu uns kommen sollst.«

»Diese Briefe habe ich nie bekommen. Man hat sie offensichtlich vor mir versteckt.«

»Aber warum denn das?«

»Ich hätte doch so gerne die Grundschule abgeschlossen, aber du weißt ja, dass es bei uns im Dorf keine vierte Klasse gab, und in die Kreisstadt konnten sie mich nicht schicken. Meine Mütter haben die Briefe wohl vor mir versteckt, damit du mich nicht auf den Gedanken bringst, bei euch bleiben zu wollen.«

»Dein Onkel hatte meinem Vater aber doch versprochen, dich in die Schule zu schicken.«

»Was gibst du denn auf so was! Wer schert sich denn im Dorf um so ein Versprechen? Ich war das einzige Mädchen, das gerne zur Schule gegangen wäre. Wohl oder übel blieb ich zu Hause. Ich begleitete meine Mütter in die Gärten und Weinberge und half bei der Obsternte.«

»Soll das heißen, dass du nach der dritten Klasse aufgehört hast?«

»Nein, um meinen Grundschulabschluss zu machen, bin ich als Externe zu den Prüfungen gegangen. Unterschätze mich nicht so, ich habe schon mein Abschlusszeugnis.«

»Dich unterschätzen? Ich habe dich stets bewundert, Zelo, vom ersten Moment an.«

»Jetzt übertreib mal nicht! Warum denn das?«

»Du warst schon früher sehr intelligent. Ich habe dein Talent damals bereits erkannt, obwohl ich noch so jung war.«

»Aha, damit willst du wohl andeuten, dass du mindestens so gescheit warst wie ich, weil du damals schon in der Lage warst, das zu beurteilen. Aber Nevo, Verstand zu haben oder hübsch und nett zu sein, all das bringt einen nicht weiter. Glück muss der Mensch haben, Glück – und das habe ich nicht.«

»Bei mir kann man auch nicht gerade davon sprechen, dass ich mit Glück überhäuft worden wäre, meine Liebe!«

»Und das trotz deiner Schönheit! Nicht von ungefähr sagte meine Großmutter immer: ›Allah möge dem Hässlichen Glück schenken.‹ Ob wir wohl mehr Glück gehabt hätten, wenn wir hässlich gewesen wären?«

»Keine Ahnung, aber weißt du, was dann gewesen wäre? Wir hätten einen besonderen Ehrgeiz an den Tag gelegt, uns selbst zu gefallen. Das hätte auch die Türen zum Erfolg geöffnet.«

»Den Ehrgeiz habe ich gehabt. Und was hats gebracht?«

»Wann war das denn?«

»Als ich mit Şiyar, also meinem Mann, nach Ankara gezogen bin, da sagte ich mir, jetzt mache ich noch den Abschluss der Mittelschule. Das hättest du sehen sollen, Nevo. Was ich damals als erwachsene Frau gebüffelt habe! Die Kinder kamen von der Schule heim, und ich setzte mich mit ihnen hin und lernte. Sie bereiteten sich auf die Prüfung vor, und ich paukte die ganze Nacht hindurch Geschichte und Erdkunde. Nur Mathematik bekam ich einfach nicht in den Schädel. Şiyar hat dann einen Nachhilfelehrer engagiert. Einerseits habe ich mich sehr geschämt – selbst vor dem Lehrer –, dass es heißen könnte: Frau, wo hast du nur deinen Verstand gelassen, dass du so lange damit gewartet hast, die Schule abzuschließen? Andererseits war ich nun mal fest entschlossen und hatte mir in den Kopf gesetzt, es unbedingt zu schaffen. Wie dem auch sei, am Ende habe ich meinen Abschluss gemacht.«

Ich platze heraus: »Sag mir jetzt bloß noch, dass du auch auf der Uni warst!«

»Aber nein, ich bitte dich!«

»Na, bei deinem Durchhaltevermögen würdest du auch das noch schaffen, Zelo.«

»Im Moment habe ich keine Zeit, um mich mit Diplomen und dergleichen zu befassen. Ich muss mich um andere Dinge kümmern.«

»Ach, wirklich! Was machst du denn den lieben langen Tag über, erzähl doch mal!«

»Ich erledige meine Korrespondenz. Ich lese die Briefe, die ich bekomme. Die meisten beantworte ich. Außerdem habe ich eine ganze Liste von Büchern, die ich unbedingt lesen möchte. Ich versuche mindestens zwei Stunden am Tag zu lesen, aber weil ich so viel anderes zu tun habe, komme ich manchmal nicht dazu.«

»Was hast du denn anderes zu tun?«

»Dinge, die die Organisation betreffen.«

»Aber schau doch mal, wenn du sogar hier drinnen arbeitest, kannst du doch nicht sagen, dass du dich vergebens abgerackert hast.«

»Das habe ich in dem Sinne gemeint, dass meine Abschlüsse keinen Einfluss auf mein Leben gehabt haben.«

»Was denn für einen Einfluss?«

»Ich wollte doch beispielsweise immer Lehrerin werden.«

»Ach ja! Jetzt erinnere ich mich. Wenn wir gespielt haben, dann war ich immer die Schülerin, und du warst die Lehrerin. Nie und nimmer hättest du mich einmal die Lehrerin sein lassen.«

»Weißt du, warum das so war?«

»Nein, warum?«

»Weil ich damals größer war als du, und Lehrer sind nun mal größer als Schüler.«

»Aber doch nicht mehr an der Uni.«

»Kindchen, ich hatte doch in dem Alter keine Ahnung, wie es an Universitäten zugeht.«

»Wenn du Lehrerin sein möchtest, dann kannst du das doch immer noch werden, Zelo.«

»Das möchte ich inzwischen gar nicht mehr. Mich erwarten jetzt andere Aufgaben.«

»Soll ich dir mal was sagen? Eigentlich könntest du nicht nur Lehrerin werden. Du kannst alles erreichen, was du nur willst, denn du bist intelligent und noch dazu ausdauernd.«

»Danke sehr!«

»Ich sage das nicht, um dir zu schmeicheln.«

»Ich weiß.«

»Da du hier genug Zeit zum Lesen hast, könntest du doch ein Fernstudium an einem Fachbereich machen, der dich interessiert.«

»Red doch keinen Unsinn, Nevo!«

»Wieso denn Unsinn? Ich glaube, es ist wesentlich schwieriger, die Grund- und Mittelschule als Externe abzuschließen. Wenn das ging, dann schaffst du es an der Uni mit links. Mein Gott, versuchs doch! Wenn du sowieso schon sagst, dass du den ganzen Tag liest.«

»Hast du vergessen, dass Leute wie ich, die wegen Separatismus im Gefängnis sitzen, keine Anstellung im öffentlichen Dienst mehr finden? Außerdem, Nevo, meine Universität ist das Leben, und das ist die wertvollste Schule. Mit fünfzehn Jahren habe ich angefangen, dieses Fach zu studieren, und ich lerne immer noch. Bald werde ich Professorin.«

Ich weiß nicht, was ich sagen soll, stehe auf und hole das Feuerzeug aus meiner Tasche, die ich auf einen der Stühle gestellt habe. Ich zünde zwei Zigaretten an und gebe Zelha eine davon. Sie nimmt sie widerspruchslos. Diesmal gehe ich an ihr vorbei und setze mich vor sie hin. Sie nimmt das Feuerzeug und sieht es genauer an. »Bei der Durchsuchung deiner Sachen dachten sie wohl, das sei ein Lippenstift. Wenn sie erkannt hätten, dass es ein Feuerzeug ist, hätten sie es dir abgenommen.«

»Ach, großer Gott! Wenn es dir gefällt, kannst du es gerne behalten. Du kannst es doch gebrauchen.«

»Nein, nein, das geht doch nicht.«

»Als Andenken an mich.«

Ich rolle das Feuerzeug, das sie mir herüberreicht, wieder zu ihr hinüber. Ohne zu protestieren, steckt Zelha es in ihre Tasche.

»Wohin mit der Asche?«, fragt sie und schaut sich suchend nach einem Aschenbecher um. In ihrer Kindheit war sie genauso akkurat. Wenn ich früher Brot- und Kekskrümel, ohne es zu merken, auf dem Boden verstreut hatte, kniete sie sich hin und sammelte sie auf.

Ich sage: »Zelha, lass die Asche einfach fallen, ist doch ein Steinboden.«

Wir machen ein paar Züge und schweigen. Dann frage ich: »Haben sie dich sehr früh verheiratet?«

»Sie haben mich nicht verheiratet, ich bin durchgebrannt.«

»Ach, komm! Mit wem denn?«

»Erinnerst du dich an Alişan? Mit dem.«

»Doch nicht etwa einer von den Jungs, mit denen wir unten am Bach gespielt haben?«

»Warum denn nicht? Erinnerst du dich? Es war der, der mir hinterhersprang, als ich in den Bach gefallen war.«

»Etwa dieser lange Kerl, der mit den blaugrauen Augen?«

»Genau der! Mensch, der sah richtig gut aus, als er älter war. Den hättest du mal sehen sollen.«

»Die wohnten doch bei euch auf dem Hof in diesem strohgedeckten Haus, das ganz hinten lag, stimmts?«

»Genau. Sein Vater bewachte unsere höher gelegenen Felder. Mit dem bin ich durchgebrannt.«

»Hast du gar keine Angst gehabt, dass sie dich umbringen? Wie hast du das denn angestellt, und wie hast du überhaupt den Mut dazu aufgebracht?«

»Das ist einem in diesem Alter alles nicht so klar. Ich war gerade fünfzehn geworden. Total verknallt. Was habe ich meinen Onkel angefleht, mich Alişan zur Frau zu geben. Er sagte Nein.«

»Warum?«

»Alişan würde mich nur meines Geldes wegen wollen – als hätte ich Geld gehabt! Haben Kinder ohne Vater etwa Geld? Ich sei ein Stammesmädchen, und wenn ich auch kein Geld hätte, so würde ich doch immerhin aus einer angesehenen Familie stammen, so drückte mein Onkel das aus, und gab mich nicht dem, den ich liebte. Ich sollte auf jeden Fall jemanden heiraten, den er aussuchte.«

»Haben sich deine Mütter nicht hinter dich gestellt?«

»In jener Gegend hat doch eine Frau bei so etwas nichts zu melden, vor allem dann nicht, wenn sie keinen Mann hat. Meine Mutter hat den Onkel bekniet, aber er war unglaublich starrköpfig. Er wollte mich reich verheiraten und das Brautgeld kassieren. Im Grunde genommen war er die Ursache für das ganze Leid.«

»Als wäre er auf ein Brautgeld angewiesen gewesen. Wie bist du abgehauen?«

»Frag nicht! Das war nicht leicht. Nachdem ich den Mann gesehen hatte, mit dem mich mein Onkel verheiraten wollte, bedrängte ich Alişan, mit mir durchzubrennen. Dieser Mann war viel älter als ich, hatte einen riesigen Zinken, es sprossen ihm nur noch ein paar Härchen seitlich am Kopf, und die waren auch schon weiß. Im selben Sommer, in dem ich fünfzehn geworden war, kam er voll bepackt mit Geschenken zu Besuch auf unseren Hof. Meinen Müttern brachte er Stoffe und

Pantoffeln, für mich hatte er Armreifen dabei. Man ließ mich den Kaffee servieren. Als ich mich ihm näherte, um ihm seinen Kaffee zu geben, stieg mir ein übler Tabakgeruch in die Nase, es ekelte mich. Dieser Gestank hatte sich überall an ihm festgesetzt. Der Kerl roch wie ein Aschenbecher! Am Abend beklagte ich mich bei meiner Mutter darüber. Aber sie meinte nur: ›Männer riechen eben so.‹ ›Opa und meine Onkel aber nicht‹, widersprach ich, doch sie sagte einfach: ›Du hast dich schon an ihren Geruch gewöhnt, und du wirst dich auch an den Geruch deines Mannes gewöhnen.‹ Als ich meine Mutter nicht erweichen konnte, ging ich zu Mutter Cevahir, dann zu Tante Satı. Sie waren alle so geblendet von den Stoffen und den Pantoffeln, dass ich bei keiner ein offenes Ohr fand. Mir wurde klar, dass mir meine Mütter nicht helfen würden. Vielleicht hätte mich nur Mutter Makbule verstanden, denn sie war selbst noch sehr jung. Doch sie lebte zu der Zeit nicht mehr auf dem Gut. Mir blieb nichts anderes übrig, als wegzulaufen. Alişan war zum Wehrdienst einberufen worden, Ende des Monats sollte er einrücken. Wir überlegten uns, wenn ich verschwände, während er beim Militär war, würden sie ihn nicht umbringen. Sie würden glauben, ich sei zu einem anderen geflohen.«

»Warum denn das?«

»Beim Militär hätte er mich ja wohl schlecht unter seiner Pritsche verstecken können.«

»Das stimmt auch wieder.«

»›Wenn ihr mich zum Heiraten zwingt‹, drohte ich meiner Mutter, ›dann hau ich ab, ich gehe in irgendeine Großstadt, suche mir eine Anstellung und arbeite. Ihr könnt suchen, so viel ihr wollt, ihr werdet mich nicht finden!‹ Meine Mutter fauchte zurück, ob ich etwa glauben würde, mich wie ein Mann aufführen zu können, nur weil ich ein bisschen Lesen und Schreiben gelernt hätte. ›Als was willst du schon arbeiten? Als Nutte vielleicht?‹ Um wieder einzulenken, antwortete ich: ›Ich arbeite als Hausangestellte, als Kindermädchen.‹ Aber sie meinte nur: ›Spiel doch lieber die vornehme Dame im Haus deines Mannes, anstatt dich bei anderen Leuten als Dienstbotin zu verdingen!‹ Der Mann, der mich haben wollte, war anscheinend reich und hätte wohl ein hohes Brautgeld bezahlt. Denn als ich sie beschwor, mich doch bitte nicht für drei Ochsen ins Unglück zu stürzen, gab sie zurück: ›Für drei Ochsen gäbe ich nicht einmal den Wachhund da an der Tür her, geschweige denn meine eigene Tochter. Mädchen, sei nicht verrückt, ich flehe dich an! Schau, der Mann gibt uns Land und einen Haufen Geld. Dann hätten wir ausgesorgt und müssten nicht mehr bei deinen Onkeln die Hand aufhalten. Dann weißt du, wo du hingehörst, und ich auch.‹ Offenbar hatte sie vor, den Hof zu verlassen und mit mir zu kommen. Meine arme Mutter wollte Großmutters Klauen und ihrer Geschwätzigkeit entfliehen. Sie meinte, wir bräuchten einen Mann, der uns unter seine Obhut nehmen würde, und seit mein Vater tot sei, seien wir hier ganz auf uns gestellt. Wie sie bloß darauf kam, wir waren doch annähernd fünfzig Leute auf dem Hof. ›Ich werde arbeiten und für dich sorgen‹, versprach ich, aber sie bestand darauf: ›Frauen haben zu Hause zu bleiben.‹ Ich widersprach ihr: ›Warum bist du dagegen, dass ich arbeite? Hast du nicht auch einmal Arbeit angenommen, im Haus des Landrats?‹ ›Das war etwas anderes‹, belehrte sie mich, aber ich ließ nicht locker: ›Wo ist denn da der Unterschied? Dienstbote ist Dienstbote.‹ Da traf mich die Ohrfeige meiner Mutter wie ein Schmiedehammer im Gesicht. Seit meinem zwölften Lebensjahr war ich nicht mehr geschlagen worden. Das hat mich sehr gekränkt, Nevo, ich kann dir gar nicht sagen, wie sehr. Ich lief heulend auf mein Zimmer. Ein paar Tage lang aß ich nichts, außer dem, was mir Hediye still und heimlich brachte. Alişan schickte ich die Botschaft, er solle irgendetwas unternehmen, sonst würde ich mir etwas antun. Das hätte ich nicht wirklich getan, aber ich wollte, dass sich Alişan beeilt. Denn ich hätte mich, wenn Alişan seinen Militärdienst angetreten hätte, nie und nimmer zwei Jahre lang dem Druck meiner Mütter und Onkel widersetzen können. Du siehst, ich war es, die unsere Flucht vorangetrieben hat.«

»Ganz schön mutig von dir.«

»Ich war eben jung.«

»Was hast du gemacht, Zelo, während Alişan beim Militär war? Hast du wirklich als Kindermädchen gearbeitet?«

»Ach Gott, nein! Ein Onkel von Alişan hatte sich in Mersin niedergelassen. Erst fuhren wir also dorthin und blieben drei Nächte bei ihm. Vor lauter Angst trauten wir uns nicht einmal, aus dem Fenster zu sehen. Danach trat Alişan seinen Militärdienst an, und ich blieb im Haus des Onkels und wartete auf Alişans Rückkehr.«

»Dieser Onkel ... war er anständig zu dir? Ich meine ... wie soll ich sagen ...«

»Du meine Güte, Nevo, wo denkst du hin! Er hatte drei Töchter in meinem Alter. Zwei davon gingen zur Schule, die dritte war zu Hause. Ich half ihr bei der Hausarbeit. Sie behandelten mich gut. Gott möge es ihnen lohnen!«

»So weit, so gut, Zelo, aber wie konntest du von zu Hause türmen? Euer Gutshof war doch voll mit bewaffneten Männern!«

»Das Glück war auf unserer Seite. Es war Sommeranfang, die Tochter der Sürmelis heiratete, und sie feierten das Hennafest bei ihnen zu Hause im Garten. Der gesamte Hof war eingeladen. Schon einen Tag vorher hatte ich Bauchschmerzen und Durchfall vorgetäuscht. Ich tat so, als wäre ich ganz furchtbar traurig, das Hennafest zu verpassen. Meine Mutter war richtig besorgt um mich, die Ärmste. Morgens fing sie an, mir Reissuppe zu kochen, und flößte sie mir ein, und sie ließ mich schwarzen Tee trinken, weil der stopft. Sie munterte mich auf: ›Du kommst schon mit uns mit, schling halt nicht so viel hinunter!‹ Am Nachmittag zwängten sich meine Mütter und die Tanten, alle Mädchen und Kinder auf die Ladefläche eines Lasters, und wir fuhren miteinander zum Hennafest. Da war vielleicht etwas los, das hättest du sehen sollen! Hier wurden Speisen serviert, da wurde auf Trommeln und Oboen musiziert, und dort tanzten die Mädchen. Im Vorraum wurde die Aussteuer der Braut präsentiert, die Frauen standen alle beieinander, begutachteten die Geschenke, die sie mitgebracht hatten, und hielten ihren Aussteuerschwatz ab. Kurzum, alle standen in irgendeiner Ecke und waren mit sich selbst beschäftigt. Ich tat ganz oft so, als müsste ich zur Toilette, blieb dabei immer ziemlich lange weg und kam dann wieder zurück zu meiner Mutter. Vor lauter Aufregung spielte mein Magen tatsächlich verrückt. Ich schwöre es dir, es war nicht mal gelogen! Dann wurde die Hochzeitsmusik gespielt. Die Mädchen aus der Verwandtschaft hielten Kerzen in den Händen und kamen mit der Braut in ihrer Mitte singend herbei. Alles lief auf sie zu. Alişan wollte seinen Neffen mit dem Motorrad zum hinteren Gartentor schicken. Ich nutzte das Durcheinander und machte mich daran, mich davonzustehlen. ›Wohin willst du denn?‹, rief mir meine Mutter nach. ›Auf die Toilette, Mutter!‹ ›Verdrücks dir! Die Braut zieht gerade ein. Geh doch, nachdem das Henna aufgetragen ist. Ist es denn so dringend?‹ ›Nein, nein, dann warte ich eben‹, gab ich nach. Das Henna wurde also aufgestrichen, und die Hände der Mädchen wurden eingebunden. Ich saß wie auf Kohlen. Ich wollte, dass das alles schleunigst vorüber ist, aber die Lieder und Gesänge zogen sich immer länger hin. Doch ich fand auch Gefallen an der Hennazeremonie. Während meine Hände ebenfalls mit Henna bemalt wurden, gab es mir plötzlich einen leichten Stich. Ich dachte daran, dass mir nicht noch einmal Henna aufgetragen werden würde, dass man mich nicht auf ein herausgeputztes Pferd heben und unter Beifall und von Trommeln und Oboen begleitet ins Haus meines Ehemannes bringen würde. Um meinen Hals würde man keine Kette mit goldenen Münzen legen, ich würde keine Handküsse und Segenswünsche entgegennehmen können. Andernfalls aber würde ich morgens auch nicht an der Brust meines Geliebten aufwachen, sondern an der Seite eines nach Aschenbecher stinkenden Greises. Als ich in Gedanken das Gesicht dieses Zülfükar vor mir sah, der um meine Hand angehalten hatte, steuerte ich wieder in Richtung Toilette. Kaum war ich drin, lief ich auch schon wieder hinaus und schlug den Weg zum hinteren Teil des Gartens ein. Ich übersprang die Mauer an einer niedrigen Stelle und entdeckte Binali, der sein Motorrad hinter einem Baumstamm versteckt hatte, ein kleines Stückchen weiter vorne, wo er auf mich wartete. Ich rannte zu ihm. Sein Gesicht war blass vor Aufregung. Er fragte: ›Wo bleibst du denn? Ich dachte schon, du kommst nicht mehr.‹ ›Meine Mutter hat mich nicht aus den Augen gelassen, Binali. Ich musste den passenden Moment abwarten‹, entschuldigte ich mich. ›Wenn ich ohne dich zurückgekommen wäre, hätte mir Alişan wahrscheinlich den Kopf abgerissen!‹ ›Jetzt bin ich doch da.‹ ›Du bist fest entschlossen? Du machst keinen Rückzieher?‹ ›Nein, wir ziehen es durch!‹ ›Wenn du es dir anders überlegst und zurückgehst oder wenn sie dich erwischen, dann hast du mich nie gesehen. Dann bist du ganz alleine weggelaufen, ist das klar?‹ ›Ja!‹ ›Versprich es!‹ ›Ich verspreche es!‹ ›Schwöre es!‹ Binali hatte mindestens so viel Angst vor unserem Stamm wie ich, aber wahrscheinlich hatte er es Alişan nicht abschlagen können, weil das mit seiner Männlichkeit nicht vereinbar gewesen wäre. Ich versicherte ihm: ›Bei Gott, ich schwöre, dass ich sagen werde, ich sei allein getürmt, sonst sollen mir beide Augen ausfallen! Ich werde sagen, ich sei über die Mauer gesprungen und mit dem Bus hingefahren.‹ ›Gut! Also steig hinten auf, leg deine Arme um mich und halte dich fest!‹ Ich sprang auf den hinteren Sitz, und wir brausten los. Ich hatte überhaupt nichts dabei, nicht mal ein zweites Paar Strümpfe. So flüchtete ich mich zu Alişan mit nichts als meinen hennagefärbten Händen. Das Einzige, was ich von zu Hause mitgenommen hatte, war mein Personalausweis. Es war Alişan, der darauf bestanden hatte. ›Wenn du mit dem Ausweis fliehst, sehen sie, dass du dich trauen lässt. Ich bin sowieso beim Militär und nicht in der Lage zu heiraten, da werden sie glauben, du seist mit einem anderen durchgebrannt, und lassen mich in Ruhe.‹ «

»Gut, dass du den Ausweis mitgenommen hattest, Zelo!«, pflichte ich bei.

»Du glaubst wohl, das sei so leicht gegangen. Diesen Ausweis gab es zwar, aber es war gar nicht so einfach, ihn meinem Onkel zu stibitzen. Du weißt doch, dass es im Empfangsbereich des Gutshauses ein Gästezimmer gab. Dort bewahrte mein Onkel in einem Schrank Grundbuchurkunden, Ausweise und all solchen Kram auf. Eines Nachts, als alles schlief, schlich ich mich mit einer Taschenlampe in jenes Zimmer. Mein Herz schlug so sehr, dass das Pochen beinahe bis zur Buche zu hören war. Ich wusste, dass er den Schrankschlüssel in einer Deckelschale versteckte. Auf Anhieb hatte ich ihn, sperrte den Schrank auf, durchwühlte die Schubladen, suchte und stöberte, aber ich fand den Ausweis nicht. Da waren einige Grundbuchurkunden, vermutlich Steuerunterlagen, Quittungen, haufenweise Papiere, Briefe in der alten osmanischen Schrift und all so was, aber, ob du es glaubst oder nicht, die Ausweise waren nicht dabei! Ich sackte auf den Boden, lehnte mich mit dem Rücken gegen den Tisch und konnte mich kaum beherrschen, nicht loszuheulen. ›Nun gut‹, sagte ich mir, ›dann gehe ich eben ohne den Ausweis!‹ Aber ich wusste, dass Alişan ziemlich sauer sein würde. Den Ausweis mitzubringen, das war seine Bedingung gewesen. Also hob ich alle Papiere, die ich ausgeschüttet und verstreut hatte, Stück für Stück wieder vom Boden auf und sichtete jedes noch einmal einzeln. Aber nichts, kein Ausweis, nichts! Ich legte alles wieder an seinen Platz zurück, schob die Schranktüren zu und schloss ab. Gerade, als ich den Schlüssel wieder in die Deckelschale zurücklegen wollte, hörte ich Schritte von draußen. Ich löschte die Taschenlampe, kauerte mich auf den Boden und wartete. Ich flehte: ›Lieber Gott, was soll ich nur sagen, wenn ich hier mit der Lampe in der Hand entdeckt werde?‹ Ich rollte die Taschenlampe über den Teppich weit von mir weg, hielt den Atem an und verharrte so, mucksmäuschenstill, wie zur Salzsäule erstarrt. Die Schritte kamen näher und näher, vor der Tür hielten sie inne. Da überkam mich doch ausgerechnet in diesem Moment ein furchtbarer Niesreiz. Ich stopfte mir den Mund mit meinem Kopftuch zu und war drauf und dran zu ersticken. Wenn du mich jetzt fragst, wie lange ich da so hockte – es war sicher nicht lang, aber mir kam es wie eine Ewigkeit vor. Endlich entfernten sich die Schritte. Ich versuchte wieder aufzustehen. Aber ich war so steif, dass ich nicht mehr richtig hochkam. Ich war schweißgebadet.«

»Au weia! Mir bleibt die Luft weg, so spannend ist das! Konntest du dich dann unbemerkt aus dem Staub machen?«

»Erwischt zu werden, war das eine Problem, den Ausweis zu finden, das andere.«

»Nun erzähl schon weiter!«

»Ich entschloss mich, ohne Ausweis aufzubrechen. Ich war schon fast an der Tür, da kehrte ich noch mal um, denn ich sagte mir: ›Da ist doch noch die Schreibtischschublade, die ist nicht mal verschlossen, dort werfe ich mal einen Blick hinein.‹«

»Jetzt sag nicht, dass er da drin war!«

»Genau, da war er, Nevo!«

»Das glaub ich nicht!«

»Ich konnte es auch kaum fassen. Ich hatte die Schublade aufgezogen. Obenauf lag eine alte Zeitung, warum auch immer mein Großvater sie dort aufbewahrt haben mag. Ich schob meine Hand unter die Zeitung, und da lagen alle unsere Ausweise. Im Licht der Taschenlampe suchte ich meinen unter all den anderen heraus, hielt ihn gegen meine Brust gedrückt, schob die Lade wieder zu und schaltete die Taschenlampe aus. Aber ich verließ den Raum nicht gleich. Weißt du was, Nevo, dieses Heftchen, das ich da gegen meine Brust presste, gab mir in diesem Moment das Gefühl, dass mein Leben zum ersten Mal mir selbst gehörte. Meine Knie zitterten vor Angst, und zugleich vergoss ich Freudentränen. Ich hielt meinen Personalausweis, den ich immer im Schrank verschlossen geglaubt hatte, in meiner Hand. In diesem Augenblick war ich überzeugt, mein Leben und meine Zukunft in Händen zu halten. Dabei dauerte es noch Jahre, bis ich achtzehn werden sollte. Natürlich lernte ich mit der Zeit, dass ich nie selbst über mein Leben und vor allem nie über meine Zukunft verfügen würde. Einen Personalausweis zu haben, reicht nicht, weder dazu, ein eigenes Leben zu führen, noch dazu, frei zu sein.«

»Jetzt habe ich endlich auch so ein Kopfpapier wie du«, hatte Zelo damals auf dem Gut verkündet, da saßen wir gerade an dem niedrigen Tischchen am Boden, die Tischdecke über den Schoß gezogen, und aßen die Gözleme, die Mutter Kader gerade aus dem Feuer geholt und uns vorgesetzt hatte.«

»Was soll das heißen?«, fragte ich. Sie lief schnell hinein und kam mit dem Ausweis zurück. »Ah, du meinst, du hast einen Personalausweis.«

»Ja, einen Personalausweis«, bestätigte sie noch einmal mit stolz geschwellter Brust.

»Hattest du vorher denn keinen?«

»Dein Vater hat meinem Großvater damit keine Ruhe mehr gelassen, Gott möge es ihm danken. Er soll ihm gesagt haben: ›Bald macht das Mädchen seinen Schulabschluss, danach wird es heiraten, da braucht es einen Ausweis. Lass einen ausstellen!‹ Großvater sagte es den Onkeln, und dann ließen sie eben einen ausstellen.«

Ich nahm ihn in die Hand und sah mir den Ausweis meiner Freundin an. »Aber Zelo, schau doch mal, sie haben deinen Namen falsch geschrieben!«

»Was stimmt denn an dem Namen nicht?«

»Du heißt doch nicht Zeliha!«

»Doch, Zelha ...«

»Aber hier steht Zeliha!«

Sie riss mir den Ausweis aus der Hand. Aufmerksam prüfte sie ihn. »Ha, Mensch, du hast recht!«

Dann rief sie Mutter Kader zu: «Mama, schau mal, sie haben meinen Namen falsch geschrieben!«

Nun nahm Mutter Kader den Ausweis unter die Lupe und sagte dann, als könne sie lesen: »Was soll denn daran falsch sein, mein Kind?«

»Sie haben ›Zeliha‹ statt ›Zelha‹ geschrieben.«

»Was macht das schon für einen Unterschied? Zelha, Zeliha – das ist doch das Gleiche.«

Ich widersprach ihr in meiner besserwisserischsten Manier: »Das ist es eben nicht, Tante Kader, hier ist ein ›i‹ zu viel. So schreibt man ›Zelha‹ nicht!«

Nun schimpfte Kader in ihrem breiten Akzent: »Schluss jetzt! Lasst mich endlich in Ruhe damit. Ich muss es ja wissen, schließlich bin ich ihre Mutter und habe ihr ihren Namen gegeben. Wir sprechen ihn eben nicht richtig aus, Zeliha ist schon richtig.«

»Aber Mama, war Zelha nicht der Name meiner Großmutter?«

»Ja, schon, aber hätte ich gewusst, dass die mir das Leben zur Hölle macht, hätte ich dir nie und nimmer den Namen dieser lästigen alten Hexe gegeben. Die Beamten haben ihn schon richtig geschrieben, mein Kind, sie haben es gut gemacht.«

»Soll ich nun Zeliha zu ihr sagen?«, fragte ich.

»Sag, was du willst. Aber mach nicht so ein Theater daraus.«

»Ich heiße aber Zelha«, sperrte sich Zelha weiter.

»Meinetwegen! Unter diesem Namen kennt dich doch ohnehin jeder. Jetzt hör aber auf mit dem Geschwätz, Mädchen, sonst komm ich dir mit dem Stock!«, drohte Mutter Kader, räumte die leer gegessenen Teller ab und hastete in die Küche.

Wieder zu Hause, befragte ich meinen Vater zu der Sache mit dem ›i‹. Er wiegelte ab: »Nevra, mach nicht so einen Wirbel! Im Türkischen wird der Name eben ›Zeliha‹ geschrieben, ist es jetzt gut, Kleine?«

Als er bemerkte, dass ich ihn weiterhin herausfordernd anschaute, fügte er noch hinzu: »Man schreibt ›Zeliha‹, aber man sagt ›Zelha‹. Genauso wie du ›Zelo‹ zu ihr sagst und sie ›Nevro‹ zu dir.«

»Sie sagt ›Nevo‹!«

»Also gut, jede Gegend hat ihre eigene Mundart, und je nach Gegend verändern sich die Wörter und Namen ein wenig.«

»Aber Papa …«

»Jetzt ist es genug, Nevra! Gib endlich Ruhe, ich habe mir Akten mit nach Hause gebracht und werde nun arbeiten. Sei jetzt still!«

Zelha

Steht in deinem Ausweis immer noch ›Zeliha‹?«, frage ich.

»Ja, immer noch! Heute habe ich mich damit abgefunden. Ich habe es auch nicht angefochten, als es dann die neuen Ausweise gab. In der Stadt bin ich Zeliha, auf dem Dorf Zelha. Ich fühle mich wie einer dieser Menschen, die zwei Seelen in ihrer Brust haben. Vielleicht bin ich auch wie sie, Nevo, vielleicht leben in mir zwei verschiedene Personen. Die wahre Zelha in mir lebt irgendwo in entlegenen Tiefen. Diejenige aber, die im Gefängnis sitzt, ist Zeliha. Wenn die Lichter ausgehen und ich im Dunkeln sitze, frage ich mich manchmal, was ich hier eigentlich mache. Dann sagt mir eine innere Stimme: ›Hier, in dieser Zelle, sitzt nicht Zelha, sondern Zeliha.‹ Diejenigen, die meinem Namen das ›i‹ hinzugefügt haben, haben diese Zeliha eingesperrt. Dieser Gedanke macht es mir leichter. Ich weiß, eines Tages werde ich wieder Zelha sein. Ich werde in mein Dorf, in mein Haus zurückkehren. Ich werde diese Sachen hier ablegen, mein buntes, langes Kleid anziehen, mir mein bedrucktes Baumwolltuch um den Kopf binden und mich im Schneidersitz auf die Polsterbank an der Wand setzen. Ich werde wieder Zelha sein, aber dann werde ich auch das Leid dieser Zelha erfahren. Glaub bloß nicht, dass jener Standesbeamte, der das ›i‹ in meinen Namen setzte, der Einzige in meinem Leben war, der über mich bestimmte. Ich wurde wohl einfach zur falschen Zeit am falschen Ort geboren. Anscheinend kam ich auf die Welt, um immer nur das zu tun, was andere von mir verlangen.

Da ist nicht eine, die ›ich‹ sagt, sondern eine, die sich bemüht, immer nur das zu tun, was andere ihr sagen.«

»Da haben wir dich anscheinend, indem wir deinem Namen einen Buchstaben hinzugefügt haben, von deinem wahren Ich entfremdet«, sage ich aufrichtig.

»Nein, Nevo, dieses Schicksal war mir bestimmt, schon lange vor der Sache mit dem ›i‹ in meinem Ausweis. Man muss es eben büßen, in Sarıcadam als Stammestochter auf die Welt zu kommen. Der Tod meines Vaters, als ich noch sehr klein war, meine Flucht zu Alişan, die Rückkehr zu meinem Stamm, die Heirat mit meinem jetzigen Mann, sogar die Bekanntschaft mit dir, mit euch allen – all das war Fügung.«

»Ach, ich glaube nicht, dass wir so großen Einfluss auf dein Schicksal hatten.«

»Aber nicht doch, Nevo! Wäre ich dieselbe, wenn ich euch nicht kennengelernt hätte, nicht in eurem Haus gewohnt hätte und nicht in die Kreisschule gegangen wäre? Wie jedes kurdische Stammesmädchen hätte auch ich nicht Lesen und Schreiben gelernt, sondern mit dreizehn Jahren geheiratet. Hätte ich etwa bei meinem Onkel darauf beharrt, meinen Liebsten zu bekommen, und bei Alişans Onkel darauf, meinen Abschluss zu machen, oder hätte ich mich wegen einer Zweitfrau getrennt, wenn ihr nicht in mein Leben getreten wärt?«

»Du bist also Alişans Onkel deines Schulabschlusses wegen immer in den Ohren gelegen. Wo hast du denn dann tatsächlich deinen Grundschulabschluss gemacht?«

»Ich blieb doch im Haus des Onkels, bis Alişans Militärzeit vorbei war. Da lernte ich eben zu Hause und ging als Externe zu den Prüfungen der Grundschule. Zum Glück hatte dein Vater damals nicht lockergelassen, als es darum ging, dass meine Onkel mir den Pass ausstellen lassen sollten.«

»Gut gemacht, meine kluge Zelo!«

»Aber ohne Glück nützt einem die ganze Klugheit nichts.«

»Du hast dir doch das Glück selbst verstellt. Wer türmt denn auch mit dem Sohn des Feldhüters? Was, wenn sie euch umgebracht hätten?«

»Wenn man jung ist, fürchtet man den Tod nicht besonders. Ich dachte, bevor ich mit einem Typen ins Bett gehe, den ich nicht liebe, sterbe ich lieber – als wäre das Sterben so einfach. Wir hatten Glück, Nevo, denn die Kugel blieb uns erspart. Wir kamen noch einmal mit heiler Haut davon: Alişan, weil er beim Militär war, und ich dank meinem Großvater.«

»Was?«

»Wie Alişan vermutet hatte, fuhren unsere Männer zur Kaserne und sprachen mit den Kommandanten. Die haben dann zurückgefragt, ob sie denn wirklich ernsthaft glauben würden, dass dieser Kerl das Mädchen hierhergebracht habe und sie unter all diesen Männern verstecke. Damit war Alişans Kopf gerettet. Und in meinem Fall hat Großvater verhindert, dass nach altem Brauch verfahren wurde.«

»Wirklich?«

»Er hat mit der Faust auf den Tisch gehauen und gedroht: ›Wenn ich erfahre, dass ihr meiner Enkelin etwas angetan habt, bei Gott, dann vermache ich sämtliche Felder und die Wein- und Obstgärten dem Staat!‹«

»Das gibt es ja nicht! Ich wusste schon, dass er dich sehr liebte, aber so sehr, das hätte ich nicht erwartet.«

»Dafür gab es auch einen Grund. Ich hatte einen Onkel. Das war sein ältester Sohn. Um ihn sorgte sich mein Großvater immer. Dieser Onkel verliebte sich in ein Mädchen aus einem nicht besonders angesehenen Stamm, zu dem wir keine guten Beziehungen hatten. Die Familie gab das Mädchen nicht her, da entführte er es. Die Verwandten der jungen Frau spürten die beiden auf, jagten ihr eine Kugel in die Brust und meinem

Onkel eine weitere in den Kopf. Er soll nicht mehr zu erkennen gewesen sein. Mein Großvater hatte seinen Ältesten sehr geliebt, er trauerte viele Jahre lang. Übrigens, auch mein Vater starb wegen einer Blutfehde. Deswegen stemmte sich mein Großvater gegen unsere Ermordung. Das alles habe ich erst im Nachhinein von Mutter Cevahir erfahren.«

»Aber ist es dir, als du auf deiner Flucht in Gefahr warst und nicht wusstest, wohin, nie in den Sinn gekommen, dich an uns zu wenden?«

»Und ob ich daran gedacht habe! Aber ich hatte doch keine Ahnung, wo ihr seid. Ich hatte eure Adresse nicht. Meine Mütter hatten alle deine Briefe verschwinden lassen, damit ich euch nicht finde und mich nicht unter die Fittiche deines Vaters begebe, anfangs, weil ich in die Schule wollte, und später wegen der Sache mit Alişan. Sie haben mir das Leben ganz schön schwer gemacht, nachdem Alişan und ich uns ineinander verliebt hatten. Du glaubst nicht, was ich damals Prügel einstecken musste!«

»Was geschah danach?«

»Sobald Alişan mit seinem Militärdienst fertig war, holte er mich von seinem Onkel zu sich, wir zogen nach Antalya, und er begann auf dem Bau zu arbeiten. Irgendwann kam er dann bei den Malern unter. Zu jener Zeit wurde sehr viel gebaut. Er verdiente gut. In den Sommermonaten hatte er immer Arbeit. In der regenreichen Jahreszeit wurde die Arbeit etwas weniger, aber dann übernahm er die Wache auf den Baustellen. Übrigens wohnten wir in der Bauhütte einer dieser Baustellen, die er bewachte. Somit sparten wir uns die Miete. Dann wurde ich schwanger. Wir freuten uns darüber. Ich dachte, wenn ich entbunden hätte, würde ich mich mit meiner Familie versöhnen, mein Großvater würde schon vermitteln und man würde uns dem Kind zuliebe verzeihen. Auch vermisste ich meine Mütter. Am meisten natürlich Mutter Kader. Mir war immer, als hätte ich ihren Duft in der Nase. Meine einzige Hoffnung war mein Großvater. Wenn einer das fertigbrächte, dann er. Du weißt, wie ich ihn anbetete.«

»Natürlich weiß ich das noch! Er liebte dich ja auch sehr. Möge er in Frieden ruhen! Und hat man euch nach der Geburt eures Kindes vergeben?«

»Ich bekam das Kind gar nicht. Im sechsten Monat erlitt ich eine Frühgeburt. Das Kind kam tot zur Welt.«

»Was sagst du da, Zelo! Ach, das ist ja schrecklich!«

»Ein solches Frühchen wäre wahrscheinlich ohnehin nicht lebensfähig gewesen. Um ein Haar wäre ich auch noch dabei draufgegangen. Ich verlor viel Blut, musste das Bett hüten und kam sehr lange nicht mehr auf die Beine. Die Ärzte verordneten mir Bettruhe, genau wie bei deiner Mutter damals, mindestens vier Wochen empfahlen sie. Und was habe ich gemacht? Ich habe mich in diesem Zustand mit der Hausarbeit abgeplagt, habe gekocht, den Boden gewischt, den Hof gespritzt und Alişans Sachen gewaschen und gebügelt. Dabei hatte ich ständig Schmerzen und Blutungen, weil ich mich nicht ausruhen konnte. Nach einer gewissen Zeit schien es mir besser zu gehen, aber dieser Zustand des Wohlbefindens hielt keine zehn Tage an, dann ging es wieder los mit den Blutungen, sie hörten gar nicht mehr auf. Ich ging wieder zum Arzt. Er sagte, es sei noch nicht alles draußen, und schabte mich aus. Alişan konnte mich lange Zeit nicht mehr anfassen. Weißt du, Nevo, insgeheim hatte Alişan sich gewünscht, als Schwiegersohn in meinen Stamm einzuheiraten. Er muss sich ausgemalt haben, dass sie nachsichtig sein und uns zu sich rufen würden, wenn das Kind erst da sei. Aber durch die Totgeburt gab er diese Hoffnung auf. Ich fiel ihm allmählich zur Last.«

»Das kann doch nicht sein! Er muss dich geliebt haben, das ist doch eindeutig.«

»In der ersten Zeit schon. Aber er heiratete mich ja nicht einmal dann, als ich alt genug dafür war.«

»Ihr wart gar nicht verheiratet?«

»Wie hätten wir uns denn trauen lassen sollen? Ich war noch nicht alt genug. Und als ich dann achtzehn war, da hatte er sich in eine andere verliebt.«

»Das glaub ich nicht!«, rufe ich zornig aus. »Das ist ja nicht zu fassen!«

»Gleich bei unserer Baustelle war ein kleiner Lebensmittelladen. Alişan verknallte sich in so ein blutjunges Ding, das öfter zu diesem Laden kam. Damit nicht genug, er fing auch wirklich ein Techtelmechtel mit ihr an. Monatelang wusste ich nichts davon. Die ganze Zeit machte ich mir sogar noch einen Kopf, weil ich mir sagte: ›Nicht einmal deine Pflichten als Frau erfüllst du, trotzdem zwingt er dich nie dazu.‹ Dabei war er schon mit der anderen zugange, dieser falsche Hund.«

Ich beuge mich über den Tisch und drücke Zelhas Hand. Ihr stehen die Tränen in den Augen, aber sie weint nicht.

Ich frage: »Wie hast du es erfahren?«

»Von ihm selbst. Er meinte: ›Schau, du bist doch krank. Da gibt es ein Mädchen, das sich um dich kümmern wird und auch noch die Hausarbeit erledigt. Du erholst dich und wirst in null Komma nichts wieder gesund.‹ Zuerst habe ich ihm sogar abgenommen, was er mir da vorgaukelte. Ich wollte wissen, was wir dem Mädchen zahlen würden, und er antwortete, dass sie kein Geld dafür haben wolle, sondern für Kost und Logis bei uns bleiben würde. Da hakte ich nach: ›Was soll das heißen, sie bleibt bei uns, Alişan?‹ Er antwortete: ›Sie bleibt auch nachts hier, sie hat keine Bleibe.‹«

Zelha schweigt einen Moment, sie schluckt.

»Da hatte ich ihn verstanden und sagte: ›Alişan, du hast also eine Frau für dich gefunden, ist es das, was du mir sagen willst?‹ ›Du bist doch krank. Sie soll so lange bleiben, bis es dir wieder besser geht. Sie versorgt uns beide, dann schicken wir sie weiter.‹ Das konnte er seiner Großmutter erzählen.«

»Hast du dich deshalb von ihm getrennt?«

Wieder ist es lange still. Zelha starrt wie gebannt auf die gegenüberliegende Wand, als liefe dort auf einer Leinwand ein Thriller. Schließlich, als sie weiterspricht, zittert ihre Stimme.

»Eines Tages brachte er sie mit nach Hause. Ich zog Alişan auf die Seite und stellte ihn vor die Wahl: ›Sag ihr, sie soll ihre Sachen packen und gehen, oder ich bin weg! Ich sage meinen Müttern, was du mir angetan hast, und hetze den ganzen Stamm auf dich. Diesmal wird mein Großvater sie nicht zurückhalten, nur damit du es weißt!‹ «

»Hat er sie hinausgeworfen?«

»Nein! Es stellte sich heraus, dass das Mädchen schwanger war.«

Wieder sitzen wir uns schweigend gegenüber. Zelha erzählt verlegen weiter, ohne mir in die Augen zu sehen, als wäre nicht Alişan der Schuldige, sondern sie.

»Als ich drauf und dran war zu gehen, flehte er mich an zu bleiben. Als wäre es das Normalste von der Welt, mit einer Nebenfrau zusammenzuleben. Ich sagte zu ihm: ›Alişan, ich habe für dich den Tod riskiert, ich habe mich gegen meinen Stamm gestellt, und du tust mir das an?‹ Er weinte jämmerlich, ging vor mir auf die Knie, bettelte und flehte. Wahrscheinlich hatte er nur Angst, dass ihn meine Familie töten würde, wenn ich nach Hause zurückkehrte.«

»Und er hat sich kein bisschen geschämt?«

»Nein, nicht im Geringsten! Er hatte sich seine Ausreden schon zurechtgelegt. Er meinte, es könne doch passieren, dass ich, wenn ich wieder schwanger werden würde, entweder das Kind verliere oder sogar selber dabei sterbe. Ich sei ja ohnehin nur mit knapper Not davongekommen. Er wolle nicht, dass ich Kinder auf die Welt brächte, damit mir nichts zustoße. Eben aus diesem Grund habe er die zweite Frau ins Haus gebracht, damit sie unsere Kinder gebäre und sich um den Haushalt kümmere. Ich könnte die Vorrangstellung genießen und mich dann ganz meinem Mann widmen.«

Zelha wirft ihre Zigarette zu Boden und tritt sie aus. Die Asche meiner Zigarette, die vor sich hin geglimmt hat, ist mir auf den Rock gefallen. Ich schüttle ihn aus und frage: »Willst du noch eine?«

»Ja, gib her!«

Ich reiche ihr noch eine Zigarette aus dem Päckchen auf dem Tisch. Sie holt das Feuerzeug aus der Tasche, das ich ihr gerade geschenkt habe, zündet sich die Zigarette an, macht einen tiefen Zug und stößt den Rauch kraftvoll wieder aus. Dann erzählt sie weiter: «Weil ich nicht wusste, was ich tun oder wohin ich gehen sollte, ließ ich es über mich ergehen. Die beiden haben es sich doch glatt auf der Matratze bequem gemacht, auf der Alişan und ich immer geschlafen haben! Ich dagegen schlief auf der Schlafcouch im Vorraum, den wir als Wohnzimmer nutzten. Ich machte keinen Finger mehr krumm und sprach kein einziges Wort mit den beiden. Tagsüber beobachtete ich, was draußen vor dem Fenster los war, lehnte mich gegen ein Polster und strickte oder saß mit mürrischem Gesicht da. Nachts stopfte ich mir die Faust in den Mund, und meinen Kopf vergrub ich unter den Kissen, damit sie nicht hören konnten, wie ich weinte. In der ersten Zeit waren sie noch zurückhaltend und turtelten nicht vor meinen Augen. Aber allmählich nahmen sie immer weniger Rücksicht. Später einmal hörte ich dann eines Nachts ihr Stöhnen aus dem Schlafzimmer, als sie miteinander schliefen. So wie damals bei meiner Fehlgeburt das Blut aus mir herausschoss, so war es diesmal Feuer, Nevo. Ein Feuerball, der in meinem Unterleib immer weiter angewachsen war, senkte sich still und heimlich in die Leistengegend und fuhr mir in die Beine. Es fühlte sich an, als hätte alles unterhalb meiner Taille Feuer gefangen. Mein Herz war rot glühend. Ich stürzte hastig aus dem Haus. Mein Leib und meine Seele waren wie auseinandergerissen, als ob sie in zwei Teile gespalten wären. Da saß ich in der Eiseskälte bis zum Morgen. In der Früh war ich wie steif gefroren. Einige Tage lag ich im Fieber. Die junge Zweitfrau kümmerte sich um mich. Ich sprach kein Wort, weder mit ihr noch mit Alişan, kein einziges Sterbenswörtchen kam mir über die Lippen. Dann, als ich wieder etwas bei Kräften war, verließ ich morgens das Haus, nachdem Alişan zur Arbeit gegangen war, und streifte ziellos durch die Straßen. Schließlich betrat ich eine Apotheke. Ich kaufte eine Packung Aspirin, ging dann wieder nach Hause und stellte mir einen Becher Wasser ans Kopfende meiner Liege. Ich schluckte eine Aspirintablette nach der anderen. Ich weiß nicht mehr, wie viele ich davon genommen hatte, da sah ich plötzlich die Leiche meiner Großmutter vor meinem geistigen Auge. Ihr Gesicht war schrecklich verrunzelt, ihre Haut wachsgelb. Man hatte ihr das Kinn hochgebunden und ihr ein Messer auf die Brust gelegt. Mutter Cevahir führte mich zu ihr ans Bett und ließ mich ihre geäderten Hände küssen. Ich erschrak zu Tode. Tagelang fand ich keinen Schlaf mehr, so sehr ekelte ich mich vor dem Tod. Ich glaubte, Alişan würde nur noch meine Leiche vorfinden, wenn er abends nach Hause käme. Er würde mich dann immer als Tote in Erinnerung behalten. Vielleicht würde mir der Speichel aus dem Mund sickern, möglicherweise würde ich sogar noch in meinem eigenen Kot liegen. Sähe er mich in so einem Zustand, wäre er wahrscheinlich noch froh, mich losgeworden zu sein. Nachdem mir das alles durch den Kopf gegangen war, kroch ich auf die Toilette, steckte mir den Finger in den Hals, bis ich würgte und alles wieder auskotzte. Das Mädchen kam mir nach. Ich warf ihr die Holzpantinen, die da am Boden gestanden hatten, an den Kopf. Daraufhin schrie sie: ›Dann krepier doch!‹, und flüchtete wieder hinein. Ich schleppte mich in mein Bett zurück und legte mich hin. Es wurde Abend, und ich lebte immer noch, aber mein Magen fühlte sich an wie durchlöchert. Ich dachte mir: ›Wenn ich bis morgen früh nicht tot bin, dann sterbe ich diesmal noch nicht.‹ Schwach, wie ich war, verschlief ich die Zeit und wachte erst am nächsten Morgen wieder auf. Weder Alişan noch das Mädchen war zu Hause. Ich war ganz benommen, konnte nicht aufstehen. ›O weh!‹, stöhnte ich. ›Wenn ich gestern noch nicht eingegangen bin, dann wird es mich eben jetzt erwischen.‹ Gleich dort, wo ich schlief, kniete ich mich hin und betete: ›Gott, vergib mir und lass mich am Leben, bis ich in mein Dorf gekommen bin! Wenn ich sterbe, dann möchte ich zu Hause in den Armen meiner Mutter sterben. Nicht die Pillen, die ich wegen Alişan geschluckt habe, sollen mir das Leben nehmen, sondern meine Onkel und Neffen, um ihre Ehre wieder reinzuwaschen. Nachdem sie mich getötet haben, werden sie auch Alişan nicht ungeschoren davonkommen lassen. Sie werden alles wieder in Ordnung bringen. Er soll seine Schuld genauso bezahlen wie ich.‹ Nur mit Müh und Not konnte ich mich aufrichten und zur Toilette schleppen. Als ich wieder herauskam, war mir noch immer elend zumute, und ich sank gleich in das Bett, in dem Alişan und das Mädchen immer schliefen, das heißt in das Bett, das einmal meines war. Ich muss ziemlich lange geschlafen haben, und es war genau das eingetreten, was ich befürchtet hatte. Ich hatte mich im Schlaf übergeben. Gegen Abend kamen die beiden zurück. Anscheinend rührten sie mich nicht an, als sie mich in meinem Erbrochenen in ihrem Bett liegend fanden, sondern schliefen zusammengedrängt auf der Schlafcouch im Wohnzimmer. Jedenfalls lag ich am nächsten Tag immer noch im gleichen Bett. Das Mädchen brachte Tee, Suppe und Yoghurt, was ich auch alles zu mir nahm. So wurde ich wieder etwas klarer und dachte: ›Gott hat mich am Leben gelassen. Das heißt, dass ich nun, wie ich es Allah gelobt habe, in mein Dorf zurückkehren muss, um dort zu sterben.‹ Ein paar Tage wartete ich noch ab, um Kräfte zu sammeln, dann stand ich irgendwann auf, als Alişan aus dem Haus war, zog mich an und ging zur Tür. Die Zweitfrau fragte mich, wohin ich denn wolle. Ich reagierte nicht. Ich nahm nur mit, was ich am Leibe trug. Kein Bündel, keine Tasche, keinen Beutel. Genau so, wie ich gekommen war, verließ ich das Haus meines Mannes auch wieder. Ich ging zur Bushaltestelle. Ich musste viele Male umsteigen, bevor ich am nächsten Abend das Dorf schließlich erreichte.«

»Bist du tatsächlich auf euer Gut zurück?«

»Wohin hätte ich denn sonst gehen können? Meinst du, dass sich jemand, der dem Tod ins Auge gesehen hat, noch vor Schlägen, Vorwürfen und Erniedrigungen fürchtet?«

»Wie haben sie reagiert, als sie dich sahen?«

»Ich war in einen schwarzen Çarşaf gehüllt, so erkannten mich die Leute am Tor nicht. Du weißt ja, wie weit es vom Tor bis zum Haus ist. Ich ging ganz langsam, und bei jedem meiner Schritte kam eine andere Erinnerung in mir hoch. Mir fiel sogar jener Tag wieder ein, an dem ich mit meiner Mutter Hand in Hand diesen Weg ging, um zu euch zu gelangen, glaubst du mir das, Nevo? Wie aufgeregt ich damals war! Erst einmal kamen wir zur Dienststelle deines Vaters, der schickte uns dann zu eurem Haus. Aber ich möchte nicht zu sehr abschweifen. Sobald ich also den Hof der Frauen betreten hatte, nahm ich den Çarşaf ab. Halide war es, die mich als Erste erkannte. Sie schrie auf. Die Frauen stürzten sich auf mich und brüllten los. Mutter Kader fiel in Ohnmacht, als sie mich sah. Mutter Cevahir brachte sie alle dazu, still zu sein und die Türen zuzumachen.

Bevor meine Onkel und die übrigen Männer etwas erfuhren, wollte man Großvater informieren. Er konnte nicht mehr gehen und war nicht mehr derselbe wie früher. Die Frauen warfen mir den Çarşaf wieder über und brachten mich zu ihm, ohne dass mich jemand zu Gesicht bekam. Großvater war also der Erste, der mich anhörte.«

»Wie sehr muss er sich gefreut haben, dass du wieder da warst!«

»Er zitterte fürchterlich vor Aufregung. Ich hatte schon Angst, dass er gleich tot umfällt. Er war während meiner Abwesenheit sehr gealtert. Oder sein Alter war mir vorher nur nicht so aufgefallen, da ich ihn ja früher jeden Tag gesehen hatte. Jetzt erst erkannte ich, wie viel Zeit inzwischen vergangen war. Mein Großvater war zu einer alten, knorrigen Eiche geworden. Auf seinen Handrücken wucherten dicke Adern, und sie waren von Altersflecken übersät, der Glanz war aus seinen Augen gewichen, und er hatte nur noch zwei Zähne im Mund. Es war, als würde er gleich verlöschen. Aber das Schlimmste von allem war sein Gesichtsausdruck, teilnahmslos, als würde er nur noch auf den Tod warten. Ich kniete mich vor ihm nieder, nahm seine Hände und flehte zu Gott: ›Nimm mein Leben statt seins.‹ Großvater zitterte, ich weinte. Warum ich mich von Alişan getrennt hatte, erzählte ich ihm nicht. Ich wollte nicht, dass er sich grämte. Ich sagte nur, ich würde alles bereuen, hätte das Haus, mein Dorf und meine Mutter vermisst, und bat um Vergebung. Dann ließ ich die eine Hand los, die andere küsste ich. Und wie er es immer getan hatte, so stellte er mich auch diesmal unter seinen Schutz. Er ließ mein Nachtlager gegenüber von seinem Zimmer richten, damit mir auf keinen Fall etwas zustoßen würde. Bis ich wieder verheiratet wurde, blieb ich bei ihm. Mein Großvater nahm meine Onkel und Neffen einzeln ins Gebet, und er überzeugte sie alle. Sie schlugen mich ein paar

Mal, aber mehr konnten sie mir nicht antun aus Achtung vor meinem Großvater.«

»Was war danach?«, werfe ich neugierig ein.

»Ich erzählte meinen Müttern von meiner Fehlgeburt und dass ich danach sehr lange krank war. Tagelang verköstigten sie mich mit Honig und Sahne, gaben mir einen Heilkräutersud zu trinken, so kam wieder Farbe in mein Gesicht, und ich erholte mich. Als ich einige Monate später wieder gesund war, da verheirateten sie mich eben …«

»Sie hatten doch ohnehin vorgehabt, dich in den Stamm der Karançi einheiraten zu lassen! Das hat Mutter Kader immer verkündet.«

»Du hast ein gutes Gedächtnis, Nevo.«

»Das weiß ich nicht etwa, weil ich ein so gutes Gedächtnis habe. Als wir beide mit der zweiten Klasse fertig waren, schenkte mir mein Vater ein Tagebuch, und ich kritzelte mit meiner grauenhaften Handschrift die Seiten voll. Vor ein paar Jahren, als ich in eine neue Wohnung zog, entdeckte ich es in einer der Kisten wieder. Ich setzte mich gleich an Ort und Stelle auf den Boden und las von vorne bis hinten, was ich damals alles geschrieben hatte. Deshalb weiß ich das noch so genau, sogar den Namen des Stammes.«

»Glaubst du vielleicht, die Karançis hätten ein Mädchen akzeptiert, das mit einem Alişan durchgebrannt war? Was für ein Glück, dass ich nicht schon in der Wiege mit einem von ihnen verlobt worden war! Die hätten mich doch nie und nimmer am Leben gelassen.«

»Bist du nie auf den Gedanken gekommen, Alişan zu töten?«

»Doch, natürlich! In den ersten Tagen, nachdem er das Mädchen mit nach Hause gebracht hatte, dachte ich darüber nach, den beiden im Schlaf die Schädel einzuschlagen. Aber aus einem gutmütigen Menschen wird nun mal kein Mörder, ganz gleich, wie wütend er ist. Ich sagte dir doch, dass ich mich bei meinem Großvater und meinen Onkeln nicht einmal über ihn beklagt habe.«

»Du wolltest deine Verwandten eben nicht ins Unglück stürzen.«

»Nein, Nevo, das war es nicht. Da gab es doch diesen Ado, der, vor dem wir alle Angst hatten. Mutter Cevahir hatte ihn erwischt, als er einem Katzenjungen gerade Nägel in den Kopf schlug, und verprügelte ihn dann.«

Ich erinnere mich an diesen zotteligen Ado, der ziemlich groß für sein Alter war, riesige Hände und buschige Augenbrauen hatte, und mir läuft ein eisiger Schauer über den Rücken. »Selbstverständlich weiß ich, wer das war. Wir haben tagelang wegen des Kätzchens geheult.«

»Dieser Ado ist immer so ein mieser Charakter geblieben. Er hat mehrere Menschen umgebracht, landete viele Male im Gefängnis, wurde aber immer wieder begnadigt. Nachdem ich wieder heimgekehrt war, kam er eines Tages im Garten zu mir her und schlug mir vor: ›Sag mir, Schwester, wo dieser Kerl ist, der dich entführt hat, dann geh ich hin und mache ihm den Garaus. Das sieht doch ein Blinder, wie mies der dich behandelt hat. Ich will ihm wenigstens seine gerechte Strafe verpassen!‹ ›Lass mich in Ruhe, Abdullah. Bring kein Unglück über uns!‹ ›Wieso denn Unglück? So etwas ist ein Kinderspiel für mich. Dein Onkel lässt doch ohnehin alle schmutzigen Geschäfte des Stammes von mir erledigen. Du brauchst es nur zu sagen. Ich mache diesen Hund ausfindig, ganz gleich, wo er auch stecken mag, erledige die Sache und komme zurück. Keiner erfährt etwas davon.‹ Einen Moment lang dachte ich tatsächlich darüber nach, ihm die Adresse dieses Verräters Alişan zu geben, aber ich konnte nicht. Anscheinend hatte ich ihn so geliebt, dass ich trotz all der Verletzungen immer noch einen

Funken Zuneigung für ihn übrig hatte. Leider habe ich meine Liebe an den Falschen verschwendet.«

«Wenn dich also dein jetziger Mann genommen hat, obwohl er genau wusste, dass du mit Alişan durchgebrannt warst, so hast du am Ende wohl doch jemanden gefunden, der dich von ganzem Herzen liebt, ist es nicht so?«

»Das stimmt. Şiyar hat mir meinen Fehltritt nicht ein einziges Mal vorgehalten.«

»Sag aber nicht Fehltritt dazu, Zelha. Es war eben eine Jugendsünde, wir sind doch alle nur Menschen.«

»Das mag schon sein. Trotzdem hätte sich ein anderer nicht so verhalten, sondern hätte mir meine Flucht von zu Hause ständig unter die Nase gerieben. Şiyars Frau war drei Jahre zuvor gestorben. Er war viel älter als ich. Ich war gerade erst achtzehn geworden, er ging schon auf die vierzig zu. Er hatte Kinder. Natürlich ging ich nur widerstrebend zu ihm, aber dieses Mal hatte ich eben jenen Makel, und ich wagte es nicht, mich zu widersetzen. Für jemanden, der bereits mit dem Leben abgeschlossen hatte, war es noch nicht einmal eine Strafe, mit einem älteren Mann verheiratet zu werden. Wie dem auch sei, ich wurde also in eine Provinz im Norden verheiratet. Und das war gut. Şiyar liebte und schätzte mich darüber hinaus noch, und er sorgte sogar dafür, dass mich auch seine Kinder respektierten. Er trug mich auf Händen. Schon im ersten Jahr unserer Ehe wurde ich wieder schwanger. Mutter Kader kam zu mir, ließ mich nicht mehr aus dem Bett und verwöhnte mich neun Monate lang. Während meiner Schwangerschaft hatte ich sehr große Angst, wieder eine Fehlgeburt zu erleiden. Şiyar hatte mir versprochen, mich im Krankenhaus entbinden zu lassen. Er hielt Wort. Denk nur, ich habe mein Kind im Krankenhaus bekommen. Wo hat man so etwas bei uns schon gesehen, eine Geburt im Krankenhaus! Unsere Alten zu Hause waren allerdings ziemlich erbost darüber, dass ich das Kind nicht mit der Hebamme zur Welt brachte. Mein Mann aber verbot ihnen ihr Schandmaul. Es war ein Junge. Zwei Jahre später brachte ich noch meine Zwillinge zur Welt. Du wirst verstehen, dass ich mich rundum wohlfühlte, ich war Hausfrau und zog die Kinder auf, bis es dann mit diesen Geschichten losging. Aber was will man machen? Zuerst gerieten Şiyars erwachsene Söhne in diese Sache, und durch das, was sie taten, wurde auch ihr Vater mit hineingezogen. Wie oft habe ich ihn gewarnt: ›Sie sind jung, es sind feurige junge Männer, misch dich da nicht ein!‹ Doch wenn in deinem Haus einmal jemand damit infiziert ist, dann können sich die anderen auch nicht mehr heraushalten. Wenn du nicht Partei ergreifst, machst du dir beide Seiten zum Feind. Sie lassen einen nicht in Frieden, vor allem dann nicht, wenn du allseits bekannt bist, gemocht und geachtet wirst und der Enkel eines berühmten Stammesführers bist. Wohl oder übel musst du dich für eine Seite entscheiden, entweder Staat oder Organisation. Andernfalls stehst du mutterseelenallein da, und das geht nicht. Auch Şiyar blieb nichts anderes übrig, als Stellung für die eigene Seite zu beziehen. Da siehst du, Nevo, das wankelmütige Schicksal wendete sich erneut gegen mich. Gerade, als ich dachte, ich sei endlich glücklich und zufrieden, wurde mein Leben auf den Kopf gestellt, diesmal durch das Unheil, das der Aufstand mit sich brachte.«

»Aber das ging doch nicht nur deiner Familie so. Das Leben unzähliger anderer Familien geriet auch aus allen Fugen.«

»Das stimmt natürlich! Es war kein Leben mehr hier bei uns, ich war beunruhigt und fragte immer wieder, wann wir denn endlich fortziehen würden, um unsere Kinder von dieser Gefahr fernzuhalten. Vielleicht ging Şiyar auch aus diesem Grund in die Politik. Seine Onkel waren seit Bestehen des Parlaments immer in der Politik gewesen, sie und auch Şiyar gehörten zu der berühmten Familie der Miroğlus, von der hast du doch bestimmt schon gehört. Aber egal, mein Mann kandidierte, wurde ins Parlament gewählt, und wir zogen nach Ankara. Hätten wir das bloß nicht gemacht! Aber wir kamen nun mal nach Ankara, und von da an nahmen die Dinge ihren Lauf. Wir waren ja auch auf mein Drängen dorthin gegangen; da war es doch meine Pflicht, mich der Sache meines Mannes anzunehmen, nachdem er inhaftiert worden war, und obgleich ich nie und nimmer damit gerechnet hätte, steckte ich auf einmal bis zum Hals in der Politik. Der Rest ist bekannt.«

»Ach, Zelha! Du wurdest nicht zur Abgeordneten gewählt, sondern zum Sündenbock. Wenn du dich da herausgehalten hättest, dann wäre dir das alles erspart geblieben. Hättest du doch bloß etwas Sinnvolles gemacht, was gut für deine Heimat gewesen wäre ... Mit der Zeit hättest du ein Problem nach dem anderen gelöst.«

Zelha lässt ihren Zigarettenstummel zu Boden fallen, tritt ihn aus und gibt gereizt zurück: »Bring mich nicht auf die Palme, Mädchen! Wir haben uns nun mal für diesen Weg entschieden, und so wie es aussieht, werde ich noch mehr durchmachen müssen. Die Zeit wird kommen, in der sich mein Einsatz positiv auf meine Heimat auswirken wird.«

»Hättest du dich bloß nie auf diese Dinge eingelassen.«

Ein Schatten verdüstert Zelhas Gesicht. Offensichtlich hat sie sich nicht aus freien Stücken darauf eingelassen. Sie konnte sich alles so ruhig und entspannt von der Seele reden, weil wir uns gleich wieder vertraut waren wie vor fünfunddreißig Jahren. Aber alles hat natürlich seine Grenzen. Zelha setzt sich wieder gerade auf den Stuhl, auf dem sie zusammengesackt war, und stellt etwas ungehalten klar: »Das, was du so lapidar ›diese Dinge‹ nennst, ist unser Aufstand, Nevo, und Gott hat anscheinend auch mir eine Rolle dabei zugewiesen. Es hätte auch sein können, dass ich mit knapp vierzehn Jahren an die Karançis verheiratet werde und neun oder zehn Kinder bekomme. Oder dass ich bei Alişan zu Hause blutenden Herzens die Kinder meiner Nebenfrau großziehe. Oder in Sarıcadam mit meinen Müttern Blätterteig ausrolle. Wie auch immer du es betrachtest – für mich gab es kein Entrinnen. Wenigstens führe ich jetzt einen ehrenhaften Kampf für mein Volk. Aber sprechen wir nicht mehr über mich, erzähl doch jetzt lieber mal von dir! Bist du verheiratet? Hast du Kinder?«

»Ich war verheiratet, bin geschieden und habe einen Sohn.«

»Gott möge ihn schützen! Warum bist du geschieden, Nevo? Dir kam doch nicht auch so eine Nebenbuhlerin in die Quere, oder?«

Ich kann nicht sofort antworten. Ich weiß es ja selbst nicht so genau, warum wir uns getrennt haben, wie soll ich es dann ihr erklären? Mit zwischen die Oberschenkel geschobenen Händen und hängenden Schultern hocke ich auf meinem Holzstuhl: wie ein Schüler vor seinem Lehrer sitzt, wenn er etwas ausgefressen hat. Würde meine Freundin, nachdem sie meine Geschichte angehört hatte, mir Vorwürfe machen, könnte ich kein Wort zu meiner Verteidigung hervorbringen, denn ich habe mir alles selbst zuzuschreiben. Mein Vergehen ist es, verwöhnt und verschwenderisch zu sein. Zu verwöhnt, um den Wert der Liebe zu erkennen, die man mir schenkt, und zu verschwenderisch, weil ich die Gelegenheiten, die sich mir bieten, ungenutzt verstreichen lasse. Was soll ich, die ich innerhalb der Grenzen desselben Landes geboren und mit allen Segnungen des Wohlstands aufgewachsen bin, dieser hochanständigen Frau da vor mir antworten? Ihr, deren Geschicke durch althergebrachte Bräuche bestimmt wurden, die auf Liebe verzichten musste, weil eine Zweitfrau auftauchte, während ich mich in der Ehe langweilte und mein Nest zerstörte, weil ich in einen anderen verliebt war?

«Wolltest du die Scheidung?«

Ich nicke.

»Warum? Hat er dich betrogen?«

Soll ich Ja sagen, um mich aus der Affäre zu ziehen, aber wie kann ich diesen Menschen anlügen, mit dem ich mittels eines stumpfen Nagels Blutsbrüderschaft geschlossen habe?

»Nein.«

»Hat er dich geschlagen?«

»Nein, nie!«

»Ja, aber warum hast du dich dann von ihm getrennt?«

»Mein Mann ging …«

»Zu einer anderen Frau?«

»Ich sagte doch schon, dass es das nicht war. Er ging, weil wir uns eben nicht mehr verstanden.«

Würde Zelha, für die kein anderer Scheidungsgrund als Untreue denkbar war, es mir glauben, wenn ich ihr erzählte, dass mein Mann mich wegen einer Küchenmaschine verlassen hat? Wenn ich es selbst viele Jahre lang glauben konnte, damit ich mir keine Selbstvorwürfe machen und mich nicht mit mir selbst auseinandersetzen musste, vielleicht glaubt sie es dann auch. Doch seit einiger Zeit weiß ich sehr wohl, dass eigentlich nicht Murat ging, sondern ich. Noch dazu bereue ich es ein wenig. Ich schaffe es nicht, dieser Freundin hier vor mir, die als Frau aus dem Osten der Türkei Unterdrückung und Zwänge durchlebt hat, meine eigene Geschichte zu erzählen. Mein Gesicht läuft rot an, und meine Kehle wird trocken, während die letzten vierundzwanzig Stunden, bevor mein Mann das Haus verließ, noch einmal wie ein Film im Zeitraffer vor meinem inneren Auge ablaufen. Es kostet mich viel Kraft, nicht in Tränen auszubrechen.

Nevra

Jener verregnete Mittwoch im November war ein Tag wie jeder andere, abgesehen von unserem Abendprogramm, mit dem wir unseren zehnten Hochzeitstag feiern wollten. Wie immer schrillte der auf sieben Uhr früh gestellte Radiowecker neben dem Bett pünktlich, und ebenfalls wie immer stand Murat vor mir auf. Er hatte schon längst das Teewasser aufgesetzt und den Frühstückstisch gedeckt, als ich endlich in die Küche kam, nachdem ich erst noch ein Weilchen im Bett liegen geblieben war, dann mich reckend und streckend aufgestanden und ins Bad gegangen war und schließlich die Zeitung, die vor der Haustür lag, hereingeholt hatte. Beim Betreten der Küche blieb mein Blick an einem in rot glänzendes Papier gehüllten Paket hängen, das auf dem Küchentisch direkt neben meinem Frühstücksteller stand. Ich stutzte. Mit einem breiten Lächeln auf dem Gesicht fragte ich meinen Mann: »Oh, was ist denn das?«

»Machs auf, dann siehst du's!«

Auf dem Papier, mit dem das Paket eingewickelt war, befand sich keinerlei Schriftzug, Logo oder Markenname. Deshalb konnte ich mir keinen Reim darauf machen, was in dem Paket sein könnte. Sicher war nur eines: für ein romantisches Geschenk war das Paket zu groß. Es würde unter Garantie kein Ring, keine Brosche und kein Paar Ohrringe daraus zum Vorschein kommen. Mit forschendem Blick sah ich zu meinem Mann hinüber, der gerade Salz auf sein Ei streute. Ich fragte:

»Das ist ja ein riesiges Paket ... Aber für ein Auto ist es wiederum nicht groß genug.«

»Stimmt.«

»Also gut! Was ist drin?«

»Etwas, was du dir schon seit Langem gewünscht hast.«

Ich kniff meine Augen zusammen und malte mir aus, was es sein konnte. Ob mein Mann sich etwa die Mühe gemacht hatte, das Geschenk immer wieder Schachtel in Schachtel zu verpacken, um mir eine ganz besondere Überraschung zu bereiten? Ein kleiner Diamantring vielleicht ... ein Flugticket nach Indien ... der Samtblazer, den ich im Schaufenster von Armani entdeckt hatte, ganz entzückt darüber war und den ich sehnsüchtig seufzend angesehen hatte. Alle drei Geschenke hätten ein großes Loch in unsere Haushaltskasse gerissen. Aber wäre denn ein zehnter Hochzeitstag ein solches Opfer nicht wert? Ich sah aufmerksam zu meinem Mann hinüber, um mir meine Vermutung von seinem Gesichtsausdruck bestätigen zu lassen.

Er fragte: »Soll ich dir Tee einschenken?«

»Noch nicht, ich möchte zuerst den Kleinen wecken.«

»Machst du das Paket nicht auf?«

»Aber natürlich!«

Hätte ich es nur nicht getan! Aber ich öffnete es. Hastig riss ich das glänzende rote Papier ab. Mit einem Messer durchtrennte ich die Schnur um den weißen Karton, der unter dem Geschenkpapier zum Vorschein gekommen war. Mit der Vorsicht und Sorgfalt eines Arztes, der ein Kind aus dem Leib seiner Mutter holt, nahm ich mein Geschenk mit beiden Händen, holte es aus seinem Karton und stellte es auf den Tisch. Es war eine Küchenmaschine. Verblüfft stand ich da.

»Sie hat zwölf verschiedene Funktionen«, verkündete Murat stolz. Ich ging erst einmal in der Küche auf und ab, um meine Enttäuschung zu verbergen, doch als ich einsah, dass mir das nicht gelingen würde, blieb ich am anderen Ende des Tisches, genau gegenüber von meinem Mann, stehen. Ich bemühte mich, meine belegte Stimme milder klingen zu lassen, und fragte: »Das ist es also, was du mir zu unserem zehnten Hochzeitstag schenkst?«

»Gefällt sie dir nicht?«

Darauf konnte ich nicht antworten. Immer wenn ich gereizt bin und mich dann bemühe, meine Stimme zu bändigen, wird sie erst recht absolut schrill.

»Die hast du dir doch schon so lange gewünscht, Nevra.«

»So? Habe ich das, eine Multifunktionsküchenmaschine?«

»Etwa nicht? Hast du nicht immer gejammert: ›Ach, wenn es doch nur ein Gerät gäbe, mit dem man Zwiebeln hacken und Eier schlagen kann.‹ Außerdem kann diese Küchenmaschine noch einiges mehr. Zum Beispiel …«

»Halt den Mund! Sags nicht. Ich will es nicht hören!«

»Ja, aber warum denn nicht …«

»Weil heute unser zehnter Hochzeitstag ist. Heute vor zehn Jahren haben wir geheiratet.«

»Und deshalb schenke ich dir just an diesem Tag etwas, was du dir gewünscht hast und was dir deine Arbeit erleichtert.«

»Willst du mich beschenken oder mir etwas unter die Nase reiben? Wenn du mir damit an den Kopf werfen willst, dass ich keine gute Hausfrau bin, dann kannst du damit schon recht haben. Aber ich bin schließlich berufstätig und gehöre eben nicht zu der Sorte Hausfrau, die von morgens bis abends den Besen schwingt. Das war dir auch klar, als wir geheiratet haben.«

»Hast du jemals gehört, dass ich mich darüber beschwert hätte, wie du den Haushalt führst?«

»Nein, aber wenn du dich beschweren möchtest, dann mach nicht solche Anspielungen, sondern sage es offen!«

»Aber nein!«

»Das macht es ja noch schlimmer. Du bist also auch so

einer, der überhaupt keine Ahnung von der Sensibilität, der Gefühlstiefe und der Seele einer Frau hat. Sehr bedauerlich!«

»Könntest du mir um Himmels willen verraten, warum du mir solche Vorwürfe machst? Was habe ich getan?«

»Du hast mir, um mir zu unserem zehnten Hochzeitstag zu gratulieren, eine Küchenmaschine geschenkt.«

»Ist das etwas, worüber man sich so aufregen muss?«

»Wenn du das nicht kapierst, dann springe ich gleich jetzt hier aus diesem Fenster«, fauchte ich zurück.

»Jetzt ist es aber genug! Was schreist du hier in aller Herrgottsfrühe wegen nichts und wieder nichts herum?«

»Was, Murat, ich soll keinen Grund haben herumzuschreien?«

»Meiner Meinung nach nicht.«

»Meiner Meinung nach aber sehr wohl! Und ich kann ihn dir auch sagen: Hältst du dieses Ding allen Ernstes für das passende Geschenk zu unserem zehnten Hochzeitstag? Dieses Ding? DIESES DING!«

Ich schlug donnernd mit der Hand auf die Küchenmaschine ein. Ich wusste, dass meine Stimme allmählich immer höher und schriller und mein Gesicht immer hässlicher wurde. Trotzdem schrie ich laut kreischend weiter. Murats Verblüffung schlug allmählich in Panik um.

»Nevra, schrei doch nicht so! Cengiz könnte uns hören ... und die Nachbarn ...«

Es machte mich vollkommen rasend, dass mein Mann sich um die Nachbarn sorgte, aber nicht um meine Gefühle. Ich legte noch einmal gewaltig an Lautstärke zu: »Dieses Ding? Dieses Ding?«

»Aber das ist doch noch nicht alles«, versuchte er mich zu besänftigen. »Habe ich nicht für heute Abend unsere Freunde mit ins Theater eingeladen, und wollten wir nicht alle zusammen hinterher zum Essen gehen? Zählt das alles für dich gar nicht?«

»Wahrscheinlich hast du fein säuberlich aufgelistet und zusammengezählt, welche Unsummen du für jeden von ihnen hinblättern musst.«

»Natürlich habe ich mir das ausgerechnet, ich bin doch kein Krösus, Nevra. Das Geld fällt schließlich nicht vom Himmel.«

»Davon sprichst du ja ohnehin unentwegt. Deshalb verlange ich ja nie etwas von dir. Wir gehen nur alle Jubeljahre mal miteinander aus, und nur an Geburtstagen oder Hochzeitstagen ist ein anständiges Lokal drin. Und weil du ja ›kein Krösus‹ bist, haben wir auch nur ein Kind in die Welt gesetzt.«

»Was kann ich dafür, wenn die Preise in den Lokalen so wahnsinnig angezogen haben? Ist es etwa leicht, in diesen Zeiten ein Kind großzuziehen? Außerdem, warum wirfst du mir das mit dem Kind an den Kopf? Du warst es doch, die kein zweites Kind wollte!«

»Lenk nicht ab! Es geht um diese Küchenmaschine, die du mir da gekauft hast. Diese Maschine, die du mir zum zehnten Hochzeitstag geschenkt hast.«

»Bitte, jetzt reichts aber wieder ...«

»EINE MULTIFUNKTIONSKÜCHENMASCHINE.«

»Weißt du überhaupt, was ich für die hingelegt habe?«

»OHO, EINE TEURE MULTIFUNKTIONSKÜCHENMASCHINE!«

Da er es nicht schaffte, mich in meinem Wutanfall zu bremsen, ging er hinaus und knallte die Küchentür zu. Ich ließ mich auf meinen Stuhl fallen und fing an, laut schluchzend zu weinen. Erst als Cengiz in die Küche kam, beherrschte ich mich.

Vorwurfsvoll fragte er: »Mama, warum hast du mich nicht geweckt? Jetzt werde ich den Schulbus verpassen. Wo ist denn mein Toast?«

»Es geht mir heute Morgen nicht so gut, mein Junge. Geh zu deinem Vater, der soll dir dein Frühstück geben!«

»Mein Frühstück mache ich mir selbst. Er soll mich lieber zur Schule fahren.«

Ich ließ meinen Sohn allein in der Küche zurück, ging ins Schlafzimmer und legte mich aufs Bett. Es war, als wäre mir etwas im Hals stecken geblieben. Meine Augen brannten. Ich dachte darüber nach, womit ich das verdient hatte, dass er mir zum zehnten Hochzeitstag so eine Küchenmaschine schenkte. Ich hatte doch all die Jahre ohnehin kein einziges Geschenk von diesen Tunas gesehen, außer dem Armband, das mir seine Mutter bei unserer Hochzeit ums Handgelenk gelegt hatte, und dem Ehering, den mir Murat an den Finger gesteckt hatte. Hatte mein Mann auch nur ein einziges Mal einen Blumenstrauß mit nach Hause gebracht? Gab es irgendwelche Überraschungsgeschenke oder Glückwünsche zum Valentinstag? Hatten wir jemals gemeinsam, nur wir beide, Urlaub gemacht oder ein Restaurant besucht? Oberflächlich betrachtet war Murat der perfekte Ehemann. Wenn wir Freundinnen untereinander über unsere Männer lästerten, wurde ich, immer wenn ich mich über Murat beklagte, sofort zurechtgewiesen. »Du solltest deinem Gott auf Knien danken!«, sagte Nazan immer. »Murat bringt jeden Monat das Geld nach Hause und lässt dich unbegrenzt darüber verfügen. Er fragt auch nicht danach, wofür du es ausgibst. Überleg mal, wie es bei mir ist. Ich weiß zum Beispiel nicht einmal, wie viel mein Mann verdient, und schon den Kauf eines Paars Schuhe muss ich mir von ihm absegnen lassen.«

Eine befreundete Kollegin fügte immer noch hinzu: »Weißt du, was meiner zu mir sagt? Der meint ganz dreist zu mir: ›Wenn du schon selbst was verdienst, dann kauf dir doch deine persönlichen Dinge von deinem eigenen Geld.‹«

Sevims Probleme waren anderer Natur. Sie stöhnte stets: »Über solche Dinge regst du dich nur auf, weil du keinen blassen Schimmer davon hast, was ein Schürzenjäger ist. Wärst du an meiner Stelle, kämst du gar nicht auf die Idee, dir Geschenke oder Überraschungen zu wünschen. Glaub mir, wenn ein Mann mit einem Strauß Blumen oder einem Geschenk in der Hand nach Hause kommt, dann nur, um sich einen Seitensprung vergeben zu lassen. Bei Gott, wenn mir mein Mann nie ein Geschenk mitbrächte, dann könnte ich in aller Seelenruhe vor mich hin leben, und der Gedanke würde mich nicht innerlich auffressen, wem er denn jetzt wieder nachsteigt.« Weil ich solche Sorgen nicht kannte, sah ich meine Freundin mit großen Augen an. Nein, derlei Probleme hatte ich überhaupt nicht. Murat war häuslich, ganz auf Frau und Kind fixiert, liebevoll und umsichtig. Mit ihm gab es keine Tiefs und folglich auch keine Hochs; wir schritten sozusagen auf ebener Strecke artig und brav nebeneinander her, ohne außer Atem zu geraten, ohne Anstrengung, Zank, Aufregung und Reue, aber eben auch ohne besondere Glücksgefühle. Das Einzige, was in den vergangenen Ehejahren Farbe in mein Leben gebracht hatte, war die Arbeit. Ich hatte immer Freude an meinem Beruf. Einige Jahre lang machte ich die PR für eine Werbeagentur. Obwohl es gar nicht notwendig war, dass ich jeden Tag in die Firma kam, war es mir lieber, mindestes viermal pro Woche hinzufahren. Denn mir fiel die Decke auf den Kopf bei der Ruhe und Ordnung in unserer Wohnung, die mir vor Zeiten einmal das Gefühl gegeben hatte, im Paradies gelandet zu sein. Durch den Lärm, die Hektik, all das Gehetze und den Stress am Arbeitsplatz änderte sich meine Gemütsverfassung, und nach vier Jahren Berufstätigkeit war es mir dann gelungen, mein langweiliges Paradies in eine Hölle zu verwandeln.

Da lag ich also in meinem Bett und hörte, wie die Wohnungstür ins Schloss fiel und wie die beiden die Treppe hinuntertrappelten. Ich stand auf und sah aus dem Fenster. In einer ganz sonderbaren Eintracht gingen Vater und Sohn zum Auto im Hinterhof. Beide ließen sie Schultern und Köpfe hängen, niedergedrückt von ihrer großen Last: dem schweren Schulranzen bei meinem Sohn, der bleiernen Ehe bei meinem Mann. Hatte ich ihm zu stark zugesetzt? War es angemessen, wegen eines Geschenkes so ein Theater aufzuführen? Ich ging wieder in die Küche und sah mir die vermaledeite Küchenmaschine von allen Seiten an. Tatsächlich, zwölf verschiedene Funktionen laut Gebrauchsanweisung. Ich überflog kurz die Seiten. Das Gerät schnitt, rührte, hackte, rieb, raspelte, und, und, und. Wütend warf ich das Heft auf den Tisch. Ich war müde, gereizt. Zur Arbeit ging ich an jenem Tag nicht und legte mich wieder hin. Wie weise und heilend wirkt doch der Schlaf, der das Gute und das Schlechte wie ein dicker Vorhang überdeckt!

Vom schrillen Klingeln des Telefons schrak ich hoch.

Es war Nazan, die fragte: «Um wie viel Uhr wollten wir uns treffen?«

»Um halb acht am Eingang zum Theater.«

»Deine Stimme klingt irgendwie eigenartig, gehts dir gut?«

»Ich habe noch geschlafen ...«

»Du schläfst doch nie so lange. Fehlt dir was, meine Liebe? Die Grippe geht gerade um. Sag es ruhig, wenn es dir nicht gut geht. Dann sagen wir den Abend ab.«

»Nein, Nazan, ich hab nichts. Wir sind gestern spät ins Bett gegangen, ich bin gleich wieder munter.«

»Ihr seid mir ja zwei! Dann habt ihr also schon gestern damit angefangen, euren zehnten Hochzeitstag zu feiern.«

»Ach, red doch keinen Unsinn!«

»Anscheinend bist du nicht nur unausgeschlafen, sondern auch noch schlecht gelaunt.«

»Du hast recht. Ich bin deprimiert.«

»Ist es wieder diese Sache mit Holland? Das hattet ihr doch geklärt!«

»Ja. Wir haben entschieden, nicht zu gehen.«

»Das wäre zwar eine Chance, die man sich eigentlich nicht entgehen lässt, aber wer weiß, wozu es gut ist.«

»Murat hat den Leuten in Holland seine endgültige Entscheidung noch nicht mitgeteilt, aber wir werden nicht gehen. Für mich gibts dort keine Arbeitsmöglichkeiten. Cengiz soll auch erst mal seine Schule fertig machen. Das ist doch nicht so einfach, sich in einer neuen Schule und einem neuen Land einzuleben.«

»Ach, der würde sich innerhalb eines Monats an die neue Schule gewöhnen, genau wie du. Was dich betrifft, so könntest du einen Sprachkurs oder so etwas machen, damit du dich nicht langweilst.«

»Ich kann in diesem Alter nicht mehr mein ganzes Leben umkrempeln.«

»Mädchen, es gibt doch so was wie das Internet! Spielt es da noch eine Rolle, wo auf der Welt man ist? Jeder kann zu jedem beliebigen Zeitpunkt an jedem beliebigen Ort sein. Tja, ihr müsst es natürlich selbst wissen, aber wenn du mich fragst, dann solltet ihr euch das noch mal überlegen.«

»Wir fragen dich aber nicht, Nazan. Wir haben lange genug darüber nachgedacht, und wir haben unsere Entscheidung ein für alle Mal gefällt. Dass du mir heute Abend bloß nicht mit diesem Thema anfängst, auf gar keinen Fall!«

»Natürlich nicht, wenn du es nicht möchtest.«

»Also dann, bis heute Abend!«

»Halt, halt, leg noch nicht auf. Nimm dir doch heute Abend ein Taxi! Lass dein Auto stehen, und schlage dich nicht so spät noch mit der Parkplatzsuche herum. Wir setzen euch beim Zurückfahren ab«, bot Nazan an.

Ich legte auf. Ich war irgendwie beunruhigt. Sollte Murat etwa, weil er sich über mich geärgert hatte, das Programm für den heutigen Abend sausen lassen oder vielleicht sogar so weit gehen, überhaupt nicht zu erscheinen? Aber wie ich meinen Mann kannte, würde er sich seinen Freunden gegenüber nicht derart unhöflich zeigen. Dennoch wollte ich sichergehen, um nicht doch noch in letzter Minute blamiert dazustehen. Widerwillig wählte ich seine Büronummer. Ich hasse es, den ersten Schritt zu tun, wenn ich verärgert bin. Zum Glück ging, wie vermutet, seine Sekretärin Esma ans Telefon, und ich grüßte: »Guten Morgen, Esma Hanım, wie geht es Ihnen?«

»Danke, gut, Nevra Hanım. Ich hoffe, Ihnen auch.«

»Ich habe eine Nachricht für Murat Bey.«

»Ich stelle Sie durch ...«

»Nein, nein, nicht nötig. Richten Sie ihm einfach aus, dass wir uns, wie vereinbart, um halb acht vor dem Theater treffen! Wissen Sie, weil ich erkältet bin, habe ich heute Morgen länger geschlafen, und so haben wir uns nicht mehr gesehen, bevor er aus dem Haus ging.«

»Gute Besserung. Weiß Murat Bey, um welches Theater es geht?«

»Ja. Er soll einfach direkt zum Atatürk-Kulturzentrum kommen.«

»Das sage ich ihm, Nevra Hanım. Ach, und was ich noch sagen wollte: Herzlichen Glückwunsch zum Hochzeitstag, und noch viele glückliche Jahre!«

»Wie bitte?«

»Ehm, also ... Sie haben doch ...«

»Ja, schon. Woher wissen Sie das?«

»Das hat mir ein kleines Vögelchen erzählt.«

»So ein geschwätziger Vogel!«, sagte ich. Esma Hanım kicherte und meinte abschließend: »Ich wünsche Ihnen noch einen schönen Tag, Nevra Hanım, Ihre Nachricht gebe ich weiter.«

Dann legte ich den Hörer auf die Gabel und schlüpfte wieder in mein Bett. Ich versuchte mir vorzustellen, wie anders mein Leben verlaufen könnte, wenn ich nicht Murats, sondern Ferdis Frau wäre. Ferdi war einer der Direktoren in der Firma, in der ich arbeitete. Er sah gut aus und war kultiviert. Seit einiger Zeit hatte ich sein gesteigertes Interesse für mich bemerkt. Er suchte Vorwände, um sich mit mir zu unterhalten, lobte meine Leistung und schickte mir Memos über den Computer. Was ihm wohl an mir gefiel? Ich wunderte mich, dass ich mit meinem verdrießlichen Gesichtsausdruck und meiner nachlässigen Art, mich zu kleiden, die Aufmerksamkeit eines Mannes hatte erregen können. Denn die von meiner Warte aus gesehen zerrüttete Beziehung zwischen Murat und mir, die im Laufe der Jahre zunächst an Spannung verloren hatte und dann zur Routine geworden war, begann sich unter anderem auch darin zu äußern, dass ich immer weniger Wert auf mein Äußeres legte. Selbst meine Mutter, sonst stets bestrebt, mich nicht zu kränken, wies mich ständig darauf hin, dass ich zugenommen hätte und dass ich auf meine Ernährung achten solle. Ich konnte doch meiner Mutter, die nicht die geringste Ahnung hatte, dass ich mir jeden Abend ein riesiges Glas Gin Tonic mixte, schlecht sagen, dass ich nicht wegen des Essens, sondern wegen des Alkohols so zugelegt hatte. Über einen langen Zeitraum hinweg setzte ich mich zu den Siebenuhrnachrichten ausnahmslos mit einem Drink in der Hand vor den Fernseher. Murat war um diese Zeit noch nicht zu Hause. Die Abendstunden, an denen ich mich mit einem Gin Tonic on the rocks beduselte, waren die einzigen Glücksmomente meiner langen, quälenden Tage. So ein Gläschen stärkte meine Kraft, um die belanglosen Alltagsgespräche im Familienkreis, die mich langweilenden Berichte meines Sohnes über die Schule und den Bankklatsch meines Mannes zu ertragen. Es beruhigte meine Nerven. Doch sobald mir Ferdis Interesse für mich aufgefallen war, ließ ich den Gin Tonic weg, um wieder abzunehmen. Ich ließ mir die Haare kurz schneiden und Strähnchen machen. Ich machte ein paar Schnäppchen im Schlussverkauf und kaufte mir einen neuen Blazer, ein Paar Stiefel und zwei Blusen. Ich fing auch an, mir die Fingernägel im gleichen Perlmuttton zu lackieren, den mein Lippenstift hatte.

»Sieh mal an, wie gut du jetzt aussiehst!«, rief meine Mutter entzückt, als wir uns für unser alle zwei Wochen stattfindendes Mittagessen im Akmerkez-Einkaufscenter trafen. »Mein Kindchen, du darfst dich auf gar keinen Fall gehen lassen, als Frau muss man immer gepflegt sein. Schönheit allein reicht nicht.«

Früher einmal hatte ich meine ach so gepflegte, mit Nagellack und Lippenstift bemalte Mutter gehasst, weil sie sich dafür entschieden hatte, ein luxuriöseres und bequemeres Leben mit einem Mann zu führen, der mehr Geld hatte als mein Vater, doch an jenem Tag gab ich ihr recht. Eine Weile hatte ich sogar überhaupt nichts mehr von ihr wissen wollen. Ich hatte mir geschworen, nie zu werden wie meine Mutter: Ich würde keine dieser aus dem Ei gepellten und aufgedonnerten Frauen werden, die ihrem Mann nichts als ihr gutes Aussehen zu bieten haben. Ich würde eine Weltanschauung, Ideale und eine Arbeit haben. Aus diesem Grund war ich entschlossen, meinen Universitätsabschluss zu machen, und sollte ich eines Tages heiraten, würde ich meinem Mann in erster Linie Freundin und dann erst Geliebte sein. Was war ich naiv! Genauso naiv wie die Frauen von Sarıcadam, die von der Welt jenseits ihrer Kinder und ihrer Gärten keinen blassen Schimmer hatten. Bin ich jetzt etwa schon wieder bei Sarıcadam gelandet? Ob ich wohl deshalb nicht von diesem Sarıcadam loskomme, weil ich dort nicht nur die schönsten Jahre meines Lebens verbrachte, sondern auch den reinsten und aufrichtigsten Charakter hatte?

Nach der Versetzung von Sarıcadam kam mein Vater nach ein paar Monaten Ankara ans Schwarze Meer, gleich danach wieder in den Osten und schließlich in einen Bezirk an der Ägäis. Mein Bruder kam zur Welt, als wir in Ankara lebten. Wie sehr sich meine Eltern freuten, einen Jungen bekommen zu haben! Es machte uns alle glücklich, dass unsere kleine Familie auf ein viertes Mitglied angewachsen war. Aber die schönen Tage währten nicht lange. Ein paar Jahre später, als mein Vater wieder in den Osten geschickt wurde, war von dieser glücklichen, harmonischen Familie nichts mehr übrig. Meine Mutter hatte sich in eine unzufriedene und launische Frau verwandelt. Ihr war klar geworden, dass mein Vater nie in der Lage sein würde, ihren Erwartungen gerecht zu werden. Mein Bruder war noch nicht alt genug, um etwas von den Spannungen in unserer Familie mitzubekommen, doch mich zermürbten die schier endlosen Auseinandersetzungen meiner Eltern von Tag zu Tag mehr. Auch wenn sie sich zum Streiten jedes Mal in ihr Zimmer verkrochen, ihre Stimmen drangen doch nach außen, und ich hörte alles mit an.

»Jetzt hast du dir auch noch den Gouverneursposten vermasselt, als wäre es nicht schon schlimm genug, dass du mich ständig durch die hinterletzten Provinzen im Osten gezerrt hast. Ich habe deine Dummheiten so satt, ich hab sie so satt! Was gehen dich diese Leute an? Ist es etwa deine Aufgabe, ihnen ihr Recht zu verschaffen? Was bringt dir das? Oder bist du auch einer von denen? Na, sag schon! Los, sag ...«

Ich hielt mir dann immer die Ohren zu, flüchtete mich in mein Zimmer und sperrte die Tür zu, als würde ich sie bei abgeschlossener Tür nicht mehr hören können. Während meine Mutter meinem Vater irgendetwas vorwarf, wovon ich nicht genau verstand, um was es ging, beklagte sich mein Vater über ihre Ichbezogenheit, ihre Prunksucht und ihre Geldgier. Er schrie meine Mutter immer an: »Du hast kein Gewissen, keinen Funken Menschlichkeit im Leib! Was bist du nur für eine Frau?«

Mit der Zeit beschränkten sich ihre Streitereien nicht mehr nur auf ihr Schlafzimmer, sondern verbreiteten sich in jeden Winkel des Hauses, und am häufigsten zankten sie sich am Esstisch. Um ihrem Streit zu entkommen, war es nun nicht mehr damit getan, sich einfach die Ohren zuzuhalten oder den Kopf unterm Kissen zu vergraben. Ich musste nun auch noch direkt miterleben, wie unglücklich sie waren.

»Immer denkst du an andere. Hast du nicht selbst eine Familie? Kümmere dich doch auch ein wenig um uns! Du hast immerhin Kinder, und ich bin schließlich auch noch da!«

»Du ... Immer dreht sich alles nur um dich. Das wichtigste Wesen auf der Welt bist immer nur du. Alles muss so sein und so gemacht werden, wie es dir in den Kram passt. Alle anderen sollen nach deiner Pfeife tanzen.«

»Ich denke da nicht an mich, sondern an dich.«

»Was zerbrichst du dir denn meinen Kopf, Nermin?«

»Alle, die mit dir einmal auf der gleichen Stufe waren, sind inzwischen irgendwo Gouverneur. Wenn du nicht so ein Dickschädel wärst, wärst du jetzt auch Gouverneur in Istanbul oder İzmir. Ach, das Schicksal hat mir übel mitgespielt! Da suche ich und suche ich und finde unter sechzig Millionen Menschen ausgerechnet dich! Wie kann man sich nur mit dem Staat anlegen? Wie kommst du dazu, das System zu kritisieren? Wenn du Politik machen willst, tritt wenigstens in eine Partei ein, dann könntest du zumindest Abgeordneter werden.«

»Ich mache keine Politik. Steck deine Nase nicht in Angelegenheiten, die du mit deinem Spatzenhirn sowieso nicht verstehst! Man kritisiert doch noch nicht das System, wenn man Recht und Unrecht beim Namen nennt. Ein Staatsbeamter hat gerecht zu sein.«

»Weil du so gerecht bist, versauern wir hier im hintersten Anatolien.«

»Gehört Anatolien nicht auch zu unserer Heimat?«

»Das schon, aber es ist eine armselige. Wären wir damals wenigstens gleich im Osten geblieben, dann hätte ich es noch erlebt, dass du Gouverneur wirst, und hätte einen Koch und einen Diener, die mir die Arbeit abnehmen, und außerdem müsste ich dann den Weibern der Gouverneure nicht in den Hintern kriechen.«

»Dazu zwingt dich doch keiner. Mache ich vielleicht bei meinen Vorgesetzten den Speichellecker?«

»Eben weil du es nicht machst, bleibt es ja an mir hängen – für dein Wohlergehen, für deine Zukunft.«

»Müh dich meinetwegen nicht vergeblich ab, Nermin. Die werden mich sowieso nie zum Gouverneur ernennen.«

»Wie kannst du das nur so gelassen aussprechen?«

»Weil es für meinen Seelenfrieden keine Rolle spielt, welchen Posten ich habe. Ich werde meine Pflicht erfüllen und tun, was ich für richtig halte.«

»Aber für mich spielt es eine Rolle. Ich habe dich nicht geheiratet, um von Provinz zu Provinz zu ziehen. Ein Mensch muss doch auch ein bisschen Ehrgeiz haben! Was ist nur aus dem Mann geworden, der einmal eine so glänzende Zukunft vor sich hatte? Sags mir!«

In jenem Jahr, in dem ich in die zweite Klasse des Gymnasiums gekommen war, ließen sich meine Eltern scheiden.

Mutter war eine schöne Frau. Kaum war sie geschieden, heiratete sie auch schon einen sehr reichen Großgrundbesitzer aus Söke und ließ sich in Istanbul nieder. Orhan blieb bei ihr, ich aber bei meinem Vater, weil man einen Schulwechsel kurz vor dem Abschluss für unvernünftig hielt. Zwei Jahre lang weigerte ich mich, meine Mutter zu sehen. Als ich dann auf der Uni war, versöhnten wir uns wieder. Sie überhäufte mich mit Geschenken und Geld, damit ich ihr verzeihe. Es war ihre Idee, dass wir uns während meines Studiums einmal wöchentlich zum Tee in den Cafés in Uninähe trafen, nach meiner Heirat dann einmal alle zwei Wochen zum Essen. Die letzten Jahre verabredeten wir uns immer – wiederum war sie es, die darauf bestand – im Akmerkez-Einkaufscenter, damit sie mir nach dem Essen in den Geschäften dort Geschenke kaufen konnte, zum Beispiel eine Bluse, einen Rock oder auch ein Paar Schuhe. Mit diesen gabenreichen Begegnungen bemühte sich meine Mutter über die Jahre unermüdlich, meine verlorene Zuneigung zurückzugewinnen. Bei diesen Treffen hätte ich immer am liebsten meine Hand ausgestreckt, ihr das mit Haarspray wie frisch vom Friseur auftoupierte Haar zerzaust und das sorgfältig aufgetragene Make-up vom Gesicht gewischt, um wieder eine ungekünstelte, warmherzige Person aus ihr zu machen. Doch inzwischen glaube ich, dass ich es wahrscheinlich nötiger gehabt hätte als sie, natürlicher und ein wenig lockerer zu werden.

Ich zog mir die Decke bis zum Hals und kuschelte mich in mein Kissen, um wieder in einen tiefen morgendlichen Schlaf zu sinken, einen Schlaf, der meine verletzte Seele heilen sollte wie eine Wundersalbe. Wäre ich jetzt in der Lage einzuschlafen, würde ich alles vergessen: das Fiasko an diesem Morgen; die Eintönigkeit und Langeweile all der Jahre; die brennende Scham, die ich zur damaligen Zeit darüber empfunden hatte, in einer konservativen Provinz das Kind geschiedener Eltern zu sein;

das Gefühl, im fensterlosen Kerker meiner Ehe zu ersticken; und selbst Ferdis Blicke, die mich so erbeben ließen.

Die Türklingel riss mich aus dem Schlaf. Ich warf mir den Morgenmantel über und lief barfuß an die Tür. Da stand ein Blumenbote mit langstieligen Rosen im Arm, die sehr wahrscheinlich die Sekretärin Esma telefonisch bestellt hatte. Nun wollte der Kerl auch noch Trinkgeld. Wo sollte ich jetzt auf die Schnelle Kleingeld in der Wohnung finden? »Mein Junge, lass mich doch einfach in Ruhe«, dachte ich nur.

Nachdem ich den Jungen weggeschickt hatte, blickte ich auf das Kärtchen, das zwischen den Rosen hing. Auf dieser kleinen weißen Karte stand mit großen Buchstaben in der Handschrift des Blumenhändlers »Murat Tuna«. Kein einziges Wort hatte Murat hinzufügen lassen, weder ein Wort der Entschuldigung noch der Liebe oder gar des Glückwunsches. Wie könnte man auch solch innige Worte an telefonisch bestellte Blumen heften? Unwillkürlich zog ich den Vergleich. Hätte mir Ferdi die Blumen geschickt, hätte ganz bestimmt ein kurzes Liebesgedicht auf der Karte gestanden, hundertprozentig!

Ungeachtet des Nieselregens stand ich um Viertel nach sieben am Einlass des Atatürk-Kulturzentrums. Nazan kam als Erste. Wir begrüßten uns mit Küsschen, ohne dass die Lippen unsere Wangen berührten, wie es die Städterinnen eben so machen.

»Wie gehts? Ausgeschlafen?«, fragte Nazan. Ihre Stimme klang vorwurfsvoll.

»Heute Morgen war ich vom Schlaf noch ganz benommen. Sollte ich etwas Falsches gesagt haben, dann …«

»Nein, nein. Es war mein Fehler. Was mische ich mich auch ein, wie irgendwer sein Leben plant.«

»Ja, herzlichen Dank! Bin ich denn ›irgendwer‹?«

»Nein, natürlich nicht. Ich habe doch nur deshalb gesagt, was ich mir denke, weil ihr es uns erzählt und gefragt hattet, ob ihr gehen oder bleiben sollt. Was ginge es mich denn sonst an?«

»Ach, sprechen wir nicht mehr davon!«

Da kam Burhan im Laufschritt auf uns zu. »So ein Mistwetter! Hat es bei eurer Hochzeit vor zehn Jahren auch so geregnet?«

»Es hat geschüttet, weiß Gott! Es hieß, das würde Glück bringen.«

»Na, eure Ehe kann man ja auch nicht als schlecht bezeichnen. Das heißt also, an diesem Altweibergeschwätz ist tatsächlich etwas Wahres dran. Wo bleibt er denn, dein Göttergatte?«

»Wahrscheinlich ist er im Verkehr stecken geblieben, wegen des Regens vielleicht«, sagte ich mit belegter Stimme.

Ich fühlte mich gar nicht wohl in meiner Haut. Was, wenn er nicht käme? Hatte ich ihm etwa noch laut hinterhergeschimpft, als er mich morgens zu Hause zurückließ? Nein, nein, ich hatte mich in meinem Zimmer verkrochen und die Tür hinter mir zugeknallt. Murat und ich hatten gar nicht mehr miteinander gesprochen. Sicherlich hatte Esma Hanım meine Nachricht auch ausgerichtet. Dieser Abend war so lange im Voraus geplant worden. Erst der Theaterbesuch mit Nazan und ihrem Mann, danach das Abendessen in diesem angesagten Lokal in der Sıraselviler-Straße. Selbst wenn Murat immer noch sauer auf mich wäre, so unhöflich, den anderen den Abend zu verderben, wäre er nicht.

»Schau mal, der Mann da, ist er das nicht?«, rief Nazan aus und zeigte auf jemanden mit einem über den Kopf gezogenen Regenmantel.

Ich sah in die Richtung, in die sie zeigte, doch ich hatte mich umsonst gefreut.

Burhan meinte: »Nein, nein, das ist er nicht. Murat zieht sich doch seinen Trenchcoat nicht über den Kopf.«

Daraufhin schlug ich vor: »Lasst uns hineingehen. Hier werden wir klatschnass!«

Gerade, als wir uns in die Schlange einreihten, kam Murat mit seinem riesigen Schirm daher und entschuldigte sich: »Tut mir leid. Meinetwegen seid ihr nun ganz aufgeweicht, aber es war so ein schrecklicher Verkehr.«

Ich wollte ihn küssen, aber der Schirm war im Weg. Drinnen dann, beim Zusammenklappen seines Schirmes, traute er sich nicht, mich zu küssen. Nicht einmal unsere Blicke trafen sich. Nazan und ich blieben an der Treppe stehen und warteten, bis die Männer ihre Trenchcoats an der Garderobe abgegeben hatten, dann gingen wir nach oben und nahmen unsere Plätze ein. Ich flüsterte Murat leise ins Ohr: »Ich danke dir für die Rosen.« Er beließ es bei einem Lächeln. Also grollte er mir immer noch.

Nach der Vorstellung spazierten wir zu Fuß zum Lokal in der Sıraselviler-Straße. Es hatte aufgehört zu regnen, nur die Luft war noch feucht. Ich ging mit Nazan Arm in Arm voraus. Die Männer folgten ein paar Schritte hinter uns nach. An der Tür zum Restaurant warteten wir, bis sie uns erreichten, dann traten wir alle gemeinsam ein. Der Raum war in gedämpftes Licht getaucht. Der Ober fragte uns: »Nehmen Sie vorher noch einen Drink an der Bar?« Murat lehnte ab: »Nein danke, es ist ohnehin schon etwas spät. Wir kommen aus dem Theater.«

Daraufhin nahmen wir an unserem Tisch Platz. Burhan wählte den Wein für uns aus. Warum eigentlich? Die Gastgeber waren doch wir, hätte da nicht Murat den Wein aussuchen müssen? Typisch für ihn, sogar die Wahl des Weins überlässt er anderen, er bleibt immer passiv. Er kann niemanden kränken, niemanden schikanieren, und Streit verabscheut er. Immerzu ist er freundlich und versöhnlich. Ich versuchte seinen Blick zu erhaschen, um anzudeuten, dass er den Wein aussuchen sollte, aber es gelang mir nicht. Offenbar würden wir uns den ganzen Abend nicht mehr ansehen. Kurz darauf nippten wir an unserem Wein, der in riesigen Gläsern serviert worden war. Ah! Wie gut das tat, so ein schöner Rotwein.

»Habt ihr euch schon etwas ausgesucht, Kinder?«, fragte Murat. »Das Filet machen sie hier sehr gut, das kann ich nur empfehlen!«

Nach einer Stunde waren wir mit dem Essen fertig und hatten zwei Flaschen Wein geleert. Alle waren entspannt und heiter gewesen, kein Anzeichen mehr von Spannung zwischen meinem Mann und mir. Wir waren beschwipst. Ständig kicherten wir und unterhielten uns schreiend, vielleicht weil wir betrunken waren, vielleicht aber auch, um gegen den hohen Lärmpegel aus dem Geschirrgeklapper, dem Krach der anderen Gäste und der Musik anzukommen.

Zum wer weiß wievielten Male erhob Nazan ihr Glas und prostete uns zu: »Auf die nächsten zehn Jahre!«

Da zeigte ich auf Murat und fragte: »Wie soll ich bloß diesen Mann noch weitere zehn Jahre ertragen? Der kann ja nicht mal richtig mit einem streiten.«

Burhan scherzte nun: »Du willst also einen Mann, der mit Zuckerbrot und Peitsche arbeitet, stimmts?«

Nun warf Murat ein: »Ja, das kann man nun wirklich nicht behaupten, dass ich ihr ausreichend die Peitsche gegeben hätte«, und kippte seinen Rest Wein hinunter.

Jetzt stimmte auch noch Nazan mit ein: »Na, wenn das so ist, Murat, dann solltest du ihr, gleich wenn ihr zu Hause seid, eine schöne Tracht Prügel verpassen, so als Geschenk zum zehnten Hochzeitstag.«

»Ich habe mein Hochzeitstagsgeschenk schon bekommen«, grölte ich und platzte fast vor Lachen.

»Etwa die Brosche da an deinem Revers?«, fragte Nazan.

»Bedauerlicherweise kann ich mir mein Geschenk nicht an den Kragen stecken. Es ist etwas groß geraten.«

»Wie? Groß geraten? Hat er dir ein so großes Geschenk gemacht?«

»Groß ist es. Sehr groß sogar.«

»Ist es etwa ein Auto?«

»Es fängt mit M an und hört mit E auf. Eine tolle Sache! Du wirst es nicht glauben.«

»Los, sag schon! Was ist es?«

»Komm selbst drauf!«

»Gib mir einen Tipp!«

»Ich habe dir doch schon einen gegeben. Es fängt mit M an und hört mit E auf.«

Nazan starrte eine Weile an die Decke und überlegte, dann rief sie aus: »Einen Mégane!«

Burhan fragte, ohne seinen Neid verbergen zu können: »Du hast ihr einen Renault Mégane gekauft! Menschenskind, während andere gefeuert werden, geben sie dir eine Gehaltserhöhung, oder raubst du nebenbei Banken aus?«

Ich meinte zu Nazan: »Schau doch morgen mal bei mir vorbei, dann zeige ich dir mein Geschenk. Aber versprich mir, dass du nicht neidisch wirst!«

Nun wehrte Murat ab: »Leider habe ich meiner Frau keinen Mégane geschenkt!« Dabei schrie er, um verstanden zu werden. »Ich hätte es ja gerne gemacht, aber ihr wisst ja, meine Lieben, dafür reichen meine Möglichkeiten nicht aus.« Dann sah er mich an. In seinen Augen lag ein seltsamer Ausdruck. Ich lachte immer noch, hob mein Glas und prostete den anderen laut zu: »Auf das Geschenk, das mit M anfängt und mit E aufhört und das zu Hause auf mich wartet!« Ich war ziemlich angetrunken, meine Knie wurden weich, und mein Kopf drehte sich leicht.

»Mein Gott, ich verstehe dich nicht, Murat! Ständig beklagst du dich über Geldmangel, und dann schlägst du dieses fantastische Angebot aus«, warf Burhan ein. »Wenn du nach Amsterdam gingest, dann könntest du nicht nur deiner Frau, sondern sogar deinem Sohn ein Auto unter den Hintern schieben.«

»Das ist ja der Grund, warum ich nicht nach Amsterdam gehe. Unser Sohn ist noch nicht alt genug zum Autofahren.«

Wieder lachten wir. Irgendwie wollte ich nur noch lachen. Vielleicht um das Weinen zu unterdrücken, wonach mir eigentlich zumute war. Egal, was gesagt wurde, ich lachte dazu, ob es passte oder nicht, und obwohl Nazan nicht locker ließ, verriet ich ihr nicht, was ich geschenkt bekommen hatte. Also fragte sie diesmal Murat danach, und er antwortete ruhig und gelassen: »Eine Multifunktionsküchenmaschine.«

»Wie bitte?«

»Na, eine Küchenmaschine eben.«

»Was ist das Besondere an ihr?«

Ich warf ein: »Sie hat zwölf verschiedene Funktionen.«

»Macht sie auch das da?«, fragte Burhan und deutete mit einer unmissverständlichen Geste an, was er mit »das da« meinte.

Ich ermahnte ihn scherzend: »Schäm dich, du Ferkel!«, und prustete vor Lachen los, wobei ich Wein ausspuckte. Murat warf mir einen wütenden Blick zu.

»Wenn das so ist, dann möchte ich auch so eine«, spottete Nazan, und Burhan tat entrüstet: »Was denn, kannst du dich etwa über mich beschweren?« »Denk doch mal darüber nach!«, meinte seine Frau.

Das Gespräch wurde immer mehr zum Schlagabtausch, bei dem die Paare nur noch nach Gelegenheiten suchten, sich gegenseitig zu verletzen. Die anfänglich heitere Weinlaune kippte in Gereiztheit und unnötige Empfindlichkeit um. Als man zu den Desserts überging, wehte ein eisiger Wind an unserem Tisch.

Murat verlangte die Rechnung. Keiner von uns sagte noch viel, wir sehnten nur noch die Rechnung herbei und wollten so schnell wie möglich weg von diesem düsteren und lauten Ort.

Nazan und ihr Mann setzten uns zu Hause ab. Im Auto sagte keiner einen Ton. Vorne lehnte Nazan ihren Kopf gegen die Scheibe und dämmerte vor sich hin. Sie bekam nicht einmal mit, dass wir ausstiegen.

Burhan meinte noch: »Vielen Dank für den schönen Abend, meine Lieben!«, und ich winkte dem davonbrausenden Wagen hinterher.

»Los, geh!«, forderte mich Murat unfreundlich auf. Er öffnete mir die Tür zu unserem Wohnblock, ich trat ein. Als ich im Spiegel des Aufzuges mein Gesicht sah, drehte ich meinem Mann den Rücken zu. Mein Make-up lief herunter, ich hatte tiefe Ränder unter den Augen, und meine Haare waren vom Regen wie an den Kopf geklatscht. Mein Sahnedessert lag mir schwer im Magen. Gleich nachdem wir die Wohnung betreten hatten, ging ich in die Küche, um ein Glas Wasser zu trinken. Murat folgte mir. Sein Gesicht war kreideweiß. Er fragte mich: «War es unbedingt notwendig, ihnen gegenüber die Sache mit dem Geschenk zu erwähnen?«

»Was gibt es dagegen einzuwenden?«

»Du hast mich bloßgestellt.«

»Warum hast du mir denn diese Küchenmaschine geschenkt, wenn es so peinlich für dich ist?«

»Das habe ich dir doch bereits gesagt: Ich habe sie gekauft, weil ich dachte, dass du dir schon immer eine gewünscht hast und dass sie dir die Arbeit erleichtert. Außerdem habe ich sie extra für dich bestellt und liefern lassen.«

»Bring sie deiner Mutter und schenk sie ihr! Sie backt dir doch den Kuchen immer selbst.«

»Nevra, was ist bloß los mit dir? Was ist dein Problem?«

»Du bist mein Problem.«

»Aber wieso denn? Mache ich nicht alles, was du willst? Haben wir uns nicht sogar dazu entschlossen, das Hollandangebot abzulehnen, weil du deine Arbeit nicht aufgeben wolltest? Was fehlt dir? Was für ein Problem hast du mit mir?«

»Ich vermisse etwas in unserer Beziehung ... es ist nicht ... du bist nicht so, wie ich es mir wünsche.«

»Weil ich dir eine Küchenmaschine geschenkt habe?«

»Weil du mich nicht verstehst. Weil du gar nicht versuchst, mich zu verstehen. Weil es in unserem Leben keine Leidenschaft, keinen Reiz mehr gibt. Weil ich es satthabe, hast du verstanden? Weil ich es satthabe und weil ich mich langweile. Ich habe es so satt, Murat!«

»Setz dich mal hierher!«

Murat zog mich kräftig am Arm, nötigte mich, Platz zu nehmen, und setzte sich mir gegenüber. »Gibt es jemanden in deinem Leben?«

»Wie ...?«

»Du hast gehört, was ich dich gefragt habe. Antworte mir! Du weißt, dass ich ein vernünftiger Mensch bin. Wenn es da jemanden gibt, dann sags mir, und wir veranlassen das Nötige. Ohne dass wir diese Maskerade, diese Vorwände mit der Küchenmaschine nötig haben ...«

Ich sprang auf und eilte zur Maschine, die auf der Arbeitsfläche stand.

»Zum Teufel mit deiner Küchenmaschine!«, schrie ich aus voller Kehle, öffnete das Fenster und warf die Maschine hinaus. Einen Moment später schepperte es. Wer weiß, wessen Auto es da getroffen hatte. Ich wagte es nicht, mich hinauszubeugen und nachzusehen. Als ich das Fenster schloss und mich umdrehte, hatte Murat die Küche schon verlassen. Ich nahm die Karaffe aus dem Kühlschrank und schenkte mir ein Glas

Wasser ein, sank an den Tisch und trank mein Wasser in kleinen Schlucken, als wäre es Whisky, aber ich konnte mich nicht beruhigen. Es schoss mir durch den Kopf, die ganze Küche kurz und klein zu schlagen. Ich fing an zu weinen. Meine Hände zitterten. Ich wartete darauf, dass Murat hereinkäme und mich fragte, warum ich weinte, warum ich nicht ins Bett käme und wie angewurzelt in der Küche säße ... aber er kam nicht. Die Zeit verrann. Mir wurde allmählich kalt. Erst geraume Zeit später verließ ich die Küche und begab mich ins Schlafzimmer. Mein Mann lag nicht in unserem Bett. Er hatte das Kissen und die Bettdecke genommen und sich wohl einen anderen Schlafplatz gesucht. Im Gästezimmer konnte er nicht sein, denn dort schlief diese Nacht Fatma, die wir gerufen hatten, damit sie in der Zeit, in der wir weg sein würden, auf Cengiz aufpasste. Auf Zehenspitzen schlich ich mich zum Wohnzimmer und streckte meinen Kopf zur Tür hinein. Murat lag auf der Couch. Ich kehrte zurück ins Schlafzimmer, schlüpfte zitternd unter die kalte Decke und presste meine Augen ganz fest zu, um ja einzuschlafen und diesen fürchterlichen Abend zu vergessen.

Im Morgengrauen wurde ich wach, als mein Mann das Licht anknipste. Murat baute sich mit Decke und Kissen in der Hand vor mir auf. Ich setzte mich im Bett auf.

»Schon wach?«

»Du hast mich geweckt ... Wie viel Uhr ist es?«, fragte ich und sah zum Wecker.

»Vor sieben.«

»Ich wollte hier sein, bevor Fatma aufsteht ... Damit sie nicht mitbekommt, dass ich im Wohnzimmer geschlafen habe.«

»Du hättest ja nicht im Wohnzimmer schlafen müssen.«

»Ich habe dir etwas zu sagen.«

»Um diese Zeit?«

»Ja.« Mein Mann setzte sich auf die Bettkante. Er sah mir

fest in die Augen. »Heute wird von mir die sichere Zu- oder Absage wegen Holland erwartet. Nach der gestrigen Nacht habe ich meinen Entschluss geändert, Nevra. Ich werde die Stelle annehmen.«

Mir war, als hätte man mir einen Eimer kaltes Wasser über den Kopf geschüttet.

»Du weißt doch, dass ich nicht nach Holland gehen möchte. Ich kann nicht von einer Stunde auf die nächste mein Leben komplett umkrempeln. Dein Sohn hat noch seine Schule ...«

»Ich verlange nicht von dir, dass du dein Leben veränderst. Du kannst tun, was du für richtig hältst. Ich werde jedenfalls gehen.«

»Das hatten wir aber nicht so beschlossen ...«

»Das war vor dieser Nacht.«

»Steht unsere Ehe auf so schwachen Beinen, dass sie nicht einmal einen Streit übersteht?«

»Ein Streit wäre nicht das Problem, Nevra, es ist dein Verhalten. Gestern Nacht habe ich kein Auge zugetan. Ich habe mir alles noch einmal genau durch den Kopf gehen lassen. Du bist nicht glücklich. Unter diesen Bedingungen ist es auch für mich nicht möglich, glücklich zu sein. Du warst es, die wollte, dass sich in unserem Leben etwas ändert, nicht ich. Aber wahrscheinlich hast du recht damit, und anscheinend ist jetzt die Zeit für Veränderungen gekommen. Meine Entscheidung steht fest, ich gehe nach Holland. Wenn du willst, kannst du mitkommen. Vielleicht tut die Ortsveränderung unserer Ehe gut.«

»Du hättest letzte Nacht lieber schlafen sollen, anstatt dir den Kopf zu zerbrechen, wenn du dabei zu solch unsinnigen Entscheidungen kommst. Ich kann nirgendwo anders als in Istanbul leben.«

»Das musst du selbst wissen. Dann werden wir eben eine Weile getrennt sein.«

Das war wie ein Schlag ins Gesicht. Ich fand keine Worte. Ich stand auf und ging in die Küche. Vor dem Fenster blieb ich stehen und betrachtete den Himmel, der sich stellenweise zwischen den Wohnblocks zeigte. Die Sonne war gerade erst aufgegangen, und noch war der Morgenhimmel in rötliches Licht getaucht. Ich machte das Fenster auf und beugte mich hinaus. Auf dem blauen Kleinwagen der Lehrerin, die in Nummer fünf wohnte, lag die Küchenmaschine, die ich in der vergangenen Nacht aus dem Fenster geworfen hatte, in zwei Teile zerbrochen, genau wie meine Ehe.

Ich weiß nicht, was ich Zelha antworten soll. Bereit, mich zu bedauern, sieht sie mir unverwandt mit ihren neugierigen schwarzen Augen ins Gesicht und wartet.

»Wir konnten uns eben nicht arrangieren. Er hat ein großartiges Jobangebot in einer holländischen Firma bekommen, das er unmöglich ausschlagen konnte. Ich wollte nicht von Istanbul weg. Also ging er, und ich blieb.«

»Warum bist du nicht mit deinem Mann gegangen, Nevo?«

»Meine Arbeit befriedigte mich. Du weißt doch, dass ich im Ausland keine Möglichkeit gehabt hätte zu arbeiten. Diese Heidenmenschen geben einem ja keine Arbeitserlaubnis.«

»Deine Arbeit machte dich zufrieden, aber dein Mann anscheinend nicht. Hat er dich geschlagen? Los, raus mit der Sprache, genier dich nicht!«

»Nein, ganz und gar nicht!«

»War er sehr eifersüchtig? Hat er dich mit seiner Eifersucht gequält?«

Offensichtlich kann ich Zelha nicht so einfach abfertigen. Ich muss mich wohl oder übel der Lüge bedienen, zu der sie mich angeregt hat: »Ja, er hat mich mit seiner ständigen Eifersucht erdrückt«, und gleich geht es mir etwas besser. Es trifft schon die Wahrheit, dass Murat mich erdrückt hat, aber dass er eifersüchtig gewesen sein soll, das stimmt nicht. Ich werde den Gedanken nicht los, dass vielleicht alles anders gelaufen wäre, wenn er wenigstens ein bisschen eifersüchtig gewesen wäre. Aber er hatte ja immer Verständnis, wenn ich, nachdem ich in der Werbeagentur angefangen hatte, an manchen Abenden mit Kollegen in der Bar gegenüber etwas trinken ging oder wenn ich an Geschäftsessen teilnahm und erst später heimkam. Ihm fiel nicht einmal auf, dass ich auf einmal mehr Wert auf mein Äußeres legte, abnahm, Haarfarbe und Frisur änderte und einen Haufen Geld für mich ausgab. Wäre es ihm aufgefallen, hätten ihn die Veränderungen an mir vielleicht stutzig gemacht. Ob es dann anders ausgegangen wäre, weiß ich nicht.

»Wie hat dein Sohn eure Trennung aufgenommen?«

»Er war natürlich sehr traurig darüber, wie jedes Kind, dessen Eltern sich trennen. Aber mein Junge war schon recht reif für sein Alter. Er machte uns keine Vorwürfe.«

»Er ist doch sicher bei dir geblieben.«

Ich werde rot, meine Wangen beginnen zu glühen. In den Augen meiner Freundin gelte ich jetzt nicht mehr bloß als Versagerin, die unfähig ist, ihre Ehe anständig zu führen, sondern auch noch als schlechte Mutter. Ich hole tief Luft und gestehe: »Er lebt bei seinem Vater.«

»O nein!«, ruft Zelha aus. Ihre Stimme klingt zugleich erstaunt und enttäuscht.

»Wir wollten unserem Sohn diese schrecklichen Prüfungen nach der Grundschule nicht zumuten. Er sollte lieber Sprachen lernen und eine gute Ausbildung erhalten ... Es war doch nur zu seinem Besten ... Ich arbeitete ja ohnehin und hätte mir gar nicht genug Zeit für Cengiz nehmen können.«

»Er heißt Cengiz?«

»Ja, Cengiz.«

»Diesen Namen hat dein Vater für ihn ausgesucht, nicht wahr?«

»Woher weißt du das?«

»Du hattest doch dieses Geschwisterchen, das starb …«

Ich begreife nicht sofort, was sie damit sagen will. »Wieso? Orhan ist doch nicht tot! Gott bewahre!« Zur Bekräftigung klopfe ich mit meinen Fingern auf die Holzplatte des Tisches.

»Nein, nicht Orhan. Hatte deine Mutter nicht eine Fehlgeburt … Damals in Sarıcadam? Du erinnerst dich doch.«

»Ja, und weiter?«

»Diesem Kind hatte dein Vater den Namen Cengiz gegeben.«

»Aber Zelha, woher weißt du das?«

»Ich weiß es eben. Manche Dinge vergisst man nie. Die Erinnerungen an meine Kindheit sind mir ganz frisch im Gedächtnis geblieben.«

»Gut, das mag ja sein, aber woher weißt du, welchen Namen mein Vater dem Kind gab?«

»Dein Vater kam auf unser Gut. Er aß mit meinem Großvater. Danach, im Haupthaus … Also, wenn du bei uns aufs Gut kamst, dann war doch links der Empfangsraum, da unterhielten sie sich unter vier Augen, in dem Zimmer mit den Polsterbänken. Eine meiner Mütter machte sogar ein Tablett mit Bechern voll Ayran zurecht, das sie mir in die Hand drückte, und trug mir auf, es den beiden zu bringen.«

»Und dann?«

»Dann ging dein Vater wieder, und mein Großvater sagte zu meinem Onkel: ›Du kannst die Angelegenheit als erledigt betrachten. Der Sohn des Landrats sollte anscheinend auch Cengiz heißen, er wird im Gedenken an ihn alles in seiner Macht Stehende tun.‹ Na, und das habe ich eben gehört und mir gemerkt.«

»Du meine Güte, davon wusste ich überhaupt nichts. Wer war Cengiz?«

»Der Sohn meines Onkels. Seinetwegen hatte mein Großvater deinen Vater um Hilfe gebeten.«

»Erstaunlich, was du alles noch weißt, Zelha.«

»Wir Kinder wuselten ständig herum und kamen überall hin. So haben wir viel gehört und mitbekommen. Dass wir zu euch geschickt werden würden, habe ich sogar schon vor meiner Mutter erfahren.«

»Ach, wirklich?«

»Ja, so war es, genau so! Einfach beim Hin- und Herlaufen zwischen den Zimmern. Mein Großvater unterhielt sich mit Mutter Cevahir: ›Die Frau des Landrats soll krank sein. Sie braucht jemanden, der ihr im Haus zur Hand geht. Wir können nicht irgendjemanden hinschicken. Kader soll das machen, die kennt sich mit Schwangerschaft und Wochenbett aus und kann ein paar Brocken Türkisch. Da kann sie nötigenfalls die Frau in ihrem Kummer trösten.‹ Da rannte ich los und hinterbrachte meiner Mutter, was ich gehört hatte. Den ganzen Tag heulte ich Rotz und Wasser und klagte, dass ich mich nicht von ihr trennen wolle. Meine Mutter meinte beschwichtigend: ›Mein Liebes, wenn ich weg bin, dann kümmern sich Mutter Cevahir und Tante Sati um dich‹, aber damit konnte sie mich nicht beruhigen. Ich veranstaltete einen gewaltigen Aufstand. Später überzeugte Mutter meinen Großvater, dass es gut wäre, mich mitzunehmen, denn da doch in jenem Haus ein Mädchen in meinem Alter lebe, solle ich, während sie den Haushalt erledige, das Kind ablenken und mit ihm spielen.«

»Gut, dass sie das getan hat«, sage ich in aller Aufrichtigkeit. »Zelha, glaube mir, ich habe in meinem ganzen Leben keine Freundin mehr wie dich gehabt.«

Zelha beugt sich über den Tisch und drückt meine Hand,

dabei fragt sie in kritischem Ton: »Du hast jetzt also deinen Cengiz bei seinem Vater gelassen, richtig?«

»Anfangs war er bei mir. Bis sein Vater in Amsterdam alles geregelt hatte. Ein Jahr nachdem Murat fort war, wechselte ich den Arbeitsplatz. Ich fing als Journalistin an. Ich arbeitete den ganzen Tag und kam erst spät in der Nacht nach Hause. Meine Gedanken aber waren immer bei meinem Sohn, und so habe ich beschlossen, Cengiz zu seinem Vater zu schicken. Er geht dort auf eine gute Schule und lernt drei Sprachen gleichzeitig. Die Sommerferien verbringen wir zusammen, und wann immer sich eine Gelegenheit bietet, an Feiertagen oder freien Tagen, fahre ich hin und besuche meinen Sohn.«

»Wie alt ist er inzwischen?«

»Als wir uns getrennt haben, war er zehn. Jetzt wird er bald fünfzehn. Er ist mittlerweile ein Riesenkerl. Er hat ein Alter erreicht, in dem er den Vater nötiger hat als die Mutter. Er hat ein sehr gutes Verhältnis zu seinem Vater. Murat ist ein umgänglicher, feiner Mensch, er ist ganz vernarrt in seinen Sohn.«

»Vermisst du deinen Jungen nicht?«

»Natürlich. Am Anfang hat es sehr wehgetan, glaub mir. Ich dachte sogar daran, ihn zurückzuholen. Aber Cengiz wollte lieber in Amsterdam bleiben. Hier bei mir hätte er nach der Schule eine leere Wohnung vorgefunden, und der Schulweg im Istanbuler Verkehrschaos hätte ihn Stunden gekostet. Dort jedoch geht er gleich nach der Schule in den Sportverein, spielt Tennis, schwimmt und verbringt die Zeit mit seinen Klassenkameraden. Auf dem Rückweg von der Arbeit schaut sein Vater beim Verein vorbei und holt ihn ab. Sie kommen zur gleichen Zeit nach Hause. So ist der Junge nie einsam, hat keine Probleme mit dem Verkehr und muss dieses ganze Durcheinander hier nicht fürchten. Amsterdam ist eine überschaubare, gesittete Stadt.«

»Habt ihr euch offiziell scheiden lassen?«

»Am Schluss dann schon.«

»Warum heißt du dann eigentlich immer noch Tuna?«

»Tuna klingt schön und macht sich gut als Unterschrift für meine Artikel. Der Name ist kurz und prägnant. Außerdem habe ich Namen, die auf -oğlu, ›Sohn‹, enden, noch nie gemocht. Solange Murat keine Einwände hat, werde ich diesen Namen weiterhin tragen.«

»Hat dein Mann wieder geheiratet?«

»Nein.«

»Vielleicht wartet er auf dich, Nevo.«

»Das glaube ich nun wirklich nicht.«

»Und du? Warum hast du nicht mehr geheiratet? Schau mal, wie lange ihr schon geschieden seid. Bist du seither immer allein gewesen?«

»Nein, so kann man das nicht sagen.«

»Also gibt es da jemanden. Wer ist dieser Mann in deinem Leben? Na los, erzähl schon!«

»Zelo, im Augenblick ist da niemand. Ich habe mich mit ihm überworfen. Fast ein Jahr ist das jetzt her.«

»Was war der Grund?«

»Schwer zu sagen.«

»Aber ich habe dir doch auch alles erzählt, Blutsschwester.«

Ich blicke in Zelhas schwarze Augen, die mich nachdenklich anschauen. Am liebsten wäre ich zu ihr hinübergegangen, um sie zu umarmen und meinen Kopf an ihre Brust zu legen. Ich möchte meiner allerbesten Freundin, die mich in keiner Weise verurteilen oder ins Verhör nehmen würde, dieser Herzensfreundin, die mir nach so vielen Jahren, in denen wir uns nicht gesehen haben, gleich wieder Geborgenheit schenkt, all das erzählen, was ich noch keinem Menschen je zuvor erzählt habe. Ich möchte bitterlich weinend in ihren Armen liegen, möchte mich mit meinen Tränen reinwaschen, mich von meinem quälenden Kummer und meinen Schuldgefühlen befreien, erleichtern, und ich möchte meine Freundin an der Hand nehmen und ganz außer Atem über die Felder von Sarıcadam rennen … zum Bachufer hinuntersteigen, Schuhe und Socken ausziehen, sie fortschleudern, die Füße ins kalte Wasser stecken, mich von oben bis unten klitschnass spritzen und die Standpauke meiner Mutter zu hören bekommen … an den Berghängen herrlich knallgelben Ginster und die größten Margeriten pflücken, sie in meinem geschürzten Rock davontragen und mir, weil sie mit ihren Pollen überall Flecken hinterlassen, eine weitere Standpauke einfangen … mich mit Zelha balgend durchs Gras purzeln, ein Herz und eine Seele mit ihr werden, eins mit ihr sein, wie in unserer Kindheit, möchte meiner Freundin mein Innerstes offenbaren und alles mit ihr teilen.

Kaum hörbar kommt es aus meinem Mund: »Er ist verheiratet, Zelo.«

Eine lang andauernde, melancholische Stille drängt sich zwischen uns. Erst nach einer Weile sagt Zelha: »Mach keine Ehe kaputt, Schwester, tu das nicht! Such dir einen anderen Mann!«

»Wir haben uns ohnehin getrennt.«

»Ist er zu seiner Frau zurück?«

»Keine Ahnung. Wahrscheinlich.«

»Hast du ihn verlassen?«

»Ja.«

»Gut gemacht, Nevo! Sehr gut sogar. Auf dieser Welt gibt es Männer wie Sand am Meer. Such dir um Himmels willen einen Ledigen, sonst werden dein Kummer und Leid kein Ende nehmen.«

»Warst du auch einmal in einen verheirateten Mann verliebt?«

»Nein, wenigstens das ist mir zum Glück erspart geblieben.

Aber ich weiß, wie weh es tut, die Nebenfrau zu sein, meine Mütter wussten das auch, genauso wie meine Großmütter und meine Tanten, sie alle kannten diesen Schmerz. Glaub bloß nicht, dass sie sich jemals daran gewöhnt haben. Sie hatten einfach keine andere Wahl. Auch wenn es so aussieht, als würden sie sich gut verstehen, frisst es sie doch innerlich auf. An den Abenden, an denen sie allein bleiben, bekommen sie kein Auge zu vor lauter Eifersucht und Gram. Der Gedanke daran, was sich möglicherweise alles unter der Bettdecke im Nebenzimmer abspielt, zermürbt sie. Wachsam wie die Luchse liegen sie auf der Lauer und horchen auf jedes Atemgeräusch. Der Schmerz verzehrt sie. Mit Müh und Not überstehen sie die Nacht. Am Tag, da lächeln sie sich an, doch hinterrücks ziehen sie über die anderen her. Es ist sehr schwer, Nevo, wenn noch eine zweite Geliebte da ist, sehr schwer. Das kann einen Menschen zum Mörder machen. Und wenn nicht, dann wird der Mensch missgünstig, intrigant, griesgrämig, unglücklich.«

»Ich weiß. Glaubst du wirklich, dass ich das nicht weiß?«

Eine heiße Träne läuft mir über die Wange hinunter zum Kinn. Zelha streckt ihre Hand aus und wischt sie weg, wie sie es unzählige Male gemacht hatte, als wir noch Kinder waren.

»Woher willst du das denn wissen? Hast du etwa unter mehreren Konkurrentinnen gelebt wie ich? Cevahir wurde meine Mutter vorgesetzt. Mich liebte Cevahir ja, aber meiner Mutter machte sie das Leben zur Hölle. Es war, als hätte meine Mutter nicht nur eine Schwiegermutter, sondern zwei. Und weil meine Mutter keinen Sohn gebar, hat meine Großmutter dann Makbule für meinen Vater ins Haus geholt, als ich drei Jahre alt war. Meine Mutter hat sehr gelitten. Ständig klagte sie, dass sie doch immer noch als junge Frau gegolten habe, als ihre Schwiegermutter ihr diese Makbule ins Nest gesetzt habe.«

»Hat sich dein Vater nicht dagegen gesträubt?«

»Meine Großmutter führte das Regiment. Und eine Sache hatte sie sich nun mal in den Kopf gesetzt. Na, was war das wohl: Sie wollte von jedem ihrer Söhne mindestens einen männlichen Enkel haben.«

»Ogottogott!«

»Damit die Sippe weiter bestehen bleibt. In unserer Gegend kommen ja die Männer ständig bei Blutfehden und Ähnlichem ums Leben. Wenn also der eine stürbe, wäre ja immer noch der andere da, und der Familienzweig meiner Großmutter würde nicht verdorren. Vom ständigen Kampf mit ihren Schwiegertöchtern verdorrte sie selbst, aber sie merkte es nicht.«

»Mutter Kader hätte doch noch Kinder bekommen können.«

»Sie wurde auch schwanger, aber sie hatte eine Fehlgeburt nach der anderen. Eigentlich ging es meiner Großmutter nicht nur um die männlichen Enkel, sondern gleichzeitig auch darum, ihre Schwiegertöchter ein wenig zu quälen. Sie musste seinerzeit selbst viel von ihrer Schwiegermutter erdulden, und für das Leid jener Tage wollte sie sich bei den Frauen ihrer Söhne rächen. In unserer Gegend läuft das immer so, Nevo. Die jungen Ehefrauen werden gepeinigt und unterdrückt, und wenn sie dann selbst am Ruder sind, folgen sie nur noch ihren Rachegelüsten. Wenn du sie fragst, wofür sie sich rächen, dann sagen sie dir natürlich: für ihr düsteres Schicksal. Selbst meine Mutter machte da keine Ausnahme. Als Großmutter die frischgebackene Braut Makbule neu ins Haus brachte, verbündeten sich diesmal meine Mutter und Cevahir und fügten ihr viel Leid zu. Mein Vater wurde umgebracht, bevor Makbule schwanger werden und einen Sohn gebären konnte. Makbule blieb noch ein oder zwei Jahre bei uns, dann kehrte sie in ihr Elternhaus zurück. Wahrscheinlich hat sie wieder geheiratet. Ich erinnere mich nur dunkel an sie. Wenn sie mich auf der Schaukel anschubste, die an der Eiche hinter dem Haus hing, sang sie immer traurige Lieder. Sie war ja an und für sich selbst noch ein Kind. Ich brachte ihren Namen nicht richtig heraus und nannte sie immer Makana. Ach, meine liebe Mama Makbule! Wer weiß, wo sie jetzt ist. Ich würde sie gar nicht erkennen, wenn ich ihr begegnete. Wie dem auch sei, ich wollte damit eigentlich nur sagen, dass es eine vertrackte Geschichte ist, eine Nebenfrau vorgesetzt zu bekommen.«

Man muss sich nicht unbedingt mit einer Zweitfrau herumschlagen, um so etwas zu erleiden, es genügt schon, einen verheirateten Mann zu lieben. Es verletzt dich und vernichtet deinen Stolz, wenn du weißt, dass die Person, in deren Armen du liegen möchtest, gerade im Bett einer anderen Frau schläft. Ganz gleich, auf welcher Seite einer Ehe eine Frau steht, sei es als offizielle Partnerin, als Geliebte oder auch als Nebenfrau, seine Liebe zu teilen, ist und bleibt eine schwierige Angelegenheit. Wenn ich Zelha nun erklärte: Sieh mal, dir wurde eine Zweitfrau vor die Nase gesetzt, ich dagegen war so etwas wie eine Zweitfrau, aber glaube mir, wenn ich dir sage, dass beides gleich wehtut. Ob sie das verstehen würde?

»Wie hast du diesen verheirateten Mann kennengelernt?«, fragt sie.

»Wir arbeiteten in der gleichen Firma.«

»Bei der Zeitung?«

»Nein, in der Werbeagentur. Zur Zeitung habe ich erst später gewechselt.«

»Hast du seinetwegen bei der Agentur aufgehört?«

»So könnte man sagen. Nachdem mein Mann nach Holland gegangen war, war ich sehr einsam, wirklich unglaublich einsam. Und Ferdi hat mir nachgestellt wie ein Liebestoller.«

»Wie war sein Name? Ferdi?«

»Ja.«

»Zum Teufel mit ihm!«

»Na hör mal, was soll denn das, was verfluchst du denn diesen Mann?«

»Was hat dir dieser verheiratete Kerl nachzusteigen! Dieses Schwein hat doch nur deine Einsamkeit ausgenutzt. Aber egal jetzt, erzähl weiter!«

»Ich hatte Angst, in der Firma ins Gerede zu kommen. Die anderen sahen mich schon so komisch an. Außerdem rechnete ich damit, dass ich in seiner Wertschätzung steigen würde, wenn ich anderswo zu arbeiten anfinge, und dass er aktiv werden und seine Scheidung in Angriff nehmen würde.«

»Warst du naiv!«

»Das konnte ich doch nicht wissen! Er hatte schließlich immer steif und fest behauptet, zwischen ihm und seiner Frau sei alles vorbei.«

»Das sagen sie doch alle! Hast du ihn sehr geliebt?«

»Ich weiß nicht.«

Zelha sieht mich fassungslos an. Dabei weiß ich wirklich keine Antwort auf diese Frage. In der Schwarz-Weiß-Welt meiner Freundin, in der Liebe und Hass, die Guten und die Bösen, Verbotenes und Erlaubtes ganz klar voneinander getrennt sind, ist kein Platz für Grautöne. Entweder du liebst, oder du liebst nicht, basta!

Ich könnte ihr erzählen: Am Anfang glaubte ich, ihn zu lieben; vielleicht füllte ich nur eine innere Leere mit ihm. Wäre ich sehr verliebt in ihn gewesen, hätte ich ihn nicht aufgeben können. Aber mit solchen Begründungen kann ich ihr nicht kommen. Das würde sie verwirren. Sie liebte ihren ersten Mann so sehr, dass sie daran dachte, sich umzubringen. Oder besser gesagt, seine Untreue verletzte sie so sehr, dass sie sterben wollte. Auch ihren jetzigen Mann liebt sie treu und aufrichtig. Sie führt den Kampf ihres Mannes fort und setzt sich für seine Sache ein, die sie sonst vielleicht überhaupt nicht interessieren würde.

Aber weil sie es für ihre Pflicht als Ehefrau hält, ihrem Mann auf seinem Weg zu folgen, sitzt sie seit Jahren im Gefängnis. Sie würde alles tun für Freundschaft, Liebe und Treue, ganz gleich, ob sie es für richtig hält oder nicht.

Doch sie lässt nicht locker: »Ich habe dich etwas gefragt, aber du hast mir nicht geantwortet.« Sie will alles verstehen.

»Ach, entschuldige, ich war gerade mit meinen Gedanken woanders. Was wolltest du wissen?«

»Wie kannst du nicht wissen, ob du diesen Mann geliebt hast oder nicht, Nevo!« Zelha will unbedingt ergründen, was ich im Innersten meines Herzens fühle.

»Ich habe ihn geliebt. Aber ob das eine so tiefe, innige Liebe war, das weiß ich nicht. Wie soll ich dir das erklären. Es war zum Beispiel nicht so, wie ich dich liebe.«

»Ich bin ja auch nicht deine Geliebte.«

»Na wenn schon. Was macht das für einen Unterschied? Liebe ist Liebe. Wenn ich ihn eine Ewigkeit nicht sähe und ihm dann nach Jahren plötzlich wieder irgendwo begegnete, dann würden in mir nicht mehr tausend Glühbirnen gleichzeitig aufleuchten, wie es mir jetzt mit dir geht. Doch selbst wenn ich mit ihm in die Vergangenheit eintauchte, würden wir, anders als es bei uns beiden ist, keinen Gesprächsstoff für Stunden finden. Wir wären nicht so wissbegierig zu erfahren, was der andere inzwischen erlebt hat. Die Sache zwischen ihm und mir hat sich erledigt. Meine Liebe ist erloschen. Vielleicht noch nicht mit Asche bedeckt, aber erloschen. Ich möchte nicht einmal erfahren, was er nach unserer Trennung gemacht hat. Aber schau, jetzt sitze ich hier und möchte alles über jede Minute deines Lebens erfahren und sie mit dir teilen. Weißt du warum, Zelha?«

»Nein, warum?«

»Weil die Liebe, die ich für dich fühle, trotz der mehr als dreißig Jahre, die dazwischenliegen, nicht im Geringsten aufgezehrt ist. Du bist meine wahre Freundin.«

»So geht es mir auch! Ich möchte auch erfahren und wissen, was du alles erlebt hast. Erzähl es mir, Nevo, erzähle mir alles!«

»Da gibt es nichts, was es wert wäre, so ausführlich berichtet zu werden. Frag mich einfach, was du wissen willst, dann gebe ich dir Auskunft.«

»Hast du dich von ihm getrennt, weil er sich nicht scheiden lassen wollte, oder stand plötzlich seine Frau vor deiner Tür?«

»Warum interessieren dich denn diese Einzelheiten, meine Liebe?«

»Um nachvollziehen zu können, wie sehr du gelitten hast. Ich möchte herausfinden, ob du neben dem Herzschmerz auch noch Schmach und Schande erdulden musstest.«

»Aber wieso?«

»Weil wir aus unserem Kummer lernen, weil er uns abhärtet, uns reifer werden lässt. Je nachdem, wie viel wir erdulden mussten, desto stärker, weiser und empfindsamer werden wir.«

»Also, dann hör gut zu und urteile selbst, ob ich genug gelernt habe. Ich würde lügen, wenn ich behaupten würde, ich hätte zu Beginn des Verhältnisses nicht gewusst, dass er verheiratet war. Ich wusste es sehr wohl. Wie jeder Ehemann, der seine Frau betrügt, hat er mir erzählt, seine Frau und er hätten sich schon seit ewigen Zeiten nichts mehr zu sagen und schliefen schon längst in getrennten Schlafzimmern. Das habe ich ihm geglaubt. Oder besser, ich wollte es gerne glauben. Murat war schon seit Monaten in Holland. Mit dem Weggang meines Mannes verkümmerte schlagartig auch mein Freundeskreis. Keine der Bekannten, mit denen wir zuvor die Wochenenden verbracht hatten, meldeten sich bei mir. Ihr brennendes Interesse für mich und ihre Fürsorge hielten nur ein paar Wochen an. Meine Einsamkeit war unerträglich. Da kam es mir ganz gelegen, dass Ferdi genau zu jener Zeit anfing, mir den Hof zu machen.«

»Wie denn?«

Ach, Zelo, natürlich fragst du danach, das habe ich mir schon gedacht. Woher solltest du auch wissen, wie man einer Frau den Hof macht? Mir ist schon klar, dass man einer Stammesfrau nicht den Hof macht, sondern ihr nur Befehle erteilt. Und diese Befehle sind kurz und dulden keinen Widerspruch. Dieser oder jener lässt um deine Hand bitten. Wird er als passend erachtet, heiratest du ihn, und das war's! Wenn der Mann dann mit ein paar Geschenken zu Besuch kommt, treffen sich seine Blicke mit denen des Mädchens, das er heiraten wird, und wenn diese Blicke etwas länger dauern, gilt das schon als Flirt. Oder aber ihr riskiert für die Liebe den Tod und versetzt Berge, dann begräbt euch der Brauch in noch ganz jungen Jahren unter der schwarzen Erde. Wie sehr wir uns da von euch unterscheiden, wir mit unseren Flirts und unserer Koketterie, und weil wir ohne Trauschein oder Segen des Imams zusammenleben. Wie soll ich dir jetzt erklären, wie unser Leben funktioniert? Was das betrifft, liegen Welten zwischen uns. Als ich Zelha meine Geschichte berichtete, erwähnte ich einige Einzelheiten nicht. Ich verheimlichte Zelo, dass Ferdi, schon lange bevor mein Mann fortging, Interesse an mir zeigte und mir das auch durchaus gefiel, genauso wie ich ihr verschwieg, dass meine Eltern geschieden sind. Das tat ich nicht, um sie anzulügen, sondern weil ich ihre Illusionen nicht zerstören wollte, um ihre Zuneigung zu meiner Familie und mir nicht zu erschüttern und um sie nicht zu verletzen.

»Wie er mich umgarnt hat? Na, er hat mir zum Beispiel jeden Morgen eine knospende Rose auf den Schreibtisch gelegt. Er hat mir Liebesgedichte gemailt. Wenn wir manchmal im Kollegenkreis nach der Arbeit noch in einer Bar hängen blieben und etwas tranken, schloss er sich uns an. Als er mitbekam, dass ich gerne Weißwein trinke, ließ er für mich immer eine gut gekühlte Flasche der besten Marke öffnen. Zu meinem Geburtstag schickte er mir einen Strauß langstieliger Rosen, der kaum durch die Tür passte. An jedem Stiel hing ein winzig kleines Päckchen mit einem Geschenk darin. Solche Dinge eben, Schmeicheleien, nettes Geplänkel am Telefon vor dem Schlafengehen oder gleich nach dem Aufwachen, Gedichte, die er für mich verfasst hatte, Bücher, von denen er dachte, dass sie mich interessieren würden. Er verdrehte mir ganz einfach den Kopf.«

»Aber von seiner Frau hat er sich nicht getrennt?«

»Nein. Ich war nicht geduldig genug, habe nicht lange genug gewartet. Ich bin gegangen. Besser gesagt, ich habe ihn hinausgeworfen.«

»Richtig so, denn diese verheirateten Kerle lassen sich sowieso nicht scheiden. Da hättest du warten können, bis du schwarz wirst. Wie lange hast du eigentlich auf ihn gewartet?«

»Lang genug. Ich habe dir doch erzählt, Zelo, dass ich sogar meinen Arbeitsplatz gewechselt und bei einer Zeitung angefangen hatte, um nicht tagtäglich und jeden Moment für ihn verfügbar zu sein. Ich hatte gehofft, er würde eifersüchtig sein, wenn ich an einer anderen Arbeitsstelle mit neuen Leuten zusammenkäme. Da hatte ich mich gründlich getäuscht.«

»Habt ihr in deiner Wohnung gelebt?«

»Nein, wir haben nie zusammengewohnt. Am Anfang war ja ohnehin noch mein Sohn bei mir. Aber auch nachdem Cengiz nach Amsterdam gegangen war, konnten wir wegen meines Vaters nicht zusammenziehen. Den hätte der Schlag getroffen, wenn seine Tochter in wilder Ehe mit ihrem Geliebten zusammengehaust hätte. Wir blieben beide jeweils in der eigenen Wohnung. Manches Wochenende verbrachten wir bei mir.

Ab und zu blieb er auch mal unter der Woche da. So vergingen Jahre, und ich wartete immer darauf, dass er irgendwann den richtigen Zeitpunkt finden würde, mit seiner Frau über die Scheidung zu sprechen. Um mir keine Blöße zu geben, bedrängte ich ihn nicht allzu sehr.«

»Du Arme! Ach, Nevo!«

»Halt, warte! Du brauchst mich nicht zu bemitleiden. Hör zu, was danach geschah. Einmal war er auf Dienstreise im Ausland. Vor seiner Rückkehr rief er mich an und sagte mir Bescheid, wann genau er zurückkommen würde. Er wollte direkt vom Flieger zu mir fahren. An jenem Tag hörte ich früher bei der Zeitung auf, kaufte ein wie eine Verrückte, kochte sein Lieblingsessen, deckte den Tisch, zündete Kerzen an und machte mich chic. Ich bereitete alles für eine lange Nacht zu zweit vor. Ich hatte ihn sehr vermisst, schließlich hatten wir uns vierzehn Tage lang nicht gesehen. Gegen acht kam er dann bei mir mit CDs, Büchern und einem Parfüm an, das er im Flugzeug gekauft hatte. Und weißt du, was er gemacht hat, Zelo?«

»Keine Ahnung, sag schon!«

»Kaum hatte er die Wohnung betreten, warf er einen flüchtigen Blick auf den Tisch, den ich so liebevoll gedeckt hatte, und sagte, er könne nicht zum Essen bleiben, er habe ein sehr wichtiges Geschäftstreffen. Er sei mit ein paar Leuten zurückgekommen, die sich an der Firma beteiligen wollten. Die Herren würden die ganze Woche über in Istanbul bleiben, und er würde wohl ziemlich eingespannt sein. Auch würde er gleich mit ihnen zu Abend essen. Er wolle nur schnell einen Whisky bei mir trinken und wieder verschwinden. Ich war furchtbar enttäuscht, sagte aber nichts. Ich kaufte ihm seine Geschichte ab. Was blieb mir anderes übrig? Ich nahm die mitgebrachten Bücher, CDs und das Parfüm entgegen und legte alles auf den Sessel. Dann schenkte ich ihm seinen Whisky ein und lehnte mich an seine Knie. Ich wurde richtig erregt in der Hoffnung, wenigstens die kurze Zeit, bis er das Glas geleert haben würde, nutzen zu können. Aber ich kam an diesen Mann, den ich liebte, nicht heran, so als wäre eine unsichtbare Wand zwischen uns. Als ich mich dann an ihn schmiegte, wich er, ohne es selbst zu merken, zurück.

Dann wollte ich mich an seinen Hals hängen, doch er schob mich behutsam und geschickt von sich weg. Gerade noch hatte ich munter vor mich hin geträllert, um Ferdi die Zeit angenehm zu vertreiben, da hielt ich mit einem Mal inne. Ich weiß nicht, warum und weshalb, aber für den kurzen Moment eines Wimpernschlags hob sich der Schleier vor meinen Augen, und meine erbärmliche Situation wurde mir mit einem Schlag bewusst. Einfach so, urplötzlich, Zelo. Er wollte heim zu seiner Frau, die er angeblich nicht mehr liebte und die er nicht mehr anfassen wollte, weswegen die beiden seit wer weiß wie vielen Jahren in getrennten Zimmern schliefen, der er aber auf keinen Fall die Scheidung vorschlagen konnte, um sie nicht traurig zu machen. Auch ihr würde er Geschenke mitbringen und ihr seine Verspätung mit einem Geschäftstermin erklären. Da war es nur verständlich, dass er ganz besonders sorgsam darauf bedacht war, dass sich mein Parfüm nicht bei ihm festsetzte, mein Lippenstift nicht an sein Hemd kam und kein Haar auf seinem Sakko hängen blieb. Ich war doch nur die Statistin in dem Theaterstück, das er verfasst und inszeniert hatte. Warum hatte ich die ganze Zeit über nicht wahrgenommen, was mir an jenem Abend die Augen öffnete? Darüber habe ich auch später noch viel nachgedacht, aber keine Begründung dafür gefunden. Vielleicht ist es wie ein Fass, das immer voller und voller wird und dann mit dem letzten Tropfen plötzlich und unerwartet überläuft. Doch, Zelo, in diesem Moment, dem Moment, in dem dieses Fass voll war, zögerte ich keinen Augenblick mehr, sprang auf und schrie so laut ich nur konnte: ›Steh sofort auf und verschwinde aus meiner Wohnung!‹ ›Wie bitte?‹, stammelte er. ›Du hast schon richtig gehört. Verschwinde sofort aus meiner Wohnung!‹ ›Bist du verrückt geworden?‹ ›Ja, das bin ich! Verschwinde, bevor ich dieses Lavendelwasser hier über dir auskippe und dir dein Sakko und dein Hemd in Stücke reiße! Hau ab, und zwar sofort! Sofort!‹

Er fiel aus allen Wolken und war entrüstet, aber als er meinen entschlossenen Gesichtsausdruck sah, machte er keine Anstalten, mich zu bedrängen, erhob sich und schlich zur Tür hinaus. Ich schleuderte ihm seine Geschenke hinterher. Seine in Glanzpapier gewickelten CDs und Bücher lagen überall herum. Der Parfümflakon ging laut klirrend zu Bruch. Rasch stolperte er die Treppe hinab, wobei er sich schützend den Arm über den Kopf hielt. Ich hörte noch, wie unten die Haustür ins Schloss fiel. Da machte ich dann auch meine Wohnungstür zu und sank zu Boden. Und so verharrte ich. Stundenlang.«

»Hat er dich nicht noch mal angerufen?«

»Doch, hat er. Gleich am nächsten Morgen ging es damit los, dass er mir ständig Blumen schickte, mir irgendwelche Nachrichten zukommen ließ, mich bis mitternachts mit Anrufen bombardierte, die ich nicht annahm, mir Briefe schrieb, die ich nicht öffnete, und Telegramme schickte. Aber mit diesen Mätzchen konnte er bei mir nicht mehr landen. Ich empfand sein Verhalten eher als theatralisch und kindisch. Er ging sogar so weit, mir über einen gemeinsamen Freund mitteilen zu lassen, dass er die Scheidung eingereicht habe und von zu Hause ausgezogen sei. Bald sei er wieder frei. Wir könnten ganz von vorne anfangen. Ich lehnte immer ab, wenn er fragte, ob wir uns nicht treffen könnten, denn bedauerlicherweise kam das alles zu spät. Ich hatte nun einmal den Geist aus der Flasche gelassen, und er konnte einfach nicht mehr zurück.«

»Hat er sich wirklich von seiner Frau getrennt?«

»Keine Ahnung. Es interessierte mich auch nicht mehr.«

Dann murmle ich noch fast unhörbar leise, während Zelha mir über den Tisch hinweg sanft die Wange streichelt: »Er wird schon sehen, wie weit er damit kommt, mich erst um Mann, Sohn, Haus, Arbeit und Freunde zu bringen und mich dann zu verlassen«, doch sie versteht mich nicht und fragt nach: »Was hast du gesagt?«

»Sehr wahrscheinlich ist er wieder zu seiner Frau zurück.«

Ich kann doch meiner Freundin schlecht erzählen, dass es keine Küchenmaschine war, die Murat und mir in die Quere kam, sondern eigentlich Ferdi. Ich schäme mich. Vielleicht war es nicht einmal Ferdi, sondern meine Mutter. Meine Mutter, die ich in meinem Leben kaum gesehen, kaum geliebt und kaum geschätzt habe. Doch am Tag ihres Todes begriff ich, wie sehr sie mich geprägt hat.

Nachdem meine Mutter uns sitzen gelassen hatte, starrte ich immerzu an die Zimmerdecke und dachte in meinen schlaflosen Nächten darüber nach, wie sie sich wohl gefühlt haben mochte, als sie meinen Vater und mich verließ. Schämte sie sich? War sie traurig? Plagte sie ihr Gewissen? Bereute sie es? Vermisste sie mich? Uns? Obwohl ich mir nächtelang darüber den Kopf zerbrach, verriet ich niemandem etwas davon und fragte auch nicht nach. Mein Vater und ich behandelten die Angelegenheit wie ein stillschweigend vereinbartes Tabu.

Das Wörtchen Mutter nahmen wir nicht mehr in den Mund. Das ging so weit, dass wir es auch tunlichst vermieden, über sie zu sprechen, wenn Orhan in den Ferien zu uns kam. Zwei Jahre lang lebte ich so, als hätte ich nie eine Mutter gehabt. Ich sprach nicht mit ihr am Telefon und beantwortete ihre Briefe nicht. In dem Jahr, in dem ich zu studieren anfing, erschien meine Mutter irgendwann einmal am Eingang zur Uni. Vor meinen Freunden wollte ich mir nichts anmerken lassen und konnte nur stammeln: »Ah, Mutter!« Und als wäre es die normalste Sache der Welt, schlug sie vor: »Ich hatte heute hier in der Nähe zu tun. Komm, setzen wir uns auf einen Kaffee irgendwo hinein!« Ich verabschiedete mich von meinen Freunden und trottete hinter ihr her. Wir setzten uns in ein Café in der Nähe.

»Mutter, warum tauchst du hier so plötzlich auf? Du hättest mir vorher Bescheid geben können.«

Sie tat, als hätte sie mich nicht gehört, und versuchte meine zitternde Hand auf dem Tisch zu ergreifen. Ich zog sie zurück.

»Inzwischen bist du doch ein großes Mädchen. Jetzt wäre es an der Zeit, dass wir uns aussprechen und uns verzeihen.«

»Ich habe nichts getan, weswegen man mir verzeihen müsste.«

»Du nicht, aber ich.«

»Das stimmt allerdings.«

»Möchtest du das Ganze nicht einmal von meiner Warte aus betrachten, damit du mir verzeihen kannst?«

»Nein!«

»Du bist anscheinend voll von dem, was dir dein Vater erzählt hat.«

»Vater hat mir gegenüber diesbezüglich keine Silbe verloren, Mutter. Wir haben überhaupt nicht von dir gesprochen.«

»Das ist ja noch übler, mein Mädchen. Wenn du mir Vorwürfe machen würdest, dann könnte ich mich wenigstens verteidigen.«

»Dann mache ich dir eben Vorwürfe! Du hast uns verlassen und hast dich davongemacht! Du hast uns für einen Mann verlassen, für einen Mann, der mehr Geld hatte als Papa. Also, verteidige dich!«

»Nevra, es ist mein Leben. Jeder muss sein Leben so leben, wie er es möchte. Das macht dein Vater auch. Er lebt, wie er möchte, und weicht keinen Deut von seinen Prinzipien ab.«

Ich sah meine Mutter an, die ziemlich zugenommen hatte in den drei Jahren, in denen ich sie nicht gesehen hatte. Mit dem, was sie da sagte, hatte sie schon recht, diese rundliche, herausgeputzte Frau, und ich antwortete: »Stimmt, er weicht keinen Deut von seinen Prinzipien ab, und ich bin stolz darauf, seine Tochter zu sein.«

»Wir können nicht alle gleich sein, Nevra. Er hatte seine Prinzipien, und ich hatte meine Ansprüche.«

Eine Weile saßen wir still da. Nervös verrührte ich den Zucker in meinem Tee.

»Verstehst du mich denn nicht?«, fragte sie.

Ich sagte keinen Ton. Ob ich meiner Mutter verzieh oder nicht, machte keinerlei Unterschied. Ich hatte mich von ihr entfernt. Wie lang war das nun her, dass meine Mutter, deren Geruch ich in den ersten Monaten, nachdem sie weg war, immer so vermisst hatte, zu diesem blassen und verwischten Fantasiebild wurde, das wir Kinder einstmals so gewissenhaft gezeichnet hatten, dann feststellten, dass wir uns vermalt hatten, alles wieder ausradieren wollten, es aber doch nicht ganz schafften? In jenem Moment jedoch saß genau diese Frau vor mir, meine Mutter, die mit der voluminös auftoupierten Frisur, bei der kein Löckchen wippte, den lidschattengeschminkten Augen und den getuschten Wimpern noch voller wirkte. Ihre kackbraune, ach so sündhaft teure und doch geschmacklose Markentasche stand auf dem schlichten Kaffeehaustisch. Ich bemühte mich, irgendetwas zu fühlen, aber es gelang mir nicht.

»Mein Mädchen, meine Nevra, Mütter und Kinder können einander doch nicht schmollen. In unseren Adern fließt doch das gleiche Blut. Schau mal, du bist inzwischen ein großes

Mädchen. Du wirst jetzt viele Dinge brauchen. Ich bin deine Mutter ... was du auch brauchst ...«

» Ich brauche nichts.«

»Im Moment vielleicht nicht, aber eines Tages ... zum Beispiel, wenn du heiratest.«

»Ich habe auch nicht vor zu heiraten.«

»Gibt es da niemanden?«

»Nein.«

»Eines Tages aber wird es jemanden geben. Möchtest du nicht mit mir darüber reden?«

»Nein, das will ich nicht.«

Meine Mutter drückte ihre Zigarette aus und meinte nur: »Mein Trotzköpfchen.«

Erneut saßen wir schweigend da.

Dann sagte meine Mutter: »Nächsten Donnerstag komme ich auch vorbei, dann können wir wieder einen Tee miteinander trinken.«

»Ich habe die ganze Woche über bis spätabends Vorlesung.«

»Dann treffen wir uns eben an einem anderen Tag. Am Freitag oder am Samstag.«

Ich wollte ihr einen Strich durch die Rechnung machen, deshalb sagte ich: »Am Dienstag.« Sie zuckte zusammen. Von meinem Bruder hatte ich erfahren, dass sie immer dienstags ihren Spielabend hatte.

»Gut, also am Dienstag.«

Mir blieb die Spucke weg. Ich sah ihr tief in die Augen und fragte: »Spielst du nicht immer am Dienstag?«

»Wenn ich nun mal meine Tochter nur am Dienstag treffen kann ... Dann muss das Spielen eben zurückstehen.«

Sie zahlte unseren Tee, und wir brachen auf.

»Du wohnst doch im Studentenwohnheim, oder?«, fragte sie.

»Ja.«

»Ich bin mit dem Auto da. Soll ich dich am Studentenwohnheim absetzen?«

»Nein. Ich gehe zu Fuß. Es ist nicht weit.«

Sie umarmte mich und küsste mir die Wangen. Ich stand stocksteif da wie eine Statue und ließ ihre Umarmung über mich ergehen.

»Bis Dienstag!«, verabschiedete sie sich mit brüchiger Stimme, drehte sich um und ging. Ich sah ihr hinterher, wie sie mit ihren hohen Absätzen davontrippelte. So war sie schon immer gegangen, mit kleinen kurzen Schrittchen – wie ein Vogel.

Auf Drängen meiner Mutter setzten wir unsere Treffen fort. Ich hatte immer ein unbehagliches Gefühl, wenn ich zu unseren Verabredungen ging, weil ich nicht wusste, worüber wir sprechen sollten, ganz so, als würde ich mich mit einer wildfremden Person treffen. Eine Fremde, mit der ich mich in Teegärten und auf Postämtern verabredete und über das Wetter und andere Belanglosigkeiten plauderte, die aber nicht an mich herankam. Ich fragte sie nicht nach ihrem Mann und wollte auch nicht wissen, ob sie glücklich war. Ich lehnte es ab, sie zu Hause zu besuchen und ihren Mann kennenzulernen. Erst ein paar Jahre später traf ich meinen Stiefvater dann zum ersten Mal bei meiner Hochzeit mit Murat. Er war durchaus nicht der dickbäuchige, rohe und ungehobelte Provinzağa, den ich mir vorgestellt hatte, sondern ein sympathischer Mann. Weil ich meinem Mann nach unserer Hochzeit die Gefühle für meine Mutter und meine Ablehnung ihr gegenüber nicht erklären wollte, waren gegenseitige Besuche unvermeidlich. Mit der Geburt meines Sohnes wurden sie sogar noch häufiger. Und selbst wenn wir es nie zu einem innigen Verhältnis brachten, so hatte ich jetzt immerhin eine Mutter, die ich mehr oder weniger an meinem Leben teilhaben ließ und der ich erlaubte, mein Kind zu sehen. Es war ähnlich wie in diesem Gedicht von Tanpınar, in dem es heißt: »Weder bin ich in der Zeit noch gänzlich außer ihr.« Weder war ich Waise, noch hatte ich genau genommen eine Mutter.

Als die Reihe an mir war, den Ehemann zu hintergehen, trat – gleichzeitig mit Ferdi – auch meine Mutter wie eine Mitverschwörerin wieder vollends in mein Leben ein. Nach so langer Zeit schließlich zog ich unbewusst meine Mutter aus einem geheimen Winkel meiner Seele ans Tageslicht. Morgens, wenn ich mich vor dem Weg zur Arbeit anzog, frisierte und herausputzte, um für Ferdi gut auszusehen, fragte ich mich, ob meine Mutter es wohl auch so gemacht hatte. Ich stand minutenlang geradezu durchtrieben vor dem Spiegel, sprühte mir Parfüm auf Hals und Haar und überlegte, ob sie wohl auch so gerochen hatte. Ob sie mit dem Mann aus Söke auch solche verstohlenen Blicke gewechselt hatte wie ich und Ferdi? War sie abends ebenfalls Vaters Blicken ausgewichen und vor allem seinen Annäherungsversuchen, hatte sie das gleiche schlechte Gewissen, wenn sie mit ihrem Mann, meinem Vater, schlief? Was dachte sie dabei? Wäre sie am liebsten aus dem Bett gesprungen und auf und davon gelaufen? Erstickte sie dabei? Schämte sie sich? Flüchtete sie sich in Gedanken dabei zu dem Mann aus Söke? Als ich damals als verheiratete Frau einem anderen Mann grünes Licht gab, glaubte ich nachvollziehen zu können, wie es ihr damals erging. Aber so war es nicht. Ich konnte meiner Mutter dennoch nicht verzeihen. Ich litt innerlich immer an meiner eigenen Schande und hielt mich von meiner Mutter fern. Hätte ich ihr jedoch vergeben können, dann hätte ich als Frau, die genau wie sie die Nase voll hatte von der Ehe und ihrem Mann, vielleicht verstehen können, was sie alles durchgemacht hatte, und hätte so meinen Seelenfrieden wiedergefunden. Ich wäre gelassener geworden, mein Schlaf tiefer und meine Träume heiterer. Mein Gott, warum habe ich das bloß nicht geschafft? Oder wollte ich mich meiner Mutter, die ich zu hassen glaubte, innerlich gänzlich annähern und war mir dessen nicht einmal bewusst? Wer weiß, vielleicht hatte ich das Verhältnis mit Ferdi ja auch nur begonnen, um das Handeln meiner Mutter nachvollziehen zu können? Möglicherweise wollte ich denselben dornigen Weg beschreiten, den sie gegangen war, damit die Dornen auch mich stechen, blutig reißen; einzig und allein, um meine Mutter zu verstehen, an sie heranzukommen, sie kennenzulernen. Hasste ich sie, weil ich nicht genug Zeit im Schoß meiner weißen, bleichen, zerbrechlichen Mutter hatte verbringen können, weil ich nicht ausreichend lange in ihren Armen hatte liegen und mich nicht an ihrem Duft hatte sattriechen können, oder sehnte ich mich gerade deshalb nach ihr? War es aus einem unbewussten Gefühl von Konkurrenz heraus, dass ich mich in der Beziehung zu Ferdi, die anfangs rein platonisch war, ständig mit meiner Mutter verglich? War es Rache? Warum würde ich mir sonst so viele Gedanken darüber machen und mich unermüdlich mit ein und derselben Frage beschäftigen: War meine Mutter mir ähnlich in den Jahren, in denen sie, wie ich vermute, meinen Vater betrogen hat? Ich versuchte, mich daran zu erinnern, wie alt ich damals war, als sie schweigsam und ohne sich um meinen Bruder oder mich zu kümmern, verträumt in einer Ecke saß ... an jene Jahre, in denen sie sich immer weiter von uns entfernte und meinen Bruder und mich nur noch anschnauzte; die Tage, an denen sie nicht mehr damit zufrieden war, nur die Frau meines Vaters zu sein; die Momente, in denen sie glaubte, sie sei ja so bedauernswert und vom Unglück verfolgt, und dies auch lauthals herausschrie. Nein, obwohl wir beide die gleiche Schuld auf uns geladen hatten, wurden wir uns doch nicht ähnlicher. Zumindest hatte ich meinen Mann nicht so oft wie sie angekeift, weil ich ein besseres Leben haben wollte. Außerdem hatte meine Mutter viel mehr Glück als ich, denn dieser reiche Mann aus Söke, an den sie ihr Herz verloren hatte, war nicht verheiratet, sondern Witwer. Ferdi dagegen hatte eine Frau, und ich wusste schon von vorneherein, dass diese Beziehung zu nichts führen würde, während ich noch beglückt abends – seit mich meine Mutter auf mein Gewicht angesprochen hatte, zwar nicht mehr mit einem Gin Tonic, sondern einer Diät-Cola in der Hand vor dem Fernseher sitzend – darüber nachdachte, welche Vorwände er tagsüber wieder gefunden hatte, um sich mit mir unterhalten zu können. Wenn ich mich Ferdi gegenüber zunächst zurückhaltend verhielt, sein Interesse für mich ignorierte und sein Angebot, mich nach der Arbeit mit dem Wagen zu Hause abzusetzen, ablehnte, dann lag das nicht daran, dass ich verheiratet war, sondern dass er es war. Auf meine Ehe nahm ich fast gar keine Rücksicht. War es die Gleichgültigkeit Murats, die bewirkte, dass ich mich frei und unverheiratet fühlte, oder war ich wegen meiner Mutter bereit, eine Scheidung zu riskieren?

»Ach, Nevo, wie leicht fallt ihr Frauen aus der Stadt auf schöne Worte, Blumen und Geschenke herein. Schau doch bloß, wie dich dieser Schuft mithilfe von ein paar langstieligen Rosen zu seiner Mätresse gemacht hat«, wettert Zelo nach einer langen Pause. »He, Nevo, Mädchen, wo bist du mit deinen Gedanken?« Zelha wedelt mit ihrer Hand vor meinen Augen herum, als wollte sie mich aus meiner Traumversunkenheit wecken. Ich reiße mich von meinen Erinnerungen los und kehre wieder zurück in den Gefängnisraum.

»Jetzt mach aber mal einen Punkt, Zelo. Eine Mätresse lässt sich von einem Mann aushalten. Für Mätressen kauft man Wohnungen, Jachten, Pelze oder Schmuck. Ich hatte Ferdi aber untersagt, mir irgendwelche anderen Geschenke als Bücher, CDs und Blumen mitzubringen. Selbst zusammen weggefahren sind wir nie. Kurz gesagt, ich war nicht mal in der Lage, mein Mätressendasein auszukosten. Du siehst, mir gelingt gar nichts, Zelha«, lache ich, doch mein Mund verzieht sich nur zu einem hässlichen Grinsen.

»Wir Frauen teilen doch alle dasselbe Los, ganz gleich, ob wir aus dem Dorf, einer Kleinstadt oder einer Metropole kommen. Am Ende müssen immer wir die Zeche zahlen. Überleg mal, vier Jahre hast du mit der Warterei auf diesen Kerl vergeudet. Ging es mir nicht genauso, als ich mit Alişan durchbrannte?«

»Da hast du recht.«

»Warum ist eigentlich das System der Männer nicht kaputtzukriegen? Hast du schon mal eine Frau gesehen, die mit zwei Männern unter einem Dach lebt? Oder hast du davon gehört, dass eine Ehefrau die Woche zu Hause mit ihrem Mann und die Wochenenden im Haus ihres Geliebten verbringt?«

»Nein, davon habe ich noch nie gehört, und davon möchte ich auch gar nichts hören, glaub mir. Ich hätte im Moment keine Kraft für zwei Männer, ja nicht einmal für einen Viertel Mann. Ich möchte, dass sie sich eine ganze Weile aus meinem Leben heraushalten.«

»Du bist verletzt worden, mein Mädchen. Merkst du überhaupt, was deine Seele mitgemacht hat?«

»Zelo, im Augenblick merke ich eigentlich nur, dass ich Hunger habe. Dilaver Bey meinte doch, er würde draußen warten. Ob er uns wohl zwei Gläser Tee bringt?«

Zelha steht auf und geht zur Tür. Sie öffnet sie einen Spalt und sieht hinaus. Anscheinend sieht sie niemanden und ruft deshalb: »Ist denn da keiner?«

Inzwischen stelle ich die Kekspäckchen aus meiner Tasche

der Reihe nach auf den Tisch. Ich habe fünf verschiedene Sorten gekauft, für alle Fälle.

»Auf diese Männer ist einfach kein Verlass!«, beschwert sich Zelha. »Der Kerl ist nicht zu sehen.«

»Egal. Komm her, wir essen das hier. Ich habe einen Mordshunger. Wir reden hier nun schon seit Stunden.«

»Wir treffen uns das erste Mal nach Jahren, dann ist das eben so.«

Ich reiße die Keksverpackungen auf und schütte die Kekse auf den Tisch. Zelha sucht sogleich zehn davon aus und schiebt sie zu mir herüber, weitere zehn zieht sie zu sich heran. Sie sieht mir in die Augen und fragt: »Bist du bereit?«

»Ja, bin ich!«

»Du stoppst die Zeit!«

Ich werfe einen Blick auf die Uhr. »Ich bin so weit. Dreißig Sekunden. Auf die Plätze, fertig, los!«

Beide machen wir uns ans Werk, aus den Keksen ein Haus zu bauen. Mein Haus fällt zweimal in sich zusammen. Zelhas Hände sind etwas geschickter als meine. Sie schafft es, dass die unteren beiden Kekse nicht umfallen, wenn sie den dritten auflegt. Aber als Kind habe ich sie in diesem Spiel immer besiegt.

»Bravo! Du hast nichts von deiner Geschicklichkeit eingebüßt«, bemerke ich anerkennend.

»Das kommt daher, dass ich es immer mit meinen Kindern gespielt habe.«

Ich habe Cengiz keine solchen Spiele beigebracht. Selbst die Gutenachtgeschichten las ihm sein Vater vor. Mein armer Junge wuchs bei einer Mutter auf, die ausschließlich mit sich selbst beschäftigt war, sich nicht um ihn kümmerte und die in ihrer eigenen Welt lebte. Ich war anscheinend zu bequem, ihm die Spiele, die Farben und die Erinnerungen aus meiner eigenen Kindheit nahezubringen. Heute tut es mir sehr leid.

Wie schade, dass es so lange dauert, bis der Mensch merkt, was er alles versäumt hat! Wie um mich selbst zu bestrafen, frage ich: »Zelo, sag mir, was hast du noch alles mit deinen Kindern gespielt?«

»Da gab es solche Spiele mit Steinen, die uns mein Großvater gezeigt hatte, erinnerst du dich noch, Nevo?«

Und ob ich mich erinnere. Nicht nur an die Steinchenspiele, Großvater erzählte uns auch Geschichten. Seinen halb erfundenen, halb wahren Erzählungen haben wir immer gespannt gelauscht. Die Heldenepen von irgendwelchen rebellierenden Kurdenführern trug er bisweilen mit Liedern ausgeschmückt vor. Aber ich hörte ihm am allerliebsten zu, wenn er davon berichtete, wie Anatolien vom Feind befreit worden war. Mit offenem Mund versank ich dann voll und ganz im Kampfgetümmel, das sich Kurden und Türken, Schulter an Schulter, mit den Armeen der Besatzer lieferten. Immerzu träumte ich von den tiefblauen Nächten, in denen die Bauern mit ihren Mausergewehren in der Hand die Felsen erklommen und Karren mit einem Haufen Waffen darauf hinter sich her zogen. Als ich schon fast erwachsen war, las ich die meisten dieser Heldensagen in den Bänden von Dichtern wieder, und ich konnte mich noch an sie erinnern.

»Zelha, was machst du da?«

»Erinnerst du dich nicht mehr?«, fragt Zelha, während sie die Kekse über dem Tisch zerbröselt. Ihre Augen blitzen verschmitzt. Ich kenne diesen frechen Blick genau.

»Natürlich erinnere ich mich. Auf die Plätze, fertig, los!«

Die Hände auf dem Rücken verschränkt und über den Tisch gebeugt, versuchen wir, die Kekskrümel auf dem Tisch mit der Zunge zusammenzuschieben. Wer die Brösel vor sich am schnellsten mit der Zunge aufhäuft und verschlingt, der gewinnt. Die Hände einzusetzen, ist verboten! Zwar sterben wir fast vor Lachen, und wenn jetzt einer hereinkäme und uns so sähe, würde er uns direkt in die Klapsmühle stecken.

»Dafür haben wir von Mutter Kader Prügel bekommen«, erinnere ich sie.

»Da werden mir aber von der Wärterin noch viel schlimmere blühen. Du spazierst hier raus, und von mir wird sie wissen wollen, was wir hier für einen Dreck gemacht haben.«

Auf und unter dem Tisch ist alles übersät mit Kekskrümeln. Als wir gerade über den Tisch gebeugt wie die Schafe äsen, geht die Tür auf. Wie zwei Strolche, die man auf frischer Tat ertappt hat, laufen wir knallrot an und schießen blitzartig hoch.

»Meine Damen, ich bin gekommen, um zu fragen, ob Sie irgendwelche Wünsche haben ... Äh, was haben Sie hier denn veranstaltet? Wie sieht bloß der Tisch aus?« Dilaver Bey wirkt ebenso überrumpelt wie wir.

Als Erklärung stammle ich: »Die Kekse haben gebröselt ...«

»Machen Sie das hier um Gottes willen schleunigst sauber!«

»Dilaver Bey, ob wir wohl zwei schöne, kräftige Glas Tee bekommen könnten?«, fragt Zelha.

»Ich werde sehen, was ich tun kann, Zelha Hanım, aber da heute Sonntag ist, hat die Teeküche zu ... Und wenn Sie doch bitte hier schnell alles wieder sauber machen!«

»Könnten Sie für uns Papierservietten oder etwas Ähnliches auftreiben?«

Der Mann schickt ein Stoßgebet zum Himmel, geht hinaus und macht die Tür hinter sich zu. Zelha und ich bekommen einen Lachkrampf, wie in unserer Kindheit. Wir lachten früher bei jeder Kleinigkeit immer so lange, bis uns der Bauch wehtat. Ich krame und ziehe ein Päckchen Papiertaschentücher aus der Tasche.

»Du bist anscheinend als Marketenderin hier. Was hast du noch alles in deinem Beutel?«

»Ich habe noch zwei Äpfel dabei. Willst du einen?«

»Nein, die essen wir später.«

Zelha nimmt eines der Taschentücher, hält es an den Tischrand und wischt die Krümel mit der Hand hinein. Mit einem weiteren Taschentuch reinigt sie den Boden.

»So warst du schon immer, tüchtig und ordentlich.«

»Mir blieb keine andere Wahl. Ich hätte schon Nein sagen können, dann hätte ich aber von meinen Müttern Dresche bezogen.«

»Ich habe auch oft einen Rüffel bekommen, aber so ordentlich wie du bin ich trotzdem nicht geworden.«

»Ist auch richtig so. Wenn du etwas nicht machst, schürzt eine andere ihren Rock für dich und macht sich an die Arbeit.«

»Zelo, sag mal, bin ich deiner Meinung nach eine sehr dumme Gans? Ist an mir denn kein gutes Haar zu finden?«

»Na hör mal! Was redest du da bloß für einen Unsinn?«

Zelha steht von ihrem Platz auf, kommt zu mir herüber, geht vor mir in die Knie, nimmt meinen Kopf zwischen ihre Hände und drückt ihn an ihre Schulter. Wie ein Baby wiegt sie mich in ihren Armen.

»Nevo, du warst das gutherzigste Kind auf der ganzen Welt. An jenem Tag, an dem wir uns kennenlernten, da war ich ein Kurdenmädchen, das zum ersten Mal aus seinem Bauernhof herauskam, mit Plastiküberschuhen, die mir meine Mutter aufgezwängt hatte, und mit meinem bodenlangen Samtkleid, das ich für superchic hielt. Du aber warst eine Prinzessin, die Tochter des Landrats mit riesigen Schleifen im Haar. Ich dachte, du würdest mich herumkommandieren. Meine Mutter hatte mich den ganzen Weg über ermahnt, ruhig Blut zu bewahren, falls du dich mir gegenüber abschätzig verhalten solltest. Ich kam also mit der Angst in euer Haus, gedemütigt zu werden. Und was hast du getan? Du hast alle deine Spielsachen, Puppen und Stifte vor mir ausgebreitet, hast alles mit mir geteilt, hast mir alles erklärt, was du wusstest, ohne deine Überlegenheit auszuspielen. Wenn wir damals diese fünf Jahre nicht miteinander verbracht hätten, wäre ich nicht die geworden, die ich heute bin. Ich habe bei euch zu Hause so viel über das Leben gelernt.«

»Auch ich habe von euch sehr viel gelernt.«

»Du hattest so ein liebevolles Herz. Da lebten all die Jahre zwei Kinder aus vollkommen unterschiedlichen Welten zusammen, ohne jemals Scheu voreinander zu haben und ohne sich gegenseitig zu kränken.«

Ich beginne wieder zu weinen, aber diesmal aus einem anderen Grund. Weine ich aus Freude, dass ich dieser Zelha, der ich so verbunden bin, weil sie mir die Tür zu einer mir unbekannten Welt öffnete, auch das eine oder andere geben konnte? Oder sehne ich mich nach der Wärme eines Menschen, der mich wahrhaftig liebt? Mein Sohn ist schon lange nicht mehr bei mir. Meine Mutter habe ich vor einem Jahr verloren. Mein Vater lebt in einer anderen Stadt, mein Bruder in einem anderen Land. Großer Gott, ich lechze so sehr nach echter, aufrichtiger Liebe! Vor lauter Einsamkeit bin ich süchtig nach Liebe. Ich will nie wieder fort aus Zelhas Armen.

»Zelha, erzähl mir doch etwas von deinen Kindern! Wie heißen sie? Was machen sie? Haben sie Ähnlichkeit mit dir?«

»Sadık, das ist der Älteste … Dann sind da noch die Zwillinge, ein Mädchen und ein Junge.«

»Sadık – du hast ihm den Namen deines Großvaters gegeben? Was ist er für ein Kind? Sieht er so aus wie du?«

»Als er klein war schon. Jetzt kommt er mehr nach seinem Vater. Er ist ein groß gewachsener, gut aussehender junger Mann geworden und studiert Kommunikationswissenschaften in İzmir.«

»In İzmir? Wirklich?«

»Ja. Er studiert dort unter meinem Mädchennamen, um Unannehmlichkeiten zu vermeiden. Gott sei Dank erwies sich der zuständige Richter als verständnisvoll und änderte den Nachnamen, ohne viel Aufhebens darum zu machen. Sein Onkel sagte zu Sadık, dass sich die Lage erst einmal beruhigen solle, er könne ja seinen alten Namen später wieder annehmen, und Sadık hat nicht widersprochen. Er ist vernünftig und gescheit, mein Sohn.«

»Weißt du, was ich mir gerade überlege? Ich könnte ihm die Adresse meines Vaters geben und seine Telefonnummer, dann soll er ihn anrufen. Sie könnten sich dann hin und wieder treffen. Mein Vater wäre ihm ein guter Freund, und wenn er irgendetwas bräuchte ... Von Urla nach İzmir ist es nur eine halbe Stunde. Was meinst du?«

»Vielleicht ist es deinem Vater nicht recht ... sich mit dem Kind einer Strafgefangenen ... ich meine, was weiß ich ...«

»Ach, Unsinn! Du tust ja so, als würdest du meinen Vater nicht besser kennen. Und soll ich dir mal was sagen, mein Vater hat dich auch nie vergessen. Wenn wir uns über die alten Zeiten unterhalten, sprechen wir auch immer von dir.«

Zelhas Augen glänzen. Sie deutet auf den Notizblock auf dem Tisch. «Schreib mir seine Adresse und Telefonnummer doch einfach hier auf.«

»Ja, sofort. Er wird sich riesig freuen. Er vermisst seinen Enkel so sehr, dass ihm das sicher auch guttäte.«

»Ehrlich, meinst du wirklich, Nevo?«, fragt sie mit bebender Stimme und feuchten Augen. Aber sie weiß sich zu beherrschen, ich bin hier die einzige Heulsuse. Ich habe unglaublich nah am Wasser gebaut. Mir kommen ständig die Tränen. Sicher ist die ganze Wimperntusche schon verschmiert.

»Sehe ich jetzt aus wie der schwarzäugige Karagöz im Schattenspiel?«, frage ich deshalb Zelha.

»Ich war doch immer Karagöz, hast du das vergessen?« Und schon lachen wir wieder.

Dilaver Bey kommt zurück und bringt uns zwei Gläser mit Tee. Zelha schnellt empor und eilt zu ihrem Platz zurück.

»Nanu, was ist denn hier los?«, fragt er leicht besorgt.

»Mir ist irgendwas ins Auge gekommen. Sicher eine Wimper. Zeliha Hanım war so freundlich und hat versucht, sie herauszuholen.«

»Kein Wunder, Ihre Augen sind ja rot, als hätten Sie geweint.«

»Das geht gleich vorbei.«

»Ich habe jeder von Ihnen zwei Stück Zucker in den Tee getan, meine Damen.«

»Es sei Ihnen herzlichst gedankt«, flöten wir im Chor.

»Wie läufts?«

»Gut.«

»Sie haben doch kein Problem, oder?«

»Nein, nein, alles klar.«

Er trödelt noch eine Weile unentschlossen im Zimmer herum. Als er aber merkt, dass wir uns in seiner Gegenwart nicht weiter unterhalten, sagt er: »Ich schau später wieder rein«, und geht nach draußen.

»Wie heißen deine Zwillinge?«

»Daryal und Helin.«

»Schöne Namen hast du deinen Kindern gegeben. Ist deine Tochter auch so hübsch wie du?«

»Ich bin doch nicht hübsch!«

»Du bist die schönste Dunkelhaarige auf der ganzen Welt.«

»Als Kind warst du auch schon so begeistert von dunklen Haaren und warst immer zu Tode betrübt, weil du keine schwarzen Augen hattest. War dein Mann wenigstens dunkelhaarig?«

»Nein, Murat ist hellblond. Cengiz übrigens auch.«

»Hast du ein Bild von Cengiz dabei?«

»Aber klar!«

Ich hole die Geldbörse aus meiner Handtasche, ziehe das Bild meines Jungen heraus und halte es meiner Freundin hin.

»Schau, auf diesem Bild ist er drei ... Und hier, das war, als er in die Schule kam ... in seiner Schuluniform.«

Mit seinem viel zu weiten, dunkelblauen Sakko und seiner Fliege schaut Cengiz überaus ernsthaft aus und wirkt dabei ziemlich altklug.

»Das ist das jüngste Foto, das hat mein Vater im Sommer in Urla von ihm gemacht.«

Zelha studiert ein weiteres Bild lange und eingehend, das meinen Jungen zeigt, wie er mit einer Angel in der Hand in einem Boot sitzt.

»Er ist noch heller als du. Schau doch mal, er sieht auch deiner Mutter ähnlich, sogar von deinem Vater hat er was.«

»Na, vielen Dank! Kannst du ihn nicht einfach mir ähnlich sehen lassen?«

»Auf diesem Passfoto sieht er ja auch aus wie du. Wie du, als du in seinem Alter warst.« Dann seufzt Zelo und jammert: »Ah, diese Kinder! Ich sehne mich so nach meinen Kindern. Sie fehlen mir hier drinnen am meisten.«

»Siehst du sie denn gar nicht?«

»Sie besuchen mich schon. Aber meinst du etwa, dass das reicht?«

»Natürlich nicht, das ist mir klar. Ich vermisse meinen Cengiz auch sehr.«

Laut schlürfen wir unseren Tee. Als Mütter, die beide von ihren Kindern getrennt sind, teilen wir ein und dasselbe Gefühl, das wie eine uns durchdringende, nur für uns wahrnehmbare melancholische Melodie zwischen den nackten Wänden des

Raumes widerhallt, über die Saiten unserer Herzen streicht und bloß für uns hörbar ist.

»Ach, Zelo, hättest du doch nur ein paar Fotos von deinen Kindern dabei! Ich würde sie so gerne sehen. Ob ich einfach mal anrufe und sage, dass ich eine alte Freundin ihrer Mutter bin? Wenigstens bei deiner Tochter ... Wo leben deine Kinder gleich noch mal ... in Istanbul?«

»Ach, Nevo!«, stöhnt Zelha. »Ich sagte doch, dass Sadık in İzmir lebt. Das Mädchen ist in Ankara in einem Internat. Und Daryal ... den kannst du nicht treffen.«

»Wieso?«

»Er ist weit weg.«

»Ist er im Ausland?«

»Einfach weit weg, Nevo. Er hat sich voll und ganz unserer Sache verschrieben. Mit dem würdest du dich nicht verstehen.«

»Ich kann Kontakt mit deiner Tochter aufnehmen. Ich rufe sie an und spreche mit ihr. Ich würde mich so gerne um sie kümmern. Ist sie auch ... ich meine?«

»Das Mädchen hat damit nichts am Hut. Sie interessiert sich für Klamotten, geht aus und will Spaß haben. Wie eben alle Mädchen in ihrem Alter. Ich glaube nicht, dass sie an irgendetwas anderes einen Gedanken verschwendet. Von morgens bis abends hat sie Kopfhörer im Ohr, zappelt mit den Händen in der Luft herum und hört diese Şıkıdım-Şıkıdım-Musik, oder sie blättert in geistlosen Modejournalen. Sie hält Leute wie uns, die für diese Sache ihr Leben riskieren, für komplette Spinner. Sie versteht nicht, wie wir uns mit solchem Zeug herumschlagen können, wenn man doch sein Leben auf dieser Welt auch angenehm und unbeschwert verbringen und es in vollen Zügen genießen kann. Es ist mir unbegreiflich, wie ausgerechnet wir zu solch einem Kind gekommen sind.«

»Die Jugend von heute ist halt so, Zelo.«

»Ihre Geschwister sind auch jung, aber so durchgeknallt wie sie sind sie nicht. Vor allem Daryal, der ist ein Vollblutaktivist. Ein entschlossener Kämpfer, der hat Biss. Ich habe große Angst, dass ihm einmal etwas zustößt.«

»Jetzt bist du vielleicht sauer auf mich, aber die Normalste von den dreien ist vielleicht … wie war gleich ihr Name?«

»Helin.«

»Helin ist es doch, die normal ist. Wenn man in diesem Alter seine Verrücktheiten nicht auslebt, wann dann? Wäre es etwa besser, wenn sie mit achtzehn hasserfüllt zur Waffe greifen würde?«

»Vielleicht hast du damit gar nicht so unrecht. Ich denke schon auch, dass ich überhaupt keine Jugend gehabt habe, nicht einmal eine Kindheit. Nachdem du fort warst, wurde ich über Nacht erwachsen. Ich kam zu den Frauen des Gutes. Da hieß es dann plötzlich: ›Geh aufs Feld und mähe das Korn, klettere auf den Baum und pflücke das Obst, ab mit dir in die Küche zum Kartoffelschälen, lern die Hausarbeit, schließlich wirst du ja eines Tages heiraten, setz dich abends hin und häkle, mach deine Aussteuer fertig.‹ Manchmal frage ich mich, ob sie es nicht doch richtig macht. Eines Tages wird sie heiraten und sich um eine Horde Kinder kümmern, da hat sie dann keine Zeit mehr, Modehefte zu studieren und Musik zu hören.«

»Lass dein Mädchen ihre Jugend genießen.«

»Ich lass sie ja, aber Daryal macht seiner Schwester die Hölle heiß. Sobald die Schule vorbei ist, schickt er sie zur Mutter meines Mannes ins Dorf. Das Handy nimmt er ihr auch ab. Der Junge ist knallhart; ein Stammesführer, wie er im Buche steht.«

»Warum lässt er sie nicht in Ruhe? Was will der denn schon mitreden, dieser Grünschnabel?«

»Er ist schließlich ihr älterer Bruder.«

»Was heißt älter? Sie sind doch Zwillinge.«

»Egal! Er gilt trotzdem als ihr großer Bruder. Du weißt doch, da wo wir herkommen, gilt das Wort der männlichen Geschwister.«

»Und dein Mann? Was sagt der zu alldem?«

»Der ist völlig durch den Wind. Der Ärmste weiß nicht, welches unserer Probleme er zuerst anpacken soll. Er hat so viel um die Ohren und ist dermaßen überlastet, dass er nicht auch noch Zeit hat, sich um die Kinder zu kümmern.«

»Und Sadık, was ist das für einer? Hat er Ähnlichkeit mit seinem Großvater, von dem er den Namen hat?«

»Ja, durchaus. Er ist auch ein Philosoph – wie er. Ein Pazifist. Sadık möchte so schnell wie möglich mit der Uni fertig werden und dann sofort arbeiten und Geld verdienen. Wie du siehst, sind meine Kinder vollkommen unterschiedlich ausgefallen. Und wie jede andere Mutter möchte doch auch ich zuerst einmal meine Tochter verheiraten, so Gott will, damit …«

»Damit du die Verantwortung los bist, stimmts, Zelo?«

»Na, hör mal! Warum sagst du denn so was?«

»Warum wollen wohl Mütter ihre Töchter so schnell wie möglich unter die Haube bringen? Damit man dann, wenn etwas passiert, die Eltern nicht mehr zur Rechenschaft ziehen kann und damit die Mütter keine Gewissensbisse haben und sich nicht fragen müssen, wann sie wohl einen Fehler gemacht haben könnten.«

»Das stimmt doch überhaupt nicht!«

»Natürlich stimmt das! Weißt du, wann ich mir darüber klar geworden bin?«

»Nein, sag!«

Schon will ich erzählen, dass meine Mutter mich nur deshalb nicht schnell und früh verheiraten wollte, weil sie für mich nicht verantwortlich war, da fällt mir wieder ein, dass ich Zelha ja gar nichts von der Scheidung meiner Eltern erzählt hatte. Ich beiße mir also auf die Zunge und halte den Mund.

Ob ich es ihr doch sagen soll, wenn wir nun schon mal dabei sind? Zelha hat meine Familie zu einem Mythos verklärt. Ein grundanständiger Vater, eine schöne Mutter und zwei süße Kinder … eine mustergültige Familie! Diese heile Familie, nach der ich mich ein Leben lang sehnte, existiert nur in Zelhas Kopf. Gerade zum Trotz, weil ich mich immer so nach meiner Mutter und meinem Bruder verzehrt habe, soll dieser Traum von der idealen Familie wenigstens in Zelha weiterleben – ein bisschen ihretwegen, vor allem aber meinetwegen. Ich sage ihr also nichts. Und als ich keinen Ton mehr von mir gebe, hakt Zelha auch nicht weiter nach. So wie mich unsere Unterhaltung in Gedanken fortgetragen hat zu meiner Familie, meiner Mutter, meinem Bruder, so ist sicher auch sie jetzt gedanklich bei ihren Kindern. Während sie sich nach ihren drei ungleichen Kindern sehnt, der flatterhaften Helin, dem rebellischen Daryal und dem Philosophen Sadık, bin ich bei Orhan.

Mit der Scheidung meiner Eltern verschwand auch mein Bruder aus meinem Leben. Mein kleiner Bruder, für den ich, als zehn Jahre ältere Schwester, fast Muttergefühle entwickelt hatte, war gerade eingeschult worden, als wir auseinandergerissen wurden. Ich sah ihn nur noch, wenn er in den Sommerferien jeweils für vierzehn Tage zu meinem Vater geschickt wurde. Er war ein verschlossenes Kind, sprach nie viel. Es war sicher sehr unangenehm für ihn, sich in einem Haus aufhalten zu müssen, in dem nicht von seiner Mutter gesprochen wurde. Meinem Vater gegenüber verhielt er sich sehr zurückhaltend. Dabei war es nicht mein Vater, der das Verbot aufgestellt hatte, Mutter zu erwähnen, sondern ich. In den Jahren, in denen ich in Istanbul studierte und mich mit meiner Mutter traf, ging er auf ein Internat. Und später war er dann im Ausland. Wir kamen nur ausgesprochen selten zusammen. Es gab sogar Momente, in denen ich ganz vergaß, dass ich noch einen Bruder hatte. Ich fühlte mich wie ein Einzelkind, einsam und allein. Wir trafen uns erst Jahre später wieder, als meine Mutter starb und er anlässlich der Beerdigung aus Amerika anreiste.

Die schnell voranschreitende Krankheit meiner Mutter und ihr Tod haben meinen Bruder tief erschüttert. Gleich auf die Diagnose hin hatte meine Mutter ihn informiert. Orhan schrieb ihr, dass er vorher noch einiges zu erledigen habe und an den Osterfeiertagen käme. Meine Mutter starb an einer sehr schmerzhaften Krankheit, die einen rasanten Verlauf nahm. Innerhalb von zwei Monaten schmolz sie dahin wie eine verbrennende Kerze, wurde immer weniger und weniger, schrumpfte regelrecht zusammen. Ihre Kraft, von der ich immer gedacht hatte, sie sei unerschöpflich, ihre Lebensfreude und der Glanz in ihren Augen schwanden allmählich dahin, bis sie ganz erloschen. Ja, es war, als sei sie nicht gestorben, sondern erloschen. Der geliebte Sohn kam nicht mehr rechtzeitig zu seiner Mutter. Sie trat ihre letzte Reise in den Armen ihrer treulosen Tochter an, von der sie ein Leben lang gemieden worden war.

Ich rief meinen Bruder an und fragte ihn: »Könntest du in ein paar Tagen hier sein? Wir können mit der Beerdigung nicht bis Ostern warten.«

»Wie hätte ich das ahnen sollen? Selbst mit dem aggressivsten Krebs lebt man doch mindestens noch ein halbes Jahr«, sagte er mit zitternder Stimme. Das war richtig. Keiner, die Ärzte eingeschlossen, hätte gedacht, dass ihr Tod so schnell eintreten würde.

»Ich hatte nicht die Absicht, dir Vorwürfe zu machen, Orhan, entschuldige bitte, auch ich bin fassungslos.«

Das war ich tatsächlich. Ich war am Boden zerstört. Nach

der Diagnose wollte ich die lebenslange Kälte, die ich meiner Mutter gegenüber an den Tag gelegt hatte, wiedergutmachen und mich in der ihr noch verbleibenden Zeit um sie kümmern und ihr mein Mitgefühl zeigen. Sie ließ es nicht zu. Weder erlaubte sie ihrem Sohn, sie in diesem schrecklichen Zustand noch zu Gesicht zu bekommen, noch gestattete sie mir, die Nummer vom liebevollen Kind abzuziehen, wenngleich die ziemlich verspätet gekommen wäre.

Bei der Begräbnisfeier standen mein Bruder und ich als die engsten Angehörigen der Toten nahe beim Eingang zur Moschee. Mein Vater stand weiter weg, irgendwo in der Menge. Bei uns hatte er nicht stehen wollen. Der neue Ehemann meiner Mutter war drei Jahre zuvor gestorben. Orhan und ich schüttelten nacheinander allen Trauergästen die Hand und nahmen ihre Beileidsbekundungen entgegen. Wir beide kannten so gut wie niemanden von ihnen. Da war eine Reihe von Leuten, alte, solche mittleren Alters und junge, Bekannte meiner Mutter jedes Alters und jedes Geschlechts, Freunde ihres Spielvereins und sogar ihre Nachbarn, die vielleicht alle zum ersten Mal hörten, dass sie eine Tochter hatte.

»Ach, was war sie für eine fröhliche, lebenslustige Frau! So eine angenehme Dame! Wie schön sie immer noch war! Und so gepflegt. Oh, was für ein herber Verlust, vor allem für euch Kinder. Aufrichtiges Beileid. Gott schenke euch Kraft und erspare euch weiteres Leid!«

Nachdem Mutter der Erde übergeben worden war, fuhr Vater mit dem Bus wieder nach Urla zurück. Orhan und ich gingen ins Haus meiner Mutter. Auf der Kommode im Wohnzimmer stand ein Kinderbild von uns, das uns Wange an Wange zeigte.

»Darf ich das haben?«, fragte mein Bruder.

»Orhan, nimm dir einfach, was du aus diesem Haus haben willst, du brauchst mich nicht zu fragen.«

»Nur ein paar Fotos. Was könnte ich sonst schon im Flieger nach Amerika mitnehmen?«

»Wenn hier Möbel sind, die du gerne hättest, dann finden wir schon einen Weg. Schließlich gibt es ja Speditionen.«

»Ich danke dir, Schwester, aber ich werde nur die Bilder mitnehmen. Und dieses Ölgemälde von Mutter … Sie war doch wunderschön, nicht wahr? Ich möchte sie genau so in Erinnerung behalten, wie sie auf diesem Gemälde aussieht. Als sie dieses Bild von sich malen ließ, wuselte ich ihr zwischen den Beinen herum und ging ihr auf die Nerven. Sie saß dort am Klavier und posierte für den Maler. Das grüne Kleid, das sie da trägt, war in Wirklichkeit noch dunkler.«

Es kam mir vor, als würde mein Bruder eine fremde Sprache sprechen. Er erzählte von einer Welt, die mir völlig unbekannt war. Meine Mutter ließ sich von einem Maler porträtieren. Das wusste ich nicht. Sie soll ein dunkelgrünes Kleid besessen haben. Ich wusste es nicht. Ihr Mann hatte ihr also ein Klavier geschenkt.

»Orhan, spielte Mutter denn Klavier?«

»Ach, woher! Nachdem das Klavier angeschafft worden war, war sie eine kurze Zeit mit Feuereifer bei der Sache. Für ungefähr sechs Monate kam ein Klavierlehrer ins Haus. Ich glaube, er hieß Kavafyan oder so. Sie brachte es nur bis zu *Gestern noch, als wir in Mutters Armen schliefen*, und das wars dann auch!«

Wie eine Fremde ging ich zwischen den Gegenständen umher, die nun alle mir bleiben würden. Dinge, mit denen ich keine Erinnerung verband und die mir überhaupt nichts sagten.

»Ich müsste dich eigentlich beneiden, Orhan. Dieses Haus, das ist deine Welt. Mir ist hier alles fremd.«

»Und damals habe ich dich beneidet. Du hattest auch deine eigene Welt bei Papa. Für mich gab es da nur ein Bett mit der darübergeworfenen Steppdecke, mehr nicht.«

Ich wurde rot, als ich wieder daran dachte, dass ich Orhan immer, wenn er sich ins Bett legen wollte, lauthals angeschrien hatte: »Du kannst dich doch nicht mit den Schuhen ins Bett legen. Los, raus aus dem Bett, aber schnell!«

Für ein paar Tage empfingen wir im Haus meiner Mutter Kondolenzbesucher. Morgens ging ich zur Arbeit, dann löste ich nachmittags meinen Bruder dabei ab, sich um die Gäste zu kümmern. Sobald ich da war, machte er draußen einen Spaziergang, weil ihn das alles ziemlich mitnahm. Zu Abend aßen wir dann in der Pizzeria, die gleich bei der Wohnung meiner Mutter um die Ecke lag, anschließend ging ich zu mir nach Hause. Am Ende des vierten Tages schlug Orhan vor: »Ich möchte die eine Woche, die mir hier noch bleibt, nicht damit verbringen, Leuten, die ich noch nie in meinem ganzen Leben gesehen habe, die Tür aufzumachen und immer wieder das gleiche dumme Zeug zu reden. Lass uns doch ein paar Tage zusammen irgendwohin fahren, wie wärs? Kannst du Urlaub nehmen?«

Wir beiden Geschwister würden nun das erste Mal gemeinsam verreisen und Gelegenheit finden, einander näherzukommen.

»Ich werde mir diesen Urlaub einfach nehmen. Wenn es für Geburten Urlaub gibt, dann muss es auch Urlaub für Todesfälle geben, nicht wahr?«

Wir setzten uns in meinen Wagen und fuhren nach Kappadokien. Unterwegs sprachen wir kein Wort. Während der ersten beiden Stunden, in denen ich neben diesem Fremden vom gleichen Fleisch und Blut saß und nicht wusste, was ich mit ihm sprechen sollte, bereute ich es schon, zu dieser Reise aufgebrochen zu sein. Wie würde ich bloß die nächsten vier langen Tage überstehen?

Je näher wir Kappadokien kamen, desto mehr verzauberte uns die unwirkliche Welt dort. Der Schnee rieselte leicht und verwandelte die ganze Gegend mit ihren von der Natur geformten Feenkaminen in eine Weltraumlandschaft. Ganz so, als befänden wir uns nicht hier auf diesem Planeten, sondern auf einem anderen Stern. Es war, als bräuchten wir in unserer neuen Umgebung weder Stimme noch Worte, als wäre der liebe Gott vom Himmel herabgestiegen, hätte es sich auf der Rückbank des Wagens bequem gemacht und ein System erfunden, das eine wortlose Verständigung zwischen meinem Bruder und mir erlaubte. Wir sprachen, indem wir schwiegen. Wir verstanden uns. Wir hatten beschlossen, die jahrelange Lieblosigkeit zwischen uns zu beenden, waren uns einig darin, dass es töricht wäre, unsere Eltern anzuklagen. So ist das Leben eben ... Aus diesem Grund machten wir unseren Frieden miteinander und auch mit unseren Eltern. Und schließlich sahen wir auch ein, dass es Unsinn wäre, sich einsam oder gar verlassen zu fühlen, wenn es doch noch uns zwei Geschwister gab. Auch wenn wir fern voneinander waren, sogar in zwei verschiedenen Ländern lebten, hatten wir einander. Wir waren immerhin Geschwister.

Wir nahmen ein Hotel in Avanos am Ufer des Kızılırmak. Während zahllose Sehenswürdigkeiten darauf warteten, erwandert und besichtigt zu werden, machten wir – was? Kletterten auf einen Barhocker in der Hotelbar, tranken Wein und begannen zu reden. Es war, als wollten wir das jahrelange Schweigen vergessen machen, und jeder von uns gab dem anderen bis ins kleinste Detail einen Bericht seines Lebens. Wir sprachen über alles, einfach über alles aus unserem Leben – über unsere Wünsche, unsere Enttäuschungen, die erste und die neueste Liebe, unsere Arbeit, die Kinder. Nur über die Zeit bis zur Scheidung unserer Eltern und darüber, was diese Scheidung bei uns alles zerstört hatte, sprachen wir nicht. Das hatten wir während der Fahrt im Auto gelöst. Schweigend.

Und als ich wieder in Istanbul war, hatte ich einen Bruder. Meinen Orhan.

Ich werfe einen Blick auf meine Armbanduhr, es ist schon Mittag, und ich habe von Zeliha Bora noch keinen einzigen verwertbaren Satz für meine Kolumne bekommen.

»Was denn? Drängt die Zeit?«, fragt Zelha.

»Nein, nein.«

»Gut. Du willst sicher noch etwas für deine Reportage von mir wissen. Dafür sollte auch noch Zeit sein, nicht wahr?«

»Da ist noch etwas, was ich dich fragen wollte, aber ... Seit du das erwähnt hast, geht es mir im Kopf herum ...«

»Frag schon!«

»Dein Großvater hat Mutter Kader zu uns geschickt, so sagtest du doch?«

»Weil deine Mutter eine Fehlgeburt erlitten hatte ... und das Kind gestorben war.«

»Schön und gut, aber warum wurde jemand vom Stamm geschickt? Eure Frauen arbeiten doch normalerweise nicht außer Haus.«

»Mein Großvater wollte es eben so, er fühlte sich dem Landrat verpflichtet, wegen Cengiz.«

»Was war denn mit Cengiz?«

»Er war verschwunden.«

»Wie, verschwunden?«

»Ach, vergiss es, das ist eine lange Geschichte.«

»Zelha, damals hat man doch noch keine Delinquenten verschwinden lassen. Warum ist er dann verschwunden?«

»Niemand wusste davon, aber man hatte damals schon längst damit begonnen, eine Organisation aufzubauen, Nevo.«

»Ach!«

»Es gab ein Veröffentlichungsverbot. Auch wenn mir mein

Großvater viel von dem erzählte, was vor sich ging, der Mann auf der Straße bekam doch recht wenig mit.«

»Wann hat er dir diese Dinge erzählt?«

»Ich habe dir doch gesagt, dass ich nach meiner Trennung von Alişan und der Rückkehr auf den Hof bei meinem Großvater wohnte, damals waren die Nächte schier endlos. Ich konnte nie einschlafen. Wie ein Gespenst geisterte ich durchs Haus. Mein Großvater fand wegen seiner Hustenanfälle auch keinen Schlaf. Sobald er meine Schritte hörte, stand er auf und kam zu mir herüber. Dann schürte er den Ofen in der Diele, setzte den Teekocher auf und legte Glut in den Kohleofen. So saßen wir auf der Bank und diskutierten bis zum Morgen, ich mit einem Tee, er mit Zigaretten. In einer dieser Nächte hörte ich diese Geschichte. Mein Großvater erzählte ohnehin jede Nacht eine neue Geschichte. Angefangen mit der Schlacht von Çaldıran über das Blutbad von Dersim und die Vertreibung der Kurden nach Konya bis zum Verschwinden von Cengiz ließ er mich die historischen Ereignisse und alle Abenteuer, die den Kurdenfamilien widerfahren waren, möglichst genau auswendig lernen.«

Wir lächeln beide.

»Na, dann erzähl mir doch auch, was ihnen alles widerfahren ist!«, fordere ich sie auf.

»Hast du dafür genug Ausdauer?«

»Genügend Ausdauer und genügend Neugier.«

»Die Erinnerungen meines Großvaters gehen aber sehr ins Detail, das solltest du wissen.«

»Als ob mir das nicht klar wäre!«

An den Wochenenden meiner Kindheit, die ich auf dem Hof verbrachte, hatte der Großvater seinen Enkeln und mir unzählige Male aus seinen Erinnerungen erzählt, die er mit Märchen, Heldensagen, volkstümlichen Gedichten und Liedern ausschmückte. Wir Mädchen hielten den Atem an und lauschten gespannt den Liebesgeschichten, die gleichaltrigen Jungs hörten lieber die brutalen und grausamen Kriegsabenteuer. Welche Gründe uns über die Jahrhunderte zusammengeschweißt hatten, uns aber auch gegeneinander aufhetzten, das klang in diesen Geschichten zwar unterschwellig mit, entging uns aber. Leider waren wir nicht alt genug, um das, was er erzählte, richtig einschätzen zu können. Während Zelha mir nun die Geschichten ihres Großvaters erzählt, die seit Jahrhunderten lebendig sind und in den Köpfen umhergeistern, höre ich ihr innerlich bebend mit gespannter Aufmerksamkeit zu in der Hoffnung, irgendwelche Anknüpfungspunkte zu finden, die uns wieder zusammenschweißen würden.

Der Großvater

Ich habe Großvater wieder vor Augen, mit seiner grauen Strickjacke über dem langen weißen Gewand, seinem schlohweißen Bart und der vom Rauchen heiser gewordenen Stimme, wie er erst sein Bein unterschlägt, sich auf der Bank zurechtsetzt, eine Zigarette aus seinem in Erzurum hergestellten silbernen Zigarettenetui zieht, sie in das Mundstück aus Meerschaum steckt, die Zigarette eine Weile an die Glut im Kohlebecken hält, daran pafft, bis sie glimmt, und einen kräftigen Zug macht. Dann richtet er seine fahl und stumpf gewordenen, wimpernlosen Augen unverwandt aufs Fenster und starrt auf den Horizont, als wäre dort ein Film zu sehen. Auf einer über den Horizont gespannten Leinwand läuft sein ganzes Leben, wirklich sein gesamtes Leben noch einmal vor ihm ab: seine Kindheit, seine Jugend, seine besten Jahre, seine Liebschaften, sein Kummer, seine Streitigkeiten, sogar die Zeit vor seiner Geburt und die nach seinem Tod – und damit auch alles, was er bis zu jenem Tag gefühlt, erfahren und erlebt hat, ja sogar das, was nach dem Tod mit ihm geschehen würde.

»Seit Beginn der Herrschaft der Osmanen war unser Stamm ihrem Staat treu ergeben, das sollst du wissen, meine kleine Zelha, und unsere Verbundenheit mit den Türken geht schon bis zur Schlacht bei Mantzikert, dem heutigen Malazgirt, im Jahre 1071 zurück. Mein Großvater erzählte mir immer davon, wie wir einst Schulter an Schulter gegen die Byzantiner kämpften. Für einige Zeit hatten wir unter den Seldschuken sogar eine eigene Provinz am Van-See, aber wir Kurden schafften es nicht, uns zusammenzuraufen und einen eigenen Staat zu gründen. Alle, die da kamen und gingen, unterdrückten uns. Nimm zum Beispiel nur mal die Mongolen oder die Safawiden, die Akkoyunlu oder die Osmanen; sie alle haben uns das Leben zur Hölle gemacht. Jetzt wirst du fragen, warum sich unsere Stämme nicht verbündet und die Peiniger niedergemacht haben: Weil wir ständig in persönliche Kleinkriege verstrickt waren. Vor lauter Rangeleien und Gezänk konnten wir uns untereinander nicht einig werden. Wie auch? Manche von uns sind Sunniten, andere Schiiten und wieder andere Aleviten. Kein Kurdenfürst ließ es ungestraft zu, dass ein anderer die Führung übernahm oder ruhmreicher sein sollte als er. Mal verschlug es uns hierhin, mal dorthin, mal waren wir aufseiten der Perser, mal aufseiten der Osmanen. Nachdem dann Sultan Selim im Jahr 1514 bei Çaldıran Schah Ismail besiegt hatte, kamen fünfundzwanzig Kurdenfürsten darin überein, ihr Wohl und Weh mit dem der Osmanen zu verknüpfen. Anscheinend dachten sie, wenn sie schon irgendjemandem als Vasallen dienen sollten, dann wenigsten demjenigen, der an denselben Propheten glaubt und der gleichen Glaubensrichtung angehört. Da schrieben sie dem Herrscher Sultan Selim I. einen Brief mit folgendem Wortlaut:

> Von ganzem Herzen und ganzer Seele huldigten wir der Herrschaft des Islam, durch den ruhmreichen Herrscher des Islam wurde uns Ehre zuteil, und wir begannen, im Freitagsgebet den Propheten und die vier rechtgeleiteten Kalifen zu preisen. Wir zeigten Eifer im Heiligen Krieg und folgten den Wegen des erhabenen Herrschers des Islam. Wir entsandten Mevlana İdris-i Bitlisî an Euren Thron, er möge unser aller Anliegen vortragen. Steht diesen Euren ergebenen und gehorsamen Dienern bei. Unsere Ansied-

lungen liegen unweit des Gebietes der Kızılbaş. Wir leben in ihrer unmittelbaren Nachbarschaft oder sind sogar mit ihnen verwandtschaftlich verbunden. Seit vielen Jahren nun zünden diese Ketzer unsere Häuser an und bekriegen uns. Möget Ihr uns Eure Gnade zuteil werden lassen und uns von den Ungerechtigkeiten dieser Unterdrücker befreien. Ohne Eure Gunst können wir uns ihrer allein nicht erwehren, denn die Kurden leben vereinzelt in Sippen und Stämmen. Nur im Glauben an Allah und als Gemeinde des Propheten Muhammad sind wir geeint, in anderen Dingen gelingt es uns nicht, uns zu verbünden.

Mein Mädchen, man sollte sich eingehend damit auseinandersetzen, ob dieser Brief Gutes oder Schlechtes zu bedeuten hat. Die sunnitischen Kurden stellten sich auf die Seite der Osmanen, weil sie sich tief mit ihnen verbunden fühlten, doch dieser Brief war auch der Grund für die völlige Spaltung der Kurden. Denn um die sich auf diese Weise beklagenden sunnitischen Kurden vor dem Ansturm der Schiiten und Aleviten zu schützen, nutzte Sultan Selim I. den Brief als willkommenen Anlass, auf die Kızılbaş loszugehen, die auf ostanatolischem Boden siedelten. Erbarmungslos massakrierte und metzelte er alle nieder. Damit schreckte er zugleich die schiitischen Perser ab. Durch dieses Massaker nun waren die Kurden restlos gegeneinander aufgebracht. Dass Menschen, die vom gleichen Boden stammen, zu solchen Feinden werden! Aber wie sagt man so schön: Wer sein Unglück selbst verschuldet hat, braucht sich nicht zu beklagen. Und merke dir eines gut, Zelha: Für das meiste Unglück der Menschen ist die Religion verantwortlich. Je älter ich wurde, desto mehr dachte ich darüber nach, ob die Menschen wohl nicht besser miteinander auskämen und sich weniger streiten und gegeneinander kämpfen würden, wenn es diese Unterschiede in der Religion und in den Glaubensrichtungen nicht gäbe. Mittlerweile bin ich davon überzeugt. Ach, eines wollte ich dir noch sagen, bevor ich es vergesse: Als wären die Unterschiede in den verschiedenen Glaubensrichtungen noch nicht genug, wird unser Volk auch noch durch Grenzen getrennt. War es nicht, als Murat IV. Bagdad einnahm und das Abkommen von Kasr-ı Şirin schloss, dass das Kurdengebiet in zwei Teile gerissen wurde, wovon der eine beim Osmanischen Reich blieb und der andere Iran zugeschlagen wurde? Allerliebste Zelha, eben wegen dieses Kriegs wurden wir nun auch noch durch offizielle Grenzen getrennt.«

Während ich Zelha so zuhöre, klingen mir die endlosen Refrains der Heldenlieder in den Ohren, die wir vom Großvater lernten und im Chor sangen. Ganz leise summe ich »Sıcak, sıcak, sıcak …« Das ist aus dem Heldenepos über den Kurdenfürsten Sürmeli Mehmet Paşa, der erst auf Kozanoğlu losgeht und, nachdem er ihn bezwungen hat, mit dem Drachen kämpft. Zelha stimmt mit ein, und während wir Refrains von Liedern singen, die von der Schönheit des Van-Sees und seiner Umgebung erzählen, strecken wir unsere Arme in die Höhe, drehen die Hände mal nach links, mal nach rechts und wiegen uns im Sitzen langsam hin und her. Beim Singen der Balladen und Volkslieder fallen mir nach all den Jahren die kurdischen Wörter wieder ein, die ich früher kannte. Erstaunlich, mehr als dreißig Jahre sind vergangen, und ich habe diese Lieder noch immer nicht vergessen. Plötzlich hört Zelha auf zu singen und fährt fort zu berichten, was sie einst aus dem Munde ihres Großvaters erfuhr. Ich jedoch bin in Gedanken immer noch bei meiner Kindheit in Sarıcadam, habe immer noch die Trommel- und Oboenmusik der Hochzeitsfeste im Ohr, hüpfe zwischen den im Halbrund zur Musik tanzenden Bauern hin und her und springe mit den Kindern des Hofes über das Hıdrellez-Feuer zum Frühlingsfest. Ich denke daran, wie wir kleine Erdlöcher unter den Rosenstöcken aushoben und dort nach Sonnenuntergang Zettelchen mit Fürbitten an den unsterblichen heiligen Hızır Aleyhisselam unter den Wurzeln vergruben. Die jungen Mädchen schrieben die Namen ihres Liebsten darauf und ließen sie von uns Kindern einbuddeln, um von den Erwachsenen nicht selbst dabei erwischt zu werden. Als ich gerade mit einem Löffel in der Hand bis zum Handgelenk im Dreck steckte, um einen mir anvertrauten Zettel zu vergraben, packten mich Mutter Cevahirs kraftvolle Hände am Kragen und zogen mich hoch. Zelha hatte bereits gesehen, dass ihre Mutter im Anmarsch war, und sich längst aus dem Staub gemacht.

»Was hast du Dreikäsehoch da unterm Rosenstock vergraben?«

»Gar nichts.«

Mutter Cevahir durchwühlte die Erde mit ihren Händen und zog das Stückchen Papier heraus, das ich gerade in die Erde gelegt hatte.

»Und was ist das?«

»Ich habe meinen Wunschzettel vergraben, Mutter Cevahir.«

»Welchen Wunsch kannst du denn in deinem Alter schon haben?«

»Ich hab eben einen.«

Sie streckte mir den Zettel hin und befahl: »Lies!«

Ich konnte ihr doch schlecht den Namen von Hediyes Schwarm verraten. Mit dem Zettel in der Hand glotzte ich ins Gesicht dieser riesigen Frau, die da vor mir stand und auf eine Antwort wartete.

»Wenn du es mir nicht vorliest, dann lasse ich es jemand anderen lesen.« Und schon griff ihre Hand nach dem Papier, um es mir wieder abzunehmen.

»Fahrrad, ein Fahrrad.«

»Wie bitte?«

»Diese Dinger mit den Reifen, du weißt schon, Mutter Cevahir, das, worauf die Jungs im Ort herumfahren. Na, und so eines will ich auch.«

»Mädchen fahren mit so etwas nicht!«

»Doch! Papa kauft es mir zwar nicht, aber ich will trotzdem eines. Und da habe ich es eben aufgeschrieben. Es heißt doch immer, wenn man in dieser Nacht seinen Wunsch aufschreibt und unter einem Rosenstock vergräbt, dann geht er bestimmt in Erfüllung.«

»Vergeude deine Gebete nicht! Jetzt aber marsch, marsch ins Bett!«

Ich knüllte das Papier fest zusammen und ließ es in meiner Tasche verschwinden. Dieser Kanaille Zelo würde ich's aber zeigen, schließlich warnt man seine Freundin doch, bevor man abhaut. Ich rannte nach Hause. Vor lauter Aufregung knallrot im Gesicht, erwartete mich Hediye bereits an der Tür.

»Hast du Mutter Cevahir den Zettel vorgelesen?«

»Nein, hab ich nicht.« Ich zog das dreckbeschmierte Blatt aus meiner Tasche und gab es Hediye. Sie fiel mir um den Hals und küsste mir die Wangen.

Ich wollte ihr versichern: »In der Nacht, ganz spät, probiere ich es noch mal, xwa – Schwester!«, doch Hediye wehrte ab und meinte nur: »Nein, das geht jetzt nicht mehr. Geh ins Bett!«

Würde Hediyes Wunsch nun meinetwegen nicht mehr in Erfüllung gehen?, überlegte ich. Die Tränen schossen mir in die Augen. »Ich vergrabe ihn, wenn alles schläft.«

Hediye streichelte mir über den Kopf und meinte: »Sibe, sibe – morgen, morgen. Leg dich jetzt schlafen!«

Als ich mit meinen Gedanken wieder bei Zelha bin und ihr zuhöre, wie sie im Tonfall des Großvaters erzählt, sind wir gerade bei der Revolte von Bedir Khan, dem Emir von Botan, angelangt: »Dank Bedir Khan wurden die Kurden so richtig aufgerüttelt und kamen zu sich. Zum ersten Mal, meine Liebe, nahmen sie sich zusammen, verbündeten sich und erhoben ihre Stimme, ohne ihren persönlichen Kleinkrieg auszufechten. Und was machten sie? Sie richteten ein Massaker unter den nestorianischen Christen an. Jetzt fragst du sicher, warum sie das wohl gemacht haben, ich sage es dir, meine liebe kleine Zelha.«

Mir ist, als würde ich den Großvater förmlich vor mir sehen, wie er da mit untergeschlagenem Bein auf seiner Bank sitzt, sich zum Kohlebecken bückt, das Feuer wieder anfacht und wie im Schimmer der Flammen sein runzeliges altes Gesicht in bronzefarbenes Licht getaucht wird. Dann hält er kurz inne, hüstelt und fährt mit seinem Vortrag fort. Wenn er einmal richtig in Fahrt war, dann war er nicht mehr zu bremsen.

»Nach den Tanzimat-Erlassen unter Sultan Mahmud II. im 19. Jahrhundert war es durch den verderblichen Einfluss der Ungläubigen gelungen, Zwietracht zwischen Kurden und Osmanen zu säen. Achte gut auf meine Worte, Zelo, ich sage nicht zwischen Kurden und Türken. Denn, mein Röschen, in der Osmanenzeit wurde kein Unterschied gemacht zwischen Kurden und Türken. Beide Völker wurden gleichermaßen unterdrückt und entwürdigt. Im Grunde genommen waren die Osmanen für alle Bauern in Anatolien ein Albtraum, ausnahmslos für alle, ob Türke, Kurde oder die christlichen Minderheiten, die Armenier, Nestorianer, Chaldäer, Assyrer oder Griechen. Weißt du, was die immer sagten: ›Beim Säen nicht, beim Ernten nicht, aber beim Essen sind die Osmanen zur Stelle.‹ Als die Nichtmuslime im Osmanischen Reich nach den Tanzimat-Erlassen jedoch anfingen zu erstarken, wirtschaftlich erfolgreich waren und dem Osmanischen Reich Schwierigkeiten bereiteten, da wurden die Türken und Kurden, eben weil sie Muslime waren, am Hof wieder geschätzt.«

Der Großvater machte eine Pause, räusperte sich und erzählte weiter, während er immer wieder an seiner Zigarette zog: »Wo war ich stehen geblieben, mein Mädchen? Durch die Tanzimat-Erlasse erhielten die Ungläubigen etliche Rechte, sie konnten sich nun, mit Rückendeckung der Engländer und Amerikaner, ganz frei und ungeniert im Land herumtreiben: Das gefiel den Osmanen ganz und gar nicht, aber es waren ihnen die Hände gebunden. Denn inzwischen war es so weit gekommen, dass den Staatsdienern ihre Bezüge nicht mehr ausbezahlt werden konnten und bei großen europäischen Banken verzinste Kredite aufgenommen werden mussten. Und die Zinsen wurden wieder verzinst! Immer mehr Schulden und immer mehr Zinsen, Schulden und Zinsen und wieder Schulden und Zinsen, die Osmanen steckten bis zum Hals in Schulden. Klar, da war man nur noch Spielball der Ungläubigen. Man war ihnen ausgeliefert und hatte zu tun, was sie sagten, ohne Widerrede! Sie machten sich auf osmanischem Gebiet breit wie in ihres Vaters Garten. Ständig bauten amerikanische Missionare solche riesig großen steinernen Gebäude auf unsere Hügel. Was für Gebäude waren das? Schulen. Gab es in Anatolien etwa amerikanische Kinder, die auf diese Schulen hätten gehen können? Nein! Unsere Kinder steckten sie in diese Schulen, um sie zu ihren Gefolgsleuten zu machen und ihnen schon in jungen Jahren das Gehirn zu waschen. Und jetzt hör gut zu, Zelha, damit war es noch nicht genug. Diese Kerle, die nach Anatolien drängten und sich selbst Missionare schimpften, brachten die Nestorianer dazu, uns auf der Nase herumzutanzen. Diese Nestorianer nämlich, die auf den Tanzimat-Erlass hin sowieso ziemlich frech geworden waren, hätten sich um ein Haar für unabhängig erklärt. Die hatten sich wohl eingebildet, auf diesem Boden einen eigenen Staat gründen zu können! Gehörte dieses Land allein ihnen? Muslime und Nichtmuslime lebten miteinander, waren aneinander gewöhnt, und das wäre auch so weitergegangen. Aber als diese intriganten Ungläubigen daherkamen und als die englischen Missionare die Nestorianer gegen die Muslime aufhetzten, da stellten die Nestorianer ihre Steuerzahlungen an die Befehlshaber ein. Wie hingegen sollten nun die Befehlshaber ihrerseits die Steuern an die Osmanen abführen, wenn sie keine Steuern vom Volk eintreiben konnten, habe ich nicht recht? Steuereintreiber zu jener Zeit war der berühmte Stammesfürst Bedir Khan. Das heißt, er war es, der die Steuern einzog, sich seinen Anteil nahm und das Verbleibende an den Staat weiterreichte. Er sammelte kurdische Stämme um sich, die einen heimlichen Groll gegen die Nestorianer hegten und diesen das Maul stopften, und zwar auf die Art und Weise, wie es der gestrenge Sultan Selim I. getan hatte, als er in einer einzigen Nacht kurzerhand allen Schiiten den Kopf abschlagen ließ. Manche glauben, Bedir Khan habe sechstausend Nestorianer getötet, andere meinen, es seien zehntausend gewesen. Insgeheim freuten sich die Osmanen darüber, aber wie ich bereits erwähnte, hatten die Osmanen einen riesigen Schuldenberg, unter dem sie jämmerlich stöhnten. Sie hatten keine Widerstandskraft mehr, und so unterlagen sie sogar dem Ägypter Ibrahim Paşa, dieser Schlange, die sie am eigenen Busen genährt hatten. Die Franzosen und die Engländer erpressten den Osmanen, indem sie sagten: ›Entweder du kümmerst dich um diesen Bedir Khan, der den Nestorianern dieses Leid zugefügt hat, oder du wirst Probleme mit uns bekommen!‹ Da wurde dem Osmanen angst und bange, und so brachte er Bedir Khan schnell eine Niederlage bei; nicht etwa, weil er so angetan war von den Nestorianern, sondern weil ihm nichts anderes übrig blieb. Glaube ja nicht, was andere darüber berichten, es hat sich alles genau so zugetragen, wie ich es dir gerade erzählt habe. Die Osmanen brachten ihn zwar zur Räson, aber es ist unvergessen, wie Bedir Khan die Kurden dazu aufrief, sich zu verbünden. Dieser Bund war für die Kurden ein Funke, der im Laufe der Zeit auf immer mehr Kurden übersprang. Das war sehr gut, sehr gut, mein Schatz. Man sah daran nämlich, dass auch die Kurden zusammenhalten können, wenn es darauf ankommt ...«

Ich unterbreche Zelha. »Ach, der Großvater, du liebe Zeit! Das zu glauben, war wohl etwas blauäugig von ihm. Der Mensch ist des Menschen Wolf. Liegt es am anatolischen Boden oder an seinem Wasser, dass die Menschen hier so überaus aufsässig sind? Sie schaffen es einfach nicht, sich zu versöhnen. Gibt es irgendeinen Unterschied zwischen den Kurdenfürsten, denen es trotz Bedir Khan nicht gelungen ist, sich zusammenzuschließen, und den Türken, die sechzehn verschiedene Reiche gründeten?

Sechzehn verschiedene Dynastien! Welcher Volksstamm schafft es schon, sich auf der Welt so breitzumachen? Diese zahllosen türkischen Dynastien waren immer mein Albtraum bei Prüfungen auf der Mittelschule. All diese Dulkadiroğulları, Ramazanoğulları, Germiyanoğulları, hier die Söhne von dem und dem, da die Söhne von dem und dem, die Akkoyunlular und Karakoyunlular und so weiter und so fort. Mensch, wenn die sich nicht dauernd bekriegt und gespalten hätten, sondern sich einig gewesen wären, dann hätte ich nicht so darunter leiden müssen, sie alle einzeln auswendig zu lernen. Und ihr Kurden seid auch nicht besser. Eure Stämme fallen ja heute noch übereinander her.«

Zelha will mich unbedingt davon überzeugen, dass es auch die Schuld der Türken war, dass es die Kurden nicht zu einem eigenen Staat gebracht haben. Widerspruchslos lausche ich den Ausführungen meiner gutmütigen und arglosen Freundin, die unter dem Einfluss der Personen steht, die ihr am meisten bedeuten und die sie am meisten liebt. Auch das ist ein Unterschied zwischen Zelha und mir. Bin ich möglicherweise deshalb so nachsichtig, weil sich bei mir noch ein Überrest des Erbguts eines ehemals riesigen Reiches bemerkbar macht? Für uns kommt es gar nicht infrage, andere für unser Unglück verantwortlich zu machen. Es wäre mir zum Beispiel nie eingefallen, die Verantwortung dafür, dass sich die türkischen Dynastien gegenseitig vernichtet haben und jetzt allesamt ausgelöscht sind, auf andere zu schieben. Aber wie eine Mutter, die einen Fehler ihrer Kinder vertuschen möchte, war es stets an mir, für die Kurden zu jammern und mit ihnen Mitleid zu haben. Wie und warum auch immer ich zu dieser Auffassung gelangt war: Wenn ich die Geschichten des Großvaters hörte, packte mich das Gefühl, als wären wir ganz allein am Unglück der Kurden schuld. Und dann fühlte ich mich wieder schlecht. Als trügen die Mirs, die kurdischen Stammesführer, keinerlei Verantwortung am Ach und Weh des kurdischen Volkes.

Ich gestehe eine Teilschuld ein und kritisiere unumwunden, dass Sultan Süleyman der Prächtige, wer auch immer ihn dazu angeregt haben mag, das Dirlik-System auf Erbpachtbasis, bei dem die gesamte landwirtschaftliche Fläche gerecht unter den Bauern aufgeteilt war, in ein Kesim-System mit Steuerpacht umwandelte. Diese Änderung hatte zur Folge, dass der Bauer in den Ruin getrieben wurde, weil er, was den Lohn für seinen Schweiß betraf, gänzlich dem guten Willen seines Steuerpächters ausgeliefert war, der seinerseits die Steuerabgaben zu leisten hatte. Aber kann man es auch den Türken anlasten, dass sich die Landpächter, also die Steuereinnehmer – in der Mehrheit kurdische Ağas –, das Geld, das sie dem Staat zu entrichten hatten, gegen hohe Zinsen beim Wucherer beschafften und hinterher den armen Bauern ein Vielfaches davon abpressten?

Ich unterbreche Zelha nicht und sage ihr auch nicht, dass weder die osmanischen Gesetze noch die Tanzimat-Reformen oder das republikanische Recht mit seinen betrügerischen, bestechlichen Beamten, die den Staat fest im Griff hatten, in irgendeiner Weise etwas gegen die Anführer, Scheichs und Ordensvorsteher, die zu Feudalherren geworden waren, ausgerichtet hatten. Ganz gleich, ob Kurden oder Türken, diejenigen, die gewohnt waren, die arbeitende Bevölkerung auszubeuten, hatten die armen Bauern stets im Würgegriff. Und auch gegen die Bodenreform, die man in den ersten Jahren der Republik durchsetzen wollte, opponierten die türkischen wie die kurdischen Grundbesitzer. Ich kann doch meiner Freundin nicht bei unserem ersten Treffen nach über dreißig sehnsuchtsvollen Jahren erwidern, dass es weniger die Türken, sondern vielmehr die eigenen Anführer, Großgrundbesitzer und Stammesfürsten waren, die das kurdische Volk ausgesogen haben. Also schweige ich. Sie jedoch spricht mit ungebrochener Leidenschaft weiter. Innerlich koche ich, doch ich unterbreche sie nicht. Ich kann schließlich schlecht sagen: ›Das, was du mir da die ganze Zeit erzählst, wollte ich doch alles gar nicht von dir wissen.‹ Ich habe Zelhas Stimme so sehr vermisst, dass sie einfach nur weitererzählen soll. Und wenn sie bis Mitternacht erzählen würde oder selbst tage- und nächtelang, ich würde hier bei ihr sitzen bleiben und ihr zuhören. Hauptsache, es unterbräche uns keiner so schnell!

Nach einer Zigarettenpause, in der wir einfach ruhig in Gedanken versunken dasitzen und kein Wort sprechen, setzt Zelha wieder an: »Mein Großvater berichtete mir auch von den kurdischen Kavallerieeinheiten, den Hamidiye, Nevo, hör mal gut zu!«

»Über die weiß ich auch Bescheid, Zelo.«

»Wusstest du auch, dass sie gegründet worden waren, um die Kurden zu spalten?«

»Meine liebe Zelo, und wusstest du, dass sie Sultan Abdülhamid in diesen Regimentern, die aufgestellt worden waren, um die Kurden zu gewinnen und sie freundlich zu stimmen, ›Bavi Kürdistan‹, Vater Kurdistans, nannte, weil sie mit ihrer Situation so zufrieden waren? Die Kurdenfürsten wurden nämlich mit Geschenken und Orden beehrt und die Kinder der Stammesführer für eine Spezialausbildung nach Istanbul geschickt.«

»Hast du eine Ahnung, welches Unheil die Hamidiye-Generäle mit Rückendeckung der Hohen Pforte angerichtet haben?«

»Waren die Hamidiye-Generäle etwa keine Kurden?«

»Doch, aber sie waren mit Geld und Titeln gekauft worden. Als den armenischen Untertanen nicht mehr zu trauen war, ließen die Osmanen die loyalen Kurden auf die Armenier los. In den entleerten Gebieten und Häusern, aus denen man die Armenier durch Verschleppung und feindliche Übergriffe vertrieben hatte, siedelte man Kurden an.«

Entgegen meinen guten Vorsätzen platzt mir jetzt schließlich doch der Kragen. »Zelo, nach so vielen Jahren habe ich dich nun endlich wiedergefunden. Ich tue, was ich kann, um nicht im Streit, sondern im Einvernehmen hier rauszugehen, aber ich bitte dich inständig, lass doch dieses Kindergeschwätz. Abdülhamid stellt ein Heer aus Kurden auf – die Türken sind schuld. An die Spitze des Heeres beruft er als Generäle Kurdenfürsten – die Türken sind schuld. Man macht ihnen Geschenke, verleiht ihnen Ränge und Orden – wieder sind die Türken schuld. Und zwinge mich jetzt bitte nicht dazu, dir zu sagen, dass es nicht die Osmanen waren, die den Grund und Boden der Armenier verteilt haben. Es waren nämlich diese heuchlerischen Engländer, die das Gebiet, auf dem ihr gemeinsam gelebt hattet, ganz, als wäre es ihr persönliches Eigentum, gleichzeitig den Armeniern und den Kurden zugesichert hatten. Ihr und die Armenier habt euch gegenseitig fertiggemacht, aber daran sollen wohl auch wieder die Türken schuld sein! Die Türken sind dann wahrscheinlich auch dafür verantwortlich, dass sich die Kurden freudestrahlend dort einnisteten, wo die Armenier vertrieben worden waren. Wir sagen schon gar nichts mehr, wenn etwa wieder die Frage der Kriegsschuld auf die Tagesordnung kommt, wir zeigen auch nicht heimlich mit dem Finger auf die Kurden wie Schulkinder, die beim Lehrer petzen, denn wir zählen euch zu uns, ohne einen Unterschied zu machen.«

»Nevo, tu doch nicht so ahnungslos, bring mich nicht auf die Palme. Es war doch ein Spielchen von Abdülhamid, die Kurden auf die Armenier zu hetzen.«

»Das mag schon sein. Ich bin keine Historikerin. Um diese Sache aufzuklären, wäre es nötig, Hunderte von Dokumenten auszuwerten. Aber mal angenommen, dass es so war, haben denn die Kurden kein bisschen Mitleid gehabt? Hätten sie nicht sagen können, bei dieser Schlächterei machen wir nicht mit? Aber komm, lassen wir Geschichte Geschichte sein und kommen wir wieder zur Gegenwart. Überlegen wir lieber, was heute zum Wohl beider Völker getan werden kann.«

»Auch wenn wir in die heutige Zeit zurückkehren, wird es doch immer das Gleiche sein, Nevo. Du wirst nach wie vor keinen einzigen Vorwurf gelten lassen.«

»Muss es denn um jeden Preis einen Alleinschuldigen geben? Können nicht beide Seiten zugeben, dass sie Fehler gemacht haben?«

»Wer verwehrte es uns denn, unsere Sprache zu sprechen, unsere Melodien zu spielen, unsere Lieder zu singen und unsere Namen zu tragen?«

»Musste das jetzt sein? Da beißt sich die Katze wieder in den Schwanz. Ich habe doch heute Morgen bereits gesagt, dass wir das waren. Das war unsere Schuld. Stimmts?«

»Stimmt.«

»Haben wir nicht damit begonnen, unsere Fehler wiedergutzumachen, wenn auch spät?«

»Weil die Europäische Union Druck macht.«

»Kann sein. Aber es geht doch um das Resultat. Darüber haben wir vorhin schon gesprochen. Und wenn wir nun schon dabei sind, möchte ich dich mal etwas fragen.«

»Schieß los!«

»Die Europäische Union will uns immer noch nicht, obwohl wir alle Forderungen erfüllt haben. Was meinst du wohl, warum?«

»Weil sie euch nicht abnehmen, dass ihr es ernst meint.«

»Allein deswegen?«

»Sie haben Angst vor einem Heer von Muslimen und Massen von schlecht Ausgebildeten.«

»Dieses Heer von Muslimen und diese Massen von schlecht Ausgebildeten: Frauen, die neun oder zehn Kinder bekommen; Väter, die ihre Töchter nicht in die Schule schicken und sie, wenn es der Brauch verlangt, abmurksen; Ordensvorsteher und Stammesanführer, die standhaft weiter im Mittelalter leben; Leute, die nicht arbeiten, weder Steuern, Wasser oder Strom bezahlen; Terrororganisationen; die Flut derer, die sich jeglicher Einsicht verschließen und nicht an die Gleichheit von Mann und Frau glauben. Ich bitte dich inständig, Zelha, sag mir jetzt bitte nicht, dass das auch Abdülhamid so eingefädelt hat. Seid ihr also nicht auch schuld daran, dass uns die Europäische Union nicht aufnehmen möchte? Aber klagen wir euch deswegen an?«

»Dann ist es etwa nicht eure Schuld, dass wir immer noch im Mittelalter leben, oder wie?«

»Doch. Keiner behauptet, der türkische Staat trüge nicht seinen Anteil daran, dass das kurdische Volk ungebildet und voller Hass ist. Aber ist es leicht, gegen euren Starrsinn anzukommen?«

»Siehst du, Nevo, jetzt sind wir wieder bei diesen ›wir‹ und ›ihr‹.«

»Du warst es doch, die eben zu mir gesagt hat, die EU glaube nicht, dass ›ihr‹ es ernst meint. Den Unterschied mache nicht ich, sondern du.«

»Was dir nicht alles auffällt.«

»Natürlich fällt mir das auf. Du hättest sagen können: Sie glauben nicht, dass ›wir‹ es ernst meinen.«

»Ich meinte die Türkische Republik.«

»Auch du bist eine Bürgerin dieser Türkischen Republik.«

»Eine Bürgerin zweiter Klasse.«

»Jetzt werd mal nicht ungerecht, Zelo, du bist immerhin als Abgeordnete ins Parlament eingezogen!«

»Aber an der Tür hat man mich festgenommen und hinter Schloss und Riegel gebracht.«

Ich bin ratlos und sage nichts mehr. Denn darauf, was sie da zum Schluss von sich gegeben hat, habe ich keine Antwort. Immer schießen wir über das Ziel hinaus, schwanken zwischen dem einen und dem anderen Extrem hin und her. Wir sind im Recht, verhalten uns aber gleichzeitig ungerecht. Ich weiche Zelhas Blick aus. Es besänftigt Zelha, wie ich so mit gesenktem Kopf ganz geknickt dasitze.

»Schon gut, mach dir nichts draus! Wenigstens bin ich nicht als Dissidentin ermordet worden und verschollen, wie der Sohn meines Onkels«, lenkt sie ein.

Jetzt kommt also wieder die Geschichte mit dem Cousin. Weil ich zum einen gerne das Thema wechseln möchte, um die aufgeladene Stimmung zu beruhigen, und zum anderen erfahren will, was mein Vater mit der Sache zu tun hatte, bitte ich sie: «Erzähl mir doch mal, was zwischen meinem Vater und deinem Cousin vorgefallen ist!«

»Ich kann dir das schon erzählen, aber ich weiß auch nur so viel, wie mir mein Großvater berichtet hat. Also, wenns nicht stimmt, geht es auf seine Kappe.«

»Sag mir einfach alles, was du von deinem Großvater weißt. Bitte, Zelo! Diese Sache geht mir ständig im Kopf herum. Ich würde gerne erfahren, was hinter der Beziehung zwischen meinem Vater und eurem Stamm steckte.«

»Woher kommt denn dieses plötzliche Interesse?«

»Wir unterhalten uns doch nun schon seit heute Morgen, und immer wieder hast du Bemerkungen fallen lassen. Warum war mein Vater bei eurem Stamm so hoch angesehen? Ich glaube, wenn ich das herausbekommen könnte, hätte ich die Antwort auf viele Fragen gefunden, die mich ein Leben lang umtrieben.«

»Ach, du meine Güte!«

»Bitte, Zelo, sag mir einfach alles, was du weißt!«

»Also, wenn du so darauf bestehst, dann gebe ich dir eben Wort für Wort alles wieder.«

»Erlaubst du, dass ich das Band mitlaufen lasse?«

»Nur zu! Vielleicht schreibst du ja mal einen Roman.«

»Ich bin keine Schriftstellerin.«

»So etwas weiß man nie. Ich bin auch keine Politikerin. Und schau, was aus mir geworden ist!«

Ich krame in meiner Tasche, hole mein Diktiergerät heraus, prüfe, ob die Batterien noch in Ordnung sind, drücke die Aufnahmetaste und schiebe das Gerät zu Zelha hinüber. Ich weiß genau, dass Zelha die Geschehnisse minutiös von Anfang an und der Reihe nach darlegen wird, genau so, wie ihr Großvater sie vortrug. Schon als Kind liebte sie es zu erzählen. Sie bewegte ihre Zuhörer, verzauberte sie geradezu, wenn sie ihre Geschichten zum Besten gab, dabei ihre Stimme mal leiser werden und mal anschwellen ließ, Personen imitierte und ihre Stimme verstellte, als spräche sie aus deren Mund. Auch jetzt wird ihr Vortrag sicherlich eine ganze Weile in Anspruch nehmen. Na wenn schon, dann dauert es eben. Ich muss nun einmal geduldig sein, um zu erfahren, warum mein Vater immer in die ärmlichsten, primitivsten Landstriche geschickt wurde, warum er nie Provinzgouverneur geworden ist und warum er so erfolglos war, dass sich meine Mutter von ihm scheiden ließ. Zelha fixiert einen Punkt im Raum und konzentriert sich darauf, was sie sagen wird. Wie eine Schauspielerin, die gleich die Bühne betritt, stellt sie sich auf ihre Rolle ein.

»Großvater begann so: ›Ich war noch keine zwanzig Jahre alt. Cemal Fehmi war gerade erst einen Monat auf der Welt. Hüseyin wurde zwar noch von seiner Mutter gestillt, war aber doch schon alt genug, um überallhin zu tapsen, wenn er sich an irgendetwas festhielt. Wir konnten uns über unsere Lage in keiner Weise beschweren, Gott sei Dank. Es ging uns gut. Wir bestellten das Feld, hüteten das Vieh und lebten so vor uns hin. Eines schönen Tages platzte eine Nachricht in unser Haus wie eine Bombe. Es hieß, ein Besiedlungsgesetz sei erlassen worden und wir würden nach Konya umgesiedelt werden. Mein Mädchen, ich weiß gar nicht mehr, die wievielte Vertreibung das war. Hierher waren wir ohnehin nur gekommen, weil wir vor den Russen geflohen waren, als deren Armee nach Van vordrang, das war 1915. Wir ließen unsere fruchtbaren Obst- und Gemüsegärten, unsere nebligen Berge und unsere kühlen Bäche zurück und haben uns hier wieder neu eingerichtet. Jahrelang lebten wir so mit unseren sehnsüchtigen Liedern und grausamen Geschichten. Schließlich gewöhnten wir uns an diesen Fleck. Wir liebten auch diesen Boden.

Bei der Umsiedlung von 1936 blieb mein verstorbener Vater stur und weigerte sich fortzugehen. Selbst beim Scheich-Sait-Aufstand im Jahr 1925 hatte er sich herausgehalten. Doch sag mir, gibt es auch nur eine einzige Familie von hundertzwanzig Personen, die einig und geschlossen ist? Also folgten die Brüder meines Vaters diesem Scheich Sait und gingen nach Diyarıbekir. Mein Vater teilte ihre Auffassung nicht. Anders als seine Verwandten folgten er und sein kleiner Bruder dem Scheich nicht. Deswegen ist die ganze Sippe noch heute untereinander zerstritten. Wir tragen ja auch einen anderen Nachnamen.‹ Ich fragte ihn: ›Großvater, warum haben wir uns Scheich Sait nicht angeschlossen?‹ Und er antwortete: ›Kindchen, das ist eine lange Geschichte, das würde jetzt zu weit führen.‹

›Erzähl sie doch, bitte, bitte! Ich bin so gespannt auf diesen Scheich Sait.‹

›Warum interessiert er dich so sehr?‹

›Ich höre immer mal wieder dieses und jenes, eben, dass er ein berühmter Kurdenführer war. Jetzt erzähl schon, von Bedir Khan hast du doch auch erzählt!‹

›Also, dann pass mal auf! Die Dörfer im Vilayet Genç gehörten alle Scheich Sait.‹

›Wo liegt diese Provinz, Großvater?‹

›Etwas oberhalb von hier. Heute heißt sie Bingöl. Er selbst wurde übrigens in der Stadt Palu geboren, seine Familie kam aus dem Dorf Septi in der Provinz Diyarıbekir.‹

›Wovon hat er gelebt? War er auch Ackerbauer, wie wir?‹

›Nein, er war Schafhändler. Ein Mann, der genauso weise wie reich war. Jedes Jahr brachte er zehn Schafherden nach Aleppo und verkaufte sie dort. Alles Gold, das er verdiente, steckte er in seine Satteltaschen und kam damit wieder zurück. Sein Aufzug war prunkvoll. Seinen Bart, der ihm bis auf die

Brust reichte, färbte er mit Henna. Seine Augen schminkte er mit Kuhl. Auf dem Kopf trug er eine grüne Gebetsmütze, um die ein weißer Turban gewickelt war, als Zeichen seiner Scheichswürde. Gut sah er aus, und im Gegensatz zu mir sah man ihm sein Alter nicht an, er strotzte geradezu vor Kraft. Im Lauf der Zeit bekam er immer mehr Schafe zusammen, weil ihm unsere dummen Dörfler fortwährend Schafe und Lämmer schenkten, um sich mithilfe seiner Vermittlung als Scheich einen Platz im Paradies zu sichern. Also, wenn du mich fragst, dann war dieser Kerl schlau wie ein Fuchs, er hat für seine Familie die besten Partien arrangiert. Seine Schwestern und Töchter hat er in Familien untergebracht, die seine Macht noch stärken würden, und seine Neffen und Söhne verheiratete er mit Mädchen aus ebensolchen Familien. Auf diese Weise wuchs die Zahl seiner Schafe, und auch seine Macht nahm stetig zu. Obwohl er nur ein einfacher Würdenträger der Nakşibendi war, übertraf er viele Nakşibendi-Scheichs an Ruhm und Einfluss.‹

›Ja, gut, aber warum ist Urgroßvater einem so mächtigen Scheich nicht gefolgt?‹

›Weil dieser Scheich, Kindchen, nicht für die Kurden rebellierte, sondern für die Wiedereinführung der Scharia und des Kalifats. Er arbeitete diesem englischen Schwein in die Hände. So aufgeblasen und fett, wie der Scheich geworden war, hat er – wenn du mich fragst – eigentlich nur noch an sich selbst gedacht und nicht mehr an das Volk. Zu viel Geld verdirbt den Charakter. Einer, der sich aber auf den Pfad Gottes begibt, hält sich von irdischen Freuden fern. Jetzt wendest du vielleicht ein, wenn man nun schon mal auf diese Welt gekommen sei, solle man sie auch richtig auskosten. Aber dann sollte man auch keine Frömmigkeit vortäuschen. Beides gleichzeitig geht nicht, denn dann bekommt die Sache einen unangenehmen Beigeschmack. Damals war gemunkelt worden, ebenjener Sait

Efendi sei von Gott gesandt worden, um hier bei uns den Islam wieder zu stärken. Aber tut sich einer, der sich aufmacht, die islamische Religion zu erneuern, mit den christlichen Engländern zusammen?‹

›Auf keinen Fall!‹

›Natürlich nicht. Und was war? Angeblich würde die Religion untergehen, die muslimischen Frauen würden ihre Ehre verlieren und die Republik in Sittenlosigkeit verfallen! Kindchen, wenn einer mal anfängt, das alles aufzusagen, dann solltest du aufhorchen und stutzig werden. Hinter derartigem Geschwätz verbergen sich viele Teufeleien. Einer, der so daherredet, der arbeitet auf eigene Rechnung. Ich fürchte solche Sprüche. Das hat mir mein Vater eingeimpft. Und er erzählte mir auch, dass, während Scheich Sait lauthals verkündete, die Religion werde untergehen, weiterhin brav zum Gebet gerufen wurde, wie vorgeschrieben, fünfmal am Tag gebetet wurde und die Moscheen gestopft voll waren. Die Frauen unseres Stammes saßen immer noch samt ihrer Ehre in ihren Häusern. Und Lasterhaftigkeit, das hat es zu allen Zeiten gegeben. Also, der Untergang der Religion oder ähnliches ist nicht eingetreten. Damals war ich noch ein Kind. Aber bei uns zu Hause, in unserer Sippe, wurde über alles gesprochen. Wir wussten, was los war. Kurzum, Mädchen, unsere Familie sah es überhaupt nicht ein, diesem Scheich hinterherzulaufen.‹

›Aha!‹

›Dieser Scheich-Sait-Aufstand war im Jahr 1925. Ein Jahr vorher hatten sich die Nestorianer erhoben. Gerade als die Mosul-Frage behandelt wurde. Du weißt doch, worum es da ging, oder?‹

›Ja, Großvater. Zuerst gehörte es uns, später wurde es den Arabern gegeben.‹

›So ist es! Genau zu jener Zeit stachelten die Engländer die

Kurden und die Nestorianer an, auf ihren territorialen Rechten zu bestehen. Von allen Nationen verstehen sich die Engländer am besten auf das Geschäft, andere aufzuhetzen. Jener Aufstand wurde als der Müstakil Kürdistan İsyanı bezeichnet, also Aufstand für ein unabhängiges Kurdistan. Bei dieser Sache hatte besagter Scheich Sait auch seine Finger im Spiel. Der Nestorianer-Aufstand wurde im Keim erstickt, noch bevor zehn Tage um waren. Sait hatte Glück, der kam noch mal mit knapper Not davon. Unter uns gesagt, wenn er seinen Aufstand ein Jahr nach dem der Nestorianer nicht mit dem Ziel angezettelt hätte, den Sultan und das Scharia-Recht wieder zurückzubringen, sondern um einen kurdischen Staat zu errichten, dann wäre ihm mein Großvater gefolgt und mein Vater auch. Aber wozu sollten wir uns dafür einsetzen, den Sultan wieder an die Macht zu bringen, nach allem, was wir während des Osmanischen Reiches durchgemacht hatten, habe ich nicht recht? ‚Schauen wir uns diese neue Republik mal an, warten wir ab', riet mein Großvater. Er baute auf die Republik und hat sich nichts zuschulden kommen lassen. Denn Scheich Sait und die Stämme, die ihm anhingen, nahmen Palu ein, brandschatzten Elazığ, dann zogen sie nach Malatya ab, kamen bis nach Diyarıbekir und belagerten die Stadt. Aber als sie dem in Diyarıbekir bereitstehenden Heer zu unterliegen drohten, lief einer nach dem anderen zur Regierungsseite über. Diyarıbekir war die letzte Station des Aufstands. Als bei Gefechten in der Nähe von Varto einer der Söhne Scheich Saits getötet wurde, fielen die Stammesfürsten gänzlich auseinander. Die Anführer der westlichen Dersim-Region kamen nach Diyarıbekir und unterwarfen sich der Botmäßigkeit der Regierung. Die Stammesführer aus dem östlichen Dersim-Gebiet unterstellten ihre Milizen ebenfalls dem Kommando der Regierung. Kurz, die Anführer, die für das Kurdentum zu allem bereit gewesen waren, selbst die Beys von Muş, schickten dem Scheich keine Männer. Später stellte sich heraus, dass Sait geplant hatte, seinen Aufstand nach der Einnahme von Diyarıbekir nicht mehr nur als religiöse Revolte, sondern als Kurdenbewegung zu bezeichnen. Aber, meine Kleine, muss man das nicht für einen Religionskrieg halten, wenn sich einer den Koran ans Ende des Schlagstocks hängt und sich mit Männern auf den Weg macht, die lauthals brüllen: Sallallah Muhammed? Er hatte ja auch ein Jahr vorher schon allerorten gepredigt, in den Zeitungen säße ein Haufen von gottlosen Schreiberlingen, die die Religion beleidigten, über unseren erhabenen Propheten lästerten, uns in die Gottlosigkeit führten und unsere Vorfahren verunglimpften.‹

›Nachdem sie ihn gefasst hatten, haben sie ihn doch aufgehängt, nicht wahr, Großvater?‹

›So ist es, mein Mädchen.‹

›Ach, der arme Kerl!‹

›Ja, da kann er einem schon leidtun. Allerdings, wenn er mit seinem Aufstand Erfolg gehabt hätte, dann wäre das für dich gar nicht gut gewesen.‹

›Warum denn, Großvater?‹

›Weil er gegen das Zivilgesetz war. Er lehnte es ab, dass Töchter den Söhnen beim Erbe gleichgestellt werden. Er wollte die Beibehaltung des althergebrachten, osmanischen Rechts.‹

›Aber Großvater, die Männer vererben uns doch sowieso nichts.‹

›Das mag schon sein. Aber es wird eine Art Schweigegeld gezahlt. Wenn ihr auch nicht das Land erbt – immerhin wird in der Familie ein Ausgleich geschaffen, und ihr bekommt Geld, Gold und Vieh anstelle von Grund und Boden, damit ihr den Mund haltet. So bekommt ihr wenigstens ein bisschen was, mein armes Mädchen.‹

›Was geschah danach, Großvater?‹

›Sait und seine Männer wurden aufgeknüpft, und wir waren heilfroh, ihm nicht gefolgt zu sein.‹

›Großvater, danach habe ich ja gar nicht gefragt. Du wolltest mir doch eigentlich von Cengiz berichten.‹

›Ja, richtig, aber dann kam der Scheich dazwischen, und ich bin ganz von meiner Geschichte abgekommen. Wo waren wir stehen geblieben?‹

›Man vertrieb euch, ihr wolltet aber nicht gehen. Dein Großvater wollte nicht nach Konya.‹

›Richtig, mein Herzchen! Wir erklärten, unserem Staat ergeben zu sein. Mit Engelszungen haben wir geredet, aber komm mal daher und erzähl dem Staat: ›Wir haben mit diesem Scheich-Sait-Aufstand nichts zu schaffen!‹ Alle wurden über einen Kamm geschoren, ganz gleich, ob sie schuldig waren oder nicht. Es hieß: ‚Ihr habt zu gehen!' Also hatten wir keine andere Wahl. Wir zogen los und ließen unsere siebenundzwanzig Dörfer zurück, ständig in der Sorge, wie und wovon wir dort denn leben würden. Manche sagten, die Provinz Konya sei eine fruchtbare Gegend und wir könnten dort Weizen anbauen. Wir setzten unsere ganze Hoffnung darauf. Einen Teil unserer Stammesangehörigen verschlug das Schicksal nach Ordu, andere in die Dörfer der Provinzen Giresun, Sinop und Kastamonu. Einige wurden nach Denizli oder Edirne umgesiedelt. Diejenigen, die ans Schwarze Meer vertrieben worden waren, hatten es noch schlechter erwischt als wir. Vom Fischfang verstanden sie nichts, das Meer mochten sie nicht, und an den Regen waren sie nicht gewöhnt. Wir haben die hohen Herren angefleht, uns das nicht anzutun und dass wir mit Politik nichts am Hut hätten. Aber man hörte uns nicht zu. Weshalb? Die Militärschulen wurden immer mehr von Kommunisten durchsetzt. Der Staat bekam es mit der Angst zu tun. Er trieb das

Volk mit Gewalt in alle Himmelsrichtungen. Wir wussten, dass alle Proteste vergeblich waren. Wir luden also Kind und Kegel sowie unsere in Bündel gepackten Habseligkeiten, die wir uns im Lauf der Zeit angeschafft hatten, in den Zug mit der Dampflok und machten uns eines Frühlingsmorgens auf den Weg nach Zentralanatolien. In Konya erhielten wir ein Bauernhaus, einige Stück Vieh und ein paar Gärten. Und so kamen also dein verstorbener Vater und deine Tante in Konya zur Welt.‹

›Warum seid ihr nicht in Konya geblieben, Großvater?‹

›1948 wurde das Umsiedlungsgesetz aufgehoben, und man sagte uns: ‚Jetzt könnt ihr wieder in eure Gebiete und in eure Häuser zurückkehren.' In unseren Dörfern hatten sich in der Zwischenzeit Bulgaren eingenistet. Als könnte einer aus dem Balkan diese Hitze ertragen! Sie starben wie die Fliegen. Noch bevor ein Jahr um war, zog ein Teil von ihnen schon wieder ab und räumte unsere Häuser, Weinberge und Gärten. Als wir das hörten, fingen wir an nachzudenken. Tag und Nacht grübelten wir und beratschlagten uns. Wir hatten ja nun ein bescheidenes Auskommen auf dem neuen Boden gefunden. Unsere Gärten warfen Früchte ab, und in den Weinbergen reiften Trauben. Aber irgendwie zerriss uns die Sehnsucht doch die Brust. Genau so, wie wir uns einst nach dem Land um den Van-See verzehrt hatten, so vermissten wir diesmal die rote Erde, unsere Pistazienbäume und die Menschen, die unsere Sprache sprachen. Ja, wir sehnten uns nach unserer Sprache. Wir träumten immer noch von Mesopotamien. Wir hielten es nicht mehr aus, also verkauften wir und ein paar andere aus unserer Familie das Vieh, die Weinberge und die Gärten und kehrten wieder auf unseren alten Grund und Boden zurück. Wir ließen uns in den von den Bulgaren verlassenen Dörfern und Häusern nieder, sodass wir uns bald darüber freuen konnten, dass unsere Wunden verheilt waren. Sogar bei der Politik mischten wir mit und schickten einen von uns als Abgeordneten ins Parlament. Sie wollten auch, dass ich mich aufstellen lasse, aber ich lehnte ab. Von Kindheit an habe ich doch schon mitbekommen, was die alles durchmachen, die sich auf die Politik einlassen. Aber Schluss damit, mein Kindchen, von dem allem will ich dir ja gar nicht erzählen. Du schläfst nachts sowieso schlecht, ich möchte dich nicht noch um den letzten Rest Schlaf bringen. Wie auch immer, ich habe viele von meinem Haus, von meinen Neffen und Cousins ins Parlament, in die Partei und an die Staatspforte geschickt, aber ich bin immer unbeirrbar geblieben wie ein Fels. Die Häuser, Dörfer, Weinberge und Gärten müssen schließlich auch gehegt und gepflegt werden. Da hat man ganz schön zu tun, wenn man sich um Kind und Kegel, Bauern und Landarbeiter kümmern muss. Ganz gleich, ob es der Boden ist oder ein Mensch, man darf nie irgendetwas sich selbst überlassen. Nicht einmal das Vieh. Jetzt wirst du deinen Großvater fragen: ‚Du hast sie nie allein gelassen, gut, aber hättest du dann nicht zusammen mit deinem Sohn den Tod meines Vaters verhindern können?' Nein, das hätte ich nicht. Gegen die althergebrachten Bräuche kam ich nicht an. Abgesehen davon, dass ich meine Söhne nicht schützen konnte, war ich es auch, der seinen Enkel ins Unglück gestürzt hat. Mein kleines Mädchen, ich muss für die Sache mit Cengiz büßen. Der Kummer um Cengiz ist es, der mich vorzeitig altern lässt, mir den Rücken beugt und die Luft abschnürt.‹

›Großvater, was ist Cengiz passiert? Schau, wir sprechen doch gerade über unseren gemeinsamen Kummer. Also erzähl schon mir zuliebe!‹

Ich wusste nicht, warum sich mein Großvater solche Vorwürfe machte, denn ein Mann, der so vernarrt ist in Kind und Kegel, der ist doch gar nicht in der Lage, seinen Enkel in Schwierigkeiten zu bringen. Ich dachte, dass wohl irgendjemand ihm die Sache mit Cengiz anhängen wollte. Er sollte mir erst mal alles erzählen, dann wollte ich ihn trösten und ihn von seiner Schuld freisprechen.

Mein Großvater zündete sich noch eine Zigarette an der Glut im Kohleofen an. Mit etwas Mühe schlug er nun das andere Bein unter. Dann räusperte er sich, bevor er fortfuhr zu erzählen.

›Cengiz arbeitete für das Fuhrunternehmen unserer Familie. Cemal Fehmi ließ die Ernte, die auf Pferdewagen in den Bezirk kam, auf Lastwagen laden und in die Stadt befördern. Und Cengiz nahm die Laster in Empfang, lud die Ware ab und lagerte sie ein. Ich hatte ihn noch nicht verheiratet, denn ich wollte so lange damit warten, bis er auf eigenen Füßen stehen würde. Cengiz war kein Bauer wie wir. Er war ganz gut gewesen in der Schule und hatte das Gymnasium abgeschlossen. Er trug Oberhemden, Westen und Jacken nach europäischer Mode. Jeden Tag band er sich eine Krawatte um den Hals und ging zur Arbeit. Ich war zufrieden. Die Wunden, dass mein Erstgeborener wegen eines Mädchenraubs erschossen worden war und dein Vater wegen einer Blutfehde sein Leben verloren hatte, waren noch nicht verheilt, aber sie brannten nicht mehr wie früher. Ich war voller Gottvertrauen und sagte mir: Unser Schöpfer, der alles Leben spendet, nimmt eben das anvertraute Gut zurück, wann immer er will. Und ich sagte mir noch: Und der Brauch hier will es eben, dass jeder Jahreszeit ihre Menschenopfer gebracht werden, damit wieder Ruhe einkehrt. Da Gott für diesen Erdenfleck nun einmal so erbarmungslose Bräuche für angebracht hielt und es uns hierher verschlagen hat, werden wir es erdulden. Was bleibt uns auch anderes übrig? Wer tot ist, ist tot. Also bat ich Gott um ein langes Leben für die, die noch unter uns weilten. Aber Gott hat meine Gebete nicht erhört, meine Kleine.‹

Nun begann die Stimme meines Großvaters so zittrig zu werden wie seine Hände. Ich legte ihm die bunte Decke, die die Frauen unseres Hauses aus Stoffresten zusammengenäht hatten, über die Schulter, damit er nicht mehr so zitterte. Er war so alt und so gebrechlich, dass ich es nicht wagte, ihn weitersprechen zu lassen.

›Du bist müde, Großvater. Lass uns zu Bett gehen, erzähl morgen weiter!‹

›Nein, mein liebes Herz, wir können doch jetzt nicht schlafen gehen. Hör gut zu, nichts soll ungesagt bleiben, worüber du dir da Gedanken machst. Sei aber darauf gefasst, was in dieser gemeinen Welt alles geschieht! Hör zu, mein Mädchen! Hör gut zu, du sollst wissen, warum ich Cengiz ins Verderben gestürzt habe und warum ich dem Landrat, dem Vater deiner alten Freundin Nevo, zu Dank verpflichtet bin!‹«

Cengiz

Im Monat April
Menschen überall
immerzu fällt Schnee, dann Regen
auf unser nacktes Fleisch.

Seit tausend Jahren häuft sich unser Schmerz
schwer trägt nun daran unsere Welt.

Talip Apaydın

Nachdem Cemal Fehmi den Zettel in seiner Hand noch ein letztes Mal gelesen hatte, knüllte er ihn unwirsch zusammen und warf ihn in den Papierkorb, der gleich in der Nähe stand. Er kullerte hinein wie ein Basketball in seinen Korb. Eine Zeit lang starrte Cemal Fehmi mit leerem Blick an die gegenüberliegende Wand, dann nahm er den Telefonhörer und wählte. Er ließ es lange läuten.

Irgendwann sagte er: »Hallo! Nanu! Jetzt hätte ich beinahe schon aufgelegt, weil ich dachte, das Büro sei nicht besetzt. Warst du hinten im Lager?«

»Wir haben Ware abgeladen«, erklärte Recep. »Die Frau von unserem Hasan sollte entbinden, doch dann gab es irgendwelche Komplikationen. Cengiz hat sie ins Krankenhaus gebracht. Weil sie heute nicht zur Arbeit gekommen sind, muss ich alles alleine machen.«

»Bekommt Hasans Frau etwa schon wieder ein Kind?«

»Das elfte, der Kerl lässt sich doch nichts sagen. Das Kind lag anscheinend verkehrt herum, die Ärmste wäre beinahe krepiert. Aber nun sag schon, hast du was zu tun für mich?«

»Heute Morgen ist wieder einer von diesen dummen Briefen gekommen.«

»Herrgott noch mal!«

»Jetzt sind es drei. Was sollen wir machen, hm?«

»Bei Gott, ich weiß es doch auch nicht.«

»Gib deinem Vater Bescheid, wir sollten eine Versammlung abhalten!«

»Wie du willst. Wir brechen auf und kommen zu euch, wann immer du es willst.«

»Lass mich erst noch mit unseren Leuten reden und meinen großen Bruder informieren, dann rufe ich dich wieder an.«

»Ist gut.«

»Es gibt doch keine Schwierigkeiten, oder?«

»Nein, nichts dergleichen, bis jetzt …«

»Vielleicht hat sich doch nur einer von diesen albernen Idioten einen schlechten Scherz erlaubt.«

»Könnte schon sein. Hoffentlich ist dem so.«

»Die Ware ist doch unbeschadet angekommen, nicht wahr?«

»Ja. Ich habe sie gerade abgeladen. Alles in Ordnung.«

»Im Lauf der Woche schicke ich noch mal fünf Laster mit Ware.«

»Einverstanden.«

»Also, Kleiner, pass auf dich auf, und viele Grüße an deinen Vater.«

»Mach ich.«

Cemal Fehmi legte den Hörer auf, erhob sich und wanderte im Zimmer auf und ab. Nach ein paar Runden bückte er sich, um den zerknüllten Brief aus dem Papierkorb zu fischen. Als er sich wieder aufrichten wollte, entfuhr ihm ein schmerzvolles »Ah«. Wieder einmal war ihm etwas ins Kreuz gefahren. Er stieß einen wüsten Fluch aus. Die eine Hand ins Kreuz gestützt, streckte er sich ganz sachte durch und setzte sich, vorsichtig auf seinen Rücken bedacht, auf den Schreibtischstuhl. Dann strich er das zerknitterte Papier wieder glatt. Aufmerksam las er, was da stand, als sähe er es zum ersten Mal. Unbeherrscht wie zuvor zerknüllte er den Wisch, doch diesmal warf er ihn nicht in den Papierkorb, sondern in die rechte Schreibtischschublade, die er zuschob und abschloss. Danach griff er wieder zum Telefon. Diesmal klingelte es nicht lange, sondern es wurde sogleich abgenommen.

»Bruder, ich habe eine beunruhigende Nachricht. Heute ist wieder einer dieser verdammten Briefe gekommen, diesmal ist noch nicht mal eine Briefmarke drauf. Diese Halunken haben ihn einfach unter der Tür durchgeschoben ... Nein, ich habe keinen blassen Schimmer, glaube auch nicht, dass die Bismiloğlu-Familie etwas damit zu tun hat. Die haben wir doch vollständig ausbezahlt, mit denen sind wir quitt. Nein, nein, die sind es nicht. Wenn die noch eine Forderung hätten, würden sie es sagen. Das Ganze sieht nicht so aus, als wäre es eine persönliche Sache. Diesmal schreiben sie irgendetwas von ›Organisation‹. Nein, wir werden uns auf gar nichts einlassen, natürlich nicht, wir müssen herausfinden, wer das geschrieben hat ... Nein, Bruder! Vater habe ich noch nichts davon erzählt. Ich wollte ihn nicht belasten. Aber irgendwann wird er es ja doch erfahren. Ich würde vorschlagen, dass wir uns heute Abend auf dem Hof treffen. Da sollten wir die ganze Angelegenheit besprechen und auch Vater zurate ziehen. Vielleicht kann er sich ja einen Reim darauf machen, was meinst du? Also abgemacht, ich schaue heute Abend nach der Arbeit vorbei. Bis später dann.«

Als Cemal Fehmi an jenem Tag mit der Arbeit fertig war, sperrte er die Schublade auf, zog das zerknüllte Papier heraus, strich es erneut glatt, faltete es zweimal und steckte es sorgfältig in seine Brieftasche. Bevor er sein Büro verließ, rief er dem Laufburschen zu: »Ich bin dann weg. Du machst das Licht aus und sperrst ab! Und komm morgen ja nicht zu spät! Du bist um sieben da, lüftest und wischst Staub, klar? Und schreib auf, wer angerufen hat!« Kaum war Cemal draußen, setzte sich der klapperdürre Junge ans Telefon und meckerte ihm hinterher: »Es ist doch jeden Tag dasselbe! Als ob ich das alles nicht wüsste. Es reicht auch nicht, es nur einmal zu sagen.«

Die Männer der Familie hatten sich im Empfangszimmer des Männertrakts des Gebäudes versammelt, das, wenn man auf das Gut kam, hinter dem Tor rechts lag. In der Mitte des Raums war auf dem Boden ein Kelim für die Mahlzeit ausgebreitet. Die Frauen schwirrten mit Tabletts, Tellern, Schüsseln herein und hinaus und deckten für ein üppiges Mahl. Sobald alle Brüder, Neffen und Cousins versammelt waren, erhob sich Sadık Ağa, der zur Feier des Tages sein langes Gewand gegen einen braunen Anzug getauscht hatte, ganz langsam von seiner Bank und bewegte sich zur Tafel hinüber. Die Übrigen folgten ihm, verteilten sich im Kreis um die aufgetragenen Speisen und hockten sich nieder. Mit einem Bismillah – Im Namen Gottes – gab Sadık Ağa die Tafel frei. Nun langten sie mit den Holzlöffeln in die Tarhana-Suppe, den Yoghurt und die verlorenen Eier, die in der Mitte standen, und mit den Händen nach den Teigpasteten und den zerteilten Lammkeulen. Einige kleine Mädchen, die herumsprangen, halfen beim Servieren. Als man mit dem Essen fertig war, wurde Kaffee verlangt. Eines der kleinen Mädchen schob drei Mokkakännchen auf das Kohlebecken, das vor der Bank stand. In ihnen wurde der Kaffee für Sadık Ağa und seine beiden älteren Söhne gekocht. Den Kaffee für die Übrigen brachte ein anderes Mädchen auf einem Tablett aus der Küche. Sobald jeder seinen Kaffee in Empfang genommen hatte, gab Sadık Ağa mit dem Kopf ein Zeichen, und die noch im Zimmer befindlichen Frauen und Kinder schlüpften hinaus und machten die Tür hinter sich zu. Als die Männer dann unter sich waren, fragte Sadık Ağa: »Ich habe gehört, es soll ein Problem geben. Worum geht es, mein Sohn?«

Cemal Fehmi redete nicht lange um den heißen Brei herum, sondern kam gleich zur Sache: »Es war vor etwa zwei Wochen, da kam einer von diesen jungen Milchbärten ins Büro. Er wollte Geld für ›die Organisation‹. Ich fragte, welche Organisation das denn sei. Er faselte irgendetwas von einer ›Großen Befreiung‹ daher. Von der hätte ich noch nie gehört, erwiderte ich, und er meinte, sie sei gerade neu gegründet worden. Ich habe ihm erst mal ganz höflich erklärt, dass er sich besser nicht auf solche Sachen einlassen solle und dass wir keinen Nutzen in derartigen Organisationen sähen, im Gegenteil, dass wir uns damit nur Schwierigkeiten einhandeln würden. Daraufhin wurde er ausfallend. Ich konnte mich nicht mehr beherrschen und warf ihn hinaus. Bevor er draußen war, drohte er noch, ich solle über das alles noch mal nachdenken, sonst würde ich es noch mal bereuen.«

»Warum hast du mich nicht unverzüglich davon in Kenntnis gesetzt, mein Sohn?«

»Verehrter Vater, ich habe den Vorfall nicht für so wichtig gehalten. Ich dachte, er sei nur so ein Herumtreiber, der mir Geld abluchsen wollte.«

»Aber dabei blieb es nicht«, fügte Hüseyin hinzu. »Ein paar Tage danach kam ein Brief mit der Post. Darin stand, dass wir in einer Woche Geld bereithalten und dann warten sollten.«

»Um welche Summe geht es?«

»Drei Millionen.«

»Das gibts doch nicht!«

»Genau das hab ich auch gesagt. Soll ich irgendeinem dahergelaufenen Kerl für was weiß ich welche Organisation drei Millionen hinblättern? Ist denn das die Möglichkeit! Wenn er mir wenigstens erzählt hätte, er brauche das Geld, weil sein Sohn operiert werden müsse. Oder meinetwegen, er habe beim Glücksspiel verloren und man wolle ihn umbringen. Dann hätte ich ihm in Gottes Namen ein paar Kuruş in die Hand gedrückt und ihn fortgeschickt.«

»Vielleicht genierte er sich einfach zu betteln und versuchte durch dieses Geschwätz von irgendeiner Organisation das Geld lockerzumachen«, meinte einer der Neffen.

»Der wird dich doch nicht erpressen?«, fragte Sadık Ağa.

»Nicht, dass ich daran nicht auch schon gedacht hätte, aber da gibt es nichts, womit man mich erpressen könnte. Seit Tagen schon kontrolliere ich alle Rechnungen, ob vielleicht noch irgendwas offen ist. Aber da ist alles sauber, tadellos sauber. Wer sollte mich also erpressen?«

»Lass dir von dem bloß nicht die Hosen ausziehen. Wenn so ein Halunke einen am Wickel hat, wird er zur Plage.«

»Wir haben doch sowieso kein Geld, das wir ihm geben könnten. Aber mit dem Brief von heute sind es inzwischen drei. Der letzte kam nicht mit der Post, sondern wurde unter der Tür durchgeschoben. Darin wird uns regelrecht gedroht. Wenn wir das Geld nicht zahlen, wollen sie einen Lastwagen in Brand stecken.«

»Wer?«

»Die Organisation eben.«

»Was für eine Organisation ist das denn, habt ihr das herausgefunden?«

»Anscheinend diese ›Organisation zum Tag der großen Befreiung‹, hab ich das nicht schon erwähnt?«

»Und wen soll sie von wem befreien? Der Schweinehund, dieser Dreckskerl!«

»Bei Gott, ich weiß es nicht. Aber als ich las, dass sie einen unserer Lastwagen anzünden wollen ... Das hat mich beunruhigt, Vater, und ich sagte mir, wir sollten uns beratschlagen.«

»Halte dich da raus, Cemal Fehmi, lass bloß deine Finger von der Sache! Wir haben schon vor Jahren wegen dieser Kurdensache genug Menschenleben verloren, und ich habe dann noch mal wegen der Blutrache, dieser verdammten Tradition, nicht wenig Tote zu beklagen gehabt. Zwei meiner prachtvollen Söhne wurden niedergestreckt. Stürz mich nicht wieder ins Unglück. Ich möchte nicht, dass irgendeinem von euch auch nur ein Haar gekrümmt wird. Versprich mir, dass du den Kerl nicht verfluchst und ihn auch nicht davonjagst, falls er wieder auftauchen sollte. Regle die Sache gütlich! Sag ihm, wir hätten zurzeit eine Flaute und dass diesen Monat die Steuern zu bezahlen seien. Erzähl ihm irgendetwas wie: Sobald wir dazu in der Lage seien, würden wir etwas unternehmen. Halte ihn hin!«

»Wie du meinst«, antwortete Cemal Fehmi.

Niemand hatte etwas gegen Sadık Ağas Entscheidung einzuwenden, und keiner von der Verwandtschaft war der Auffassung, man solle sich von diesem Banditen das Geld abnehmen lassen. Alle waren sich einig, und sie glaubten das Problem loszuwerden, wenn sie nur an ihrem Beschluss festhielten. Die Familienversammlung löste sich gegen zehn Uhr auf, und Cemal Fehmi fuhr zu seiner Wohnung in die Kreisstadt zurück.

Am folgenden Morgen begab sich Cemal Fehmi, innerlich erleichtert, in sein Büro. Bilal war schon vor der angewiesenen Zeit erschienen, er hatte die Fenster geöffnet und Staub gewischt. Als er seinen Chef zur Tür hereinkommen sah, richtete er sich auf. Sein Gesicht war kreidebleich.

Cemal Fehmi meinte wohlwollend: »Mach doch das Fenster zu, mein Junge! Du bist ja schon ganz weiß vor Kälte.«

Bilals Lippen zitterten, als er sagte: »Chef, es ist was Schlimmes passiert. Gerade eben ist ein Anruf hereingekommen, von Ihnen zu Hause. Sie sind wohl schon weg gewesen, Chef …«

»Was war denn, Mann? Nun sag schon!« Doch noch bevor Bilal zu erzählen begann, klingelte das Telefon. Abwechselnd starrte Cemal Fehmi verstört mal Bilal, mal das Telefon an, das beharrlich läutete, dann nahm er den Hörer ab und hielt ihn ans Ohr.

»Waaaas! Was sagst du da? Wann? Weshalb? Ist er komplett ausgebrannt? Wer war das? Diese Gottlosen! Diese Schweinehunde … ist gut, ich bin gleich da!«

Er sank auf den Sessel neben dem Tisch, dabei vergaß er ganz, wieder aufzulegen. Bilal sprang herbei und legte den Hörer, der Cemal aus der Hand geglitten war, in die Gabel. Schweigend hielt Cemal Fehmi seinen Kopf zwischen den Händen und saß eine Zeit lang nur so da. Irgendwann sagte er dann ernst und betroffen: »Sie haben unseren Lastwagen abgefackelt.« Seine Stimme klang kraftlos.

»Ich weiß, Chef, es wurde ja bereits angerufen, bevor Sie hier waren.«

»Ich gehe jetzt gleich in die Stadt. Mach du hier alles zu, schließ ab und verschwinde! Geh aufs Gut! Und kein Wort zu meinem Vater, bis ich mich telefonisch melde!«

Sadık Ağas Söhne, Enkel, Cousins und Neffen versammelten sich allesamt in Receps Wohnung in der Stadt. Alle ließen bedrückt den Kopf hängen. Erst machten sie sich gegenseitig Vorwürfe, stritten auch lange und ausgiebig miteinander. Manche meinten: »Wir hätten zahlen sollen!«, die anderen: »Das dürfen wir auf gar keinen Fall tun.« Als sie sich wieder etwas beruhigt hatten, erörterten sie ihre weitere Vorgehensweise. Der

Wert des Lastwagens, der samt Ware verbrannt war, übertraf bei Weitem die Höhe der von der Organisation geforderten Summe. Zum Glück waren der Lastwagen und die Ware versichert. Was geschehen war, war geschehen. Obwohl die Familie empfindlich getroffen war, würden diese Ganoven gewiss nicht noch einen Lkw anzünden, wenn sie sähen, dass sie nicht zahlten. Man fasste also den Beschluss, den Fall auf sich beruhen zu lassen, ohne die Polizei einzuschalten.

Noch in derselben Woche, in der das mit dem Lastwagen passiert war, erhielt Cemal Fehmi eine weitere Drohung. Als er einmal gegen Abend gerade sein Büro verlassen wollte, fragte ihn eine Person am Telefon, ob er seine Lektion gelernt habe oder nicht.

»Für uns war das Ganze ein Unfall«, erwiderte Cemal Fehmi. »Und nun erzählst du mir, dass ihr den Lastwagen angezündet habt? Na, dann muss ich mich wohl noch bei euch bedanken, oder was? Wenn ihr den Lastwagen in Brand gesteckt habt, dann brauche ich euch ja das Geld nicht mehr zu geben, sollte ich euch überhaupt je etwas schuldig gewesen sein. Das Beste, was ihr von mir zu erwarten habt, ist, dass ich euch für diese Schweinerei nicht anzeige. Ihr habt einen Fehler begangen, aber nun wisst ihr, dass sich nicht jede Kuh melken lässt. Lasst uns ab jetzt in Ruhe, aus, basta! Ich überlasse es Gott, euch zu richten. Und deine Stimme möchte ich von heute an nie wieder hören!«

Obwohl er all das mit dem Brustton der Überzeugung und überaus selbstsicher vorgebracht hatte, zitterten seine Hände, nachdem er aufgelegt hatte. Er trug Bilal auf, ihm eine starke Tasse Kaffee zu holen. Als er dann seinen Kaffee langsam schlürfte, ging er alles noch einmal durch. Dann wartete er ab, bis Bilal die Tasse wieder mitnahm und den Raum verließ, woraufhin er seinen älteren Bruder anrief. Sie unterhielten sich lange und ausgiebig. Erst der mit angsterfülltem Gesicht hereinstürzende Bilal unterbrach ihr Gespräch. Vor der Tür stand ein Polizeibeamter, der Cemal Fehmi aufs Polizeirevier beorderte. Er beendete sein Telefonat, sprang auf, begab sich auf die Wache und machte seine Aussage. Dabei verschwieg er jedoch, dass er bedroht worden war. So würden sie vermuten, es hätte sich um einen Defekt am Lkw gehandelt, der zu einem Kurzschluss geführt habe. Verdächtigen würden sie niemanden.

Kaum war er zurück im Büro, stürzte er wieder zum Telefon. Bis spät in die Nacht hinein sprach er mit all jenen Verwandten, die über die Angelegenheit Bescheid wussten. Sie beschlossen, alle dasselbe auszusagen. Außerdem entschieden sie sich, auch mit dem Segen aller Brüder und Neffen, jeden einzelnen der mit Ernteerträgen beladenen Pferdewagen, der vom Dorf in den Landkreis kam, und jeden Lkw, der vom Landkreis in die Stadt fuhr, zu eskortieren. Die Waren durften unter keinen Umständen, selbst nicht während der Rastzeiten, unbeaufsichtigt und ohne Schutz gelassen werden.

Am folgenden Tag schaltete sich die politische Polizei ein. Da verbrachten sie ein paar Tage wie auf glühenden Kohlen. Schließlich wurde die Akte »Lkw-Brand« als Unfall eingestuft und geschlossen. Ein Lastwagen hatte eben aufgrund eines Defektes, der zum Kurzschluss führte, Feuer gefangen.

Der zweite Lkw der Familie Kasrikoğlu wurde siebzehn Tage nach dem ersten Brand ebenfalls angesteckt.

Am gleichen Tag überschlug sich auf einer Serpentinenstraße ein weiterer Laster, der Weizen in Städte im Osten transportieren sollte, und stürzte in den Abgrund, weil die Bremsen versagten. In diesem Fall kam auch der Lkw-Fahrer ums Leben.

Als sich die Familie diesmal wieder auf Sadık Ağas Hof versammelte, hatten sie alle ihre Meinung geändert. Sie hatten es mit einer Macht zu tun, gegen die sie nicht so leicht ankommen würden. Man hatte dem Transportunternehmen, das die wichtigste Einnahmequelle der umfangreichen Familie darstellte, einen herben Schlag versetzt, der nur schwer wegzustecken war. Das konnte man nicht mal eben beim Essen abhandeln. Man kam in Sadık Ağas Empfangszimmer zusammen. Alle zeigten sich tief erschüttert. Die Verwandten aus dem Kreis und aus der Stadt äußerten einer nach dem anderen ihre Ansicht. Sadık Ağa hörte alle an. Daraufhin dachte er, mit auf den Boden geheftetem Blick, ziemlich lange nach. Schließlich sprach er langsam und bedächtig, wobei seine Stimme all seinen Kummer verriet:

»Wir werden wohl oder übel zahlen müssen. Es sieht so aus, als würden wir andernfalls nicht nur unsere Lastwagen verlieren, sondern auch weitere Menschenleben. Am Ende wird man noch von uns Sühne für die Fahrer fordern, die in den Lkws umgekommen sind. Ich will nicht, dass es heißt: Es sind Menschen ums Leben gekommen, weil der Ağa sich das Geld sparen wollte.«

Cemal Fehmi stellte resigniert fest: »Ausnahmslos jeden Dienstag ruft dieser widerwärtige Kerl bei mir an. Also werde ich ihm am kommenden Dienstag genau die Antwort geben müssen, die er hören will. Bedauerlich.«

Sadık Ağa pflichtete ihm bei: »Ja, das ist zwar bedauerlich, aber so wie es aussieht, bleibt uns wohl nichts anderes übrig.«

»Sie wollen das Geld bis zum Wochenende haben.«

»Bekommt ihr es bis zum Freitag zusammen?«, wollte Sadık Ağa nun wissen, und Hüseyin versicherte: »Ja, ja, das schaffen wir schon.«

»Passt auf! Eines müsst ihr euch gut merken: Von alldem darf keine Menschenseele etwas erfahren. Außer denen, die sich jetzt in diesem Raum befinden, darf keiner wissen, dass wir diesem Ganoven etwas gezahlt haben. Bei der Geldübergabe machen wir ihm klar, dass das eine einmalige Sache war. Wir zahlen, geben uns die Hand drauf, und fertig.«

Cemal Fehmi sagte: »Einverstanden, Vater.«

»Weißt du, wer kommen wird, um das Geld zu kassieren?«

»Sicherlich kommt wieder derselbe Schweinehund, der bei mir im Büro war.«

»Seid ihr euch sicher, dass er das Geld auch wirklich bei der Organisation abliefern wird? Was, wenn er es selbst einsackt und nicht abgibt?«

»Hältst du das für möglich?«

»Warum denn nicht? Er sagt einfach: ›Sie haben nicht gezahlt.‹«

»Dann lassen wir uns eine Quittung geben.«

»Das wäre gut. Lass ihn einen Zettel unterschreiben, auf dem steht, dass er die und die Summe bekommen hat. Er soll es eigenhändig aufsetzen. Sollte er dann behaupten, wir hätten nicht bezahlt, dann haben wir zumindest einen Beweis.«

»Du hast recht, Vater«, stimmte Cemal Fehmi zu.

»Da ist noch etwas. Wer wird ihnen das Geld übergeben?«

»Na, ich.«

»Das geht nicht. Dann würde herauskommen, dass wir dieser Organisation Geld bezahlt haben.«

»Das kommt schon nicht heraus. Wer sollte es denn erfahren, wenn wir den Mund halten?«

»Die Wände haben Ohren. Wir müssen auf der Hut sein.«

»Was sollen wir also tun?«

»Wir müssen uns etwas einfallen lassen. Wir müssen einen Weg finden.«

Eine Zeit lang saßen sie schweigend da. Dann schlug Sadık Ağa vor: »Ruft die Mädchen, sie sollen uns einen starken Kaffee machen. Sicherlich fällt uns etwas ein, bis wir ihn ausgetrunken haben.«

Hüseyin ging nach draußen und rief nach den Frauen. Kurz darauf kamen Mädchen in silberbestickten Samtkleidern, die Kaffeekännchen auf Tabletts hereintrugen. Sie schoben die Kännchen auf das Kohlebecken, kochten den Kaffee auf, gossen ihn in henkellose Tassen und setzten sie den Männern vor. Im Raum verbreitete sich der Duft von Kardamom, mit dem der Kaffee gewürzt war. Sobald die Mädchen mit dem Servieren fertig waren, zogen sie sich wieder lautlos zurück.

Schlürfend nahm Sadık Ağa einen großen Schluck Kaffee. Er trank nicht ganz aus, stellte die Tasse neben sich ab. Sein Gesichtsausdruck verriet deutlich, dass ihm nicht wohl war bei dem, was er gleich sagen würde. Seine Stimme klang schwach, als er bekannt gab: »Cengiz wird das Geld übergeben.«

Hüseyin fragte: »Wie? Ich habe dich nicht verstanden, Vater.«

Sadık Ağa räusperte sich und wiederholte: »Ich sagte: ›Cengiz‹. Er soll das Geld übergeben.«

»Warum denn Cengiz?«

»Zum einen ist er noch jung, er hat keine Familie, keinen Anhang. Und von Zeit zu Zeit macht er irgendwelche Dummheiten, spielt um Geld, macht Schulden …«

»Aber Vater …«

»Unterbrich mich nicht, Hüseyin! Cengiz ist zwar dein Sohn, aber er ist auch mein Enkel. Ihr habt wohl gedacht, mir irgendetwas verheimlichen zu können, aber ich weiß alles. Meine Augen und Ohren sind überall. Ich mag alt sein, aber verblödet bin ich noch nicht.«

»Aber Vater, was redest du da!«

»Ich habe gerade gesagt, dass Cengiz dem Glücksspiel verfallen ist.«

»Bei Gott, Cengiz spielt überhaupt nicht mehr. Er hat aufgehört damit …«

»Hab ich nicht gesagt, du sollst mich nicht unterbrechen!

Jedes Übel hat auch sein Gutes. So jetzt auch das Glücksspiel. Lasst Cengiz das Geld übergeben! Sollten wir deshalb einmal Probleme bekommen, sagen wir, der Kerl habe Spielschulden gehabt und die habe er eben bezahlt.«

Als sich an diesem Abend alle Männer der Familie zerstreut hatten, um nach Hause zu gehen, rief Sadık Ağa eine seiner Enkelinnen zu sich und bat sie: »Hediye, mein Herz, mach mir doch mit deinen anmutigen Händen noch so einen schönen starken Kaffee und bring ihn deinem Großvater, damit ich vor dem Schlafengehen noch mal in Ruhe Kaffee trinken kann.«

»Ganz wie du willst, Opa!«

»Halt, Mädchen, warte! Lass das mit dem Kaffee. Bring mir lieber ein Glas Rakı. Das Wasser gieße ich selbst dazu.«

»Aber Opa, es ist schon spät.«

»Stimmt. Es ist nicht die Zeit dafür, aber der Kummer quält mich, mein Mädchen. Bring ihn mir, damit er meine Nerven beruhigt. Manche besänftigt der Alkohol, manche regt er an. Ich gehöre zu den Ersteren. Wenn ich mir jetzt kein Gläschen genehmige, werde ich heute Nacht kein Auge zubekommen.«

»Warum denn, Opa? Was war denn los? Ist alles in Ordnung?«

»Besonders gut laufen die Dinge nicht, mein Kind. Der Pfeil ist abgeschossen, aber es ist noch nicht heraus, wo er auftrifft.«

»Was redest du da, Opa?«

»Kümmere dich nicht darum, was ich sage. Die Alten reden immer so viel. Ach, und Hediye, sag ja deinen Müttern und der Großmutter nichts davon, dass ich einen Rakı verlangt habe! Schenk mir heimlich ein Glas ein und bring es mir!«

Nachdem das Mädchen das Zimmer verlassen hatte, wartete Sadık Ağa noch etwas, und als er sicher war, dass das Mädchen fort war, stellte er sich ans Fenster, sah zum gerade aufgehenden Neumond hinaus, schlug sich mit den Händen gegen den Brustkorb und brüllte wie ein verwundeter Löwe: »Sieh mich an und hab Erbarmen mit mir, Mond des erhabenen Gottes! Sieh, wie mich dieser Bandit auf die Knie gezwungen hat, wie er mich sich gefügig gemacht hat. Welches Unrecht ich dir auch angetan haben mag, heute hast du es mir vergolten, großer Gott!«

Auf der Toilette eines der Billardsalons in der Stadt, der derart verraucht war, dass man die Hand vor Augen nicht sehen konnte, händigte Cengiz dem jungen Mann im Parka die Tasche mit dem Geld aus, auf der er gerade noch gesessen hatte. Vorher hatte er ihn noch dazu überreden können, in seiner krakeligen Schrift zu notieren, welche Summe er erhalten hatte. Der Mann im Parka zählte das Geld, unterzeichnete den Schrieb, den er selbst aufgesetzt hatte, und sagte: »Und jetzt unterschreibst du mir auch so einen Wisch, in dem steht, wie viel du mir gegeben hast.«

Cengiz wehrte ab: »Das ist unnötig.«

»Ich will ihn trotzdem. Du bestätigst mir auch, wie viel Geld du mir gegeben hast, damit keiner glaubt, ich hätte etwas davon genommen.«

»Woran sollten sie denn erkennen, dass ich ihn geschrieben habe?«

»Komm mir jetzt nicht frech, du Klugscheißer, sondern schreib!«

»Was, wenn ich's nicht tue?«

Der junge Mann im Parka drohte: »Dann brennt morgen noch einer eurer Lkws!« Dabei legte er einen doppelt gefalteten Briefbogen, den er aus der Tasche gezogen hatte, neben den Wasserhahn und hielt Cengiz einen Stift hin.

»Aber wenn jetzt einer hereinkommt ...«

»Es kommt schon keiner. Vor der Tür stehen meine Freunde. Los, Mann, hab ich dir nicht gesagt, dass du dich beeilen sollst, oder sollen wir die ganze Nacht hier auf dem Scheißhaus verbringen?«

»Schwein!«, fluchte Cengiz durch die Zähne. Er schrieb die Summe auf das Papier, die er abgegeben hatte, setzte das Datum und seine Unterschrift dazu.

»Jetzt zieh bloß Leine!«, schimpfte der andere zurück.

Nur mit Mühe konnte sich Cengiz zurückhalten, diesem Kerl nicht die Fresse zu polieren. Er stieß die Tür auf, bahnte sich seinen Weg durch die Wolke aus Zigarettenrauch, die im Billardsalon waberte, und stürzte sich auf die Straße. Draußen stoppte er ein Taxi und fuhr nach Hause. Von dort rief er seinen Vater an: »Es ist alles in Ordnung, Papa! Die Sache ist ohne Zwischenfall über die Bühne gegangen. Du kannst die Onkel und Großvater benachrichtigen!«

In Anatolien war gerade wieder der Frühling erwacht. Luft, Wasser und Boden hatten sich schon erwärmt. Ginster färbte die Berghänge gelb, an den Bächen entlang leuchteten Mohn, Margeriten und Eisenkraut. Die Natur hatte sich in allen sieben Farben des Regenbogens geschmückt, die Bäume standen in voller Blüte, die Schafe hatten gelammt. Auf dem Hof der Kasrikoğlus herrschte vergnügte Hektik. Sadık Ağas Enkelin Hediye, die Tochter seiner Jüngsten, wurde verheiratet. Die Hochzeitsfeier sollte im vorderen Garten des Hofs abgehalten werden, ein Teil der Gäste würde auch über Nacht bleiben. Aus diesem Grund verteilten Baumwollkrempler, die auf ausgebreiteten Tüchern in den weiter hinten im Haus gelegenen Höfen hockten, emsig Baumwolle, die in Haufen neben Decken und Matratzen lag. Mädchen putzten die Stein- und Holzböden, Frauen rollten Teig hauchdünn aus.

Das Klingeln des Telefons war Sadık Ağa schon immer verhasst gewesen. Deshalb nahm er den Hörer sogleich ab, als der Apparat schrillte, während er gerade im Empfangszimmer mit den Rechnungen auf seinem Schreibtisch beschäftigt war.

»Hallo!«, rief er hinein.

Am anderen Ende war Hüseyins zittrige Stimme zu vernehmen: »Vater ... Vater ... schlechte Nachrichten. Heute Morgen haben sie Cengiz mitgenommen.«

»Wohin mitgenommen? Wer hat ihn mitgenommen?«

»Soldaten. Ich weiß nicht, wohin sie ihn gebracht haben.«

»Warum?«

»Weil er der Organisation das Geld gegeben hat.«

»Aber davon wusste niemand! Das sollte doch keiner erfahren! Welcher ehrlose Lump hat denn da gequatscht? Welcher Mädchenschänder, welcher Zuhälter, welcher ...«

»Hör auf, Vater, hör auf! Keiner von uns hat gequatscht. Es war der Kerl, der das Geld übernommen hat.«

»Woher weißt du das?«

»Von der Polizei.«

»Habt ihr denn nicht gesagt, dass das Spielschulden waren?«

»Doch, das haben wir, Vater. Cengiz war deswegen sogar schon drei Tage in Polizeigewahrsam.«

»Und das sagst du mir erst jetzt? Wo hast du nur deinen Verstand gelassen!«

»Wir wollten es dir nicht sofort sagen, damit du dir keine Sorgen machst. Wir dachten, wir bekämen es schon alleine hin. Die Polizei verhörte ihn und ließ ihn dann wieder laufen. Er kam nach Hause zurück. Später tauchte dann ein voll besetzter Wagen mit Soldaten auf, die seine Wohnung und seinen Arbeitsplatz durchsuchten. Sie stellten das Haus und das Büro auf den Kopf. Finden konnten sie nichts. Was hätte es auch zu finden gegeben! Sie nahmen den Jungen wieder mit und verschwanden. Ich habe davon erfahren, weil mich die Nachbarn benachrichtigt haben.«

»Hüseyin, erzähl der Polizei und dem Militär die Wahrheit! Erzähl ihnen alles, was passiert ist und wie sich die Sache abgespielt hat. Erzähl ihnen von den ausgebrannten Lkws und auch von dem einen, der in den Abgrund gestürzt ist, und berichte ihnen von den Erpresserbriefen … einfach alles!«

»Werden sie dann nicht fragen, warum wir die Polizei nicht schon damals informiert haben?«

»Sicherlich. Erklärt es ihnen eben! Holt den Jungen da raus!«

Kaum hatte er aufgelegt, fasste sich Sadık Ağa mit der Hand an die linke Brusthälfte und verharrte über den Tisch gebeugt.

»Cengiz, ich habe dich ins Unglück gestürzt!«, jammerte er mit schwacher Stimme. »Ich bin schuld, ich ganz allein.«

Cengiz kam auf dem Holzboden einer Zelle zu sich, in die man ihn gesperrt hatte. Erst glaubte er, nur schlecht geträumt zu haben, und presste die Augen wieder ganz fest zu. Als er sie wieder öffnete, wurde ihm klar, dass das alles kein Albtraum war, sondern die nackte Wahrheit. In dem engen Loch, in dem er sich befand, gab es nichts als einen Stuhl. Er versuchte vom Boden aufzustehen. Rücken, Leiste, Arme, Beine, alles war steif. Nur mit Ach und Krach kam er hoch und setzte sich auf den einzigen Stuhl im Raum. In der letzten Nacht hatte man ihn in einen Jeep einsteigen lassen, dann in die Stadt gebracht, in der sich die Hauptkommandantur befand, und daraufhin war er dem Soldaten überantwortet worden, der ihn in diese Zelle steckte. Cengiz sah auf die Uhr, drei nach sieben. Er ließ den Blick umherwandern auf der Suche nach einer Tür, die irgendwohin führen würde, wo man seine Notdurft erledigen könnte. Aber es gab nur eine Tür, und die führte auf den Korridor. Er versuchte sie zu öffnen. Sie war verschlossen.

Cengiz begann, gegen die Tür zu trommeln. Bald darauf ging sie auf.

Ein Soldat streckte den Kopf herein und herrschte ihn an: »Was zum Teufel willst du, Mann?«

»Ich muss mal.«

»Also los, marsch!«

Der Soldat ging vorneweg, Cengiz hinterdrein, so folgten sie dem langen Gang und stiegen ein Stockwerk tiefer. Der Soldat deutete auf eine Tür links und befahl: »Mach schnell!«

Als Cengiz fertig war, gingen sie wieder zu der Zelle zurück, der Soldat vorneweg, er hinterdrein. Cengiz nutzte die Gelegenheit, um zu fragen: «Wie lange werde ich wohl hierbleiben, mein Freund?«

»Ich wüsste nicht, dass wir Freunde sind. Ich bin kein Vaterlandsverräter.«

»Ich auch nicht.«

»Was hast du dann hier zu suchen?«

»Das alles ist nur ein Missverständnis.«

»Ach, was du nicht sagst!«

»Bei Gott, das ist die Wahrheit, sonst sollen meine Augen jetzt auf der Stelle blind werden.«

»Na, wenn schon, sollen sie doch!«

»Freund, äh Chef, wie lange meinst du ...«

»Das weiß ich nicht, Mensch. Hock dich hin und gib Ruhe!«

Der Soldat ging zur Tür und verzog sich. Cengiz setzte sich auf den Boden, stützte seine Arme auf dem Stuhl auf, legte seinen Kopf zwischen sie und versuchte zu schlafen. Vor lauter Müdigkeit war er eine Weile eingenickt. Er hatte nicht mitbekommen, dass die Tür aufgegangen war, aber er schrak hoch, als er spürte, wie er von Soldatenstiefeln getreten wurde. Ein Soldat mit einem Napf Suppe und einem Stück Brot in der Hand hatte sich vor ihm aufgebaut. Cengiz schnellte sofort hoch und sagte: »Danke, mein Freund, was meinst du, wann sie mich gehen lassen?« Insgeheim dachte er: »Oh Mann, jetzt habe ich schon wieder ›Freund‹ gesagt.« Doch diesmal bekam er keinen Rüffel.

»Nach deiner Vernehmung.«

»Wann wird die stattfinden?«

»Woher soll ich das wissen? Klopf an die Tür, wenn du mit der Suppe fertig bist!«, gab der Soldat nur barsch zurück, dann war er verschwunden.

Cengiz stellte den Napf mit der Suppe auf den Stuhl und setzte sich auf den Boden, brach ein Stück vom Brot ab und steckte es in den Mund. Es war steinhart. Obwohl ihm vor lauter Hunger schon schwarz vor Augen wurde, konnte er es nicht kauen und hinunterschlucken. Also warf er es in Stückchen in die Suppe, nahm den Löffel und würgte es hinunter. Die Suppe schmeckte nach Spülwasser, und sie war eiskalt. Um seinen knurrenden Magen zu beruhigen, machte er sich doch daran, von den eingeweichten Brotstücken zu essen, die in der Suppe schwammen. Für seine Vernehmung musste er bei Kräften sein. Nun war er zuversichtlich. Sobald sich bei der Vernehmung herausstellen würde, dass er unschuldig war, würden sie ihn freilassen. Keiner auf der Polizeiwache hatte ihm seine Nummer mit den Spielschulden abgekauft. Also war es nun an der Zeit, die Wahrheit zu sagen. Ohnehin war es ihm so vorgekommen, als habe er seinen Vater in der Menge gesehen, als man ihn aus dem Jeep hatte aussteigen lassen und er von Soldaten umringt ins Hauptquartier geführt worden war. Es hatte so ausgesehen, als habe sein Vater ihm ein Zeichen gegeben, indem er deutlich mit den Lippen ein »Pack aus, erzähl ihnen alles!« formte. Später, während der schlaflosen Nacht in der engen Zelle, hatte er dann geglaubt, er habe sich das eingebildet. Oder hatte er geträumt? Nein, nein, das konnte nicht sein. Als er glaubte, seinen Vater zu sehen, ja sogar zu hören, da war er noch gar nicht in dieses Loch eingekerkert gewesen, und eingeschlafen war er doch schließlich auch nicht, wie sollte es dann ein Traum gewesen sein? Sein Vater hatte ihm ein Zeichen gegeben ... Nein, es war doch gar nicht möglich, dass er ihn gesehen hatte ... Das konnte nur ein Traum gewesen sein. Cengiz vermengte Illusion und Realität. Er war restlos verwirrt und schickte ein stilles Stoßgebet zum Himmel: »Lieber Gott, lass mich nicht verrückt werden!« Er musste eine Entscheidung treffen, was er aussagen sollte, wenn sie ihn ein weiteres Mal verhören würden.

Cengiz stellte den Napf, in dem noch Brotstückchen schwammen, auf den Boden und klopfte an der Tür. Doch diesmal kam niemand, und keiner öffnete die Tür. Cengiz nahm auf dem Stuhl Platz und fing an, darüber nachzudenken, warum er in so eine Situation geraten war. Wie hatte ein junger Mann wie er sich nur so einen Ärger einhandeln können, ausgerechnet er, der überhaupt kein Interesse an Politik hatte, der keiner Partei, keinem Verein und keiner Organisation angehörte, den Politik anekelte und der keine andere Schwäche hatte, als von Zeit zu Zeit mal eine Runde Poker zu spielen. Besorgt steckte er die Hand in die Hosentasche. Ah! Das Päckchen Zigaretten war noch da. Vor lauter Aufregung und Kopflosigkeit war er zuvor gar nicht auf die Idee gekommen, seine Taschen nach Zigaretten zu durchsuchen. Beim Herausziehen der Schachtel fiel das Feuerzeug runter. Was war das doch für eine gute Angewohnheit, das Feuerzeug in die Schachtel zu stecken. Er zündete sich eine Zigarette an und machte einen tiefen ersten Zug.

Die Zigarette vermittelte ihm ein wohliges Gefühl, und er sagte sich: »Kopf hoch, auch das geht vorbei. Mach dir nichts draus!«

Nach zwei langen Tagen schließlich, in denen er versucht

hatte, seinen Hunger mit altem Brot zu stillen, das er in irgendwelche kalten Tarhana-Suppen und wässrigen Kichererbseneintöpfe gebrockt hatte, waren seine Zigaretten aufgebraucht und sein Durchhaltewille auch. Am dritten Tag holte man ihn zum Verhör.

»Dann leg mal los, Kasrikoğlu!«, befahl der Mann in Uniform.

»Was wollen Sie denn wissen?«

»Deine Beziehungen zur Organisation.«

»Ich habe keine.«

»Und deswegen hast du ihnen also Geld gegeben?«

»Ich habe nichts zu schaffen mit dieser Organisation.«

»Hör mal zu, Cengiz, mein Junge, ich gebe dir einen guten Rat. Du solltest zu deinem eigenen Besten mit der Wahrheit herausrücken. Wenn du alles erzählst und uns die Arbeit erleichterst, dann bist du nach diesem Verhör ein freier Mann. Solltest du uns aber für dumm verkaufen wollen …«

»Gott bewahre, Herr General.«

»Ich bin kein General.«

»Herr Kommandant …«

»Schau mal, mein Junge, das ist ein Verhör hier, das bedeutet, wir befragen dich und nicht umgekehrt. Hast du mich verstanden?«

»Jawohl!«

»Bist du sicher?«

»Ja, bin ich.«

»Gut, wenn das so ist, dann antworte mir jetzt einfach ohne Umschweife, und wehe, du tischst uns irgendwelche Lügen auf! Denn solltest du die Unwahrheit sagen oder uns etwas verschweigen, so finden wir es heraus, und dann werden wir dich behandeln, wie du es verdient hast.«

»Ich lüge nicht!«

»Warum behauptest du dann, du hättest mit dieser Organisation nichts zu tun?«

»Weil es stimmt. Wenn Sie erlauben, erzähle ich Ihnen alles von Anfang an.«

»Hast du Verbindungen zur Organisation, ja oder nein?«

»Nein!«

»Du willst also nicht auspacken?«

»Aber nein. Ich habe mit denen nichts zu tun.«

»Wenn das so ist, dann übernehme ich keine Verantwortung, Kasrikoğlu. Was von nun an passieren wird, hast du dir alles selbst zuzuschreiben. Durch die Folter könntest du zum Krüppel werden. Du könntest auch umkommen dabei. Na, komm schon, wäre es nicht besser, du würdest uns das ersparen und mir erzählen, was passiert ist? Zwing mich nicht dazu, die Wahrheit mit Gewalt aus dir herauszuholen, ich mache so was nämlich nicht gerne.«

»Also, wir haben einige Lastwagen.«

»Das ist mir bekannt.«

»Tja, und mit diesen Lastwagen transportieren wir Weizen hinunter in unsere Fabrik in der Stadt.«

»Komm mir doch nicht mit Sachen, die wir sowieso schon wissen, ich will etwas Neues hören.«

»Na, ich will doch gerade erzählen, warum ich gezwungen war, der Organisation Geld zu geben.«

»Du gibst also zu, dass du gezahlt hast.«

Cengiz rutschte nervös auf seinem Stuhl hin und her. Bei dem Stück Papier, mit dem der Kommandant, der die Vernehmung führte, da gerade wedelte, konnte es sich um jene Quittung handeln, die er unterschrieben hatte. Wenn er nun zugeben würde, das Geld gezahlt zu haben, würden sie dann wenigstens den Rest der Familie in Ruhe lassen, oder würden sie dann vielmehr über alle herfallen? Er wollte nicht, dass sein

Vater und vor allem nicht sein alter Großvater mit der Sache in Verbindung gebracht werden würden, also versuchte er, sich auf die Schnelle eine Antwort einfallen zu lassen.

»Red schon, Mann!«, brüllte ihn der Kommandant an.

»Ja, aber...«, stammelte Cengiz.

»Kein ›aber‹. Gibst du zu, das Geld gezahlt zu haben?«

«Ja, das gebe ich zu. Ich habe gezahlt. Wir wurden erpresst. Man hat unsere Lkws in Brand gesteckt. Einer stürzte in den Abgrund. Ich musste zahlen.«

»Hast du das Geld persönlich übergeben?«

»Ja.«

»Woher hattest du es?«

»Von meinem Vater.«

»Dein Vater ist also über alles im Bilde. Er hat dir das Geld wissentlich gegeben.«

»Mein Vater weiß gar nichts. Ich habe ihm nicht gesagt, für wen es bestimmt war.«

»Warum hätte er dir dann eine solche Summe auszahlen sollen?«

»Ich habe behauptet, ich hätte Spielschulden.«

»Hat er dir das abgekauft?«

»Ja.«

»Nicht zu fassen!«

»Na ja, so was war schon mal vorgekommen ... äh ... also, dass ich Spielschulden hatte ...«

»Du bist mir ja ein Früchtchen! Hast du das Geld, das du zu früheren Gelegenheiten bekommen hast, auch an die Organisation weitergereicht?«

»Aber nein!«

»Woher soll ich wissen, dass du die Wahrheit sagst?«

»Erkundigen Sie sich doch im Spielsalon City-Club – ich gebe Ihnen die Namen der Leute, denen ich etwas schuldig war.«

»Wie der hohe Herr befiehlt!«

»Aber ich bitte Sie, ich habe das doch nur gesagt, weil Sie mir nicht glauben.«

»Wenn das, was du mir hier auftischst, wahr ist, dann glaube ich dir schon. Dann war der Freund, der das Geld entgegengenommen hat, wohl auch ein Spielpartner aus dem City-Club, oder?«

»Nein, mit dem habe ich nicht gespielt.«

»Junge, hast du das Geld im Spielsalon dabeigehabt?«

»Nein, nicht dort.«

»Wo dann?«

»Im ... äh ... im Billardsalon.«

»Im Billardsalon?«

»Ja.«

»Warum dort?«

»Damit es keiner sieht, keiner etwas davon erfährt.«

»Soll das heißen, dass bei dieser Menge Leute dort keiner etwas mitbekommen hat?«

»Ja, kein Mensch. Ich habe das Geld auf der Toilette übergeben.«

»Wie heißt der, dem du es gegeben hast?«

Cengiz versuchte sich an die Unterschrift zu erinnern, die der junge Mann im Parka auf das Blatt Papier geworfen hatte, und nannte den Namen sofort, als er ihm schließlich tatsächlich einfiel.

»Gratuliere! Vielen Dank dafür, dass du den Separatisten dein Geld in die Hände gespielt hast. Jetzt wollen wir doch mal sehen, wen du sonst noch so alles bei der Organisation kennst.«

»Niemanden.«

»Du fängst allmählich an, mich zu langweilen, Kasrikoğlu. Wirst du endlich auspacken, oder sollen wir mal richtig anfangen? Ich habe nicht vor, den ganzen Tag hier zu sitzen und dir jedes Wort aus der Nase zu ziehen.«

»Ich schwöre es, ich kenne niemanden von denen.«

Der Kommandant erhob sich von seinem Stuhl, den er direkt vor Cengiz gezogen hatte, holte ein schwarzes Tuch aus der Hosentasche und band es ihm um die Augen, dabei sagte er: »Steh doch mal auf, Cengiz Ağa. So wie es aussieht, wird sich die Sache nicht gütlich regeln lassen.«

Cengiz stand auf. Der Kommandant beförderte ihn schubsend und stoßend aus dem Zimmer und den Gang entlang, bis sie schließlich in einen anderen Raum gelangten, wo er ihn auf einem Stuhl Platz nehmen ließ. Das Tuch löste er nicht. Aus den Stimmen, die Cengiz vernahm, schloss er, dass sich mehrere Personen im Raum befanden. Bei dem Verhör hier wiederholte er ein weiteres Mal geduldig all die Antworten auf die Fragen, die man ihm heute bereits gestellt hatte. Jawohl, er habe der Organisation Geld gegeben. Das habe er getan, weil man die Lkws angezündet und beständig Drohungen ausgesprochen habe. Um sich davon zu befreien, habe er eine Einmalzahlung geleistet. Nein, Mitglied in der Organisation sei er nicht, kenne niemanden von der Organisation, sympathisiere nicht mit deren Zielen. Er beantwortete ihre Fragen wieder, wieder und wieder. Irgendwann hatte er es dann so satt, die vielen unterschiedlichen und doch immer aufs Gleiche hinauslaufenden Fragen zu beantworten, die ihm nacheinander von fünf verschiedenen Personen gestellt wurden, dass ihm schließlich der Kragen platzte und er schrie: »Es wird euch nicht gelingen, mir hier irgendetwas in den Mund zu legen. Ich habe nichts mit der Organisation zu tun, und ich kenne niemanden von denen. Ich weiß weder ihre Namen noch, wo sie sich aufhalten. Ihr werdet immer wieder das Gleiche von mir hören, selbst wenn ihr mich hier einen Monat, ein Jahr oder auch zehn Jahre festhaltet.

Lasst mich laufen, oder steckt mich in den Knast – egal –, aber stellt mir keine Fragen mehr!«

Daraufhin klatschte prompt eine Ohrfeige in sein Gesicht. Er stürzte zu Boden, und als man ihn mit Fußtritten malträtierte, verlor er das Bewusstsein.

Von schrecklichem Gewimmer wurde Cengiz aus seinem tiefen Schlaf gerissen. Es war ein seltsamer Laut, der an das Winseln eines verletzten Tieres erinnerte, ein nicht enden wollendes an- und abschwellendes Schreien, ein Klagen, ein Lamentieren – wie eine Totenklage. Zeitweise wurde es lauter, dann wurde es zu einem Gemurmel, dann wieder verwandelte es sich in einen herzzerreißenden Schrei. Vom Leben auf dem Dorf her war Cengiz vertraut mit dem Geheul und Gewimmer von Tieren wie auch mit dem Schreien gebärender Frauen. Dieser Laut hier war mit alldem nicht vergleichbar. Cengiz erschauerte. Er bemühte sich herauszufinden, woher die Stimme kam. Vom Stockwerk darunter oder aus dem Nebenzimmer? Er kam nicht dahinter. Sobald seine Augen sich an die Dunkelheit gewöhnt hatten, richtete er sich auf. Er hatte überall Schmerzen. Als er aufstehen wollte, stieß er sich den Kopf an irgendetwas und sank sogleich wieder nieder. Er reckte seine Hände nach oben, anscheinend lag er im unteren Teil eines Stockbettes. Also war er nicht allein. Er freute sich. Dann versuchte er sich zu erinnern, wie er hier hereingekommen war. Das Letzte, was er noch wusste, war, wie man ihn mit verbundenen Augen dem Verhör unterzogen hatte. Danach war es dunkel … stockdunkel.

Im Morgengrauen erkannte er, dass er sich in einer kleinen Zelle mit mehreren Stockbetten befand. Auf der oberen Liege des gegenüberliegenden Bettes lag noch jemand. Im Zimmer gab es nichts weiter als diese Eisengestelle, und auf denen lagen nicht einmal Matratzen. Cengiz ließ seine Finger über die zur

Hälfte gefaltete Militärdecke mit den rauen Borsten unter sich gleiten. Er hatte die ganze Nacht über auf dem Eisengestell des Bettes gelegen. Das musste der Grund sein, warum ihm alles wehtat. Er schob seine Hände unter den Kopf, drehte sich auf den Rücken und versuchte wieder einzuschlafen.

Der Aufprall eines menschlichen Körpers, der in die Zelle geworfen wurde, riss ihn erneut aus seinem Schlaf. Auf dem Boden lag ein blutüberströmter Mann in erbärmlichem Zustand. Seine Fußsohlen waren aufgebläht wie frisch aus dem Ofen gezogene Brotlaibe. Seine braunviolett angelaufenen Augenlider waren derart aufgedunsen, dass er die Augen nicht mehr aufbekam. Aus seiner Nase sickerte Blut. Zwei Finger seiner rechten Hand mussten gebrochen sein, denn es sah so aus, als würden sie nur noch lose unter der Haut baumeln. Seine Hose war nass und stank bestialisch nach Urin.

Der Mann vom Bett gegenüber, von dem er angenommen hatte, er würde schlafen, sprang auf den Boden hinunter. Wortlos hoben sie gemeinsam den auf dem Boden liegenden Klumpen Mensch mit einiger Anstrengung auf eine der unteren Liegen. Cengiz deckte den schlotternden Mann mit seiner Decke zu.

»Wie heißt du?«, fragte der Mann, der von der Pritsche gegenüber herabgesprungen war.

»Cengiz, Cengiz Kasrikoğlu.«

»Ich bin Kadir.«

Cengiz streckte dem anderen zur Begrüßung die Hand entgegen, doch Kadir legte seine Rechte auf die Brust und verbeugte sich. Cengiz' Hand blieb im Leeren stehen.

»Weswegen sind Sie hier?«, fragte er den Fremden.

»Wegen Vaterlandsverrat, und du?«

»Ich auch.«

»Und, hast du's getan?«

»Gott bewahre! Und Sie?«

»So einem Vaterland scheiße ich ins Maul!«, schimpfte Kadir.

Cengiz dachte beunruhigt: »Das hat mir gerade noch gefehlt. Wenn sie Patrioten und Anarchisten in dieselbe Zelle stecken, dann heißt das wohl, dass sie keinen Unterschied zwischen ihnen machen. Mit dem Kerl sollte ich mich besser nicht einlassen.« Er sah zu, dass er wieder in sein Bett kam, und da er ja seine Decke hergegeben hatte, legte er sich auf das nun nackte Eisengestell. Nach einiger Zeit konnte er sich doch nicht mehr zurückhalten und fragte den anderen: »Kennst du unseren Kumpel hier?«

»Cafer? Das ist auch ein Vaterlandsverräter, genau wie wir.«

»Ich bin kein Vaterlandsverräter.«

»Das macht keinen Unterschied! Du wirst trotzdem deinen Teil Folter abbekommen. Woher sagtest du, stammst du?«

Cengiz nannte den Namen seiner Heimatstadt.

»Oho, dann bekommst du noch mehr davon!«

»Hoffentlich bekommst du die Abreibung, die du verdient hast, du Hurensohn«, fuhr es Cengiz durch den Kopf.

Etwa eine halbe Stunde später wurde unwirsch die Tür aufgerissen. Der Soldat, der eintrat, stellte ein Tablett mit drei Glas Tee und drei Scheiben Brot auf den Boden. Als sich Cengiz auf eines der Gläser stürzte, traf ihn ein Stoß gegen die Brust.

Der Soldat fuhr ihn an: »He da, Mann, langsam! Was hast du's so eilig, du dreckiger Hund! Bist du so hungrig?«

»Ja.«

»Tritt gefälligst erst mal zum Morgenappell an!«

Cengiz machte ein verdutztes Gesicht.

»Na los, Alter!«

»Was soll ich denn machen?«

»Zuerst die Nationalhymne singen, dann das Gelöbnis aufsagen!«

»Sing die Nationalhymne!«, raunte ihm Kadir zu.

»Ich habe aber keine besonders schöne Stimme«, wehrte Cengiz ab.

Der Soldat drohte: »Jetzt sing! Sonst werde ich dir zeigen, wie man singt!«

Cengiz ging in Habachtstellung und machte sich zum Singen bereit.

»Runter vom Bett, du Hund!«, schrie der Soldat nun auch Kadir an.

Der schwang sich auf den Boden und nahm neben Cengiz Haltung an, beide Hände an der Hosennaht.

Nun wandte sich der Soldat brüllend an den so übel zugerichteten Kerl auf der Pritsche. »He, du da, steh auf, na los!«

Cengiz wandte ein: »Der kann nicht aufstehen. Sehen Sie das denn nicht? Er ist nicht in der Lage dazu.«

»Halts Maul, Mensch, wer hat dich denn gefragt?«

»Man hat ihn gerade eben erst hereingebracht. Er ist nicht bei Bewusstsein.«

Eine Ohrfeige klatschte Cengiz ins Gesicht. Er wollte sich auf den Soldaten werfen, wurde aber von Kadir an den Armen gepackt und zurückgehalten. Er erklärte dem Soldaten: »Das ist noch ein grüner Junge, bald hat er's kapiert.«

Cengiz schüttelte Kadir ab und befreite sich aus seinem Griff. Der Soldat, gereizt, weil man sich gegen ihn aufgelehnt hatte, brüllte: »Ihr wisst ja wohl, was ich euch in den Arsch stecke, wenn ihr euch nicht alle drei sofort vor mir aufstellt!«

Kadir beugte sich über den Mann auf der Pritsche und befahl Cengiz: »Komm her und hilf mir!« Zu zweit fassten sie das Häufchen Elend unter den Achseln, zogen den Mann aus dem Bett und versuchten, ihn auf die Beine zu stellen. Sie klemmten den Alten, dem die Knie wegsackten, zwischen sich ein, dann legten sie mit der Nationalhymne los. Wenn sie dabei einen

Fehler machten, bekamen sie einen Stockhieb auf die Beine. Nach der Hymne sagten sie das Gelöbnis auf. Irgendwann war die Veranstaltung beendet, und sie legten den Mann wieder zurück auf sein Lager.

»Der da hat nicht gesungen. An seiner Stelle werdet ihr jetzt noch einmal singen«, forderte der Soldat.

Kadir und Cengiz stellten sich wieder nebeneinander auf und versuchten erneut, sowohl Hymne als auch Gelöbnis von Anfang an möglichst fehlerfrei zu rezitieren. Bei jedem Fehler, der ihnen dennoch unterlief, sauste der Stock auf ihre Beine herab, und sie mussten noch einmal von vorne beginnen. Als der Soldat endlich draußen war, streifte Cengiz seine Hose ab und sah sich die Blutergüsse an seinen Beinen an. Seine Knochen brannten.

Kadir schimpfte: »Bis diese Kerle eine Soldatenuniform über ihre Schultern ziehen, werden sie vom Tag ihrer Geburt an von jedem verprügelt: von ihren Müttern, ihren Vätern, sämtlichen Onkeln, ihren Schullehrern und auf den Feldern von den Landbesitzern. Später gehen sie zum Militär, nun werden sie von ihren Vorgesetzten vermöbelt, und wie. Das weißt du doch. Irgendwann schmeißen sie sich dann selbst in diesen buschbohnengrünen Aufzug und rächen sich für all die Schläge, die ihnen von denen zugefügt wurden, die ihre Macht an ihnen ausgelassen haben. Deshalb pass bloß auf, dass du sie nicht provozierst! Vorsicht, ja!«

»Was habe ich schon mit Soldaten zu tun, wie sollte ich sie also provozieren?« Cengiz konnte diesen Besserwisser nicht ausstehen.

»Das wirst du bald merken.«

Cengiz erwiderte nichts mehr. Er griff nach einem der Teegläser, nahm einen Schluck und spie ihn gleich wieder aus. Der Tee war eiskalt. Vermutlich war das Brot auch nicht besser als das gestrige. Er rührte es gar nicht erst an. Er stellte das Teeglas zurück auf das Tablett und legte sich wieder auf den Metallrost. Nach einiger Zeit kam der Soldat zurück. Als er sah, dass Cengiz weder den Tee noch das Brot verzehrt hatte, fragte er: »Hats dir etwa nicht geschmeckt?«

»Der Tee war kalt und das Brot steinhart.«

»Ich fick dich gleich in den Arsch, du Wichser. Willst du vielleicht, dass wir dir das Frühstück aus einem Fünfsternehotel holen?«

»Beleidige mich nicht! Mehr verlange ich nicht.«

»He, du Schwuchtel, dir werd ich's zeigen!«

»Was hab ich dir eigentlich getan?«

»Bist du etwa kein Separatist? Was braucht es denn noch?«

»Ich will keine Spaltung oder so was.«

»Warum wärst du denn sonst hier?«

»Keine Ahnung. Frag doch diejenigen, die mich hierhergebracht haben.«

»Ich frage aber dich.«

»Oje, mein Freund, verpiss dich doch einfach und mach deine Arbeit.«

Der Soldat knallte Cengiz noch mal eine. Noch bevor Kadir zwischen die beiden gehen konnte, ging es schon drunter und drüber, Cengiz und der Soldat lieferten sich eine heftige Rauferei. Plötzlich schnellte der Soldat wie ein Pfeil aus Cengiz' Umklammerung und war draußen. Nur wenige Minuten später kam er mit drei anderen zurück. Sie packten Cengiz an allen vieren und schleppten ihn hinaus. Die Sonne war gerade aufgegangen.

Gegen Abend ging die Zellentür auf, und Cengiz erschien an den Armen zweier Personen hängend an der Tür, Mund und Nase waren blutig, die Hose voller Urin und am Hintern zerrissen, drei Finger waren gebrochen, die Vorderzähne ausgeschlagen und die Augen dick wie Fäuste. Die Männer schubsten ihn hinein. Wie ein leerer Sack sank Cengiz in der Mitte der Zelle zusammen.

Schon beim ersten Hahnenschrei war Sadık Ağa auf den Beinen. Er war in Aufregung, denn er wollte den Landrat gastlich empfangen, der sich angekündigt hatte, um sich wegen seiner Spende für die Reparatur des Schuldaches und die Anschaffung eines neuen Röntgenapparates für die Klinik in der Kreisstadt zu bedanken. Einen Tag davor hatte er die Frauen bereits den Teig fein ausrollen und Weizengrütze vorbereiten lassen. In der Dämmerung war er aufgestanden und hatte eigenhändig die Eier aus dem Hühnerstall geholt, um sie dem Landrat aufzutischen. Er hatte sich rasiert, hatte sein Stammesgewand ausgezogen und stattdessen seinen braunen Anzug und seine frisch polierten Halbschuhe angezogen. Die Taschenuhr mit der Kette hatte er in seine Weste gesteckt. Dann setzte er sich mit einer Zigarette unter die Laube und dachte darüber nach, wie er dem Landrat seinen Kummer auf die beste Art und Weise anvertrauen konnte.

Wenn der Landrat heute nicht von sich aus gekommen wäre, wäre Sadık Ağa nie und nimmer auf die Idee gekommen, zu ihm aufs Amt zu gehen, um ihn um Hilfe zu bitten.

Aber nicht doch, natürlich war ihm das schon durch den Kopf gegangen. Auch wenn er es nicht gewohnt war, andere Leute um etwas zu bitten, und sich seine Beine dagegen gesträubt hätten – er hätte sich schon aufgemacht zum Amt des Landrates, denn zum einen überstieg seine Besorgnis seinen Stolz inzwischen längst, und außerdem war dieser Dündar Leventoğlu ein Landrat von ganz außergewöhnlichem Charakter. Kaum war er in diesen Landkreis berufen worden, ging er zu jedem Bauern hin, stellte sich bei den Großgrundbesitzern und Dorfvorstehern vor, hörte sich jedermanns Kummer einzeln an und ließ eine Hilfskampagne auf Solidaritätsbasis anlaufen, um mit vereinten Kräften die Missstände in den Dörfern zu beheben. Die von den Wohlhabenden gespendeten Gelder wurden in einen Topf gegeben und dann, je nach Dringlichkeit der Projekte, verteilt. Die Gönner wurden entsprechend ihrem Beitrag mit ideellen Preisen geehrt, zum Beispiel, indem man Einrichtungen nach ihnen benannte. Diejenigen, die keine finanzielle Unterstützung leisten konnten, steuerten ihrer Hände Arbeit bei. Durch diese Initiative des neuen Landrates, der nichts davon hielt, alles aus der Hauptstadt zu erwarten, wurden Reparaturen an Dorfschulen, Asphaltierungsmaßnahmen von Straßen, Impf- und Beschneidungskampagnen für Kinder unterstützt und Sanitätsstationen besser ausgestattet. Zugleich war Leventoğlu aber auch ein ganz bescheidener Mann, der sehr häufig bei Hochzeiten und anderen gesellschaftlichen Veranstaltungen teilnahm, um die guten Beziehungen in seinem Umkreis zu festigen.

Sadık Ağa, der seinen Schmerz wie eine Sünde mit sich herumschleppte, spürte, dass er das nicht mehr länger würde ertragen können. Er war es schließlich gewesen, der Cengiz in dieses Feuer geworfen hatte, also musste er sich auch der Zange bedienen, mit der er seinen Enkel wieder aus den Flammen ziehen konnte. Wenn diese Zange ein ehrenhafter Mann mit einem Gewissen war, würde er an ebendieses Gewissen appellieren. Wäre sie allerdings ein geldgieriger, niederträchtiger Schurke, würde er ihn schmieren, ihm sein Bakschisch geben. Er würde genau das tun, was erforderlich war, um Cengiz freizubekommen und nach Hause zurückkehren zu lassen.

Während Sadık Ağa einen tiefen Zug an seiner Zigarette nahm, dachte er: »Die Aufgabe würde mir leichter fallen, wenn der Landrat einer von diesen habgierigen Typen wäre.« Eine innere Stimme flüsterte ihm jedoch ständig ins Ohr, dass sich die Sache auch mit Geld nicht würde lösen lassen, immerhin lebten sie ja in der Zeit nach einem Aufstand, in der weder der Appell an das Gewissen noch Bestechung so ohne Weiteres funktionierten. »Vielleicht wäre es das Beste, frei heraus zu erzählen, was ihnen passiert war. Was Cengiz wohl alles während der Haft ausgesagt haben mochte? Sie hatten ja mit dem Jungen nicht sprechen können, um das herauszufinden. Sie wussten doch nicht einmal, wo er war«, überlegte Sadık Ağa und stieß einen tiefen Seufzer aus, warf seine Zigarette auf den Boden, breitete die Hände aus und begann mit zitternden Lippen zu beten. Als er dann etwa eine halbe Stunde später von Weitem die Staubwolke sah, die der Jeep des Landrates aufwirbelte, beendete er sein Gebet mit einem »Amin«, strich sich mit beiden Händen übers Gesicht, erhob sich von seinem Platz und ging zwischen den Pistazienbäumen hindurch aufs Gartentor zu, um seinen Gast zu begrüßen.

Es war ein strahlender Frühlingstag. Pflaumen und Apfelbäume standen in voller Blüte. Betörender Lindenblütenduft lag in der Luft. Die älteste Schwiegertochter ließ unter der Pergola decken. Sie bewirteten den Landrat gut, und während des Essens führten sie angenehme Gespräche. Der Landrat erklärte, wie notwendig es sei, nicht alles vom Staat zu erwarten, und wie viele wertvolle Dinge man mit gemeinsamer Anstrengung auf die Beine stellen könne. Sadık Ağa gab einige witzige Anekdoten darüber zum Besten, was er alles mit den Vorgängern des Landrates erlebt hatte. Als das Frühstück, bei dem Honig, Pastetengebäck, Käse und Sahne gereicht worden waren, ausklang, wurde noch Kaffee geschlürft, und die Männer des Hauses zogen sich, wie man sie angewiesen hatte, zurück, sodass der Ağa und der Landrat ganz unter sich waren. Niemand war mehr bei ihnen, dennoch bat Sadık Ağa den Landrat vorsichtshalber in sein Besucherzimmer. Nachdem sie eingetreten waren, setzten sie sich nebeneinander auf die Bank.

Der Ağa räusperte sich und sagte leise: »Ich würde dich gerne um etwas bitten, Herr. Diese Bitte richte ich nicht in deiner Position als Landrat an dich, sondern als Vater. Für den Fall, dass du mir hilfst, solltest du wissen, dass ich dir keine Spende versprechen kann, die du für deine Pläne im Landkreis verwenden könntest. Denn das, was du für mich tun sollst, ist nicht mit Geld aufzuwiegen. Es ist unbezahlbar.«

»Oha, Sadık Ağa, was könntest du bloß von mir wollen? Du, der du selbst Herr über mehrere Dörfer bist.«

»Wie ich dir schon sagte: Was ich von dir erbitte, hat nichts mit Geld zu tun. Und achte darauf: Während unseres Gespräches rede ich dich nicht mit ›geehrter Landrat‹ an, sondern ich sage ›Herr‹ zu dir. Denn es geht um eine ganz andere Angelegenheit. Es hat nichts mit deinem Amt zu tun. Hilf mir nur, wenn du mir glaubst und vertraust. Mache es nur deshalb, weil du ein Mensch bist, nicht weil du der Landrat bist.«

»Worum geht es denn?«

»Um ein Menschenleben, Herr.«

»Ein Menschenleben?«

»Ja, so ist es! Ein junges, ein unschuldiges. Eines, das ohne Sünde, ohne Fehler ist und das durch mein Verschulden leidet. Um dieses Leben zu retten, würde ich mein eigenes opfern. Wenn es möglich ist, sollen sie mich gegen ihn austauschen, sie sollen ihn freilassen und mich dafür nehmen.«

»Sadık Ağa, mach nicht so viele Worte, sondern erzähl einfach mal der Reihe nach, was geschehen ist.«

Zunächst berichtete Sadık Ağa von den ersten Drohbriefen, dann in aller Ausführlichkeit, wie sich alles abgespielt hatte. Um dabei seine Loyalität zum Staat zu verdeutlichen, ging er zurück bis in die Tage Scheich Saits. Zur Untermauerung führte er noch an: »Einblick in alles, was ich dir erzähle, kannst du dir verschaffen, wenn du mal in den Archiven stöberst.«

»Ich brauche keine Absicherung oder Garantie. Ich kenne euch gut genug. Es ist ganz offensichtlich, dass Cengiz selbst keinerlei Schuld trifft. Er büßt für eure falsche Entscheidung, der Ärmste.«

»Du hast recht, es war ein Fehler, ihn mit dem Geld loszuschicken, Landrat.«

»Nein, Ağa, der entscheidende Fehler war schon, dass ihr nicht gleich die Polizei alarmiert habt, als man angefangen hat, euch zu erpressen. Dann hättet ihr den Banditen bei der Geldübergabe in die Falle tappen lassen können. Er wäre festgenommen worden, und euch wäre das alles nicht passiert.«

»Aber dieser Fehler ist nun mal nicht mehr rückgängig zu machen. Mein Enkel soll dafür nicht büßen müssen. Hilfst du mir, Herr?«

»Erst einmal müssen wir herausfinden, wo er ist. Bete dafür, dass er noch lebt, denn wenn er nicht mehr am Leben sein sollte, nützt euch meine Hilfe gar nichts mehr.«

Es wurde an die Tür geklopft, ein zehnjähriges Mädchen trat ein mit zwei Gläsern Ayran in den Händen, gefolgt von einem weiteren schwarzäugigen Mädchen. Es stellte die Gläser auf dem kleinen Tischchen vor der Bank ab.

»Das sind meine Enkelinnen«, stellte der Ağa die beiden vor. »Die eine hier ist Waise, die andere Halbwaise. Wie du siehst, ist ein Menschenleben bei uns nicht viel wert, im Lauf der Jahre hat diese Familie viele Leben verloren. Manche wurden Opfer von Ehrenmorden oder Blutrache, manche kamen bei Verkehrsunfällen um. Jetzt möchte ich nicht noch einmal diesen beißenden Geruch des Todes riechen. Auf ewig werde ich bei dir mit meinem eigenen Leben in der Schuld stehen, wenn du meinen Enkel findest und dazu beiträgst, dass er heil und unversehrt bleibt.«

»Wie könntest du mir etwas schulden, Sadık Ağa? Ich werde herausfinden, wo sie deinen Enkel hingebracht haben. Und das mache ich, weil ich weiß, dass du die Wahrheit sagst, und ein wenig auch deswegen, weil dein Enkel Cengiz heißt.«

»Hieß dein Vater auch so?«

»Wir haben unseren totgeborenen Jungen so genannt, bevor wir ihn begraben haben, nach einem meiner Kameraden beim Militär.«

»Allah möge ihm Frieden schenken und dir noch viele gesegnete Söhne zuteil werden lassen.«

»Amin!«

Als die zwei kleinen Mädchen hinausgegangen waren, erhob sich der Landrat und reichte dem Hausherrn die Hand. Sadık Ağa ergriff sie und drückte sie fest. Er wollte noch etwas sagen, aber er brachte nichts heraus, weil ihm die letzten paar Sätze vor Kummer den Hals zugeschnürt hatten. Die beiden Männer verständigten sich über die Augen, und es schien, als würde der Landrat mit seinem offenen und lauteren Blick sagen: »Ich werde alles tun, was in meiner Macht steht!«, und der Ağa mit seinen traurigen Augen, in deren Winkeln die Tränen zitterten, darauf erwidern: »Gott möge es dir vergelten.«

Cengiz hatte inzwischen jedes Gefühl dafür verloren, wie viele Tage er nun schon hier einsaß. Waren es zehn? Oder zwanzig? Oder lag er vielleicht schon seit mehreren Monaten in dieser winzigen, stickigen Zelle? Er hatte schon lange jeden Zeitbegriff verloren und ebenso die Hoffnung, an die er sich anfangs noch so geklammert hatte. Er führte jetzt ein ganz neues Leben: Jeden Morgen nahm er Haltung an und schrie aus Leibeskräften zuerst Nationalhymne und Gelöbnis heraus, dabei setzte es bei jedem Fehler Stockhiebe. Er zwang widerliche Suppen mit gebröckeltem altem Brot in sich hinein. Weil die Toiletten verstopft waren, kackte und pisste er wie seine Mitgefangenen dorthin, wo schon die Exkremente der anderen schwammen, und wenn er turnusgemäß mit seinem Putzdienst dran war, musste er die ganze Scheiße beseitigen.

Es wurden auch noch weitere Gefangene zu ihnen in die Zelle gesteckt. Für den Hofgang wurden sie mit Handschellen aneinandergekettet. Einmal pro Woche wuschen sie sich unter eiskalten spärlichen Rinnsalen. Sobald die Sonne untergegangen war, hatten sie sich auf ihre Pritschen zu legen, danach herrschte Sprechverbot. Und Beschwerde einzulegen, war auch verboten. Wer es dennoch tat, wurde mit dem Schlauch abgespritzt, bis er grün und blau war. Auch Fragen zu stellen, war untersagt. Die Antwort darauf waren wüste Beschimpfungen, für Widerspruch gab es Schläge und Folter.

Der alte Mann in Cengiz' Zelle wurde einen Tag, nachdem er von seinem brutalen Verhör zurückgekommen war, tot auf seiner Pritsche gefunden. Als der Soldat zum Morgenappell gekommen war und der Alte auf seinen Befehl nicht reagierte und einfach nicht aufstand, hatte der Soldat ihn mitsamt seiner Unterlage mitten in den Raum geschleudert. Dabei war die Leiche des Alten den fünf Zelleninsassen, die bereits angetreten waren, direkt vor die Füße gerollt.

»Der ist ja tot!«, rief einer von ihnen aus.

Daraufhin schnellte Kadir blitzschnell hin, schnappte sich unter den erstaunten Blicken der anderen die Decke, die unter der Matte des Toten gelegen hatte, und legte sie in sein eigenes Bett. Cengiz drehte sich der Magen um.

Der Soldat meinte nur: »Du bist mir ja vielleicht ein gerissener Lump«, ließ es aber dabei bewenden.

»Was soll ich denn machen? Mein Rücken hat schon ein Gittermuster wie ein gegrillter Fisch. Ich bin schließlich hier in dieser Zelle der Älteste …«

»Halts Maul, Mann! Scheiß doch auf deinen Rücken! Geh zurück an deinen Platz! Ihr bleibt alle ohne einen Muckser in Reih und Glied stehen, bis ich wieder zurück bin!« Der Soldat holte Verstärkung, um die Leiche wegschaffen zu lassen. Cengiz sah hinunter zu dem Mann, der zusammengekrümmt zu seinen Füßen lag, und bemerkte, wie friedlich und zufrieden das Gesicht des Alten aussah, der tagelang gequält worden war. Seine Hoffnung lag nun nicht mehr darin, seine Unschuld zu beweisen, sondern nur noch darin, freizukommen. Er musste hier raus, egal um welchen Preis. Ob durch Flucht oder Tod – ja genau, vielleicht war das der sauberste Weg: augenblicklich sterben.

Im fünften Monat nach seinem Verschwinden befand sich Cengiz im Militärgefängnis, in dem Terrorverdächtige inhaftiert waren, die auf den Abschluss der Ermittlungen warteten, die dem Gerichtsverfahren vorausgingen. Auf das beharrliche Ersuchen und die Intervention des zuständigen Landrates hinsichtlich Cengiz' Unschuld war der Termin der Gerichtsverhandlung vorverlegt worden. Er wurde freigesprochen und kehrte ins Dorf zurück. Seine Mutter und die übrigen Verwandten erkannten ihn nicht wieder, als er am Tag seiner Heimkehr langsam und schwerfällig durch das raschelnde Herbstlaub am Arm seines Vaters auf dem Gehöft aufs Haus zuging. Er hatte neun Kilo verloren, zwischen seinen pechschwarzen Haaren zeigten sich weiße Strähnen, die Finger seiner linken Hand waren steif, die Vorderzähne ausgebrochen, und in seinen tief eingefallenen Augen lag ein erschreckender Ausdruck, der nicht zu seinem jugendlichen Alter passte: beißende Bitterkeit. Bitterkeit und Hass.

Nevra und Zelha

Meine Tränen fließen in Strömen. Ich greife nach dem Diktiergerät, das vor Zelha liegt, und drücke die Stopptaste.

»Das Band ist schon lange voll. Hast du nicht gemerkt, dass die Kassette die ganze Zeit nur noch leer durchgerutscht ist?«, fragt Zelha.

»Warum hast du mich nicht darauf aufmerksam gemacht? Ich hätte doch eine neue Kassette einlegen können.«

»Was hätte das gebracht? Du hörst sie dir sowieso nie wieder an. Jetzt weißt du doch, was du wissen wolltest.«

»Stimmt, jetzt weiß ich alles. Jeden Tag erfahre und lerne ich etwas Neues. Gerade eben sagtest du doch: ›Hast du nicht gemerkt, dass die Kassette die ganze Zeit nur noch leer durchgerutscht ist?‹ Siehst du, so ist mein ganzes Leben. Es dreht sich leer im Kreis, leer, immerzu nur leer ... Und ich merke es nicht einmal. Ich warte immer voller Hoffnung, warte und warte, aber mein Leben ist nur ein Leerlauf.«

Zelha reicht mir eine der Papierservietten und sagt: »Da nimm und putz dir die Nase!«

Ich schnäuze hinein.

»Komm, hör auf zu weinen. Was geschehen ist, ist nun mal geschehen.«

»Wenn das bloß nicht passiert wäre ...«

»Es hat keinen Sinn, sich darüber den Kopf zu zerbrechen, Nevo. Lass es gut sein! Ich kann inzwischen über nichts mehr weinen. Ich bin im Lauf der Zeit völlig abgestumpft.«

Ich habe einen Kloß im Hals, der nicht nach unten und nicht nach oben will. So sitze ich da und bekomme keinen Ton heraus. Für wen soll es mir mehr leidtun in diesem paradiesischen Vaterland: Für Cengiz? Meinen Vater? Den Großvater? Die jungen Männer, Türken wie Kurden, die in den Bergen ihr Leben lassen? Für diejenigen, die keinen anderen Ausweg mehr sehen, als zu prügeln, zu zerstören, zu beleidigen und zu foltern? Wen soll ich verdammen, wen anklagen, uns so weit gebracht zu haben? Die Politiker? Die Nationalisten? Die Separatisten? Die Soldaten? Die Geschäftsleute? Die Mekkapilger? Die Hocas? Die Fanatiker? Wen nur, wen?

Irgendetwas quält mich. Ist es der Hunger, das Leid, oder sind es die Gräuel, von denen ich gerade erfahren habe? Keine Ahnung. Ich greife in meine Tasche und hole die Äpfel heraus. Einen reiche ich Zelha. Sie beißt so kräftig hinein, dass es kracht. Auch ich beiße von meinem Apfel ab. Der Saft läuft mir über die Mundwinkel ... Habt ihr nicht meine Hände blutig gerissen, ihr Apfelblüten ... In welch grandioser Schönheit die Apfelbäume blühten, wie junge Bräute in ihren weißen Hochzeitskleidern. Die schneeweißen, üppigen Knospen explodierten förmlich an ihren Zweigen. Zelha und ich, wir pflückten die Blüten, drehten sie ineinander, flochten Kränze daraus und setzten sie uns auf. Dann riefen wir: »Jetzt sind wir Bräute! Wir sind Bräute!«

Auf jenem Gutshof und in diesem jugendlichen Alter erträumten wir uns für die Zukunft nichts anderes, als irgendwann einmal verheiratet zu sein. Wir schwelgten in schneeweißen Träumen. Wir wollten später einmal, wenn wir erwachsen wären, eine Doppelhochzeit feiern und uns dann auch solche Kränze aus Apfelblüten ins Haar stecken. Unsere Häuser würden nicht weit entfernt voneinander in unserem großen Garten stehen, in dem Pflaumen- und Apfelbäume blühten. Unsere

Kinder – je ein Mädchen und ein Junge – würden, wie wir, gemeinsam aufwachsen und einander irgendwann heiraten. Dann wären wir verwandt und würden uns nie wieder trennen.

Wir wurden erwachsen, und unsere Wege trennten sich. Wir hatten getrennte Gärten und getrennte Welten. Wir heirateten weit voneinander entfernt in zwei Städten und steckten uns keine Apfelblütenkränze ins Haar. Es waren Trauerkränze, die uns überhaupt nicht standen. Während wir noch davon träumten, eines Tages miteinander verwandt zu sein, waren wir fast schon zu Feinden geworden. Ach, Zelha, warum nur, warum?

Es gibt meinem Herzen einen Stich vor Scham, weil mir, während ich ihr zuhöre, bewusst wird, wie viel Glück ich im Vergleich zu ihr hatte. Ich habe kein Recht, mich zu beklagen! Ich bin ein Stadtkind, das keine Ahnung davon hat, was es heißt, eine Nebenfrau zu haben, das nie verhaftet worden ist, keine Folter erlebt hat, nie das Leid der Blutrache erfahren hat und das sich nur quält, wenn es solchen entsetzlichen Geschichten lauscht. Auch wenn ich noch so viel höre und dabei immer trauriger werde, bohre und bohre ich bei meiner Freundin dennoch immer weiter nach, als würden wir uns durch das Leid, das wir durchmachten, immer ähnlicher werden.

»Zelha, nachdem Cengiz nach Hause gekommen war, hast du ihn da gesehen?«

»Natürlich. Er ging nicht mehr in die Stadt zurück, er blieb im Dorf.«

»Warum habe ich ihn dann nie mehr zu Gesicht bekommen?«

»Er ließ sich doch vor niemandem blicken. Ein richtiger Sonderling war er geworden. Das habe ich damals natürlich nicht kapiert, dazu war ich noch zu klein. Ich dachte immer, er habe eben auch so einen Sprung in der Schüssel wie unser Sülü.«

»Ja, aber ich war doch so oft bei euch auf dem Hof, da bin ich ihm nie begegnet.«

»Wie ich schon sagte, er ist nicht mehr unter die Leute gegangen und sprach mit niemandem mehr. Meine Großmutter ließ den Hoca kommen und Amulette schreiben. Sie ließ ihren Enkel immer wieder besprechen, ließ Blei gießen und Storchenscheiße verbrennen, aber bei Cengiz fruchteten diese ganzen Hexenmittel nicht. Er ist nur ein einziges Mal vor deinem Vater aufgetaucht ... wie dem auch sei ... ach, vergiss es!«

»Erzähl doch!«

»Nein, ich sagte doch, vergiss es.«

»Wie könnte ich das jetzt vergessen? Brich nicht mitten im Satz ab. Warum ging er zu meinem Vater? Wollte er sich bedanken?«

»Das dachten mein Großvater und mein Onkel auch zuerst. Sie meinten, er wolle ihm wohl die Hände küssen oder so etwas, weil er ihn aus der Haft befreit hatte.«

»So etwas mochte mein Vater überhaupt nicht.«

»Cengiz hat es auch gar nicht gemacht, stattdessen schrie er ihn an: ›Wenn Sie mich nicht aus dem Gefängnis geholt hätten, dann wäre ich wenigstens krepiert. Ich habe keinen Lebensmut mehr, ich habe keine Würde mehr, und alles ist mir gleichgültig. Ich bin ein Nichts geworden, Herr Landrat! Sie haben ein Nichts, ein totales Nichts aus mir gemacht.‹ Danach tat er noch etwas komplett Unverschämtes, darüber war mein Großvater sehr erbost.«

»Was denn?«

Zelha schweigt.

»Sag schon, Zelha, was hat er gemacht?«

»Er hat gespuckt ...«

»Was! Er hat meinen Vater angespuckt?«

»Nein, nein, auf den Boden.«

»Wie hat mein Vater reagiert?«

»Er sagte zu Sadık Ağa: ›Ich habe Wort gehalten und dir

deinen Enkel nach Hause gebracht, jetzt bist du dran. Du musst ihn wieder mit dem Leben versöhnen.‹ Dann stand er auf und ging.«

»Ungeheuerlich, sich meinem Vater gegenüber so zu verhalten.«

»Ja, und wie! Aber Cengiz hatte sich vom Leben abgewandt, er benahm sich wie ein Verrückter.«

»Kam er irgendwann wieder zur Vernunft? Fand er später wieder ins Leben zurück?«

«Sehr lange hing er einfach nur auf dem Gut herum, ging nirgendwohin. Nicht einmal zum Zahnarzt, um sich seine kaputten Zähne richten zu lassen. Er traf sich auch mit niemandem. Er saß einfach nur da und starrte die Wand an. Der eine oder andere schaute mal vorbei, um sich mit ihm zu unterhalten, aber wenn mein Großvater in der Nähe war, ließ er es nicht zu und schickte ihn wieder weg. Schließlich ist Cengiz zu den Partisanen in die Berge gegangen.«

»Oje!«

»Ja, oje!«

»Habt ihr ihn jemals wiedergesehen?«

»Ja, er kam ein paar Mal zu uns auf den Hof. Heimlich natürlich. Mein Großvater bearbeitete ihn dann immer, dass er sich stellen solle. Von Zeit zu Zeit gab es Amnestien für Leute, die aus den Bergen herunterkamen. Immer wieder ließ mein Großvater ihn das wissen, der Ärmste. Nach Cengiz' letztem Besuch stürmten sie den Hof und durchsuchten jeden Winkel. Dann war Schluss, danach kam er nie mehr wieder.«

»Das wird wahrscheinlich der Grund gewesen sein, warum mein Vater in Ungnade gefallen ist.«

»Wie meinst du das?«

»Na ja, wenn die Person, die er begünstigt und schützt, in die Berge geht … tja, Gouverneur wird so einer wohl nicht mehr.«

»Ist er das etwa nicht geworden?«

»Nein. Als er in Urla Landrat war, beantragte er die Frühpensionierung … aus gesundheitlichen Gründen.«

»Ach, herrje! Es kam also nicht von ungefähr, dass mein Großvater Cengiz immer warnte: ›Du stürzt nicht nur dich ins Unglück, sondern auch noch viele andere!‹«

»Ja, Zelo, dieser verdammte Terror hat wirklich viele Menschen ins Unglück gestürzt.«

»Glaubst du vielleicht, dass die Leute sich freiwillig dem Terror verschrieben haben? Meinst du, die sagten mal eben so: ›Lasst uns doch in die Berge gehen und zum Zeitvertreib ein paar Männer umbringen?‹«

»Ich gestehe ihnen zu, dass sie irgendetwas unternehmen müssen, um sich Gehör zu verschaffen, aber das könnte man auch ohne Blutvergießen erreichen. Vielleicht langsamer, aber man hätte es erreicht.«

»Glaubst du wirklich, was du da sagst?«

»Natürlich. Es wurde sehr viel Blut vergossen, Zelo, und was hat das gebracht? Was haben diejenigen gewonnen, die es vergießen? Einen Haufen Tote und Verletzte und unendlich viele bittere Erinnerungen. Die Welt verändert sich rasend schnell, Zelo, wehe denen, die mit dieser Veränderung nicht Schritt halten können. All jene, die sich heute noch dagegen sträuben, werden am Ende wohl oder übel doch gezwungen sein, den Wandel zu akzeptieren. Falls nicht, geraten Menschen, Völker und Religionen aufs Abstellgleis der Geschichte. Dieser Wandel vollzieht sich nicht mit Gewalt und Blutvergießen, sondern durch Gespräche, gegenseitige Annäherung und Verständigung.«

»Wenn du Cengiz gesehen hättest, nachdem er wieder zurück auf den Hof gekommen war, würdest du nicht so daherreden. Das war kein Mensch mehr. Er schien innerlich ausgehöhlt. Er schlief nicht mehr und konnte auch nichts essen. Aus dem Blick dieses Mannes, der vorher keiner Fliege etwas zuleide hatte tun können, sprach nur noch Rache. Er hielt es nicht mehr bei uns aus. Auf den von dir so vehement verfochtenen Annäherungsprozess konnte er nicht mehr warten. Er begann abzurechnen für das, was ihm und anderen angetan worden war. Du sagst immer wieder, es sei falsch, Blut zu vergießen, aber ist es nicht auch eine Art Mord, jemanden seines Lebens zu berauben, aus einem friedlichen Menschen eine Bestie zu machen?«

»Ja, das stimmt. Aber, Zelha, ist es nicht so, dass wir gegenseitig diese Bestien ständig neu erschaffen? Mal sind wir es, die Öl ins Feuer gießen, mal seid ihr es, so stacheln wir uns gegenseitig auf. Die ganze Sache hat sich zu einer verdammten Blutfehde entwickelt. Immer weiter um dieses ›ihr‹ und ›wir‹ zu zanken, kostet uns doch nur noch mehr Leid, erkennst du das denn nicht? Also, wie wäre es, wenn ihr für eine annehmbare Lösung mal darauf verzichten würdet, das Unmögliche zu wollen? Schau, momentan haben wir eine Regierung, die kompromissbereit ist. Wenn es erneut zu Blutvergießen kommt, wird das Volk vor Wut schäumen und wieder die Hardliner an die Macht bringen, und wir alle werden weiterleiden. Aber die Cengize müssen von ihren Bergen herunterkommen und mit uns zusammenleben. Das ist die Voraussetzung.«

»Unser Cengiz kann nicht mehr herunterkommen, Nevo, er bleibt für immer dort.«

»Doch, er kommt.«

»Nein, das wird er nicht. Er kann nicht. Cengiz ist tot. Er wurde erschossen.«

Mir bleibt das Wort im Halse stecken, und ich starre Zelha nur erschüttert an.

Zelha fährt fort: »Und weil sie die Toten ja nicht übergeben, hat er nicht einmal ein Grab, das wir besuchen könnten. Noch bevor die Soldaten seine Leiche wegschaffen konnten, haben unsere Leute sie entführt und irgendwo verbuddelt. Mein Großvater wurde fast wahnsinnig. Nachts irrte er wie ein Verrückter durch die Gärten. Immerzu schrie er klagend zu den Bäumen, Bergen und Sternen hinauf, monatelang. Dann bekam er Fieber, wurde bettlägerig. Er erholte sich nicht mehr. Der Mann war vor der Zeit verfallen. Er war ein gebeugter Greis geworden. Seit damals interessierte er sich für überhaupt nichts mehr, setzte keinen einzigen Schritt vor das Gut. Noch bei seinem letzten Atemzug fantasierte er von Cengiz. Ja, so war das, Nevo.«

Unsere Leute, hatte Zelha gesagt. Wer sind diese Leute, die mit der Absicht, den Soldaten Cengiz' Leiche wegzunehmen, sie zugleich der Familie vorenthalten? Großvater, mein lieber Großvater, der mich einst auf seinem Schoß in den Schlaf wiegte, war er einer von uns oder einer von ihnen? Wer sind wir? Wer sind sie? Eine Zeit lang warb eine Bank mit dem Spruch: »Es gibt keinen Unterschied zwischen uns.« In diesem Moment saßen da einfach nur zwei Frauen aus zwei verschiedenen Lagern, und sie brachten einander zum Weinen. Der Kummer der einen rührte das Herz der anderen. Auf meinem Gesicht schlug sich anscheinend ein Ausdruck von solch hilfloser Erschütterung und Empörung nieder, dass Zelha zu mir sagte: »Schau mich doch nicht so schuldbewusst an, du kannst ja nichts dafür. Aber bitte versuche auch nicht, mich zu überzeugen. Ich bin nämlich nicht zu überzeugen, Schwester. Mich hat das alles sehr mitgenommen, ich leide sehr darunter, sehr.«

Auch ich leide. Meine Liebsten sind ebenfalls in alle Richtungen zerstreut. Mein Vater wurde nicht so behandelt, wie er es verdient hätte. Er erlangte nicht die Position, die ihm zugestanden hätte. Weiß Gott, wie oft er ins Innenministerium zitiert wurde, um Rechenschaft abzulegen und streng gemaßregelt zu werden. Mein Vater hat sich seine eigene Zukunft verbaut, weil er es für seine humanitäre Pflicht hielt, einen jungen Mann, der überhaupt nichts mit Terror zu tun hatte, zu verteidigen und zu beschützen. Mein lieber Papa. Wie hätte mein Vater ahnen sollen, dass ebenjener junge Mann in den Händen einiger Irrer aufhören würde, ein Mensch zu sein, und dass er sich in eine Bestie verwandeln würde? Wer weiß, welch tiefen seelischen Schmerz mein Vater in sich trug, auch wenn er es nicht zeigte, welche Empörung. Er aber konnte seine Empörung nicht so hemmungslos zum Ausdruck bringen wie meine Mutter. Das ließ sein Stolz nicht zu. Obendrein hatten meinen Vater zwei Schicksalsschläge getroffen. Der Staat hatte ihn wegen Cengiz, den keine Schuld traf, zu Unrecht ins Visier genommen, und zu Hause setzte ihm seine Ehefrau zu. Wie muss er sich da erst gefühlt haben, wenn ich als kleines Mädchen schon so verletzt deswegen war, weil sie uns verlassen hatte? Wie still er seine Scham, seinen Schmerz in sich vergrub. Er hatte weder seiner Frau noch seinen Vorgesetzten je die Stirn geboten. Während er seinem Land noch lange hätte dienen können, zog er es vor, in einem Küstennest Fische zu fangen. Doch eines weiß ich so sicher wie meinen Namen, er würde sofort zur Verteidigung übergehen und nicht das Geringste auf den Staat kommen lassen, wenn ihm zu Ohren gekommen wäre, was ich mir gerade dachte.

Er sagte immer: »Sie meinten, ich hätte einem mit dem Makel des Terrorismus behafteten Mann Unterschlupf gewährt. Selbstverständlich schütteln sie mir da nicht noch die Hand. Meine Kleine, die Republik muss sich selbst schützen und verteidigen. Das ist auch eine der Aufgaben der Armee: die Grenzen und ebenso die Grundsätze der Republik zu bewahren und zu verteidigen.«

Mein lieber Vater, er gehörte zu einer anderen Generation.

Heute geht es uns nur noch um den Schutz der Grenzen. Anscheinend ist ihre Saat nicht aufgegangen, denn nur eine Generation später bekam die Vaterlandsliebe einen ganz anderen Beigeschmack. Auch mein Bruder wollte nicht in diesem Land leben. Obwohl er der Sohn eines dem Staat treu ergebenen Mannes war, hatte ihn die unterdrückte Empörung seines Vaters wohl doch im tiefsten Inneren beeinflusst. Denn als er seinen Entschluss bekannt gab, nach Amerika zu gehen, sagte er mir: »Was habe ich schon Gutes von Leuten zu erwarten, die meinen Vater nicht schätzen? Ich bin nicht so ein idealistischer Patriot wie Vater. So selbstlos und nachsichtig wie er kann ich nicht sein. Ich werde mein Glück in einem Land versuchen, das Achtung vor den Menschen hat.« »Aber Orhan, du bist kein Beamter, du wirst Naturwissenschaftler. Mit dem Staat hast du gar nichts zu tun. Geh nicht fort!« Aber er wiegelte ab: »Komm, schau dir doch mal an, wie es hier an den Unis zugeht. Die Universitäten sind zwar ein sogenannter Hort der Bildung, aber in Wirklichkeit hassen sie dich, wenn du wissenschaftlich gebildet bist. Wenn du dagegen spießig und engstirnig bist und den Status quo beibehalten willst, ohne irgendetwas zu verändern, na, dann ist es gut. Damit kann ich mich nun mal nicht abfinden.« »Du musst dich aber damit abfinden. Wenn viele Menschen so wie du aus diesem Land fortgehen, dann treten wir auf der Stelle.« »Bedauerlicherweise wird dieses Land immer auf der Stelle treten. Es steckt fest, kommt nicht vor und nicht zurück. Solange die Staatslenker dermaßen mittelmäßig und beschränkt sind ... Ich bin Wissenschaftler, Schwester. Ich kann Mittelmäßigkeit und Stillstand nicht ertragen. Diese Erstarrung, die keinerlei Wandel zulässt, schnürt mir die Luft ab, sie bringt mich um.«

Der Terror kostet Menschenleben, aber diese Starre tötet die Seelen der Menschen. In welch einer schrecklichen Epoche leben wir bloß? Überall nur Tod: auf den Feldern, in den Bergen und Städten; und wegen des mangelnden Willens, die gewohnte Denkweise zu hinterfragen, dann auch noch der geistige Niedergang an Universitäten und Institutionen. Wie viele junge Männer mussten sterben, wie vielen Müttern brach das Herz, wie viele Kinder wachsen ohne Väter auf, und wie viele junge Frauen haben keinen Mann, weil keine politische Lösung gefunden wird und weil beide Seiten stur auf ihrem Standpunkt beharren? Ich überlege, ob ich Zelo sagen soll, dass auch ich Zeuge einiger Begebenheiten wurde. Auch ich könnte so manches erzählen. Zwar habe ich keine Verwandten und Freunde verloren wie Zelha, aber ist es überhaupt möglich, von alldem nicht betroffen zu sein?

Es war vor ungefähr vier Jahren. Es hieß, der Sohn von Ferhunde – unsere Nachbarin von gegenüber –, der im Osten seinen Militärdienst ableistete, komme wieder nach Hause, verletzt! Ferhunde war eine sehr liebe Nachbarin. Immer wenn sie Börek gebacken oder Kohlrouladen in Olivenöl gekocht hatte, kam sie mit einem Teller in der Hand herüber und sagte: »Liebe Nevra, du bist ja immer am Arbeiten, du hast gar keine Zeit, um so richtig zu kochen. Also habe ich mir gedacht, ich lege dir was auf einen Teller und bringe es dir kurz vorbei.« Und um mich bei ihr zu revanchieren, brachte ich ihr immer sämtliche Zeitschriften aus der Redaktion mit. Als dann die Nachricht eintraf, dass ihr Sohn verwundet worden war, nahm sie das sehr mit. Danach kam eine neue Meldung, und zwar, dass man ihren Sohn vorzeitig aus dem Militärdienst entlassen und nach Hause schicken werde. Innerhalb von ein paar Tagen putzte die Frau jeden Winkel des Hauses und kochte so viel, dass sie ein ganzes Bataillon hätte verpflegen können. Sie mietete ein Bett für ihren verletzten Sohn, das man mithilfe einer Kurbel verstellen konnte. Ich brachte eine riesige Pappe mit, die ich bei uns im Betrieb mit: *HERZLICH WILLKOMMEN, TAPFERER KÄMPFER!* hatte bedrucken lassen und die wir an der Einfahrt zu unserer Wohnanlage aufhängten. Wir schmückten die Haustür unseres Wohnblocks mit Blumen. Dann warteten wir mit den übrigen Nachbarn. Da war dieser pensionierte Bankbeamte, der ein Stockwerk über uns wohnte, ein sehr feiner Mann, der sagte: »Wir sollten nicht so im Pulk dastehen, wenn sich die Familie wiedersieht, sondern erst später vorbeischauen, um den Jungen zu begrüßen und ihm gute Besserung zu wünschen.« Wir gaben ihm recht und gingen in unsere Wohnungen zurück. Vom Balkon aus beobachtete ich, wie Ferhunde und ihre Tochter Nevin an der Haustür auf den Jungen warteten. Ein Militärfahrzeug fuhr auf unsere Anlage und rollte zum Eingang des Hauses. Ein Soldat sprang vorne aus der Tür und machte die hintere Türe auf, beugte sich in den Wagen und kam mit einem Riesenbaby im Arm wieder heraus. Ich sah, wie Ferhunde erst einmal auf den Wagen zulief und wie ihr dann langsam die Knie wegsackten. Die Tochter hatte nicht genug Kraft, ihre Mutter zu stützen und auf den Beinen zu halten. Wie in Zeitlupe gingen Mutter und Tochter langsam zu Boden. Großer Gott! Dieses Etwas, das der Soldat da herauszog und wie einen Säugling auf den Armen trug … dieses Etwas war – Tamer! Ferhundes Sohn Tamer! Mir wurde mit einem Schlag flau im Magen, und die Knie wurden auch mir weich. Ich schaffte es gerade noch, mich vom Balkon in die Wohnung zu retten, und fiel in einen Sessel. Lieber Gott, wenn das, was ich da gesehen habe, doch nur ein Traum wäre … wenn das bloß nicht wahr wäre! Wie sollte ich da später an der Haustüre klingeln und Tamer willkommen heißen, wie Ferhunde ins Gesicht sehen? Sollte ich etwa mit gekünstelt optimistischem Tonfall in der Stimme sagen: »Tamer lebt, alles andere ist unwichtig, Ferhunde, schau, Gott hat deinen Jungen noch mal davonkommen lassen. Und wenn er auch beide Unterschenkel durch eine Mine verloren hat, die von der Organisation gelegt wurde, das ist doch nicht so schlimm.« Tamer hatte die Universität mit Auszeichnung abgeschlossen und dann seinen Wehrdienst angetreten. Er war dreiundzwanzig. Verlobt. Der gescheite Tamer mit der glänzenden Zukunft. Der gut aussehende Tamer. Der Tamer ohne Beine!

Der Terror, auf den die Leute ihre Hoffnung setzten, die Zelha den Verstand verdreht hatten, ließ hoffnungslose, verzweifelte, kastrierte junge Menschen ohne Arme und Beine zurück. Er schuf ein Heer von Unglücklichen, manche, wie Cengiz, machte er zu Opfern und Mördern zugleich, viele auch zu Medikamentenabhängigen. Woher sollte Zelha wissen, dass sich der mir am nächsten stehende Arbeitskollege jahrelang jeden Abend eine Handvoll Pillen einwarf, um einschlafen zu können, damit er die Bilder vom Überfall auf den Ort B. nicht ständig vor Augen hatte? Dabei war er gar nicht selbst im Krieg gewesen, hatte nicht gekämpft, war weder verletzt worden, noch hatte er jemanden getötet.

In meinem ersten Jahr bei der Zeitung, als ich mich auf jeden Auftrag stürzte, um meine Fähigkeiten unter Beweis zu stellen, fand ich mich in einem Dorf in der Provinz Erzincan wieder. Erkal sollte die Fotos machen und ich die Story schreiben. »Nevra, legen Sie weibliche Empfindsamkeit in Ihren Text. Bitte nicht wieder so eine Meldung über irgendeinen x-beliebigen Überfall, wie wir sie alle schon zur Genüge kennen!«, hatte der Chef gesagt. Wie sollte man denn mit weiblicher Empfindsamkeit über eine Terroroffensive berichten? Auf dem ganzen Weg dorthin dachte ich darüber nach, wie man angesichts des Entsetzens, das man dem Tod gegenüber verspürt, den Unterschied zwischen den Geschlechtern einfließen lassen soll.

Nur unter Schwierigkeiten gelangten wir an den Schauplatz des Geschehens. Damals gab es die Brücke über den Euphrat noch nicht. Die Terrorbande hatte nachts den Weg über die Berge genommen. Mit Waffengewalt hatten sie die Bevölkerung des Dorfes auf dem Platz zusammengetrieben, die Männer vor einer Mauer aufgereiht und ihnen, der Reihe nach, mit ihren Kalaschnikows in den Kopf geschossen. Danach steckten sie alle Gebäude an. Ein bettlägeriger Greis verbrannte in seinem Haus zu Kohle. Der damalige Gouverneur ließ die Leichen, vorgeblich wegen der Sommerhitze, eigentlich aber, damit der Volkszorn nicht überschäumte und die Ereignisse nicht weiter eskalierten, sofort beisetzen, ohne dass ihre Verwandten sie noch einmal zu Gesicht bekamen. Erkal konnte nur noch das Grauen und den Schmerz fotografieren, die die dreiunddreißig männlichen Opfer auf den Gesichtern der Frauen und Kinder hinterlassen hatten. Natürlich fotografierte er auch das zerstörte Dorf mit den noch immer schwelenden Häusern. Abends dann in unserem Hotel in der Stadt zeigte ein junger Journalist vom Ort Erkal heimlich einige Bilder von den nebeneinander aufgereihten zerschmetterten Leichen, die er noch in aller Eile mit seiner Amateurkamera gemacht hatte, bevor sie verscharrt worden waren. Erkal saß neben mir, er war käseweiß geworden. Er merkte nicht einmal, wie es ihn würgte. Ich wollte ihm eines der Bilder aus der Hand nehmen und ansehen. Er stieß mich heftig fort. Es fehlte nicht viel, und ich wäre vom Stuhl gefallen. Er rief: »Geh weg! Lass das! Schau dir das nicht an!« Ich ließ die Ecke des Fotos, nach dem ich bereits gegriffen hatte, wieder los. »Wirf da lieber keinen Blick drauf, Nevra ... die Köpfe der Leichen ... sie sind nicht mehr vorhanden ... ihre Gesichter ... nichts mehr da ...« »Schon gut, schon gut, mein Freund. Ich hab schon verstanden. Sag nichts mehr, sprich nicht weiter!« Erkals Hände zitterten stark. Plötzlich sprang er auf, rannte zur Toilette und übergab sich. Weil er damals den ganzen Tag über den Geruch verbrannten Menschenfleisches in der Nase gehabt und am gleichen Abend auch noch diese Fotos gesehen hatte, konnte er nie wieder ohne Medikamente einschlafen. Ich saß bis zum Morgen an meiner Schreibmaschine, und ich verfasste einen Text, der – wie immer es mir auch gelungen sein mag – mit viel weiblicher Empfindsamkeit geschrieben war, und heimste bei meinem Chef ein dickes Lob ein. Damals wusste ich noch nicht, dass diese Leute, die ich als Banditen bezeichnete, Zelhas Helden waren. Genauso wenig wusste ich, was Zelhas Cousin von meinen Helden angetan worden war. Ich will damit sagen, wenn es um das Thema Abscheulichkeiten geht, gibt es keinen Unterschied zwischen uns. Leider hat unsere Vorgehensweise, mit der wir die andere Seite abschrecken wollten, auf beiden Seiten viel Schaden angerichtet, physisch wie psychisch. Warum sind unsere Völker nicht in der Lage, sich zu ändern? Warum können sie die Sache nicht aus einem anderen Blickwinkel betrachten? Ach, wie sehr ähneln wir uns doch in unserem Trotz, unserem Starrsinn, in unserer Art und Weise, unsere Wut zum Ausdruck zu bringen, und in unserem Wahn, immer recht haben zu müssen.

Ich wüsste noch unzählige solcher Geschichten, aber ich erzähle Zelha keine davon. Es reicht schon, was sie erlebt hat. Mit tieftraurigem Gesicht sitzt sie mir gegenüber, den Kopf in die Hände gestützt.

»Hast du Kopfschmerzen?«, frage ich.

»Nein. Weißt du, Nevo, mir tut nur gerade dein Vater so leid. Wer weiß, was er wegen Cengiz alles durchgemacht hat, welche Verhöre er über sich ergehen lassen musste, welches Unrecht er erlitt.«

»Das ist Jahre her, Zelo, mach dir nichts draus. Jetzt hat er ein ganz angenehmes Leben. Sei seinetwegen nicht traurig. Er liest sehr viel, angelt, mein Sohn besucht ihn in den Sommerferien und verbringt viel Zeit bei ihm.«

»Kann schon sein, aber je mehr ich darüber nachdenke …«

»Ja, er hat sicher viel durchgemacht. Darüber hat er nie ein Wort verloren. Aber wie soll sich der Staat sonst verhalten, wenn der Mann, für den sich der Landrat eingesetzt hat, in die Berge verschwindet. Das war eben Pech.«

»Wie wütend muss er auf Cengiz gewesen sein. Er hat ihn wahrscheinlich verflucht.«

»Das glaube ich nicht, Zelo, sonst hätte er nicht so darauf gedrungen, meinem Sohn den Namen Cengiz zu geben.«

»Ja, das stimmt. Du sagtest, er habe den Namen ausgesucht, nicht wahr?«

»Nein, nein, du sagtest das, hast du das vergessen? Sieh mal an, woran ich mich alles erinnere. Als er meinen Sohn das erste Mal in die Arme nahm, sagte er: ›Dieser Cengiz soll die glücklichen Tage erleben, die anderen versagt blieben; er möge ein glückliches, gesundes und gesegnetes Kind sein.‹ Ah, Papa, damals konnte ich das ja nicht verstehen. Woher hätte ich es wissen sollen?«

»Gott möge deinem Cengiz das Leben gewähren, das andere nicht hatten.« Eine Träne löst sich langsam von Zelos rechtem Auge und fließt hinunter an den Rand ihrer Lippe.

»Hast du da gerade etwa eine Träne vergossen?«, frage ich lächelnd.

»Das war eine Freudenträne«, meint Zelha. »Das ist eine andere Art von Träne – ja, ein schönes Leben soll er haben, dein Cengiz!«

»Auch deine Kinder sollen nur gute Tage sehen, sie sollen glücklich und gesund sein, so Gott will!«

»So Gott will!«

»Zelo, ob sie glückliche Zeiten erleben werden, liegt auch zu einem gewissen Teil an uns.«

»Ach, wenn das in meiner Hand läge, aber es gibt Kräfte, die stärker sind als ich.«

»Ich weiß, Zelo. Aber diese Kräfte sind doch nichts anderes als normale Menschen. Sie wissen die Umstände gut auszunutzen, aber sie sind nicht Gott. Wie wäre es denn, wenn du jetzt, da die Augen aller auf dich gerichtet sind, dein großes Herz mutig offenbarst. Lass dich von ihnen nicht zur Marionette machen!«

»Ich verstehe nicht. Was willst du damit sagen, Nevo?«

«Verteidige doch das, was du als richtig erkannt hast. Unsere Generation hat diese Partie verloren, aber das Spiel ist noch nicht zu Ende. Für unsere Kinder gibt es noch Hoffnung. Und zwar Hoffnung, dass sie irgendwann in einem befriedeten Land leben werden. Wehre dich um jeden Preis, damit sie dich nicht zum Strohmann machen, der Ja und Amen zu etwas sagt, was sich sowieso nicht erfüllen wird.«

»In deinen Augen bin ich immer noch das kleine Stammesmädchen, stimmts? Du traust es mir anscheinend überhaupt nicht zu, mich zu einer eigenständigen Persönlichkeit zu entwickeln.«

»Da hast du mich missverstanden, Zelha. Egal. Außerdem hattest du doch noch nie einen Mangel an Persönlichkeit. Bei all unseren Spielen hast immer du bestimmt, was ich zu tun hatte.«

»Tja, auf seinem Misthaufen ist der Hahn König, und ich bin es eben in meinem Dorf.«

»Bei uns zu Hause warst auch du der Hahn, der gekräht hat, schon vergessen?«

»Weil ich damals größer war als du. Aber sieh mal an, wie du mich inzwischen überholt hast, du lange Latte!«

»Gut, also wenn ich schon größer bin als du, dann hör darauf, was dir die Große sagt.«

»Du bist aber nicht älter als ich, ich bin fast zwei Jahre älter.«

Das stimmt. Sie hatten sie nicht in die Schule geschickt, als sie das entsprechende Alter hatte. Als sie dann zusammen mit mir in die erste Klasse ging, war sie gerade acht geworden. Aber in unserer Klasse waren ohnehin die meisten Kinder größer als ich. Vor allem dieser Baran. Er war fast zehn, als er mit der ersten Klasse begann. Er war lang wie ein Besenstiel und überragte uns um einen Kopf. Sein Großvater hatte nicht erlaubt, dass er zur Schule ging. Erst als dieser Großvater gestorben war, konnte der Vater seinen Sohn endlich in die Schule schicken.

»Erinnerst du dich noch an Baran, Zelo?«, frage ich. »Wir nannten ihn immer ›Baro Besenstiel‹. Der konnte immer über uns alle hinwegschauen.«

Natürlich erinnert sie sich. Zelo weiß alles über Baro Besenstiel. Er habe in der Stadt das Gymnasium abgeschlossen und sei danach in Ankara zur Universität gegangen. Rechtsanwalt sei er geworden, habe aber nicht als Anwalt gearbeitet, sondern ein privates Paukinstitut eröffnet, in dem er Schülern der Abschlussklasse des Gymnasiums Nachhilfeunterricht erteile. Angeblich scheffelt er damit viel Geld.

Immer wenn unsere Unterhaltung wegen unserer unterschiedlichen Ansichten ins Stocken geriet, versuchten wir beide geschickt und ohne es den anderen merken zu lassen, unser Gespräch schnell auf die uns einenden Erinnerungen an Sarıcadam zu lenken, und kühlten auf diese Weise unsere Gemüter wieder. Nun haben wir es wieder so gemacht. Nachdem wir über Baran gesprochen haben, plaudern wir noch über das Dorf und die anderen Kinder aus unserer Schulzeit, an die wir uns noch erinnern können. Manche sind Abgeordnete, Rechtsanwälte oder

Ärzte geworden, manche machten gar nichts. Und manche sind in die Berge gegangen. Von den Mädchen hat nur Berfin einen Beruf erlernt. Sie ist immer noch Hebamme im Dorf. Sie hatte sich in einen jungen Arzt von der Klinik verliebt, die beiden haben geheiratet und drei Kinder miteinander. Mit ungeheurem Einsatz klärt sie die Frauen aus der Gegend über Geburtenkontrolle auf. Meistens lernen die Frauen die Methoden der Empfängnisverhütung hinter dem Rücken ihrer Männer. Bekämen ihre Männer Wind davon, wäre die Hölle los. Ein bisschen wundern die sich zwar schon, wenn die Zahl der Kinder pro Haushalt von neun oder zehn auf vier oder fünf sinkt, aber sie kommen anscheinend nicht auf die Idee, dass da die Hebamme Berfin ihre Finger im Spiel haben könnte.

Unser Treffen neigt sich dem Ende zu. In ungefähr einer Stunde werden wir uns trennen müssen. Vielleicht ist das der Grund, dass wir jetzt penibel darauf bedacht sind, uns ja nicht gegenseitig zu kritisieren, politische Themen zu meiden, die zu Meinungsverschiedenheiten führen würden, und nur noch über unsere Bekannten aus dem Dorf zu klatschen. Wir lachen so viel und haben richtig Spaß; mal sind wir auch betrübt und traurig, aber dann lachen wir wieder. Während wir so schnattern, merken wir gar nicht, wie die Zeit verfliegt. Ich weiß nicht, welcher Teufel mich reitet, als ich später irgendwann frage, was sie denn über die Mädchen im Osten denke, die fast ausschließlich zu Hause unter Verschluss gehalten werden, nicht auf die Schule gehen und die ihr Leben nutzlos vergeuden müssen, allein damit die Väter, Onkel und vor allem die älteren Brüder ihre Macht demonstrieren können. Ob sie – Zelha – ihrem Volk nicht besser dienen könne, wenn sie ihre Energie dafür aufwenden würde, anstatt sich mit Politik herumzuschlagen, die sie ohnehin nicht besonders mochte? Zelha fixiert mich mit ihren schwarzen Augen, in denen tiefer Schmerz liegt, und sagt:

»Jetzt merke ich erst, was du die ganze Zeit über versuchst, Nevra Tuna! So hast du dir das also gedacht: mich an meiner schwächsten Stelle zu treffen. Ja, du hast gesagt, dass sich der Grund, weshalb ich im Gefängnis sitze, wie ein schlechter Witz ausnimmt. Indem du mir die Realität vor Augen führst, willst du mich von meinem Ziel ablenken. Du hältst dich ja wohl für oberschlau.«

Seit ich mich ihr zu erkennen gegeben habe, nennt sie mich nun zum ersten Mal Nevra Tuna. Ganz ohne es zu wollen, habe ich meiner Freundin einen schweren Treffer versetzt. Ich springe von meinem Platz auf und eile zu ihr hinüber.

»Zelo, in meinen Augen ist es sowieso nur ein schlechter Witz, dass du hier im Gefängnis bist. Wie kannst du nur denken, dass ich mich hier mit leeren Phrasen als die Überlegene aufspielen möchte?«

»Diese Mädchen sind mein Volk. Ich mache mir mehr Gedanken über sie als du, zerbrich dir darüber mal nicht den Kopf. Ihretwegen brauchst du dir keine grauen Haare wachsen zu lassen.«

»Diese Mädchen sprechen zwar deine Sprache, aber sie sind auch meine Landsleute, Menschen, die in meinem Vaterland leben. Und natürlich bedrückt mich ihre Situation.«

»Tu lieber etwas für sie, statt sie zu bedauern!«

»Das ist es doch, was ich dir die ganze Zeit klarmachen will. Wir müssen alle für sie eintreten. Du solltest wissen, dass ich, dass du, ja, dass wir alle auf der Strecke bleiben, solange die Mädchen im Osten ihre Identität nicht finden und nicht am allgemeinen Leben teilhaben!«

»Das weiß ich.«

»Dann gib doch zu, dass diese Mädchen Vorrang haben! Lass alles andere, wofür du arbeitest, und kümmere dich um sie!«

»Lass mich doch erst mal hier rauskommen!«

»Auch von hier aus kannst du etwas für sie tun. Du könntest eine Kampagne starten, damit sie zur Schule gehen.«

»Die Bildung ist doch nicht ihr einziges Problem.«

»Um ihre Probleme zu erkennen, müssen sie sich ihrer erst einmal bewusst werden. Wenn sie nicht lernen können, geht das nicht. Wo kommt eine Gesellschaft hin, wenn fast die gesamte weibliche Bevölkerung weder lesen noch schreiben kann, Herrgott noch mal!«

»Halt den Mund und red nicht so gescheit daher!«

»Ich rede doch nicht gescheit daher! Ich versuche, dir etwas zu zeigen.«

»Was zeigst du mir denn?«

»Dich! Hast du noch nicht gemerkt, dass du zu einem Idol geworden bist? Erzähl mir nicht, dass es nicht so ist, denn das nehme ich dir nicht ab.«

»Ich bestreite das ja gar nicht.«

»Gut, dann hör mir zu: Nachdem du nun eine so bekannte Persönlichkeit geworden bist, könntest du doch für die Mädchen in deinem Umkreis ein Vorbild sein.«

»Aha?«

»Aber natürlich. Du mit deiner Persönlichkeit, deiner Stellung und deiner politischen Position ... Zelo, meiner Meinung nach solltest du alles andere lassen und daran arbeiten, die unterdrückten Frauen im Osten zu befreien, aus den Händen der Männer und aus ihrer tiefen Unwissenheit.«

»Die türkischen Frauen sind also nicht unterdrückt?«

»Doch, natürlich! Die Traditionen sitzen uns allen im Nacken.«

»Na, wenn das so ist, dann sieh doch zu, dass du erstmal die rettest.«

»Ich bemühe mich ohnehin, das mir Mögliche für alle diese Mädchen zu tun, ohne einen Unterschied zwischen ihnen zu machen. Ich nehme dieses Problem in der Tat sehr wichtig, seit mich meine Zeitung einmal für eine Recherche über Mädchen und Frauen in den Osten schickte.«

»Bist du da nicht ein wenig spät dran?«

»Möglich. Aber auch wenn es spät war, bin ich schließlich doch aufgewacht.«

»Dieses Problem gab es immer schon. Seit Jahrhunderten.«

»Das ist mir schon klar, Zelo. Aber ich habe erst jüngst seine Tragweite realisiert, ist das nicht in Ordnung?«

»Bei der Recherche für deine Zeitungsreportage! Na, bravo, Nevo!«

»Spotte nur, so viel du willst!«

»Schick mir diese Reportage mal und lass mich sehen, was dich daran so in Erregung versetzt hat!«

»Es war ja nicht nur diese Reportage. Da war noch etwas anderes, was mich für das Thema sensibilisiert hat.«

»Und was?«

»Da gibt es einen Verein, der Stipendien für den Schulbesuch an mittellose Mädchen aus ländlichen Regionen verteilt. Hast du von diesem Verein schon mal gehört?«

»Ja, habe ich. Und?«

»Letztes Jahr, da hatte ich mit den Mädchen, die mithilfe der Stipendien ebendieses Vereines zur Schule gingen, jene Reportage gemacht. Ich kam in annähernd fünfzig Häuser. Glaub mir, Zelo, im Moment gibt es im Osten kein größeres Problem als dieses.«

»Ach, tatsächlich!«

»Ja. Vielleicht bekommst du das nicht so mit, weil du hier im Gefängnis sitzt. Ich hatte vorher ja auch nichts davon gewusst. Doch als ich dann in diesen ärmlichen Behausungen zu Gast war und sah, wie es ihnen ging, und als ich mit ihnen sprach …«

»In welcher Sprache habt ihr euch unterhalten, etwa in irgendeiner Spielsprache?«

»Mach dich nicht lustig über mich! Natürlich verständigten wir uns über einen Dolmetscher. Diese Armut, diese Ausweglosigkeit, dieses Herumgestoßenwerden: Ihr Leben ist zwischen Haus und Feld eingezwängt. Da hat es mich gepackt, Zelo.«

»Du liebe Güte, Nevo! Du sprichst ja, als hättest du zum ersten Mal eine Frau aus dem Osten gesehen.«

»Als Vertreterinnen der Frauen aus dem Osten kannte ich nur die Frauen eures Stammes. Im Vergleich waren das Königinnen, ja, Königinnen! Die lebten wie die Made im Speck. Bisweilen zeigten sie den Männern auch mal die Zähne, erinnere dich doch nur an die alte Großmutter. Wenn du nur mal in diese ärmlichen Hütten kommen und diese bemitleidenswerten Frauen sehen würdest, neun oder zehn Kinder, und mit dreißig schon verbraucht ...«

»Als hätte ich das nicht gesehen.«

»Wenn du sie gesehen hast, dann bist du ja mit mir einer Meinung. Armut ist eine fürchterliche Sache, aber die Unwissenheit ist noch viel schlimmer. Du glaubst mir nicht, was ich erlebt habe.«

»Dann leg mal los und überzeuge mich, du weit gereister Evliya Çelebi.«

Dieses Mal erzähle ich Zelo, was ich in den gottverlassenen, unter Schnee begrabenen Dörfern bei Kars, Erzurum, Siirt, Doğubeyazıt gesehen und erlebt habe. Ich erzähle von Emine, deren Vater aus Scham nicht mehr ins Kaffeehaus ging, weil sie das erste und einzige Mädchen im ganzen Landkreis war, das in Urfa eine Hochschule besuchte; ich erzähle von der verwaisten Ayşe aus Lice, die von ihrer Großmutter aus dem Haus gejagt wurde, weil sie eine Ausbildung zur Krankenschwester machte; von den Kindern aus den Dörfern von Kars, die in löchrigen Pantoffeln und in Wolljacken jeden Tag fünf bis zehn Kilometer durch den Schnee stapften, um zu ihrer Schule zu kommen; und von Pınar aus dem Dorf Pınarbaşı, die dort, wo sich die Dorfstraße und die Landstraße kreuzen, um sieben Uhr morgens eine halbe Stunde auf den Bus wartete und sich dabei in einen Eiszapfen verwandelte. Ich sagte zu ihr: »Du erfrierst ja, Pınar. Wenn du willst, geh doch wieder ins Dorf zurück! Vielleicht kommt der Bus bei diesem Schnee überhaupt nicht.« Ihre Wangen waren knallrot, ihre Fingerspitzen blau. Sie antwortete nur: »Der kommt schon! Mach dir um mich keine Sorgen. Ich mache den Weg jeden Tag zweimal.«

»Stell dir mal vor, Zelo, zwanzig Kilometer hin und zwanzig Kilometer zurück, sie legte also jeden Tag vierzig Kilometer zurück. Ich wäre beinahe erstarrt vor Kälte, aber ihre Augen blitzten fröhlich. Und weißt du warum? Weil sie in die Schule gehen konnte. Die Schule ist ihre einzige Hoffnung, sich von dem über Jahrhunderte gleichbleibenden düsteren Schicksal zu befreien. Ihre einzige Hoffnung.«

»Selbst wenn die Familien sie in die Schule schicken wollten – die Mädchen aus diesen Landstrichen können doch allein schon wegen der ungünstigen klimatischen Bedingungen und der großen Entfernungen nicht so ohne Weiteres dorthin gelangen.«

»Die alten Bräuche sind schlimmer als das widrige Klima. Denk doch nur mal an all die in schwarze Çarşafs gehüllten Frauen und Mädchen, die aufgrund von Ignoranz und religiösem Wahn in ihren Häusern versauern, ohne je richtig zu leben, ohne aufzumucken und ohne mal ein paar unbeschwerte Tage zu haben.«

Keine Antwort von Zelha. Verglichen mit den Frauen, denen ich in den letzten Jahren begegnet bin, hatten die Frauen ihres Stammes bereits vor langer Zeit unter wesentlich besseren Bedingungen gelebt. Aber trotzdem ist es ganz ausgeschlossen, dass sie nicht weiß, wovon ich spreche.

»Zelo, auf jede Familie kommen im Durchschnitt zehn Kinder. Es gibt Frauen, die haben zehn bis fünfzehn Kinder zur Welt gebracht. Da können sich nicht alle so ausbreiten, wie es bei euch auf dem Hof war, sondern sie drängen sich dicht an dicht in kleinsten Räumen wie die Ölsardinen in der Dose. Ihre Häuser sind so schlecht gebaut, dass es bei vielen durch die Ritzen in der Decke hereinschneit. Sie klemmen Wannen zwischen ihre Matratzenlager, in die das Wasser der schmelzenden Eiszapfen platscht. Und noch etwas war sehr bedrückend: In fast jedem Haus lebt ein geistig behindertes Kind.«

»Woran mag das liegen?«

»Woran schon! Wenn eine Frau schon acht oder neun Kinder zur Welt gebracht hat, kommt eben irgendwann zum Schluss ein behindertes heraus, und dann muss gleich die Nebenfrau her! Die neue Maschine wird sofort angeschmissen, und die Fabrikation läuft weiter, bis erneut ein fehlerhaftes Produkt ausgeworfen wird. Dann kommt noch eine Nebenfrau.«

»Aber Nevo, du bist ja so aufgebracht. Deine Augen blitzen ja richtig.«

»Ja, ich rege mich auf. Hätte ich nur nicht mit diesem Thema angefangen. Wie bin ich bloß darauf gekommen?«

»Warum sagst du das?«

»Weil ich wirklich sehr erregt bin und einfach meinen Mund nicht halten kann. Nimms mir bitte nicht übel!«

»Ich habe nichts zu entschuldigen. Das, was du da berichtest, kenne ich natürlich auch alles. Du wirst doch nicht glauben, dass ich immer nur zwischen dem Haus meines Vaters und dem meines Mannes gependelt bin. Als Abgeordnete bin ich nicht gerade wenig herumgekommen.«

»Dann verstehst du ja, wovon ich spreche.«

»Natürlich verstehe ich dich. Was habe ich nicht alles gesehen! Weißt du, Nevo, worüber ich mich am meisten gewundert habe?«

»Worüber denn?«

»Da stellst du diesen Leuten eine Toilette neben das Haus, sie aber stecken ihr Vieh hinein und gehen selbst wieder, sowohl im Winter bei Eiseskälte als auch im Sommer bei Gluthitze, zum Bach hinunter. Das war in Şiyars Heimatdorf. Also im Sommer hätte ich das ja noch verstanden. Aber im Winter – friert man sich da nicht den Hintern ab?«

Wir brechen wieder in Lachen aus. So machte Zelha das auch immer, als wir noch Kinder waren. Wenn wir von etwas Ernstem sprachen oder miteinander stritten, lockerte sie die Sache auf diese Weise immer auf. Diesmal aber lasse ich mich nicht ablenken.

»Ach, Nevo, was du da erzählst, ist doch nur eine Lappalie! Mehr als diejenigen, die gegen vernünftige Toiletten aufbegehren, quälen mich die Mütter, die nicht dagegen aufbegehren, dass ihre Töchter der Bräuche wegen geopfert werden. Und auch die Perversen quälen mich, die sich an ihren Schwiegertöchtern, Schwestern, Schwägerinnen, ja sogar an ihren eigenen Töchtern vergehen, und auch hier sind es wieder die Frauen, die so tun, als hätten sie nichts davon mitbekommen. Das alles macht mich fertig.«

»Über diese Frauen solltest du dich nicht empören. Denkst du denn, sie stellen sich freiwillig taub und blind und dumm? Nein! Noch im selben Moment, in dem diese Frauen nur einen Pieps von sich geben, bringt man sie um, und hinterher heißt es dann, es sei Selbstmord gewesen. Also wenn das nicht unfassbar ist!«

Ich berichte weiter. Erzähle von Vätern, die zwar ihre Horde zerlumpter, verrotzter Kinder nicht mehr ernähren können, gleichzeitig aber ihren Frauen die Verhütung untersagen, und von Ehemännern, die ihre Frauen so verprügeln, dass sie keinen einzigen Zahn mehr im Mund haben. Ein Wortschwall bricht aus mir hervor, in dem von tiefster Armut, Unwissenheit, Rechtlosigkeit und Verelendung die Rede ist. Zelha hört mir mal nachdenklich, mal zu Tränen gerührt zu. Ich bin mir sicher, dass sie dankbar für ihre Lage ist, wenn sie aus meinem Mund von der »Benachteiligung der Frau in meinem Land« hört, so wie ich dankbar dafür war, als sie ihre Geschichte erzählte.

»Zelo, um alldem ein Ende zu bereiten, gibt es nur eine einzige Lösung, eine einzige nur.«

»Und die wäre? Etwa ein Erdbeben, das alles dem Erdboden gleichmacht?«

»Nein. Es ist die Ausbildung der Mädchen.«

»Und ich dachte schon, du würdest etwas anderes sagen.«

»Glaub mir, was ich sage, stimmt. Wenn nicht jede einzelne Frau ein Bewusstsein entwickelt, wenn die Frauen nicht erkennen, dass ihr Dasein kein Leben, sondern die Hölle ist …«

»Glaubst du, es ist so leicht, ihre verknöcherten Glaubensvorstellungen zu brechen?«

»Nicht leicht, aber möglich.«

»Durch Ausbildung?«

»Ja.«

»Meine wohlmeinende, arglose Freundin.«

»He, Zelo, wir sind es gewesen, die den türkischen Befreiungskrieg gemeinsam ausgefochten haben. Wir haben die Franzosen, Italiener und Engländer, die uns so erniedrigt haben, geschlagen und aus unserem Land gejagt.«

»Das ist leichter. Wenn du willst, sollen sie nur kommen, wir werfen sie wieder hinaus. Kämpfen können wir, aber wir wissen nicht, wie man vernünftig wird.«

»Das schaffen wir. Vorausgesetzt, wir verschreiben uns diesem Weg voll und ganz. Die Mädchen müssen in die Schule gehen. Wir müssen ihnen ein Bewusstsein vermitteln.«

»Und wo bleiben da die Jungs?«

»Mit dem wachsenden Bewusstsein der Mädchen werden auch sie sich langsam und allmählich verändern.«

»Du träumst!«

»Zelo, als wir 1928 zum lateinischen Alphabet übergingen, lernten sogar die Alten noch Lesen.«

»Damals hatten wir nur zehn Millionen Einwohner.«

»Na und? Wir schaffen das noch einmal. Wenn ich nicht selbst davon überzeugt wäre, würde ich mir nicht den Mund fusselig reden.«

»Dann lass es bleiben! Mich hast du eher pessimistischer gemacht.«

»Dann werde ich dich jetzt mal positiver stimmen. All das, was ich dir soeben erzählt habe – vergiss es!«

»Wie soll ich das vergessen, es ist ja wahr, was du gesagt hast.«

»Natürlich. Was ich sagte, ist wahr, aber es gibt noch eine andere Wahrheit, die alles andere verdrängen wird.«

Zelo sieht mich gespannt an.

»Die Mädchen in den ländlichen Gegenden wachen auf. Sie gehen zur Schule, lernen und gewinnen an Selbstbewusstsein. Ich spreche von über fünftausend kleinen Mädchen, jenen Mädchen, denen dieser Verein dazu verhilft. Es war nur ein einziger Verein, von dem ich da spreche. Aber es sind inzwischen viel mehr solche Vereine gegründet worden, wusstest du das? Zelha, die Mädchen fangen an zu lernen!«

»Wie gelingt es dem Verein, dass die Kinder zur Schule geschickt werden?«, hakt Zelha nach.

»Er leistet den Familien finanzielle Unterstützung bei den

Kosten für das Schulgeld und den Fahrtkosten ihrer Kinder. Die einzige Bedingung dafür ist, auch die Mädchen in die Schule zu schicken.«

»Und das machen sie?«

»Ich sagte es doch – dadurch haben in vier Jahren mehr als fünftausend Mädchen eine Schule besucht.«

»Nicht schlecht! Durch dich geht es aufwärts im Land, Nevo.«

»Nicht durch mich, durch diese Vereine.«

»Woher haben die das Geld dafür?«

»Sie bekommen es von Sponsoren. Du weißt ja selbst, wie wichtig Unterstützung ist, die moralische wie die finanzielle.«

»Wie sollte ausgerechnet ich das nicht wissen!«

Natürlich weiß Zelha das. Sehr gut weiß sie, wie wichtig Unterstützung ist, besonders, was die moralische Unterstützung angeht. Ob ich sie dazu überreden kann, bei sich in der Gegend eine ähnliche Entwicklungskampagne ins Leben zu rufen?

Ich hole noch mal zwei Zigaretten aus dem letzten Päckchen, das auf dem Tisch liegt, und zünde sie an. Eine reiche ich Zelha. Bin ich jetzt komplett verrückt geworden? Bin ich hierhergekommen, um eine Reportage mit einer politischen Gefangenen zu machen und unter dem Deckmantel der Reportage meine Kindheitsfreundin wiederzufinden oder um Zelha aus einer urplötzlichen, unerwarteten Eingebung heraus zu einer Bildungskampagne zu bewegen? Eine innere Stimme sagt mir, dass ich auch für sie etwas sehr Positives bewirken würde, wenn ich sie dazu überreden könnte. Meine Freundin, der in gewissen Kreisen der Ruf anhängt, eine Aufrührerin zu sein, hätte die Chance, auch in deren Augen eine ganz neue Identität zu erlangen. Wer könnte schon jemanden, der sich ganz und gar dafür einsetzt, die Mädchen aus dem Osten zu befreien, als Aufrührerin bezeichnen, außer vielleicht irgendwelche frommen Fanatiker?

Ich merke selbst, wie ich allmählich immer unausstehlicher werde. Plötzlich ertappe ich mich dabei, wie ich das monotone Leiern einer Lehrerin an den Tag lege. Mein Vater sagte immer zu mir: »Ach, mein Mädchen! Wer es mit dir zu tun hat, wenn du dir mal etwas in den Kopf gesetzt hast, dem muss der liebe Gott wirklich eine Engelsgeduld schenken.« Es ist nur eine Frage der Zeit, bis Zelha mir die Abfälle da auf dem Tisch an den Kopf werfen wird. Aber ich plappere immer noch unbeirrt weiter.

»Mit dem Lesenlernen erlangen die Mädchen ein Bewusstsein. Sie beginnen das, was sie lernen, an ihre Umgebung weiterzugeben. Zelo, die Unwissenheit liegt wie eine nachtschwarze Decke über den ländlichen Gegenden im Osten. Diese Finsternis kann nur durch Schulbildung zerrissen werden. Nicht mit Geld und nicht mit der Bratpfanne.« Als ich in Zelhas Augen plötzlich dieses verschmitzte Leuchten aus der Kindheit wahrnehme, verstumme ich.

»Sieh mal an, ich dachte, wir hätten die Finsternis mit der Bratpfanne zerrissen. Hast du dir die Märkte in den Städten im Osten schon mal genauer angesehen? Dort kann man alle möglichen Haushaltsgeräte und Pfannen finden. Insbesondere Pfannen! Von Teflon bis Gusseisen. Also war das nicht der große Fortschritt. Schade!«

»Allenfalls kommt bei so einer Bratpfanne ein leckeres Auberginengericht heraus. Die unschlagbar besten hat immer Mutter Kader gemacht.«

»Nevo, jetzt rück schon raus mit der Sprache! Worauf willst du hinaus, wenn du meine Mutter so beweihräucherst und bei mir auf die Tränendrüsen drückst?«

»Zelo, die Frauen in eurer Gegend brauchen Hilfe, und zwar dringend.«

»Das weiß ich selbst, Schätzchen. Aber bevor ich hier rauskomme, kann ich niemandem helfen.«

»Der Auffassung bin ich nicht. Hör mal zu, du musst dich für diese Sache einsetzen! Die Mädchen aus deiner Region werden auf dich hören.«

Zelha hört mir zu, ohne mich zu unterbrechen. Als ich fertig bin, sagt sie: »Wenn ich rauskomme, das verspreche ich dir, werde ich mich in diese Sache hineinknien, aber ich flehe dich an, Nevo, sag jetzt bitte kein Wort mehr zu diesem Thema. Halt die Klappe, bis du weg bist. Du hast mich aufgewühlt. Ich habe im Moment schlimme Sorgen, die noch viel wichtiger sind als die deiner Mädchen.«

»Siehst du, es hat sich schon etwas bewegt bei dir. Jetzt sind aus ›deinen‹ Mädchen auch ›meine‹ Mädchen geworden.«

Eine Weile unterhalten wir uns noch scherzend und stichelnd weiter – und kreisen dabei immer wieder um das Thema Frauen –, aber stets sind wir eifrig darauf bedacht, uns nicht gegenseitig zu kränken. Wichtig ist nur, dass wir einen Heidenspaß miteinander haben, ganz gleich, worum es geht, genau wie in unserer Kindheit. Selbst wenn wir uns herzergreifende Dinge erzählen, finden wir immer noch einen Punkt, über den wir lachen können. Es fühlt sich überhaupt nicht so an, als seien dreißig Jahre und mehr vergangen. Es ist, als seien wir nie getrennt gewesen und hätten uns gestern Abend noch einen Gutenachtkuss gegeben. Als hätten wir dann verworrene Träume gehabt, inzwischen sei es Morgen geworden und Mutter Kader stünde bei uns am Bett und riefe: »Aufwachen, Mädchen!« Wir machen die Augen auf, aber wir steigen nicht aus den Betten. Wir sprechen miteinander. Mal sagt Zelo etwas, mal ich. Dann schweige ich wieder, und sie legt los.

Während wir uns so unterhalten haben, ist die Zeit zerronnen, ohne es uns merken zu lassen, lautlos, hinterhältig und gemein, schnell! Wir sind erwachsen geworden. Große Mädchen, sind verliebt gewesen, glücklich und unglücklich, haben geheiratet, Kinder bekommen, gearbeitet, Einfluss gewonnen, Sünden begangen und gute Taten vollbracht, das Leben hat uns an den Haaren gepackt, herumgewirbelt und durch die Gegend geschleudert, wir landeten unversehens an den gegenüberliegenden Seiten dieses Tisches hier in jenem kleinen Raum, und wir unterhalten uns noch immer. Eine Stunde ist schon vergangen.

Wir rekeln uns auf unseren Stühlen, strecken unsere Beine auf den übrigen Stühlen aus, die Zigarettenstummel bilden einen kleinen Hügel auf der Asche. Die Kerngehäuse der Äpfel auf dem Tisch haben sich braun verfärbt. Die letzte Packung Kekse ist ebenfalls aufgegessen. Ich schaue auf die Uhr.

»Ist unsere Zeit um?«, fragt Zelha.

»Ja. Wie schade, dass wir uns wieder trennen müssen, Zelha. Aber diesmal sollten wir auf keinen Fall wieder dreißig Jahre verstreichen lassen.«

»Schön und gut, Nevo, ich sitze im Gefängnis. Gott allein weiß, wann sie mich entlassen werden. Und an den Besuchstagen wirst du nicht kommen können.«

»Warum nicht?«

»Die Sondergenehmigung und so weiter, das ist alles nicht so einfach. Außerdem musst du dir dein Brot sauer verdienen, denk an deinen Vater, bring dich nicht unnötig in Gefahr. Wenn Gott will, sehen wir uns eines fernen Tages wieder, wenn ich hier rauskomme.«

Bemüht, mir meine Beklemmung nicht anmerken zu lassen, sage ich betont selbstsicher: »Wir werden uns sehr bald wiedersehen, daran glaube ich von ganzem Herzen. Bitte glaube auch du daran. Jeden Tag erkennen mehr Menschen die Wahrheit. Die Intellektuellen des Landes ziehen erbittert zu Felde, damit du wieder freikommst.«

Zelha lächelt resigniert. »All denen herzlichen Dank, die mich unterstützen.« Eine Weile schweigen wir, weil wir beide nicht wissen, was wir sagen sollen, bis Zelha schließlich fragt: »Das war nicht die Reportage, die du eigentlich machen wolltest. Was schreibst du denn jetzt?«

»Ach, das spielt doch keine Rolle. Ich habe dich gefunden, das zählt. Wir haben genau da wieder angeknüpft, wo wir uns getrennt haben. Wir haben unsere Sehnsucht gestillt. Ich habe viele Dinge in meinem Kopf zurechtgerückt. Nächtelang habe ich keinen Schlaf gefunden, weil ich Angst hatte, du könntest mich vergessen haben. Nachdem ich dich dann wiedergefunden hatte, war das mit der Reportage nicht mehr so wichtig.«

»Aber trotzdem musst du doch irgendetwas schreiben.«

»Ja, schon.«

»Was wirst du schreiben, Nevo?«

»Irgendetwas. Vielleicht wäre es am besten, von unserer Kindheit zu erzählen.«

»Wirst du dich nicht hinter unsere Sache stellen?«

»Wenn es dabei um die Wahrung eurer Identität, um Gleichberechtigung und Freiheit geht, dann ja. Aber wenn es darum geht, euren Anführer zu befreien, dann nein.«

»Nevo, jetzt unterhalten wir uns hier seit Stunden. Dieser Mann ist die Galionsfigur unserer Sache. Wir können nicht einfach so tun, als gäbe es ihn nicht. Auch in unseren Reihen gibt es Leute, die ihn nicht leiden können, die sogar meinen, er sei schädlich für unsere Sache. Ich bin auch kein Fan von ihm. Aber bedauerlicherweise ist er zu einem Symbol geworden.«

»Ja, wirklich sehr bedauerlich.«

»Aber so ist es nun mal, Nevo. Um jetzt zu einer Aussöhnung zu gelangen, brauchen wir einen Mittelweg. Gibst du mir da nicht recht?«

»Wie sollte ich dir darin nicht zustimmen? Dafür plädiere ich doch schon von Anfang an. Ich bin auch dabei, wenn es darum geht, sich beiderseits zurückzunehmen. Aber sich unverrückbar immer am Unmöglichen festzuklammern, das ist eben dieser urtürkische Dickschädel, Zelha. Und da spielt es im Grunde genommen keine Rolle, ob Türke oder Kurde, das ist die Mentalität hier in diesem Land. Wegen dieses Dickschädels sind wir da, wo wir jetzt sind.«

»Schon möglich. Aber das ist genau der Dickschädel, den wir beide auch auf dem Hals sitzen haben. Auch wir beide weichen kein bisschen von unseren Prinzipien ab. Allerdings unterscheiden sich unsere Prinzipien. Was können wir also gemeinsam auf die Beine stellen?«

»Wir dürfen nicht aufgeben, nach einer Lösung zu suchen.«

»Aber auch unsere Lösungen decken sich nicht.«

»Egal. Allein dadurch, dass man im Gespräch bleibt, trifft man sich irgendwann an einem Punkt in der Mitte.«

»Wir unterhalten uns hier schon seit fast acht Stunden.«

»Nur, wir waren ja jetzt nicht darauf fixiert, eine Lösung zu finden, Zelo. Wir haben Rechenschaft über dreißig Jahre abgelegt, haben uns die Vergangenheit wachgerufen und miteinander getratscht. Und wir haben nicht nur unsere eigenen Geschichten, sondern Cengiz' Schicksal und Großvaters lange neunzig Jahre unter die Lupe genommen. Blieb da noch Zeit, eine Lösung zu finden?«

»Da hast du recht.«

»Jetzt denk mal gut nach und gib mir einen Lösungsvorschlag mit auf den Weg, den ich dann als Botschaft veröffentlichen soll. Aber bitte, bleib auf dem Teppich, geht das?«

Zelha heftet ihren Blick an die Zimmerdecke und denkt eine Weile nach. Dann sieht sie mir fest in die Augen und sagt langsam und deutlich: »Nimm doch das als meine Botschaft für deinen Artikel: Für eine Lösung muss erst einmal dieses Todesurteil aufgehoben werden.«

Ich bemühe mich, mir die Enttäuschung nicht anmerken zu

lassen, als ich ihr verspreche: »Ich werde deine Botschaft in meinen Artikel einarbeiten.«

»Arbeite sie nicht ein, schreibe sie explizit so hin. Das ist es, was mein Volk fordert.«

»Zelo, aber ich mache doch eine Reportage über dich. Sag mir, was du persönlich willst.«

»Das habe ich doch gerade getan.«

»Wenn du die Zukunft eines großen Volkes für einen Verrückten opferst, dann bist du selbst auch verrückt.«

»Wäre ich etwa hier, wenn ich das nicht wäre?«

»Meine liebste, süße, kleine Zelha«, sage ich und versuche, bei diesem »liebste, süße, kleine« Großvaters Akzent nachzuahmen. »Wünsch dir doch etwas, das wahr werden kann, damit es sich lohnt, dass du hier drinnen bist, meine liebe Schwester.«

»Dann hör mir mal, um Großvaters Andenken willen, gut zu: Wenn ihr einen Mann hinrichten wollt, der zur Galionsfigur eines ganzen Volkes geworden ist, wie wollt ihr euch dann mit ebenjenem Volk einigen können?«

»Und jetzt hör du mir mal gut zu! Wenn ein Irrer, der sich selbst zum Anführer ausruft, den Tod von dreißigtausend Menschen verschuldet hat, so ist er schlicht und einfach ein Mörder. In den Zeiten der Republik und auch schon davor haben die Kurden insgesamt achtundzwanzig Mal revoltiert. Wenn ein Staat seinen aufrührerischen Kindern achtundzwanzig Mal verzeiht, dann wird er ihnen auch weiterhin verzeihen. Aber fordere nichts für diesen Menschen.«

»Ach, Nevo, jetzt willst du wieder die Überlegene herauskehren und siehst alles wieder nur durch deine gefärbte Brille.«

»Wieso sagst du so etwas? Volle fünf Jahre lang hat auch mir dein Großvater den Kopf gestreichelt, wenn wir beide auf seinen Knien eingeschlummert waren, du auf dem einen, ich auf dem anderen. Ich bin mitten unter euch, in eurem Schoß aufgewachsen. Hast du nie meine Artikel gelesen? X-mal habe ich geschrieben, dass uns das alles nicht passiert wäre, wenn der Staat in der Lage gewesen wäre, alle kurdischen Mitbürger im Lesen und Schreiben unterrichten zu lassen, und wenn er ihnen die Möglichkeit eingeräumt hätte, in der eigenen Sprache zu unterrichten, zu singen, Bücher zu verfassen und Fernsehsender einzurichten; und vor allem, wenn es nicht diese wahnwitzige Türkisierung der Namen gegeben hätte. Aber egal, liebe Zelha, nenne mir nur ein Volk, das keine Reaktion des Staates erfahren würde, sollte es zu den Waffen greifen und anfangen, alles und jeden um sich herum abzumurksen, das eigene Volk zu erpressen, Straßen zu verminen, Lebensadern trockenzulegen und, zu allem Überfluss, auch noch im Ausland sein Zerstörungswerk zu betreiben. Franzosen? Italiener? Spanier? Wer kann solche Aktionen hinnehmen, ohne zu reagieren? Wer?«

»Wir drehen uns nur im Kreis, und alles läuft immer wieder auf dasselbe hinaus. Nevo, es wäre am besten, wenn du jetzt gehen würdest. Schreib einfach, wonach dir der Sinn steht. Wenn Gott will, werden wir uns wieder einmal sehen. Wir sind zwar nicht verfeindet, aber auf diese Themen lassen wir uns besser nicht ein. Du siehst ja auch, dass wir in zwei verschiedenen Welten leben. Da kommen wir auf keinen grünen Zweig.«

Mein Herz krampft sich zusammen. Hätten wir mehr Zeit, könnte ich es nicht so einfach dabei bewenden lassen. Ich hätte gerne noch versucht, Zelha klarzumachen, dass dieser inhaftierte Irre, selbst wenn seine Todesstrafe aufgehoben werden würde, dann eben andere Träume verfolgen würde und dass auch dieses Mal wieder Hunderte junger Menschen wegen dieser irrationalen Träume ihr Leben lassen würden. Ich wäre gerne in der Lage gewesen, ihr zu zeigen, dass sie, auch wenn sie eines Tages einmal einen Staat gründen würden, nicht unabhängig sein würden, denn sie wären gezwungen, demjenigen, der ihnen dazu verholfen hätte, dauerhaft Blutgeld zu zahlen, ganz gleich, wer es sei, und dass derjenige auch sämtliche Fäden in der Hand hielte. Außerdem wäre ich gerne in der Lage gewesen, ihr sowohl anhand von geschichtlichen als auch gegenwärtigen Beispielen bewusst zu machen, dass kein dank der Gnade der westlichen Staaten errichtetes Land wirklich unabhängig sei, es nie werden würde und auch nicht friedlich vor sich hin leben könne. Ich hätte unverdrossen stundenlang auf sie eingeredet, nur damit sie die Realität erkennt. Aber ich fürchte den Moment, in dem Dilaver Bey in der Tür steht und alles beendet. Zum einen fehlt die Zeit, für die Meinungsverschiedenheiten eine Lösung zu finden, und außerdem möchte ich mich von Zelha nicht im Ärger trennen. Also halte ich lieber den Mund. Ich stopfe die überall auf dem Tisch verteilten Keksschachteln, die leeren Zigarettenpäckchen und die Apfelreste in meine Tasche.

»Hast du denn keine Tüte für den Müll?«, fragt Zelha.

»Ach, Zelha, weißt du eigentlich, dass du dich sehr gut mit meinem Mann verstanden hättest? Der hatte auch so einen Sauberkeitsfimmel wie du.«

»Da er sich in dich verliebt, dich ausgewählt und geheiratet hat, haben wir anscheinend etwas gemeinsam.«

»Und ob ihr Gemeinsamkeiten habt! Ihr seid beide stur, penibel und arbeitswütig.«

»Versuch doch zu diesem Mann zurückzukehren. Dieser Murat gefällt mir.«

»Na, wenn das so ist, dann sieh zu, dass du hier rauskommst, und dann sollten wir ihn dir sichern.«

»Ich bin zufrieden mit meinem Mann. Außerdem würde es sich nicht gehören, wenn ich deinen Exmann heiraten würde. Sind wir denn nicht Schwestern?«

»Ja, das sind wir. Aber gibt es da nicht einen Brauch, und

zwar in eurer Gegend, dass verwitwete Frauen mit den Brüdern ihrer verstorbenen Männer verheiratet werden?«

»Mensch, Mädchen, reib mir doch nicht ständig das dumme Zeug aus unserer Gegend unter die Nase. Bei euch ist es doch noch viel schlimmer. Da verlassen Ehefrauen aus der Stadt ihre supertollen Männer und lassen sich mit Verheirateten ein.«

»Halt du mir bitte auch nicht meine Fehler vor, oder ich kitzle dich.«

»Ich bin nicht mehr kitzlig. Du wirst es mir nicht glauben, aber ich habe schon seit einer Ewigkeit nicht nur vergessen, wie es ist, zu lachen und sich zu freuen, sondern auch, wie es sich anfühlt, gekitzelt zu werden.«

Ich stehe auf und gehe zu ihr hin, breite meine Arme weit aus und sage: »Komm her zu mir!«

Zelha erhebt sich und umarmt mich. So aneinandergeklammert, stehen wir lange da. Ich vergrabe meine Nase in das nach Limonenwasser duftende Haar meiner Freundin und sehne mich nach dem Geruch von Gras und Erde, der vor mehr als dreißig Jahren darin war. Könnten wir zwei alten Freundinnen je zu Feindinnen werden? Selbst wenn wir in zwei gegnerischen Armeen als uniformierte Soldatinnen aufeinanderträfen, könnten wir doch unmöglich aufeinander losgehen, wir könnten uns weder gegenseitig angreifen, geschweige denn töten, auch nicht jene, die uns nahestehen, und schon gar nicht unsere Kinder. Nie und nimmer! Mit all unseren Unterschieden oder gerade wegen dieser Unterschiede sind wir nicht nur zwei Hälften eines Apfels, sondern ein einziger ganzer Apfel. Als die Tür aufgeht, lösen wir uns voneinander.

»Die Zeit ist um, meine Damen«, ruft Dilaver Bey. »Also, jetzt bringe ich erst mal Sie, Zeliha Hanım, zurück in Ihre Zelle, und Sie, Frau Journalistin, machen sich bitte inzwischen fertig, bis ich wieder da bin.«

Zeliha reicht mir ihre Hand, sieht mir in die Augen und sagt: »Das war ein sehr lohnendes Gespräch. Ich danke Ihnen!«

Ich drücke ihre Hand ganz fest. Kurz denke ich daran, diese feingliedrige, knöchrige Hand an meine Wange zu drücken und die Kühle ihrer Handfläche auf mein glühendes Gesicht zu übertragen, aber ich sage nur: »Vor allem für mich war es sehr aufschlussreich. Ich bedanke mich!«

»Leben Sie wohl. Viel Glück auf Ihrem Weg!«

»Passen Sie gut auf sich auf, Zeliha Hanım. Und vergessen Sie nicht: Da draußen sind Menschen, die an Sie denken und sich für Sie einsetzen! «

Wir stehen immer noch Hand in Hand da. Dilaver Bey wird ungeduldig und fragt: »Genug Abschied genommen?«

Nur unwillig löst Zelha ihre Hand aus meiner, wendet ihren Blick ab, dreht sich um und verlässt den Raum. Als Dilaver Bey hinausgeht und die Tür hinter sich schließen will, reiße ich sie wieder auf und sehe meiner Freundin nach. Da geht Zelha den Gang entlang mit rot gepunkteten Schleifen an den Zöpfen und dem Hasenkäfig in der Hand.

»Zelha … Zelha Hanım, Zelha Hanım …«

Zelha, die bereits einige Meter zurückgelegt hat, wendet sich um und schaut zu mir zurück. Auch sie hat Tränen in den Augen.

Hallend schmettert meine Stimme durch den steinernen Korridor: »Wir finden eine Lösung, versprochen! Das ist unsere Pflicht … wir … wir!«

Zelha läuft zu mir zurück, und vor den staunenden Augen Dilaver Beys umarmen wir uns noch einmal.

»Ich werde tun, was du verlangt hast«, flüstere ich meiner Freundin ins Ohr.

»Scht, Nevo, hör doch auf zu weinen, meine Süße. Du bist doch nicht schuld an unserem Schicksal, weine nicht!«

»Dieses Schicksal können nur wir verändern, nur wir Frauen … wir Mütter. Bitte, Zelo, gib die Hoffnung nicht auf! Schau, ich verspreche dir, deine Botschaft unmissverständlich zu veröffentlichen. Der Tod nützt keinem, du hast recht. Die Todesstrafe ist wirklich eine primitive Methode, ganz gleich, an wem sie vollstreckt wird, das werde ich schreiben, versprochen!«

Zelha drückt mir einen zarten Kuss auf die feuchte Wange, und auch sie flüstert mir ins Ohr: »Sei nicht traurig, wir stammen vom gleichen Boden ab, wir werden eine Lösung finden. Sei nicht traurig!«

Dilaver Bey ruft erstaunt: »Das ist ja ein Ding, so eine innige Liebe in nur wenigen Stunden!«

Zelha löst sich ein weiteres Mal aus meinen Armen, drückt kurz meine Hand und lässt sie los, dann geht sie. Ich rufe ihr noch hinterher: »Eze te tu car ji bir nekim, bi xatire te – Ich werde dich nie vergessen, leb wohl!«

Sie dreht sich um und winkt. In ihren Augen liegt ein Ausdruck, den ich nicht in Worte fassen kann. Liebe. Unendliche, bedingungslose Liebe. Zelha sieht mich mit den inwendig lachenden, funkelnden Augen ihrer Kindheit an.

Ich gehe zurück in den Besuchsraum, ziehe meinen Mantel an, hole das schwarze Tuch aus der Tasche und werfe es mir über die Schultern. Ich setze mich auf den Stuhl und warte wie ein dunkles Gespenst darauf, dass Dilaver Bey zurückkommt. Mein Kopf ist vollkommen leer. Auf dem Diktiergerät ist nichts als die Geschichte von Cengiz. Auf meinem Notizblock steht keine einzige Zeile. Ich habe nichts von all dem aufgeschrieben, was Zelha und ich gesprochen haben. Ich habe keine Ahnung, was ich schreiben soll, wenn ich an meinem Computer sitze. Eigentlich müsste ich mich darüber grämen, doch warum fühlt sich meine Seele dennoch so frei an wie ein Vogel, der zum Flug ansetzt? Warum ist mein Herz so leicht, warum schwirrt alles in mir?

Da geht die Tür auf, und Dilaver Bey ruft: »Also los!«

Ich packe meine Tasche und fahre hoch. Als ich auf dem Gang hinter ihm hertrotte, meint er: »Wie gut Sie sich doch mit Zeliha Bora verstanden haben!«, und wartet darauf, dass ich etwas dazu sage. Als er merkt, dass ich lieber schweige, wirkt er enttäuscht. Wir lauschen dem Klacken, das unsere Absätze auf dem Steinboden erzeugen, und marschieren im Gleichschritt hintereinander her. Kurz vor dem Kontrollpunkt sagt er noch ein wenig verstimmt: »Vergessen Sie nicht, Ihr Telefon wieder an sich zu nehmen!«

Ich bin wie berauscht, mir dreht sich der Kopf, ich bin nicht in der Lage, mit irgendjemandem zu sprechen. Seit neun Uhr morgens habe ich nicht nur ein einziges Leben durchlebt, sondern gleich mehrere, und noch dazu eine ganze geschichtliche Epoche, vom Anfang bis zum Ende. Mit Müh und Not bedanke ich mich knapp bei Dilaver Bey. Ich gebe meine Identitätskarte ab, erhalte vom Sicherheitsdienst mein Mobiltelefon und meinen Personalausweis zurück. Beim Hinaustreten in den Garten tippe ich Hasan Beys Nummer ein.

»Ich stehe vor dem Eingangstor«, sagt er.

Kaum bin ich in den Wagen eingestiegen, der vor den hohen Mauern wartet, fragt Hasan Bey neugierig: »Wie ist es gelaufen?«

»Gut.«

Eine Weile wartet er darauf, dass noch mehr kommt, dann bohrt er weiter: »Nur gut?«

»Ja.«

»Was für ein Mensch ist sie? Worüber habt ihr euch unterhalten, war es interessant, was hat sie erzählt?«

»Sie ist eine beeindruckende Frau. Wir haben über viele Dinge gesprochen. Sie werden es ja lesen ...«

»Es ist also nichts schiefgegangen?«

»Nein, überhaupt nicht.«

»Meine Güte, wenn alles glattgegangen ist, warum bist du dann so schweigsam, Mädchen?«

»Ich bin müde, Hasan Bey. Das war ein langer Tag.«

»Aber du musst doch irgendetwas berichten. Ihr habt doch nicht etwa gestritten?«

»Was soll denn die Frage?«

»Ist schon gut. Ich war nur etwas besorgt.«

»Das war vollkommen unnötig. Diese Frau und ich, wir sind doch beide intelligente, erwachsene Menschen.«

»Natürlich.«

»Und leider sind wir beide in der Lage, die Realität zu erkennen.«

»Und die wäre?«

»Beide Seiten haben für die Probleme festgefahrene Lösungsvorschläge, die zu nichts führen.«

»Zum Beispiel?«

»Na ja, also diese Menschen wurden zum Beispiel immer wieder vertrieben. Wir müssen nun endlich einsehen, dass Vertreibung niemandem nützt. Wenn Härte, Gewalt und Verbote zu irgendetwas gut wären, dann hätten wir bis heute schon jedes Problem gelöst. Wir haben das verstanden, wenn auch spät, aber es gibt Leute, die immer noch krankhaft ihrem alten Muster verhaftet sind. Genauso sieht es auf der anderen Seite aus. Nach dem Finger greifen, aber die ganze Hand wollen, stur am Unmöglichen festhalten, wegen eines Flohs die gesamte Decke verbrennen, ständig Krawall machen, überheblich sein. In welchem Jahrhundert leben wir eigentlich? Reichts nicht allmählich mit dieser mittelalterlichen Denkweise? Zelo ... Zeliha und ich, wir haben uns stundenlang unterhalten. Wir haben die Vergangenheit genauestens auseinandergenommen. Wir haben uns das zwar nicht gesagt, aber uns beiden ist sonnenklar, wie beharrlich die Menschen unseres Landes in ihrer Unreife sind.«

»Du hast also wenig Hoffnung.«

»Nein, nein, überhaupt nicht! Ganz im Gegenteil, ich bin sogar sehr zuversichtlich. Bei all dem, was ich gerade gesagt habe, verbindet uns eine tief verwurzelte Liebe und ein Zusammengehörigkeitsgefühl. Wir sind so eng miteinander verbunden, dass wir, trotz unserer unterschiedlichen Sprachen, die gleichen Gemütsregungen, die gleichen Gefühle haben. Und wir haben dieselbe Vergangenheit. Vielleicht sind wir ja auch deshalb, weil wir uns so ähnlich sind, weder in der Lage, unsere Probleme zu lösen, noch dazu, uns voneinander zu lösen. Es fehlt nicht viel, gar nicht viel, um die eingefahrenen Muster aufzubrechen.«

Als Hasan Bey den Wagen anlässt, ziehe ich mir das schwarze Tuch vom Kopf. Ich lasse das Fenster herunter und beuge mich hinaus. Beuge mich mit dem ganzen Oberkörper hinaus und winke der traurigen Zelo zu, die da in Lackschuhen und Wollhosen auf der staubigen Straße steht.

»Vergiss nicht!«, rufe ich hinaus, »vergiss es ja nicht, Zelo, die Lösung liegt bei uns!«

»Mein Mädchen, du fällst gleich hinaus. Es ist eiskalt hier. Mach doch das Fenster wieder zu!«, bittet Hasan Bey.

Doch ich glühe innerlich. Mein Herz ist voller Liebe und Hoffnung. Diese Lösung blüht in meinem Herzen wie roter Klatschmohn in der südostanatolischen Steppe, eine Blume der Liebe, die mich durch und durch erfüllt.

Ich weiß es, und es durchdringt mich bis ins Mark – es ist, wie Zelha gesagt hat –, wir sind die Lösung, falls wir mutig sind: wir Zelhas, Fatmas, Sunas, Berfins, Leylas, Emines. Wir

Frauen gehören zum Problem und zu seiner Lösung: wir, miteinander aufgewachsen, miteinander lebend, einander ähnelnd, streitbar, reizbar und störrisch, unendlich großzügig und lebensspendend, fürsorglich, gefühlvoll und beherzt, gerissen, boshaft, wir, die wir zugleich leidgeprüft, unschuldig und naiv sind. Wir sind Kinder des gleichen Bodens.

Mit meinem Zeigefinger zeichne ich ein riesiges Herz auf die beschlagene Scheibe und setze die ineinander verschlungenen Buchstaben T und K in seine Mitte.

Da fragt Hasan Bey: »Was ist das?«

»Ein großes Herz.«

»Bis zum Valentinstag dauert es aber noch, du bist zu früh dran mit deinem Herzen.«

Ich frage zurück: »Aber über kurz oder lang wird der Tag kommen, auf den ich warte, nicht wahr?«

»Natürlich! Früher oder später kommt er.«

Durch die Luft aus dem Gebläse verschwindet das Herz auf der Scheibe, und so zeichnen sich die ineinandergreifenden Buchstaben umso klarer und deutlicher ab. Ich möchte fest, sehr, sehr fest daran glauben, dass dies ein gutes Omen ist, lehne mich zurück und bete leise für mich: »Allah, trenne mich nicht von Zelha, bitte trenne mich nie mehr von meiner Schwester. Lieber Gott, du weißt, was ich damit sagen will! Möge diese Wunde heilen, vielleicht noch nicht heute, vielleicht auch nicht morgen, aber eines Tages … Bitte eines baldigen Tages.«

Nachwort

Ort und Zeit: ein Gefängnis in der Türkei um das Jahr 2000. Hauptpersonen: zwei Frauen, eine Kurdin, eine Türkin, beide Anfang vierzig. Anlass: Die Kurdin und ehemalige Parlamentsabgeordnete Zeliha Bora ist wegen »Separatismus-Propaganda« in Haft, und die Türkin Nevra Tuna, eine Journalistin, besucht sie wegen eines Interviews. Gesprächsdauer: etwa acht Stunden.

Acht dramatische Stunden, und als Hintergrund das hochbrisante Thema »türkisch-kurdischer Konflikt«, ein Thema, das die Türkei bis heute in der Weltöffentlichkeit – mehr, als ihr lieb ist – präsent macht. Und auch die europäische Öffentlichkeit ist, gerade im Hinblick auf eine Mitgliedschaft der Türkei in der EU, hin und her gerissen zwischen Meinungen, die die Türkei einer planmäßigen Unterdrückung ihrer Minderheiten – und hier insbesondere der kurdischen Bevölkerung – beschuldigen, und den in jüngster Zeit unternommenen Reformen der Regierungspartei AKP zur Entschärfung ebendieser Probleme. Ein herausfordernder Stoff also für einen Roman mit literarischem und gleichzeitig politischem Anspruch.

Ayşe Kulin hat sich dieser Herausforderung gestellt, wenngleich sie einschränkend in einem Interview erklärt: »Romane sind keine didaktischen, pädagogischen, lehrreichen Sachbücher. Niemand liest einen Roman, um etwas zu lernen. Deshalb habe ich mich darauf beschränkt, auf die Probleme hinzuweisen. Im Gegensatz zu dem, was manche Kritiker glauben, werden Lösungen nicht von Romanen geschaffen, sondern von Politikern und Staatsmännern.« Weiter sagt sie jedoch: »Den Literaten fällt es zu, ihre Leserinnen und Leser dahingehend anzuregen, dass die Probleme des Landes nicht mit Gewalt, sondern in Frieden und Freundschaft gelöst werden können.« Ayşe Kulin will also nicht nur »schöne Literatur« produzieren, sondern mithilfe der Literatur auch politische und soziale Probleme, die sie oft vor Ort recherchiert, benennen und verarbeiten. Solch ein Anliegen kann leicht scheitern, doch der 2005 erschienene Roman *Der schmale Pfad*, der im Original *Bir Gün* (»Ein Tag«) heißt und bereits 2006 unter dem Titel *Face to Face* ins Englische übersetzt wurde, zeigt, wie unterhaltsam die literarische Gestaltung eines politischen Themas sein kann. Dieses Talent hat Ayşe Kulin in der Türkei zu einer der bekanntesten und beliebtesten Autorinnen werden lassen. *Der schmale Pfad* ist ihr erster ins Deutsche übersetzter Roman. Der Titel bezieht sich auf einen im Buch genannten Vers des berühmten Barden Aşık Veysel (1894–1973): ein treffendes Bild für das Wandeln auf dem schmalen Pfad zwischen den Abgründen des türkisch-kurdischen Konflikts.

Wer ist Ayşe Kulin? Sie wurde 1941 in Istanbul als Tochter einer Tscherkessin und eines Bosniers geboren, und man könnte sie somit als »Tochter der osmanischen Vergangenheit« bezeichnen, einer Vergangenheit, in der ethnische Grenzen und Zugehörigkeiten bei Weitem nicht die Rolle spielten wie heute. Sie wächst im modernen Ankara auf, verliert aber nie den Kontakt zu Istanbul, der alten Hauptstadt des osmanischen Sultan-Kalifen. Dort studiert sie am amerikanischen Mädchen-College Literaturwissenschaft und engagiert sich politisch in der Sozialdemokratie. In den Achtzigerjahren arbeitet sie als Produzentin am Theater, bei Film und Fernsehen, aber auch als Reporterin und Redakteurin bei verschiedenen Zeitungen und Zeitschriften. Dennoch findet die Mutter von vier Söhnen Zeit, ihre literarischen Ambitionen zu verwirklichen, erlebt zu Anfang jedoch nur Ablehnungen ihrer Manuskripte. Erst 1984 gelingt es ihr, ihren ersten Kurzgeschichtenband *Wende dein Gesicht der Sonne zu (Güneşe Dön Yüzünü)* zu veröffentlichen. *Gülizar,* eine der Erzählungen dieses Bandes, wird 1986 unter dem Titel *Zerbrochene Puppe (Kırık Bebek)* verfilmt, und dieser Film gewinnt einen Preis des Türkischen Kulturministeriums. Ein guter Start für die nicht mehr ganz junge Autorin. Noch im selben Jahr erhält sie eine Auszeichnung der Vereinigung der Theater-Autoren (Tiyatro Yazarları Derneği) für ihre künstlerische Mitarbeit an der Fernsehserie *Ayaşlı ile Kiracıları*: Dieser Serie liegt der gleichnamige Roman von Memduh Şevket Esendal zugrunde, der 2009 unter dem Titel *Die Mieter des Herrn A.* in der Türkischen Bibliothek erschienen ist. Das nächste Buch, das sie veröffentlicht, *Ein sanfter Seelenfrieden (Bir Tatlı Huzur),* erscheint 1996, also zehn Jahre später, doch ab dann geht es Schlag auf Schlag: Bis 2009 wird Ayşe Kulin insgesamt 21 Werke verfasst haben: Romane, Kurzgeschichtenbände und Biografien, bisweilen drei Publikationen pro Jahr. Auch die Auszeichnungen und Preise nehmen kein Ende: 1997 wird sie für ihren biografischen Roman *Ihr Name: Aylin (Adı: Aylin)* von der Fakultät für Kommunikationswissenschaft der Universität Istanbul zur »Autorin des Jahres« gewählt, 1998 erhält sie den Haldun-Taner-Preis für die Kurzgeschichte *Fotos aus dem Studio Sabah (Foto Sabah Resimleri),* 1999 den Sait-Faik-Preis für ihren gleichnamigen Kurzgeschichtenband. Zu diesen Auszeichnungen, denen noch manche hinzugefügt werden könnten, gesellen sich Verfilmungen vieler ihrer Werke. Jedes ihrer Werke fand den Weg auf die Bestsellerlisten der Türkei. Hier scheint eine Autorin also den Nerv der Zeit getroffen zu haben, die vor hochbrisanten Themen nicht haltmacht: So schreibt sie im Roman *Sevdalinka* (1999) über den bosnischen Bürgerkrieg, in *Die Brücke* (*Köprü*, 2001) über die wechselvolle Geschichte der östlichen Landesteile der Türkei oder in *Mit Mühe und Not* (*Nefes Nefese*, 2002) über die Rettung von Juden durch türkische Diplomaten während des Zweiten Weltkriegs.

Nun ist es heutzutage in der Türkei weitgehend möglich, sich literarisch zu umstrittenen Themen zu äußern, wie zum Beispiel das Werk *Rache* (*Tol*, 2002) von Murat Uyurkulak zeigt, das 2008 in deutscher Übersetzung unter dem Titel *Zorn* in der Türkischen Bibliothek erschienen ist und eine bittere Abrechnung mit dem Militärputsch von 1980 darstellt. Die »Kurdenfrage« jedoch gehört nach wie vor zu jenen hochsensiblen Bereichen, die jede und jeden, der sich damit kritisch auseinandersetzt und schriftstellerisch befasst, mit einem Bein im Gefängnis stehen lassen. Ayşe Kulin allerdings hat diese türkische »literarische Schule der Nation« nicht besuchen müssen, aber ihr Roman *Der schmale Pfad* hat heftige türkische und kurdische Kritik hervorgerufen, die bis zu persönlichen Drohungen eskaliert ist. Vor allem jedoch hat ihr Buch wohlwollende bis begeisterte Aufnahme gefunden, in der Literaturkritik wie in einer breiten Öffentlichkeit. Dies in einem Land, in dem es bis vor Kurzem als »Hochverrat« galt, wenn im Parlament Kurdisch gesprochen wurde, und in dem nach wie vor regelmäßig Unruhen rund um die »Kurdenfrage« ausbrechen: in jüngerer Zeit, im Dezember 2009, nach dem Verbot der kurdischen Partei für eine demokratische Gesellschaft (Demokratik Toplum Partisi, DTP), oder im Februar 2010, am 11. Jahrestag der Festnahme Abdullah Öcalans, des Anführers der verbotenen Arbeiterpartei Kurdistans (Partiya Karkerên Kurdistan, PKK). *Der schmale Pfad* wurde sicher wegen seiner erzählerischen Qualitäten so gut aufgenommen, aber auch, weil schon in der Grundanlage des Romans deutlich wird, dass Ayşe Kulin beiden Seiten, Türken und Kurden, unparteiische Gerechtigkeit widerfahren lassen will. Wie geht sie dabei zu Werke?

Auf den ersten Seiten des Buches lernen wir zunächst die Ich-Erzählerin, die türkische Journalistin Nevra Tuna, kennen, eine durch private und berufliche Krisen gebeutelte Frau, die sich zu einem von einflussreicher Stelle arrangierten Interview mit der inhaftierten Kurdin Zeliha

Bora zu deren Gefängnis fahren lässt. Sie hat die Hoffnung, dass dieses Interview ihrer Karriere eine entscheidende Wendung geben wird.

Zeliha Bora, Kurdin aus Ostanatolien, entpuppt sich in den ersten Minuten des Interviews als eine streitbare Gesprächspartnerin mit scheinbar unbeirrbaren Prinzipien, was den kurdischen Kampf um Unabhängigkeit betrifft. In den knappen Dialogen zu Anfang wird bereits das ganze Dilemma sichtbar: Auf der einen Seite eine – aus guten Gründen – verbitterte und zutiefst misstrauische Kurdin, auf der anderen Seite eine Türkin, die hin und her gerissen ist zwischen der Überzeugung, dass die türkische Kurdenpolitik zumeist verfehlt sei, und der Ablehnung des bewaffneten kurdischen Kampfes, für den sie kein Verständnis aufbringen kann. Ohne direkt genannt zu werden, ist hiermit natürlich vor allem die Politik der PKK gemeint. Der Schlagabtausch der beiden Frauen wird immer aggressiver, bis Nevra sich als Freundin Zelihas aus der Kindheit zu erkennen gibt: Im Dorf Sarıcadam waren die beiden Mädchen engste Freundinnen geworden. Als dann Nevras Vater, ein Landrat, in eine Kleinstadt in der Nähe von İzmir versetzt wurde, verloren sich die beiden Mädchen aus den Augen. Nun fallen sich die beiden Frauen fünfunddreißig Jahre später weinend und lachend in die Arme, und das Gespräch nimmt – bei aller Härte der Auseinandersetzung – einen anderen Verlauf. Mit dieser Wendung bringt Ayşe Kulin gezielt und geschickt ihre einfache Kernthese ins Spiel: Menschen müssen sich kennen(lernen) und kommunizieren, um Konflikte verstehen und lösen zu können.

Die beiden Frauen erinnern sich zunächst an die gemeinsam verbrachten unbeschwerten Kinderjahre. Die behütete Nevra lernte eine ihr völlig fremde Welt kennen: einen kurdischen Clan mit Sadık Ağa an der Spitze, in dessen Haushalt seine diversen Frauen, Kinder und die sonstige Verwandtschaft nach den Regeln von Stammestraditionen lebten. Die beiden gingen durch dick und dünn und wurden »Blutsschwestern«, die viel voneinander lernten. Von einem »türkisch-kurdischen Konflikt« war noch nichts zu spüren: »Da lebten all die Jahre zwei Kinder aus vollkommen unterschiedlichen Welten zusammen, ohne jemals Scheu voreinander zu haben und ohne sich gegenseitig zu kränken«, fasst Zeliha zusammen.

Doch bald zeigt sich, dass beide Frauen vom Schicksal gebeutelt sind, wenn auch auf verschiedene Weise. Als Nevra weggezogen ist, wird Zeliha »über Nacht erwachsen«, sie muss bei der Feld- und Hausarbeit helfen und soll sich um ihre Aussteuer kümmern, da sie ja ohnehin bald heiraten werde. Schule? Fehlanzeige. Mit gerade fünfzehn Jahren brennt sie mit dem Nachbarsjungen Alişan durch, in den sie sich unsterblich verliebt hat. Unter abenteuerlichen Umständen gelingt ihr die Flucht vom Hof des Clans. Da ihr Geliebter noch beim Militär ist, findet sie zunächst Zuflucht bei seinem Onkel in Mersin. Und wie geht es weiter? Die Leser werden häufig, und so auch hier, durch wechselnde Zeit- und Erzählstränge in verschiedene Ebenen entführt, und dies erzeugt eine Spannung, der man sich nur schwer entziehen kann. Jedenfalls geht Zelihas Geschichte nicht gut weiter: eine missglückte Schwangerschaft, danach gesundheitliche Probleme, und schließlich bringt Alişan seine blutjunge Freundin als Nebenfrau in den gemeinsamen Haushalt – ein wiederkehrendes Thema in *Der schmale Pfad,* scheint es doch das Schicksal vieler, zumeist kurdischer, Frauen vor allem in den östlichen Regionen der Türkei zu sein.

Zeliha hält ihre entwürdigende Situation nicht lange aus und entschließt sich, in ihr Dorf, zu ihrem Stamm, zurückzukehren. Nur der Tatsache, dass ihr Großvater, eine Respektsperson im Stamm, sich sehr für sie einsetzt, verdankt sie es, dass ihr außer ein paar Prügeln nichts Schlimmeres geschieht – hat sie doch die Ehre des Stammes verletzt. Ohne seinen Einsatz, lässt die Autorin ihre Leser wissen, wäre Zeliha mit Sicherheit von einem Stammesangehörigen ermordet worden. Als Zeliha nach einigen Monaten wieder gesund ist, wird sie mit nunmehr achtzehn Jahren von ihren Müttern und Onkeln mit Şiyar, einem verwitweten, fast vierzigjährigen Mann aus der Familie Miroğlu, verheiratet. Wider Erwarten hat sie es gut bei dem Vater zweier Söhne und richtet sich auf ein Leben als glückliche Hausfrau und Mutter ein. Unversehens jedoch werden Şiyar und seine erwachsenen Söhne in die Politik verwickelt: Şiyar kandidiert für das Parlament, wird gewählt, und die Familie zieht nach Ankara. Bald wird Şiyar inhaftiert, und die bis dahin eher unpolitische Zeliha sieht es als ihre Pflicht an, sich der Sache ihres Mannes anzunehmen. Sie kandidiert ebenfalls und wird als Abgeordnete ins Parlament gewählt.

Ayşe Kulin spricht in diesem Lebenslauf viele Zustände Ostanatoliens an, die türkischerseits gern als »typisch kurdisch« bezeichnet werden: archaische Stammestraditionen und geringe Bildung insbesondere der Mädchen. Doch nun folgt das Kontrastprogramm, jetzt ist das Leben der bildungsbürgerlichen türkischen Journalistin Nevra an der Reihe. Der staunende Leser erfährt zunächst, dass ihr Mann Murat sie wegen einer Küchenmaschine verlassen hat ... Weil Nevra sich schämt, Zeliha diese – im Vergleich mit deren Schicksal – läppische Geschichte zu erzählen, lässt sie sie vor ihrem inneren Auge ablaufen. Am zehnten Hochzeitstag wird die Küchenmaschine zum absurden Anlass für einen erbitterten Ehestreit. Nevra, die verwöhnte Karrierefrau, gesteht sich ein, dass sie ihr Eheleben als zu langweilig, öde und farblos empfindet. Als die Ehe zerbricht und der gemeinsame Sohn Cengiz beim Vater bleibt, ist Nevra von einem Tag auf den anderen auf sich allein gestellt.

Mit dem Namen Cengiz, also dem Namen des mongolischen Weltenherrschers Dschingis Khan, ist ein ganzer Handlungsstrang in *Der schmale Pfad* verbunden, auf den zunächst nur behutsam hingewiesen wird: Cengiz, so weiß Zeliha, war auch der Name, den Nevras Vater dem Kind geben wollte, mit dem seine Frau damals in Sarıcadam eine Fehlgeburt erlitt, und Cengiz heißt auch ein Sohn aus Zelihas Verwandtschaft, dessen fürchterliches Schicksal der Leser erst später erfährt. Zunächst berichtet Nevra von ihrem Verhältnis zum verheirateten Direktor Ferdi, und diese Beichte führt dazu, dass Zeliha sich verbittert über das Schicksal der Nebenfrauen in den kurdischen Stämmen äußert: »Ich weiß, wie weh es tut, die Nebenfrau zu sein, meine Mütter wussten das auch, genauso wie meine Großmütter und meine Tanten, sie alle kannten diesen Schmerz. Glaub bloß nicht, dass sie sich jemals daran gewöhnt haben. Sie hatten einfach keine andere Wahl.« Wieder stoßen völlig verschiedene Welten aufeinander, aber die Konfrontation führt zur Selbsterkenntnis, denn Nevra hat ihren Seitensprung sicher nie vom Standpunkt einer »Nebenfrau« betrachtet … Wenn die Leser sich jetzt allerdings fragen, wann denn die »Kurdenfrage« endlich thematisiert wird, haben sie übersehen, dass sie mit zarter Hand bereits seit Langem genau dorthin geführt worden sind. Ayşe Kulin benutzt die präzise Beschreibung ihrer Heldinnen schon jetzt dahingehend, uns detaillierte Informationen über das kurdische Stammeswesen und seine Regeln zu geben und uns gleichzeitig die tatsächliche oder auch nur scheinbare Unvereinbarkeit der türkischen und der kurdischen Lebensvollzüge nahezubringen. Faszinierend, wie Ayşe Kulin es zudem versteht, die beiden Frauen, die man anfangs als streitende Protagonistinnen der türkischen beziehungsweise der kurdischen Argumente kennengelernt hat, zunehmend als einander zugewandte Menschen darzustellen, unabhängig von ihren divergierenden politischen Ansichten. Nicht zu vergessen der Humor oder Sarkasmus, mit dem Nevra in all ihren Widersprüchen beschrieben wird.

Der schmale Pfad ist nun – was die Seitenzahl betrifft – mehr als zur Hälfte begangen, und noch immer hat Nevra »keinen verwertbaren Satz« für ihre Kolumne bekommen. Doch nun kommt Zelihas Großvater ins Spiel. Dieser hat bereits in beider Kinderzeit ihnen und weiteren Kindern abends und an Wochenenden alle möglichen Geschichten erzählt, Erinnerungen, Märchen, volkstümliche Gedichte und Lieder, und alles hatte mit dem Schicksal des kurdischen Volkes zu tun: eine orale Tradierung identitätsstiftender Stoffe. Die Geschichten des stets rauchenden Großvaters geben Ayşe Kulin Gelegenheit, weit in die Vergangenheit zu schweifen und die kurdische Sicht auf die Historie zu zeigen. Der Name Evliya Çelebi wird erwähnt, und Kulins Methode ist hier ganz ähnlich der des weltberühmten osmanischen Reisenden des 17. Jahrhunderts: eine bunte Mischung aus Fakt und Fiktion. (Der historisch interessierte Leser mag vielleicht ein wissenschaftliches Nachschlagewerk zurate ziehen, zum Beispiel *Die Kurden* (2010) von M. Strohmeier und L. Yalçın-Heckmann.) Der Großvater beginnt bei den Seldschuken, um eine ursprüngliche türkisch-kurdische Gemeinschaft zu illustrieren: Gemeinsam habe man, und das ist historisch verbürgt, bei der Schlacht von Manzikert im Jahre 1071 gegen die Byzantiner gekämpft und den Sieg errungen. Doch dann sei es zu ständigen innerkurdischen Streitereien und zu Unterdrückung durch Mongolen, Osmanen und andere gekommen. Erschwerend, so der Großvater weiter, waren die religiösen Gegensätze zwischen den Kurden, die zwar alle Muslime waren, aber gespalten in Sunniten, Schiiten und Aleviten. Nachdem sich die sunnitischen Kurden auf die Seite der Osmanen gestellt hatten, ihre Brüder im rechten Glauben, erlitten die nicht sunnitischen Gruppen, darunter auch Kurden, Anfang des 16. Jahrhunderts Verfolgungen und Massaker durch die Osmanen, und dies habe zu einer bis heute andauernden Spaltung der Kurden geführt. Ayşe Kulin alias der Großvater schließt den ersten historischen Exkurs, der gut recherchiert und erzählt ist, mit den bemerkenswerten Worten: »Und merke dir eins gut, Zelha: Für das meiste Unglück der Menschen ist die Religion verantwortlich.« Für das Unglück der Kurden macht der Großvater jedoch vor allem innere Streitigkeiten und folgenreiche Aktionen verantwortlich, so das 1843 erfolgte Massaker an nestorianischen Christen durch Bedir Khan, einen der letzten autonomen kurdischen Fürsten des 19. Jahrhunderts. Interventionen Frankreichs und Englands zwangen seinerzeit den osmanischen Sultan, Bedir Khan ins Exil zu schicken, was wiederum von den kurdischen Stämmen als Einmischung betrachtet wurde und zu weiteren Rivalitäten unter ihnen führte. Bedir Khan, der noch heute vielen Kurden als Idealtyp eines kurdischen Herrschers gilt, habe stets versucht, die Kurdenstämme zu einigen. Schuld an allem, so das Fazit des Großvaters, sei der seit den Tanzimat-Reformen im 19. Jahrhundert ständig gewachsene Einfluss der »Ungläubigen«.

Doch Nevra korrigiert das naive Weltbild des verehrten Großvaters: »Liegt es am anatolischen Boden oder an seinem Wasser, dass die Menschen hier so überaus aufsässig sind? Sie schaffen es einfach nicht, sich zu versöhnen. Gibt es irgendeinen Unterschied zwischen den Kurdenfürsten, denen es trotz Bedir Khan nicht gelungen ist, sich zusammenzuschließen, und den Türken, die sechzehn verschiedene Reiche gründeten?« Die türkische Journalistin übernimmt in *Der schmale Pfad* ohnehin die Position, das positiv wie negativ Verbindende zwischen Türken und Kurden im Laufe der Geschichte und in der Gegenwart herauszustellen, und ist damit die »objektive« der beiden Frauen. Diese Rolle fällt ihr natürlich umso leichter, als sie persönlich nie politischen Repressalien ausgesetzt gewesen ist. Die Positionen von Zeliha sind, bei aller Freundschaft zu Nevra, wesentlich kritischer, pointierter und von ihren Lebenserfahrungen, aber auch von einschlägigen Beeinflussungen geprägt. Ayşe Kulin verarbeitet im »Zusammenprall« dieser Meinungen, was – neben den militärisch ausgetragenen Konflikten – häufig Alltag im türkisch-kurdischen Verhältnis ist. Typisch auch, dass Nevra ihre Freundin als »gutmütig« und »arglos« betrachtet, sozusagen willenlos den Einflüssen kurdischer politischer Aktivisten ausgeliefert, während sie, die gebildete Türkin, natürlich nie auf den Gedanken kommen würde, »andere für unser Unglück verantwortlich zu machen«.

Wie schwierig der gesamte historische Kurden-Türken-Komplex literarisch zu gestalten ist, zeigt sich im Versuch Kulins, in das Gespräch der Frauen diffizile Themenbereiche wie osmanische Besteuerungssysteme (Dirlik, Kesim) beziehungsweise die kurdischen Regimenter des 19. Jahrhunderts (Hamidiye) miteinzubeziehen: Hier dürfte auch die Mehrzahl der türkischen Leser überfordert sein, aber warum sollte ein engagierter Roman nicht auch zur Weiterbildung anregen? Jedenfalls stoßen auch hier die offenbar unvereinbaren Positionen der Freundinnen aufeinander: Während Nevra versucht, eine ausgleichende Position einzunehmen, aber durchaus deutlich auch auf ihres Erachtens kurdische Fehler und Versäumnisse hinweist, wittert

Zeliha hinter allen türkischen Aktionen, und seien sie scheinbar oder tatsächlich positiv für die kurdische Seite, letztlich Betrug und Verrat. Die aktuellen Reformen der Türkei gegenüber den Kurden führt sie lediglich auf den Druck der Europäischen Union zurück. Bevor das Gespräch jedoch eskaliert, kommt wieder der Großvater ins Spiel, und es wird das Thema der Umsiedlungen kurdischer Stämme und Gruppen in den Jahren ab 1925 angesprochen. Damals – die Türkische Republik war zwei Jahre zuvor ausgerufen worden – versuchte der religiös motivierte Scheich Sait, einen unabhängigen kurdischen Staat zu errichten. Dieser Aufstand wurde blutig niedergeschlagen und Sait noch im selben Jahr gehängt. Es folgte eine Zeit der Umsiedlungen großer Teile der kurdischen Bevölkerung nach Zentralanatolien oder ans Schwarze Meer, und erst im Jahr 1948 wurde das Umsiedlungsgesetz aufgehoben. Viele kehrten zurück in den Osten und Südosten der Türkei, aber diese Jahrzehnte hatten die kurdische Bevölkerung zermürbt und verbittert. Bei diesen Schilderungen des Großvaters ist deutlich zu spüren, dass die hinter ihm sprechende Ayşe Kulin diese politischen Geschehnisse und Entwicklungen als wirkliche Mitschuld der türkischen Regierungen am Kurdenproblem ansieht: Die eindringlich-lapidaren Worte des Großvaters zeugen von der Brutalität jener Maßnahmen und ihren verheerenden Folgen.

Und nun wird es sehr persönlich, denn der Großvater fühlt sich schuldig nicht nur am Tod seines Sohnes, Zelihas Vater, den er vor einer Blutfehde nicht retten konnte, sondern auch am Schicksal seines Enkels Cengiz: »Ich muss für die Sache mit Cengiz büßen. Der Kummer um Cengiz ist es, der mich vorzeitig altern lässt, mir den Rücken beugt und die Luft abschnürt ... Hör gut zu, du sollst wissen, warum ich Cengiz ins Verderben gestürzt habe und warum ich dem Landrat, dem Vater deiner alten Freundin Nevo, zu Dank verpflichtet bin.« Jetzt ist der Leser genauso neugierig wie die junge Zelo, er erfährt es aber nicht durch die Worte des Großvaters, sondern auf einer neuen, »neutralen« Erzählebene.

Die Familie von Sadık Ağa, Zelihas Großvater, wird erpresst und trifft sich zum Familienrat. Eine »Organisation«, hinter der unschwer die PKK zu erkennen ist, verlangt finanzielle Unterstützung. Die Familie, die ein Fuhrunternehmen betreibt, beschließt, nicht zu zahlen, doch bald darauf wird einer ihrer Lastwagen samt Ware in Brand gesteckt: Die »Organisation« meint es ernst. Gegenüber der Polizei verschweigt die Familie den eminent politischen Hintergrund des

Brandes, der dann als »Unfall« eingestuft wird. Als die Familie einer weiteren Aufforderung zur Zahlung auch nicht Folge leistet, wird wenig später der zweite Lkw abgefackelt, ein weiterer stürzt wegen manipulierter Bremsen in eine Schlucht, wobei der Fahrer zu Tode kommt. Es ist dieser Verlust eines Menschenlebens, der Sadık Ağa dazu bringt, in die Zahlung einzuwilligen, hat er doch bereits zwei Söhne durch für ihn unsinnige Traditionen wie Blutrache verloren. Die Familie entschließt sich zur Zahlung. Der Enkel Cengiz, der für das Fuhrunternehmen arbeitet, wird zur Übergabe auserkoren. Bei der Geldübergabe lässt sich Cengiz den Betrag quittieren und macht den entscheidenden Fehler, auch seinerseits eine Unterschrift zu leisten. Die Polizei bekommt Wind von der Sache, und Cengiz wird festgenommen.

Damit beginnt ein düsteres Kapitel in *Der schmale Pfad.* In der türkischen Literatur sind die Schilderungen von Gefängnis und Folter schon längst kein Tabu mehr, und in der Türkischen Bibliothek ist im Roman *Nacht und Nebel* (deutsch 2005) von Ahmet Ümit der türkische Gefängnisalltag samt Folterpraktiken eindrücklich beschrieben worden. Ayşe Kulin zeigt jedoch wesentlich drastischer die Haftbedingungen des türkischen Staates, wenn es darum geht, gegen vermeintliche oder tatsächliche Sympathisanten oder Aktivisten der »kurdischen Sache« vorzugehen. Mag bisher bisweilen der Eindruck entstanden sein, Ayşe Kulin schreibe trotz aller Bemühungen um Objektivität letztlich aus »türkischer Perspektive«, wird man hier eines Besseren belehrt: Keine kurdische Stimme würde treffender beschreiben, wie junge Menschen durch einen Aufenthalt in türkischen Gefängnissen zerbrochen und radikalisiert werden können. Sadık Ağa weiß nur zu gut, wie es seinem Enkel Cengiz in der Haft ergeht, und sieht die einzige Chance darin, den Landrat, Nevras Vater, um Hilfe zu bitten. Er lädt ihn ein und trägt ihm sein Anliegen vor, das er mit den bezeichnenden Worten schließt: »Bei uns ist ein Menschenleben nicht viel wert. Im Lauf der Jahre hat diese Familie viele Leben verloren. Manche wurden Opfer von Ehrenmorden oder Blutrache, manche kamen bei Verkehrsunfällen um. Jetzt möchte ich nicht noch einmal diesen beißenden Geruch des Todes riechen. Auf ewig werde ich bei dir mit meinem eigenen Leben in der Schuld stehen, wenn du meinen Enkel findest und dazu beiträgst, dass er heil und unversehrt bleibt.« Nevras Vater tut alles in seiner Macht Stehende, und nach fünf Monaten wird Cengiz vor Gericht freigesprochen und aus dem Militärgefängnis für Terrorverdächtige entlassen: ein an Leib und Seele gebrochener junger Mann, der nur noch durch Bitterkeit und Hass am Leben gehalten wird.

Nachdem Nevra Tuna diese erschütternde Geschichte gehört hat, wird sie unsicher in ihrem Versuch – und mit ihr so manche Leser –, die kurdisch-türkischen Konflikte von einer scheinbar neutralen Ebene herab beurteilen zu wollen: »Für wen soll es mir mehr leidtun in diesem paradiesischen Vaterland: Für Cengiz? Meinen Vater? Den Großvater? Die jungen Männer, Türken wie Kurden, die in den Bergen ihr Leben lassen? Für diejenigen, die keinen anderen Ausweg mehr sehen, als zu prügeln, zu zerstören, zu beleidigen und zu foltern? Wen soll ich verdammen, wen anklagen, uns so weit gebracht zu haben? Die Politiker? Die Nationalisten? Die Separatisten? Die Geschäftsleute? Die Mekkapilger? Die Hocas? Die Fanatiker? Wen nur, wen?« Was bleibt, ist Ratlosigkeit, jedoch nicht bei dem geschundenen Cengiz, der zu den Partisanen in die Berge geht. Dies nun hat für Nevras Vater die Konsequenz, dass er eine größere Karriere vergessen kann und sich mit kleineren Posten bis zur Frühpensionierung durchschlägt. Letztlich ist die Scheidung von Nevras Eltern auch auf die Geschehnisse um Cengiz, der später den Tod in den Bergen finden wird, zurückzuführen. Mit zunehmender Verbitterung und Trauer erinnert sich Nevra nun auch wieder an ihren Bruder, der die geistige Enge im Land nicht ertrug und in die USA auswanderte, an den Sohn einer Nachbarin, der im Osten seinen Militärdienst abgeleistet hatte und als Krüppel ohne Beine zurückgebracht wurde und an einen Arbeitskollegen, den die grässlichen Bilder eines kurdischen Terrorüberfalls auf ein Dorf medikamentenabhängig gemacht haben. Im Gegensatz zu Zeliha, die einmal zu Nevra sagt: »Bitte versuche nicht, mich zu überzeugen. Ich bin nämlich nicht zu überzeugen, Schwester«, zwingt sich Nevra wieder und wieder, eine Art Gleichgewicht des Schreckens zu konstruieren: »Wenn es um das Thema Abscheulichkeiten geht, gibt es keinen Unterschied zwischen uns.«

Es naht die letzte Stunde des Gesprächs, und die Protagonistinnen streiten über ein Thema, für das Ayşe Kulin selbst sich tatkräftig und häufig auch vor Ort engagiert: die Lebenssituation vieler Frauen in den östlichen Landesteilen der Türkei. Ohne Bildung sind diese mehr oder weniger hilflos patriarchalischen Macht- und Stammesstrukturen ausgeliefert. Drastisch beschreibt Nevra diese Zustände, sie explodiert geradezu: »Wenn eine Frau schon acht oder neun Kinder zur Welt gebracht hat, kommt eben irgendwann zum Schluss ein behindertes heraus, und dann muss gleich die Nebenfrau her! Die neue Maschine wird sofort angeschmissen, und die Fabrikation läuft weiter, bis erneut ein fehlerhaftes Produkt ausgeworfen wird. Dann kommt noch eine Nebenfrau.« Die einzige Lösung liege in einer soliden Bildung und Ausbildung der Frauen. Insgeheim hofft Nevra, ihrer Freundin mit dem Gedanken einer Bildungskampagne einen Floh ins Ohr gesetzt zu haben, doch wird sie zunächst enttäuscht, als sich Zeliha vehement für die Abschaffung der Todesstrafe einsetzt, natürlich im Hinblick auf das Schicksal des PKK-Führers Öcalan. Zelihas Argument ist einfach: »Wenn ihr einen Mann hinrichten wollt, der zur Galionsfigur eines ganzen Volkes geworden ist, wie wollt ihr euch dann mit ebenjenem Volk einigen können?«

Nun ist die Todesstrafe in der Türkei im Jahr 2002 abgeschafft worden, und gerade in der jüngsten Zeit ist viel von einer »demokratischen Initiative« der Erdoğan-Regierung die Rede, mit der die Rechte der Kurden gestärkt werden sollen. Auch Abdullah Öcalan hatte sich aus der Haft mit der Mitteilung gemeldet, er arbeite an einem Strategiepapier für die künftige Kurdenpolitik. Alle diese mehr oder weniger hoffnungsvollen Ansätze drohen jedoch wieder einmal im Strudel der Tagespolitik an den Rand gedrängt oder gar vergessen zu werden: In diesen Tagen, Anfang 2010, ist es der Regierung offensichtlich wichtiger, sich mit vermeintlichen oder tatsächlichen Umsturzplänen von Teilen des Militärs zu beschäftigen. Die Erwähnung der Reizfigur Öcalan (»Rächer«), für Nevra nicht mehr als ein inhaftierter krimineller Irrer, lässt sie wiederum die Nerven verlieren, doch bevor der Streit erneut eskaliert, lenkt dieses Mal Zeliha ein, wenn auch resigniert: »Wir drehen uns nur im Kreis, und alles läuft immer wieder auf dasselbe hinaus ... Du siehst ja auch, dass wir in zwei verschiedenen Welten leben. Da kommen wir auf keinen grünen Zweig.« Nevra lässt sich nicht entmutigen, und nicht nur im Gefängniskorridor, sondern auch im Kopf der Leser hallt ihr trotziger Satz wider: »Wir finden eine Lösung, versprochen! Das ist unsere Pflicht ...!« Auch Zeliha stimmt mit ein. Die kurdischen und türkischen Frauen müssen die zentrale Rolle bei einer wirklichen Veränderung spielen. Mit dieser Vision verlässt Nevra Tuna das Gefängnis, und die Leser verlassen ein Buch, das sie so leicht nicht loslassen wird.

Ayşe Kulin ist häufig gefragt worden, ob die Kurdin Zeliha/Zelha/Zelo in *Der schmale Pfad* ein Abbild der bekannten politischen Gefangenen Leyla Zana (geb. 1961) sei, und sie hat dies stets verneint: »Die kurdische Frau Zeliha in dem Buch ist nicht Leyla Zana. Sie ist eine fiktive Figur. Außer der politischen Gefangenschaft gibt es keine Ähnlichkeiten zwischen Leyla Zana und Zeliha. Ebenso wenig bin ich die Nevra in dem Buch.« Es liegt jedoch auf der Hand, dass das Schicksal der kurdischen Politikerin und Menschenrechtsaktivistin ein Leitmotiv dieses Romans ist. Ursprünglich hatte die Autorin auch eine autorisierte Biografie von Leyla Zana geplant, die jedoch nicht zustande kam, weil diese sie nicht empfangen wollte. Leyla Zana habe, so wird berichtet, nach der Lektüre von *Der schmale Pfad* jede Ähnlichkeit zwischen ihr und Zeliha von sich gewiesen ... Wichtiger als solche Fragen erscheint mir jedoch, dass es der Autorin gelungen ist, die »Kurdenfrage« aus einer differenzierten Sicht darzustellen, die sich vom politischen oder gar militärischen Schlagabtausch der verfeindeten Seiten nicht beeindrucken lässt. Aus der Sicht der männlichen Kämpfer in diesem Konflikt hat Ahmet Ümit die bewegende Geschichte *Der Spielkamerad* vorgelegt, enthalten im Erzählband *Von Istanbul nach Hakkâri* in der Türkischen Bibliothek. Bereits hier wird die Sinn- und Auswegslosigkeit der bisherigen Strategie beider Seiten deutlich. Ayşe Kulin ist es darüber hinaus gelungen, durch eine ebenso geschickte wie unterhaltsame und lehrreiche Verquickung der verschiedenen Standpunkte – und es geht hier zu oft um Leben und Tod! – dem Lesepublikum aller Nationalitäten zu verdeutlichen, dass jede und jeder Beteiligte aufgerufen ist, durch Information und Verständigung ihren oder seinen Teil zur Beendigung der politischen und vor allem der militärischen Auseinandersetzung zu leisten.

Der schmale Pfad von Ayşe Kulin wird das Kurdenproblem nicht lösen können, aber er lässt uns hoffen, dass Lösungswege gefunden werden. Die Widmung der Autorin in mein Exemplar ihres Werkes möge – inşallah, so Gott will – ein gutes Omen für die Zukunft sein: çok yakında barış ve sevgi dolu bir dünyada yaşayabilmemiz umuduyla – »in der Hoffnung, dass wir in sehr naher Zukunft in einer Welt voller Frieden und Liebe leben können.«

Jens Peter Laut

Zur Aussprache des Türkischen

Das türkische Alphabet hat 29 Buchstaben, die Buchstaben q, w und x kommen im Türkischen nicht vor. Die Vokale werden zumeist kurz ausgesprochen.

c wird wie dsch in Dschungel ausgesprochen
ç wird wie tsch in Deutsch ausgesprochen
ğ ist ein weiches g und nicht hörbar, es längt den vorhergehenden Vokal, d.h. Ağa wird wie aa'a ausgesprochen
ı ist ein dumpfes i wie das e in Ochse
j wird wie das j in Journal ausgesprochen
s wird stimmlos ausgesprochen wie das s in Bus
ş wird wie sch ausgesprochen
v wird wie w ausgesprochen
y wird wie j ausgesprochen
z wird stimmhaft ausgesprochen wie das s in Sonne
ˆ über einem Vokal längt diesen: â = aa

Die Übersetzerinnen

Angelika Gillitz-Acar, geboren 1958, studierte erst Sozialpädagogik, dann Geschichte und Kultur des Nahen Orients sowie Turkologie, Geografie und Pädagogik. Sie lebt in München und arbeitet dort in Projekten zur Integration junger Ausländer.

Angelika Hoch wurde 1969 in München geboren. Sie studierte an der Ludwig-Maximilians-Universität von 1990 bis 1997 zuerst Kunstgeschichte und ließ darauf ein Turkologie-Studium folgen, das sie im Jahr 2002 abschloss.

Beide Übersetzerinnen haben für die Türkische Bibliothek bereits die Romane *Eine seltsame Frau* von Leylâ Erbil und *Die Stadt mit der roten Pelerine* von Aslı Erdoğan übersetzt.

Umschlagmotiv

Nezaket Ekici, geboren 1970, hat sich schon früh der Kunst verschrieben, inzwischen ist sie eine international gefragte Performancekünstlerin. Die Frage nach der eigenen Identität, die skeptische Auseinandersetzung mit Rollenmodellen und Konventionen, die den weiblichen Körper definieren und ihn ethnischen und politischen Vorstellungen unterwerfen, ist von Anfang an ein zentrales Thema ihrer Arbeit, so auch in der Performance *Umgestülpt* (Kunstmuseum Heidenheim, 29.4.–28.6.2009).

Nachwort

Jens Peter Laut, geboren 1954, studierte Turkologie, Indologie und Religionswissenschaft. 1985 wurde er mit einem Thema zur älteren zentralasiatisch-türkischen Literatur promoviert, 1993 habilitierte er sich über die moderne türkische Sprachreform. Von 1996 bis 2008 war er Professor für Islamwissenschaft/Turkologie an der Universität Freiburg i. Br. und ist seit 2008 Direktor des Seminars für Turkologie und Zentralasienkunde der Universität Göttingen. Seit 2010 ist er Mitglied der Akademie der Wissenschaften zu Göttingen. Gemeinsam mit Erika Glassen gibt er die Türkische Bibliothek heraus.

TÜRKISCHE BIBLIOTHEK

Herausgegeben von Erika Glassen und Jens Peter Laut
Eine Initiative der Robert Bosch Stiftung
www.tuerkische-bibliothek.de

Die Türkische Bibliothek präsentiert in zwanzig Bänden Meilensteine der türkischen Literatur von 1900 bis in die unmittelbare Gegenwart. Ob Roman, Autobiografie, Kurzgeschichten, Gedichte, Essays – alle Texte sind repräsentativ ausgewählt. Das Schwergewicht liegt auf Autorinnen und Autoren, die in ihrer Heimat viel gelesen werden, die es im deutschsprachigen Raum aber noch zu entdecken gilt.

Adalet Ağaoğlu
Sich hinlegen und sterben
»Das Buch ist eines der bedeutendsten Werke Ağaoğlus und einer der eindruckvollsten Romane der türkischen Gegenwartsliteratur.«
Monika Unkelbach, Begegnungen der Kulturen Stuttgart

Sabahattin Ali
Der Dämon in uns
»Der Schriftsteller bezaubert mit einer Mondscheinfahrt auf dem Bosporus, schildert das wilde Treiben in Kneipen und Konzert-Cafés.« *Stefan Berkholz, NDR*

Oğuz Atay
Der Mathematiker
Der Enthusiasmus des Ingenieurs und Mathematikers Mustafa Inan für die Kunst des Denkens wirkt ansteckend.

Yusuf Atılgan
Der Müßiggänger
»In einer klaren und nüchternen Sprache zeichnet der Roman das Psychogramm eines Außenseiters.«
Monika Carbe, Buch-PR

Leylâ Erbil
Eine seltsame Frau
»Formexperiment und Handlungsstruktur hat Leylâ Erbil als fragiles Prosagebilde gestaltet, sodass weibliches Selbstbewusstsein inmitten männlicher Konventionen umso deutlicher wird.«
Hans-Dieter Grünefeld, Der Standard

Memduh Şevket Esendal
Die Mieter des Herrn A.
In der Stunde Null der neuen Republik findet sich in einem Mietshaus in Ankara eine bunt zusammengewürfelte Gesellschaft wieder, die sich notgedrungen miteinander arrangiert.